迷霧病棟

霧をはらう

雫井脩介
Shusuke Shizukui

王蘊潔——譯

1

夕陽照入房中，在床單上灑下潔淨耀眼的光斑。

妹妹彎著身體，躺在陽光只差一步就要照到的床中央看漫畫。

小南由惟把書包放在地上，坐在鐵管椅上，妹妹紗奈立刻把漫畫丟在一旁，似乎原本就沒有太大的興趣。

「妳回來了。」

紗奈的動作很慢。她今天的身體狀況似乎不好不壞。

「我回來了。」

這種打招呼方式簡直就像是把病房當成自己的家，雖然起初遲遲無法適應，但媽媽每天都用這種方式打招呼，由惟漸漸不再覺得奇怪。事實上紗奈一直住這間病房，媽媽也都在病房陪她，偶爾才回家，因此她覺得把媽媽和妹妹長期住的這間病房稱為「家」似乎沒什麼問題。

這種生活已經持續快一個半月。

「這是冬季制服嗎？好漂亮。」

聽到紗奈稱讚自己身上那件很普通的都立高中制服外套漂亮，由惟噗嗤一笑。紗奈終於到了會注意制服設計的年紀，由惟內心有一種喜孜孜的感覺。其實這很正常，因為紗奈明年就要成為國中生了。

時序進入十月後，始終感受不到秋意，由惟一直都穿夏天的制服，但這一陣子早晚突然變得很涼，她今天便改穿冬季的制服。

「紗奈，如果妳喜歡這套制服，以後要不要也讀押高？」夕陽照在脖頸上很熱，由惟拉下百葉窗時問紗奈。

「嗯，押高很不錯。」

「那我要好好保管這套制服。」

由惟明年春天就可以脫下這身制服，她早就已經穿膩了。

「但是不知道能不能考上……」紗奈滿臉不安地說。

「妳只要在國中好好用功，一定沒問題。」

雖然由惟這麼回答，但紗奈悶悶不樂地「嗯」了一聲。

由惟猜想紗奈可能擔心家裡是單親家庭，媽媽無法負擔她的學費，但由惟知道，離婚的父親會在教育費上提供援助，只是紗奈年紀還小，可能仍會擔心。

「我甚至不知道自己能不能讀國中……」

由惟猜錯了，原來紗奈只是想表達對病情的不安。由惟當然沒有住院超過一個月的經驗，而且大部分小孩子都不會有這種經驗，因此她完全能夠理解紗奈的不安。

「妳別胡思亂想，當然可以讀啊。」

由惟故意開朗地一笑置之，紗奈神色也緩和不少。

「嗯，也對啦。」

紗奈不適合愁眉苦臉，但是目前的治療始終不是很順利，最近病情反覆，紗奈難免會有些不滿。

紗奈得了腎炎。起初是扁桃腺發炎，雖然治好，但一陣子後，又持續低燒，而且身體無力，整個人很沒精神。

到醫院檢查後發現有血尿，於是就住院治療。除了使用點滴治療，保護腎臟功能以外，還必須控制飲食和水分攝取，需要一段時間才能治癒。

一旦病情惡化，腎臟功能就會受損。腎臟功能若受損，就無法恢復原狀，最後必須洗腎一輩子，是很可怕的疾病。同一個病房內，還有因為慢性腎炎長期住院的病童，但是由惟認為紗奈可以治好，而且也這麼告訴她。

雖然相信可以治好，但難以預料病情會如何變化，至於目前的狀況，也只是聽媽媽說不會有問題。由惟還不是大人，不知道媽媽對她說了幾分實話。

不僅如此，她甚至懷疑媽媽有沒有正確瞭解紗奈的病況。在由惟眼中，媽媽是那種少根筋，或者說有點神經大條的人。

而且媽媽向來討厭醫院，比起醫生的話，她可能認為自己的想法更正確。

「媽媽呢？」由惟問紗奈，改變話題。

「她去發零食給大家。」紗奈說著，看向床頭櫃。「姊姊，這是妳的。」

床頭櫃上放了好幾個獨立包裝的餅乾，並不是什麼高級的餅乾，而是在超市買的那種經濟實惠的大包裝綜合餅乾。媽媽每次都買這種大包裝綜合餅乾，分送給護理師或是認識的病童。

由惟打開餅乾的包裝把餅乾放進嘴裡，嘴裡的口水立刻被吸乾了，但她沒有帶水，也懶得特地去倒茶，於是只能慢慢等唾液分泌。

每次看到媽媽分送別人這種零食，由惟就想制止。她覺得這種行為很雞婆，而且很丟臉。之前睡在紗奈隔壁病床的愛佳目前已經出院，但由惟曾經吃過愛佳的媽媽送的費南雪，口感滋潤，奶油香氣撲鼻，一看就知道是很高級的點心，味道更是沒話說，很希望愛佳媽媽可以多送自己幾個；但由惟覺得愛佳媽媽好像在藉此表示，送人這種點心才上得了檯面。

只不過由惟媽媽在這方面很遲鈍，也許她認為費南雪和大包裝的綜合餅乾味道沒有太大的差別。由惟慢慢長大之後發現，媽媽做的菜有自己的風格，但並不怎麼好吃，因此目前由惟都是參考網路上的食譜，自己做便當帶去學校。媽媽總是說什麼「胡蘿蔔對眼睛很好」，或是「青椒有助於美容」這種不知道從哪裡聽來的知識，然後就死心眼地一直用這些食材做菜，調味一成不變。

不光是食物，媽媽穿的衣服也是又土又老氣。她現在仍然偶爾會買衣服給由惟，由惟都只穿兩三次敷衍一下，然後就穿回自己買的衣服。

紗奈比實際年齡更幼稚，整天說著「好吃、好吃」，吃媽媽買來的餅乾，不加思索地穿上媽媽幫她買的衣服，但她現在會注意到由惟的制服，可能不久之後，就會提出要自己買衣服了。

包括紗奈在內，這個病房有四名病童住院接受治療。

睡在門口旁病床上的是名叫結芽的六歲女童，她也罹患腎炎，但因為已經慢性化，所以聽說已經住院超過兩年。由於浮腫的關係，所以她的臉胖嘟嘟的，整天有氣無力。她的病情看起來比紗奈更嚴重，由惟當然不會因為她和妹妹同病房，就去打聽詳細的情況，那是媽媽去打聽之後告訴由惟的。

之前接受糖尿病治療的愛佳睡在結芽對面的病床，但已經出院，幾天前，四歲的桃香住了進來，她因川崎病這種血管發炎的疾病接受點滴治療。

躺在紗奈病床對面那張靠窗戶病床上的是七歲的光莉，她在兩個星期前因兒童哮喘住院治療。這家醫院在兒童哮喘的治療方面遠近馳名，許多病人都來這裡住院治療。由惟以前也曾經在這家醫院的門診接受哮喘的治療，媽媽離婚之後，才帶著她們姊妹搬到墨田區，之前就住在江戶川區的這一帶。

只是由惟當年的哮喘並沒有嚴重到需要住院的程度。光莉發作頻繁，現在靠近她的病床，仍然可以隱約聽到她呼吸時發出的咻咻喘鳴聲。哮喘容易在夜間惡化，導致病人難以入睡，只能趁白天時間補眠，但她白天仍很不舒服。

哮喘基本上是過敏症狀，一旦支氣管發炎，便會因為壓力引起發作，光莉應該也有這種跡象。

光莉媽媽一看就知道是那種個性很強的人，說話時也好像整天都感到不滿，而且似乎把由惟的媽媽視為眼中釘。由惟覺得是媽媽的問題。媽媽嘴裡喃喃自語，心神不寧地在病房內走來走去時，光莉媽媽曾經很不耐煩地說：「小孩子在睡覺，妳可不可以安靜一點？」在光莉媽媽說完這句話後不久，光莉哮喘就發作了，但由惟認為並不是由於媽媽走來走去揚起灰塵，導致光莉哮喘發作，而是光莉媽媽發脾氣的關係，但光莉媽媽向媽媽抗議說：「妳看，妳害我女兒又發作了。」

媽媽的神經太大條，就算聽到光莉媽媽的抗議，也只是說著「啊喲啊喲」，完全不知道她到底有沒有聽進去，而且由惟之前也曾經有哮喘的問題，媽媽就自以為很懂，經常趁光莉媽媽不在的時候，對光莉說什麼「光莉，妳可以試試每天早上花五分鐘的時間用乾布摩擦身體，就是用毛巾用力摩擦身體」，或是「只要沖洗鼻腔，就不會輕易發作」，簡直就是多管閒事。

媽媽只要認為是有幫助的事，就會一說再說。光莉覺得既然媽媽說得這麼神奇，不妨來試一試，於是就在吃完早餐後，脫下睡衣，開始用乾布摩擦身體。可能是由於她原本身體就很虛弱，突然做這麼劇烈的動作，反而發作。光莉媽媽為了這件事，用強烈的語氣對媽媽抗議，叫媽媽不要叫她女兒做一些奇怪的事，但媽媽只是歪著頭納悶，根本不知道自己做錯了什麼。

紗奈就在這個氣氛絕對稱不上是融洽的病房內，持續過著住院生活。

今天負責這個病房的副護理長推著醫療推車走進來，察看每個病童的情況，換了點滴，最後來到紗奈的病床旁。

「午安。」

「午安。」

副護理長和由惟打招呼後，觀察著紗奈的氣色，半開玩笑地說：「趁媽媽不在，我趕快幫妳注射點滴。」她把點滴袋掛在點滴架上，把導管和紗奈手臂上的靜脈留置針連接起來。

「請媽媽不要動點滴。」

副護理長交代由惟。由惟尷尬地回答：「好。」

「妳媽媽每天在醫院陪病的確令人佩服。」

副護理長好像自言自語般說著，確認好點滴的速度，對由惟輕輕笑了笑。

由惟只能回以苦笑。

醫院方面並沒有要求病童的母親陪病，但是在護理師人數較少的夜間時段，的確很希望家屬可以睡在病房內照顧病童。目前這個病房所有病童的母親晚上都住在醫院內照顧自己的女兒。

由惟的媽媽辭去食品加工廠的工作，每天都睡在陪病的簡易床上陪紗奈。簡易床又硬又小，一定很難睡，無法消除疲勞，但媽媽從來沒有半句怨言。在這件事上，媽媽的確是母親的楷模，醫院方面也很歡迎陪病。

雖然媽媽經常送點心去護理站，但醫院的人都對媽媽敬而遠之。因為媽媽經常擅自不讓紗奈吃藥，或是自己動手調整點滴的速度。

媽媽向來討厭醫院，基本上認為藥物都有毒。每次護理師為紗奈注射新的點滴，她就會百般挑剔，追問是否真的非注射不可，讓護理師很難做事。

媽媽年輕時曾經在醫院做過護理助理，曾經看過住院病人服用大量藥物，卻一天比一天衰弱的情況，因此很排斥藥物。媽媽經常看著注射點滴的紗奈，若無其事地當著她的面說：「妳真可憐，被當成白老鼠。」紗奈早就習慣了媽媽的這種怪毛病，所以當媽媽離開時，就會笑著對由惟說：「媽媽很喜歡白老鼠。」

媽媽就算發高燒，也絕對不去醫院。由惟還在讀小學的時候，就算哮喘發作，媽媽也只是撫摸她的背，或是用市售的擦拭型感冒藥擦在她胸口，絕不輕易帶她去醫院。

由惟瞭解媽媽的這種個性，所以最近只要發現紗奈身體不舒服，就催促媽媽「趕快帶她去看病」，這次也是因為發現紗奈高燒不退，催著媽媽一定要帶她去看病。醫生說紗奈扁桃腺發炎，還說如果經常會發炎，可以考慮切除扁桃腺，媽媽還抱怨「醫院就是喜歡把沒病也說成有病」，但紗奈的身體狀況遲遲不見好轉，由惟又再度催媽媽帶紗奈就醫。

媽媽再怎麼討厭醫院，應該也知道有些疾病必須去醫院才能治好，所以雖然有點不甘不願，但為了孩子的身體健康還是會帶她們來醫院看病，也會二十四小時在醫院悉心照顧，只是平時的言行毫不掩飾對醫院的不信任，經常讓護理師和其他住院病人的家長皺眉頭。

副護理長離開病房後不久，媽媽拿著幾乎空了的點心袋子回來。

媽媽兩三天才回家一次，頭髮很凌亂，化妝也很馬虎，身上的衣服都重視方便舒適，今天穿了一件灰色舊毛衣和黑色運動褲，一副邋遢樣。

「妳放學啦。」媽媽在向由惟打招呼的同時，把剩下的兩個餅乾交給紗奈說：「給妳吃。」

「嗯。」

紗奈接過餅乾後，貼心地把其中一個遞給由惟。由惟搖頭說自己不想吃，她滿心歡喜地把兩塊餅乾都放進嘴裡。

「亞美說她要出院了，這個留給妳玩。」

媽媽說完，把還剩下五十張左右的色紙遞給紗奈。

「她還沒有完全康復就出院了，在醫院這種地方要完全康復也很難，也許這樣反而比較好。」

由惟不認識住在其他病房的亞美是怎樣的孩子，紗奈塞了滿嘴的餅乾，嘴巴不停地咀嚼，沒有任何反應，但媽媽不以為意，自顧自繼續說不停。

媽媽突然看向點滴，把手伸向調整速度的旋鈕，由惟制止說：「護理師說不要動點滴。」

「沒關係。」但是媽媽滿不在乎地把點滴速度調慢。

「當然有關係。」

「媽媽最瞭解紗奈的情況。」

由惟向來不喜歡違背別人的指示，雖然不知道媽媽到底有多少醫學知識，但她認為交給醫院的醫生和護理師，有助於紗奈早日康復。

但是紗奈對媽媽這些行為完全沒有意見。一方面是由於她還只是願意穿媽媽買的衣服的年紀，再加上她個性很乖巧。

「姊姊，我們來折色紙。」

紗奈從盒子裡拿出色紙，似乎認為點滴的速度根本不重要。

「好啊。」

反正回家也只有一個人，因此每天吃晚餐之前都在病房複習功課。等紗奈吃完晚餐後，再和媽媽一起去醫院的食堂吃飯，然後由惟一個人回家。目前是高中最後一年，第二學期也過了一個月，必須把握時間複習功課，為考大學做準備。雖然和媽媽離婚的爸爸願意支付教育費，但無法保證願意讓自己重考。

由惟雖然瞭解這些現實，但只要紗奈提出要求，她都會盡可能滿足。

由惟很疼愛比她小六歲的妹妹，由惟的親生父親在她小時候病逝，之後媽媽再婚，生下紗奈，和由惟只有一半的血緣關係。也許是因為這樣，反而讓她更加珍惜，再加上紗奈很會撒嬌，看到妹妹被病魔折磨得憔悴的樣子，由惟心想願意犧牲自己的某些東西，只希望妹妹趕快好起來。

「要折什麼？」由惟收回準備伸向書包拿參考書的手，拿起色紙問紗奈。

「來折白鯨。」

「會有白鯨的折法嗎？」

紗奈剛住院不久，姊妹兩人曾經一起玩折紙。由惟用手機查了各種動物的折法後折給紗奈，媽媽的手雖然很靈巧，很會做衣服，但似乎不擅長記折紙的步驟。她說自己會折紙鶴，於是就動手開始折，但折出來的紙鶴一點都不像。紗奈捧腹大笑，似乎忘了自己正在生病，之後似乎知道折紙的事問媽媽也沒用，有問題時都會問由惟。

由惟拿起手機查到白鯨的折法。自從由惟之前給紗奈看了白鯨的影片後，紗奈就很喜歡，還說等出院之後，全家要一起去海洋世界。

「找到了。白鯨！」

「啊，好可愛！」

白鯨不僅可愛，而且看起來並不會很難。由惟也興致勃勃。

「首先沿著對角線折成三角形……」

由惟和紗奈一起折著白鯨，媽媽忙碌地走來走去。

「我整理一下要洗的衣服，妳回家以後，可不可以幫忙用洗衣機洗衣服？」

媽媽把毛巾和內衣褲都塞進大塑膠袋，發出窸窸窣窣的聲音，然後放在由惟的書包旁。接著又在病房內四處張望，觀察其他病童的情況。

「光莉，妳都沒有吃餅乾，而且又在喘了。」

媽媽聽到光莉發出輕微的喘鳴後，走向她的病床。

「光莉，妳很不舒服嗎？」

光莉側躺在床頭稍微抬起的病床上，微微睜開眼睛搖搖頭表示自己沒問題。

「剛才護理師來換了點滴，要繼續觀察。」

由惟想勸媽媽不要多管閒事，媽媽的視線移向光莉的點滴，由惟頓時感到不安，擔心媽媽會動別人的點滴。

「妳昨晚也喘得很厲害，遲遲都沒有好轉，應該是因為目前剛好在換季。」

媽媽說話的同時，走到光莉身旁，開始摸著她的背。

「如果妳有繼續用乾布摩擦身體，應該就不至於這麼嚴重。一天只要五分鐘就好，冬天用乾布摩擦身體，夏天就游泳，由惟就是靠這種方法好起來的。」

由惟的確在學游泳之後，哮喘發作逐年減少，但兒童哮喘在中學生的年紀之後，就比較不容易發作，所以並不完全是因此克服哮喘，更何況運動容易誘發哮喘發作，由惟認為不該隨便建議重症病人這麼做，而且還是別人家的小孩。

「就算不停地換各種藥物，也只是被當成白老鼠，必須靠自己治好。」

又在說這種話了。由惟很想聳肩表示無奈，這時光莉的媽媽走進病房，她頓時感到很尷尬。

光莉媽媽看到媽媽正在摸光莉的後背，收起下巴，顯得很驚訝，但媽媽鎮定自若地說：

「妳媽媽回來了。」

光莉不知道是否睡著了，就算媽媽這麼對她說，她也沒有睜開眼睛。

「她剛才又很不舒服。」

媽媽說著，把手從光莉的背上移開，光莉媽媽瞪了媽媽一眼，沒有說一句話。

「這裡有餅乾，妳可以吃。」媽媽不以為意，又說道。

光莉媽媽不耐煩地嘆氣，走到光莉的病床旁把媽媽推開，然後拉起簾子。

「光莉似乎有好一點……」

媽媽自我滿足地說，然後又在病房內走來走去，觀察結芽和桃香的情況。

結芽和桃香家裡都有哥哥或是妹妹，她們的媽媽必須回家去照顧，白天經常不在病房內。媽媽因此很無聊，但也因為這樣，媽媽和她們之間的關係不至於像和光莉媽媽那麼差。

「結芽看起來好像很虛弱……真可憐。」媽媽走回來時說。

結芽的腎臟病比紗奈更嚴重，平時就無精打采。由惟沒有理會媽媽，時而看手機，時而看著色紙，繼續折白鯨。

「接下來折一下這裡，折出一條折痕……」

由惟說完，折給紗奈看，紗奈微微搖搖頭，鬆開手上的色紙。

「我有點累……姊姊，妳、幫我折。」

「是嗎……要不要躺下來？」

由惟還來不及問，紗奈已經躺了下來。

「今天去醫院教室上課，累壞了。」

媽媽在說話的同時，為紗奈蓋上毛毯。經過這段期間的治療，紗奈不再像之前那樣經常說很疲倦，但這種疾病就是會時好時壞。

由惟獨自折著白鯨，但當然一點都不好玩。她希望紗奈睡醒之後可以看到，所以專心地折完了。她決定把其他色紙收起來，開始複習功課。

她從書包中拿出英語參考書，正準備翻開……

「光莉！？」

拉起簾子的對面病床傳來光莉媽媽的驚叫聲。

「光莉！？光莉！？」

聽到光莉媽媽緊張地叫著女兒的名字，由惟不知道發生什麼事，視線離開參考書。

「來人啊！？護理師！？」

光莉媽媽抓著簾子探出頭，又馬上把頭縮回去，由惟看不到病床上的光莉出了什麼事。

「光莉！？光莉！？」

由惟的媽媽抓著簾子，把簾子拉開。

光莉躺在對面的病床上身體僵硬地抽搐著。光莉媽媽抱著她的身體，按著呼叫鈴。

「由惟，妳趕快去叫護理師過來！」

聽到媽媽這麼說，由惟跳起來。她的心臟跳得很快。

走出病房，在走廊上看到了護理師的背影。

「不好意思！對面的孩子！」

護理師聽到由惟的聲音轉過頭，然後走回來問：「怎麼了？」

「這裡！」

她看到一名護理師從護理站內快步走過來。

「她怎麼了！？」

「她突然開始抽筋……」

光莉媽媽哭著回答護理師的問題。

護理師確認光莉的狀況後，用急迫的語氣對之後趕過來的護理師說了什麼，就轉身衝出病房。

又有兩三名護理師進入病房支援，拿來心電圖的儀器。由惟愣在病房門口，覺得好像被捲入風暴，但差一點撞到進進出出的護理師，這才發現自己站在那裡很礙事，於是準備走回紗奈的病床旁。

但是，正當她準備走過去時，她又停下來。因為她似乎看到了異樣的景象。

仔細一看，才發現罹患川崎病的桃香瞪大眼睛，像光莉一樣渾身顫抖。

「啊……啊……」

病房的男醫生剛好在這時走進病房。

由惟很害怕，手指向桃香的病床。醫師發現後，走到桃香身旁。

「妳怎麼了？趕快來人！」

病房深處的護理師聽到醫生的聲音後，叫道：「醫生，是這個病人！」

「不，這個病人更加緊急。」醫生摸著桃香的脈搏說道：「拿心電儀和去顫器！」

「這裡的病人也發生了室顫！」護理師回答。

「什麼！？」

醫生難以置信，衝到光莉的病床旁。

由惟隔著醫生的後背，看到光莉。護理師正在為她做心臟復甦術。

「這是怎麼回事……」醫生嘆著氣說，然後對剛走進病房的護理師說：「人手不夠，緊急廣播藍色代碼！」

醫生準備跑回桃香的病床時停下腳步，茫然地打量病房內。醫生舉止似乎在告訴由惟，這裡出了大事。

到底發生什麼事？

媽媽看看光莉，又看看桃香，又將視線移向無力躺在床上一動不動的結芽，然後突然回過神似地跑回紗奈身旁。

「紗奈……」

又有好幾名護理師趕來支援，一陣慌亂中，媽媽叫著紗奈的名字，把手伸向她的點滴。

紗奈的點滴停了。

2

「你是律師？」

伊豆原柊平在對面的座位坐下時，花名叫聖夜的牛郎長瀏海後方的眼睛露出訝異的眼神。

「少騙人了。」

伊豆原穿著薄質連帽衣和牛仔褲，腳上是一雙球鞋，揹著背包現身，似乎和這名牛郎想像中的律師相去甚遠。

「我真的是律師。」

伊豆原拿出隨手塞在牛仔褲口袋裡的律師徽章出示在他面前。出入法院時，他都會別在身上作為通行證，但平時都放在口袋裡積灰塵，更何況他很少穿可以別上律師徽章的西裝。

「律師來幹嘛？」聖夜收起前一刻的慌張，氣勢洶洶地說：「我要找的是森田比呂美。」

午後的咖啡店內，牛郎的臉看起來格外蒼白。他在上班時應該會整理好頭髮，但現在一頭蓬髮，穿著運動衣褲。他看起來在聲色場所打滾多年，但顯然並不紅。

「森田都告訴我了，」伊豆原說，「上個月二日，她跟著一起打工的學姊倉山小枝子一起去牛郎店，倉山當天簽了三十二萬的帳單，你為她背書。但是倉山在一個月前辭掉了打工的工作，失去聯絡，那張帳單變成呆帳，於是你要求森田比呂美來扛這張帳單……」

「很合情合理啊，她那天也在店裡吃吃喝喝。」

牛郎噘著嘴，表達自己的立場，伊豆原用冷靜的語氣反駁說：「森田才十八歲，你應該很清楚這件事，聽說她去店裡時有表明自己的年紀，但你說喝一杯香檳沒問題。」

「不管她幾歲，反正她有喝酒就該付錢。如果上了大學，去居酒屋聯誼，不是也要付錢嗎？如果朋友沒有帶錢，不是會代墊嗎？如果說自己是未成年就不付錢，店家會答應嗎？」

「無論是居酒屋還是其他地方，未成年簽帳的帳單可以輕易作廢。只要她的父母不願意支付，認為帳單無效，就一毛錢都收不到。」

「開什麼玩笑，那我就只能忍氣吞聲，自己吞下這張帳單嗎？如果不跟客人收錢，就變成是我欠的款項。」聖夜探出身體，氣焰囂張地瞪著伊豆原。「你是律師又怎麼樣，我們也有擔任幫派顧問的律師，要打官司也無所謂，我才不怕呢！」

「那我直接和那位律師談，你可以告訴我他的名字嗎？」

伊豆原鎮定自若地說。聖夜不停地罵著：「少囉嗦，少囉嗦。」

「就算你堅持要打官司，你也沒有勝算。」伊豆原說，「不僅無法拿到帳單的那筆錢，還會因為你提供酒類給未成年人，你的主張就會被打槍。如果你不願意善罷甘休，那我就只能報警。律師出面報警，警方就不得不採取行動，到時候你工作的那家店就傷腦筋了。一旦追究提供酒類給未成年者的責任，到時候店家的損失就不是三十二萬這個小數字。」

「等一下。」聖夜慌了神。

「這樣你瞭解狀況了，對嗎？」伊豆原確認。

「太卑鄙了。」聖夜只能喃喃自語，「小枝子嫉妒心很強，和她打交道很累，我好不容易哄她開心，總算撐到現在，沒想到她竟然忘恩負義，留下這個爛攤子給我，自己逃走……真是太衰了。」

「我知道你有自己的立場，」伊豆原說，「但不能因為遇到衰事，就想要拉森田當替罪羔羊。你是成年人，如果打算繼續在那個弱肉強食的世界混飯吃，就必須做好遇到各種衰事的心理準備。如果不想遇到這種事，就要認真思考未來該怎麼走。如果你想找人討論未來的人生，我隨時可以奉陪。」

「不勞費心。」聖夜掃興地說。

森田比呂美和三崎涼介一起在新宿車站東口的獅子像前等候。

「情況怎麼樣？」

三崎涼介一看到伊豆原，就迫不及待地問。涼介今年剛滿十七歲，臉上還帶著稚氣，但眼神中有一絲陰鬱。森田比呂美剛好認識涼介，這次是經由他的牽線，才會找上伊豆原。

「沒事了。」伊豆原回答後看向森田比呂美，「已經談妥，我還警告他，如果他繼續找妳麻煩，就會報警說他恐嚇。如果他仍然不善罷甘休，妳再來找我。」

「太好了！」森田比呂美在胸前握著小手，鬆了一口氣說道：「沒想到可以這樣輕鬆解決，早知道之前就不需要那麼煩惱了。」

「解決這件事並不輕鬆。」伊豆原故意用嚴厲的語氣說，「妳要記取這次的教訓，不要因為好奇，輕易踏進夜店這種地方。這次是剛好妳未成年，事情比較簡單，一旦成年之後，妳就必須為自己的行為負責。」

「但我當天真的只是陪學姊去而已，我對牛郎根本沒興趣。」森田比呂美為自己辯駁，然後對涼介一笑。「涼介，你太厲害了，竟然認識這麼好用的律師。」

「並不是涼介厲害。」雖然覺得對小孩子說的話不必太認真，但伊豆原還是不禁插嘴。

「這個律師真的很可靠。」涼介不理會伊豆原，「反正不用花錢，如果下次再遇到什麼麻煩，還可以找他。」

「我當律師可不是在做義工。」

「啊？你要收錢嗎？」

涼介這種時候的眼神就完全還是個孩子，面對他這種好像見識到大人討厭的一面的眼神，伊豆原忍不住結巴。

「不……以後一起算總帳。我是說先讓你欠著，等你以後賺很多錢的時候再還我。」

「沒問題。」涼介笑了，「只要我那時候還沒忘記。」

涼介敷衍道。伊豆原不滿地嘆口氣。

「我回來了。」

傍晚時分，伊豆原回到位在月島的公寓，妻子千景似乎剛洗完澡，洗衣室內傳來吹風機的聲音。

惠麻在客廳的嬰兒床上靜靜地睡著。她出生才剛滿月，伊豆原放下背包，去廚房的流理台前洗手，走回嬰兒床邊。

「妳睡得好香啊。」他用手輕輕戳著女兒柔嫩的臉頰，「妳在做什麼夢……嗯？」

伊豆原覺得只要看著女兒熟睡的臉龐，就可以消除一整天的疲勞。

「你回來了。」

洗完澡後顯得神清氣爽的千景走進客廳。

「我回來了……辛苦妳了。」

千景敏銳地察覺到伊豆原在回答時點尷尬。

「你該不會又去當義工了？」

伊豆原不僅免費解決糾紛，還請涼介他們吃完飯才回家，這根本是如假包換的「做公益」。

「才不是當義工，」伊豆原嘴硬地說，「這是投資未來。」

「到底能指望什麼回報？」千景嘲諷地問。

千景目前正在請產假，她也是律師，在專門為企業處理法律事務的律師事務所工作。她和伊豆原是司法研習時的同學，但兩個人完全走上不同的路。千景的律師事務所完全不接刑事案件，甚至不碰離婚訴訟，她每天都穿上筆挺的套裝在大手町上班。

伊豆原則是最近持續增加的所謂「合署律師」，無論民事或刑事案子都來者不拒，勉強維持律師工作。合署律師就是和其他律師分租同一個律師事務所，但各自接案。從某種意義上來說，是獨立的律師，獨自開一家律師事務所，由於房租等營運成本昂貴，於是伊豆原就採取支付一部分營運開支的方式，加入坐落在八丁堀的「新河法律事務所」。平時就是把筆電和目前承辦案子相關資料裝進背包，拎著背包四處活動的遊牧民族。

伊豆原在大學時讀英文系，因此和大部分法律人不太一樣。

他很喜歡小孩，一直夢想大學畢業後去學校當老師，但在大學時參加了志工社，在支援自由學校的學習輔導期間，看到有許多和孩子的努力無關的因素阻礙了他們的前途。伊豆原的父母都有工作，也都很親切溫柔，他可以在無憂無慮的環境下專心讀書和玩樂，正因如此，看到那些因環境因素而墮落的孩子時，感到於心不忍，認為這是必須在指導他們課業之前解決的問題。

他成為律師已經邁入第八年，經手的大部分案子都是少年案件。當然他除此以外，也會打離婚訴訟，在刑事案件方面，國選辯護人❶名冊上有他的名字。除了有助於改善少年未來的少年案件以外，還接各種反映社會扭曲的案件，但是歸根究柢，就是光靠少年案件無法生活。處理少年案件很耗費時間，收入卻不成比例，經常遭到千景的白眼，但這些事很有意義，他樂在其中。

三崎涼介父親的安非他命案件，成為他認識涼介的契機。涼介的父親是再犯，目前仍然在服刑。

涼介在龜戶的一家教養機構生活，目前用函授的方式學習高中課程，中學時就讀錦糸町的自由學校。他夢想成為專業舞者，組了舞團，在本地少年少女中人面很廣。伊豆原經常覺得他很冷淡，但也知道他很照顧比他年紀小的孩子，大家都很喜歡他。

即使涼介沒有特別的事找伊豆原，他也會主動去龜戶和涼介見面。雖然涼介很冷淡，但為人正派，所以不需要擔心他誤入歧途。他用靠送報慢慢存下來的錢去上舞蹈課，投資自己的將來。看到少年就算家庭環境不佳，卻出污泥而不染，健康成長的樣子，心情都會很愉快

在解決森田比呂美糾紛的幾天之後，伊豆原利用五月連假的空檔，前往涼介所在的教養機構。

「你帶了什麼好吃的？」

涼介正在多功能教室內和看起來像是舞團成員的男生、女生聊天，一見到伊豆原，就看向他拎在手上的袋子。

「不要只對食物有興趣，該歡迎我才對啊。」

伊豆原在說話時，把章魚燒遞給他們。

「哇，看起來很好吃。」

❶日本的國選辯護人類似台灣的公設辯護人，但台灣的公設辯護人是公務員，職位設在法院編制內，日本的國選辯護人則是由律師自願在日本司法支援中心登記。

「舞花，妳怎麼才剛上國中，就把頭髮弄成這樣？」

原舞花聽到伊豆原這麼問，縮回原本想拿牙籤的手，撥撥挑染的頭髮，一臉得意地說：

「嘿嘿嘿，我連假的時候去染的。」

「妳去學校時，會被學姊盯上。」

「這種事沒關係啦，」她不以為意地說，「不理她們就好。」

在以涼介為中心的舞團內，舞花屬於年紀比較小的成員，個性開朗爽快，面對大人時也落落大方，只是難免有青少年特有的逞強表現，伊豆原不禁多問了幾句。

「學校生活怎麼樣？」伊豆原問，「開心嗎？」

「怎麼可能開心？」舞花吃著章魚燒，若無其事地回答。

「為什麼？如果妳功課有不懂的地方，我可以教妳。」

「功課根本不重要。」她不感興趣地說，「在學校很拘束，也有很多討厭的事。」

「什麼討厭的事？」

「像是霸凌之類的。」

「妳被霸凌嗎？」

「不是我啦。」舞花說，「隔壁班一個我不認識的女生，聽說她已經不來學校了。那幾個霸凌的人超討厭，都是我的小學同學，所以我認識她們。」

伊豆原從舞花的態度中感受到她的正義感，不禁欣慰，但她提到的事的確令人心情不愉快。

「而且我聽說事情經過後，覺得她們真的超過分。」舞花可能越想越生氣，噘著嘴說道：「雖然被霸凌的原因，是因為她媽媽涉案被逮捕，但那個女生也是被害人，結果卻被其他人霸凌。」

「怎麼會這樣？」伊豆原猜不透是怎樣的案件，皺起眉頭問。

「那些霸凌的人說什麼既然那個女生是被害人，只要擺出被害人的態度就好，但她堅稱她媽媽是被冤枉的，這種莫名其妙的話聽了就很火大。我搞不懂為什麼這樣就可以霸凌她？」

「別再提這種事了。」

涼介的小弟河村新太郎偷瞄著涼介的臉，制止舞花繼續說下去。涼介也因為他父親的關係，被周圍的人排擠，河村可能擔心涼介聽到會不高興。

「為什麼？」

涼介似乎根本不以為意。新太郎只能尷尬地掩飾說：「不，沒事……」

「律師，遇到這種事該怎麼辦？」舞花越說越火大，直視著伊豆原問道。

「妳問我該怎麼辦，我也不知道該怎麼回答。」

舞花只是簡略地描述傳聞，伊豆原根本無法回答。

「算了，反正我根本不認識她，和我沒關係。」

不知道舞花是否覺得伊豆原也幫不上忙，所以很乾脆地說道，但她說話的語氣反而透露出她內心的無力感。

3

午休時間一到，由惟的手機就接到房仲的電話，簡直就像對方一直在等這一刻。

辦公室內沒有其他人，同是事務員的前輩赤城浩子去了銀行，修理工都還在外面工作。

「喂？」由惟接起電話，立刻聽到那個姓高崎的窗口熟悉的聲音。「小南小姐嗎？」

「是。」

「我想和妳談談目前住處的問題，請問妳找到新的房子了嗎？」

「沒有……」由惟用幾乎聽不到的聲音回答。

高崎明明知道由惟不容易租到房子，卻故意發出很大的嘆息聲。

「我已經給妳很充裕的時間，妳要認真去找啊。」高崎說。

「我有努力在找……但即使申請，也無法通過審核那一關。」

既然這麼希望我們搬家，高崎的公司明明可以幫忙找房子，他卻沒有開這個口。

「我記得上次也說了，既然妳還有妹妹，要不要去教養機構之類的地方諮商一下？」

「我有在工作。」由惟很委婉地反駁，「都按時繳房租。」

「我知道妳按時繳房租，但這不是問題的重點，房東真的很傷腦筋，其他住戶都會抗議，網路上也可以一下子就查到是那棟公寓。妳一直住在那裡，不是也會遇到很多不愉快的事嗎？」

「現在已經比之前好很多了。」由惟只能這麼回答。

「那是因為房東擦掉寫在牆上的塗鴉，花了很多力氣解決問題。妳年紀還小，我原本不想說這種話，但希望妳能認真思考給周圍人帶來的困擾，不是可以請妳爸爸幫忙租房子，或是用其他方法解決問題嗎？」

爸爸在一年前和媽媽離婚，發生那起案件之後，就變得更加疏遠。爸爸和由惟沒有血緣關係，但從她懂事的時候開始，他就是自己唯一的爸爸，所以也像普通的父女一樣和他相處。

但是，如今他已經有了新的家庭，案件發生之後，比起關心由惟姊妹，他似乎更希望和她們劃清界線。由惟曾經為養育費的問題打過幾次電話，但爸爸只是言不由衷地問一下紗奈的病況，從來不曾來探視過紗奈。之後匯款也一拖再拖，由惟開始上班之後，就不再指望他匯錢。如今除非由惟主動聯絡，否則就完全沒消沒息。

「如果妳以為可以一直賴在那裡不走，大家都會很傷腦筋，真的拜託妳。」

「……好。」

雖然由惟並不接受他說的話，但為了趕快結束通話，她還是這麼回答。

她收起手機，整理桌上的資料準備吃便當時，社長的兒子，目前是公司專務董事的前島京太穿著工作服走進辦公室。

他在洗手台前用洗手乳搓了滿滿的泡沫，洗淨沾滿油污的手，在由惟旁邊的椅子上一屁股坐下。由惟倒了熱茶，放在他面前。

「由惟……聽說妳不參加旅行？」

專務大聲喝著茶，滿臉橫肉的臉看向由惟。

「對……不好意思。」

「妳這樣太不合群了，雖說是自由參加，但增進同事之間的感情對工作很重要。」

「對不起……我妹妹只有國中一年級，沒辦法讓她一個人留在家裡。」

「中學生自己在家一個晚上哪有什麼問題？我為了能夠成行，也是把翔和涼香兩個孩子丟給懷孕八個月的老婆照顧，我說這是公司的活動，不能不去，堅持要參加。」

「我妹妹身體不好，不放心把她一個人留在家裡。」

專務對由惟的話充耳不聞，把椅子滑向由惟說：

「妳不是經歷了很多事，一直沒機會好好放鬆嗎？去了就會知道很好玩。」

他在說話時，摟住了由惟的肩膀。上次和他一起去向客戶收錢時，他在車上也突然碰觸由惟的肩膀，但今天的動作比上次更加大膽。由惟和當時一樣，不加思索地把身體一扭，拒絕他的碰觸，但他並沒有輕易把手縮回去。

「妳覺得還有其他地方會接納妳嗎？妳已經不是小孩子了，必須好好想一想為了生活，什麼事才最重要。」

他的體味和帶著油污的臭味很刺鼻。

去年十月，紗奈入住的古溝醫院病房發生一起案件。為了治療兒童哮喘住院的梶光莉和因慢性腎炎住院的恆川結芽相繼死亡，另外因川崎病住院的佐伯桃香也一度陷入昏睡狀態，在清醒之後，出現自律神經障礙。由於事態異常，警方立刻展開偵查。偵查結果發現，這幾名病童的點滴內都混入了用於治療糖尿病的胰島素。

案件發生的三個星期後，由惟的媽媽野野花遭到逮捕。

由惟的媽媽在接受警方偵訊時坦承和同病房其他病童的母親相處不愉快，受到冷淡對待導致心生不滿，於是下手在點滴內加了其他藥劑。

由惟的生活因此發生翻天覆地的變化。

在學校內，原本經常和她聊天的朋友推說忙著準備考大學，紛紛離她而去。

她不得不放棄繼續升學。雖然當初和媽媽離婚的爸爸答應要支付她們的養育費，但冷冷地對她說，無法支付她讀大學的費用，要求她趕快獨立。

由惟就讀的那所高中大部分學生都會升學，幾乎沒有企業來招人，升學輔導的老師似乎很同情她，去找了鄰近學校的老師，努力幫她找工作。

即將舉行畢業典禮時，才終於等到了面試的機會。一定有不少企業原本有意願，但在瞭解由惟的情況後退縮了。

前島社長在小岩經營一家專門維修吊車和水泥預拌車等特殊車輛的公司，在瞭解由惟的狀況後，仍然願意接納她。已經七十多歲的他經常露出慈祥和藹的笑容。

由惟開始上班之後，社長也不時親切地問她「還習慣嗎？」、「雖然很辛苦，但妳要好好努力。」

只不過社長對目前在公司擔任專務的兒子也很寬容，專務看到由惟處境艱難，明顯想要趁人之危，經常把肥胖的身體湊近由惟，問她「妳有沒有和男人交往過？」、「妳想不想多一些零用錢？」這種露骨的問題。

由惟認為如果向社長投訴，只會讓社長為難。一旦社長認為她是禍根，她就無法繼續在這裡工作。

由惟再怎麼絞盡腦汁想要敷衍專務，缺乏社會經驗的她仍然想不出任何妙計。就算專務此刻摟著她的肩膀，她仍然只能強忍著痛苦，不發一語。

這時，同為事務員的前輩赤城浩子從銀行回來。在她的注視下，專務才終於鬆開了摟著由惟肩膀的手。

「妳回來了。」

赤城浩子沒有理會由惟的招呼聲，一直斜眼看著她，好像覺得不是專務有問題，而是由惟不檢點。

4

「律師，還不能保釋嗎？」

這一天，伊豆原來到位在小菅的東京看守所接見委託人。

「目前你父親正在拜託親戚籌錢，為了你的事積極奔波，你再忍耐一陣子。」

伊豆原隔著壓克力板，對坐在對面的男人說道。委託人二十多歲，也許是因為沒有穩定的工作，所以缺乏社會歷練，臉上還殘留著學生的稚氣。他至今仍然向父母伸手拿錢過日子，為了籌玩樂的錢，經常偷機車，警方透過監視攝影機，很快就把他逮捕歸案。

「這裡的生活簡直不是人過的，完全沒有自由。」

「當然不可能輕鬆。」伊豆原說，「你父親說，要讓你多住幾天，希望你記取教訓。」

「什麼？他不是努力在籌錢嗎？到底有沒有在籌錢啊？」

「雖然在到處籌錢，但如果你不認真反省，會讓他很傷腦筋。」

「我在反省啊，我已經在反省了，你趕快想想辦法。」

「你已經全都交代了嗎？如果之後又發現還有其他的案子沒有交代，到時候你就麻煩了。」

「我已經全都說了，還要把我關好幾個星期嗎？快點把我弄出去。」

「好，你再忍耐一下。」

伊豆原認識這個委託人的朋友，這次是那個朋友來拜託他。目前已經和被害人和解，預計在開庭審理後會判緩刑。伊豆原認為這起案件不會有太大的風波，於是結束了這次接見。

伊豆原走出看守所，盤算著去附近的定食餐廳吃點東西後再回家，看到認識的人迎面走來。

「這不是桝田嗎？」

對方是司法研習時的同學桝田實，他似乎同樣因案件來這裡接見委託人。

「好久不見。」

由於兩個人都走上律師這條路，因此在菜鳥時期，經常以學習會為名一起聚會喝酒。

「伊豆原，你還是老樣子。」

桝田看到伊豆原穿著牛仔褲，苦笑著說。最近這幾年，他們只有在律師會每年舉辦數次研討會時才會見面，但只要一聊起來，就立刻找回往日推心置腹、無話不說的氣氛。

「反正就這樣了。」

目前有許多年輕的合署律師都像伊豆原一樣，平時都穿得很休閒，但桝田以前還是菜鳥律師的時候，就總是一身深藍色西裝，把律師徽章別在胸前，很注重門面，如今這身打扮更有模有樣了。

「來接見嗎？」伊豆原問。

「是啊，陪審團審判的案子需要國選辯護人。」桝田回答說。

「那可真辛苦啊。」

只有可能會被判重刑的重大案件才會採用陪審團審判。經過名為準備程序庭的準備階段後，在接受任命、擔任陪審員的一般民眾參與下，集中在數天內進行司法審判，在短時間內結束審理。陪審團審判案子的國選辯護人和普通的刑事案件不同，必須由經驗豐富的律師或是接受過相應培訓的人才能勝任。伊豆原之前曾經接受過培訓，名字也在名為「S名冊」的律師名單上，但至今為止，從來沒有接過這種案子。

「是什麼案件？」

既然能夠成為陪審團審判的案件，伊豆原很可能曾經透過新聞耳聞目睹過，於是基於好奇心問了這個問題。

「就是去年秋天發生的兒童病房的點滴死傷案件。」

「該不會是江戶川的——」

「答對了。」

桝田似乎對自己的案子是伊豆原立刻想到的重大案件有點得意。伊豆原在一個月前，曾經聽過和這起案子的相關消息，因此有點驚訝。涼介的朋友原舞花很不滿地說，隔壁班有一個同學被霸凌，入學不久，就開始拒學。聽說被霸凌的原因，是因為那名學生的母親是某起案件的凶手，遭到逮捕，伊豆原仔細瞭解之後，得知就是去年十月發生的這起案件。

「這樣啊，原來是你……」

桝田是新橋一家小規模律師事務所的受僱律師，受僱律師的業務主體就是處理所屬事務所承接的案子，在累積資歷後，可以自行接案，像這次的國選辯護人案就是他自己接的案子。

「我之前剛好聽說有關這起案子的事。」

伊豆原把之前從舞花口中聽說的事告訴了桝田。

「喔，那是被告的小女兒。」桝田說，「家長會對她很有意見，然後她就無法去學校上學了。」

「太過分了，她不是也是被害人之一嗎？」

「是啊，只是我無暇顧及這些事，如果勉強她去學校，只會造成她的痛苦，她的姊姊也要我別插手管這件事。」

「聽說她認為她母親是清白的。」

「她的小女兒這麼認為，」桝田說，「她自己是受害者，當然不希望是自己母親下的手，相反地，大女兒則懷疑很可能是她母親幹的，事態有點混亂。當事人事後又否認當初的自白，問題就越來越複雜了。」

「怎麼會這樣？」聽起來的確很複雜，但這反而引起了伊豆原的興趣。「你的心證如何？」

「我認為她搞不好真的是無辜的，」桝田說，「無論如何，既然本人這樣主張，只能採取這個方針。」

「這樣啊。」伊豆原看了一眼手錶嘀咕著，「怎麼辦呢……」

「怎麼了？」桝田訝異地問，「如果你想約我吃飯，很抱歉，我今天可能沒空。」
「不是啦，我只是在想，我要不要陪你一起去接見。」
「你的好奇心真強，」桝田瞪大眼睛，「我無所謂啊。」
如果不是好奇心，的確不會窺探別人手上的案子，但是在投身刑事辯護的人耳中，「清白」或是「無辜」的字眼有很強的吸引力，而且他很想瞭解如此重大的案件到底是怎麼回事。
伊豆原決定和桝田再次回到看守所。
「只有你一個人辯護嗎？」
這起案件導致兩名病童喪生，而且另一名病童一度陷入昏迷，被逮捕的那個母親的女兒也輕度受害，在審判過程中，檢方很可能求處極刑。遇到這種重大案件的陪審團審判，可以同時有多位國選辯護人加入。
「貴島律師也主動加入了。」
「是那位貴島律師？」
伊豆原意外聽到了重量級大律師的名字，忍不住感到驚訝。貴島義郎是刑事律師中的翹楚，更是法律界無人不知的資深律師。至今為止，他曾經在法庭上為十幾起案子贏得無罪判決，還為知名的死刑囚獲法院再審改判無罪盡心盡力。同時，他徹底堅持反權力的態度，在政治人物和秘書對簿公堂的審判中，他拒絕了政治人物的委託，選擇為秘書辯護。
「我起初也大吃一驚。」桝田聳聳肩，「我和貴島律師只有在死刑制度問題委員會上打過招呼而已，沒想到他記得我。」

貴島是熱心的廢死論者，也許他對年輕律師願意投身這個問題感到欣慰。伊豆原當初並不是受這種崇高的思想吸引投入法律界，因此至今為止，從來不曾和貴島有過任何交集。

「從某種意義上來說，真是羨慕啊。」伊豆原毫不掩飾崇拜的心情，說出了真心話。「他可以幫很多忙，最重要的是可以從他身上學到很多。」

「是啊，」桝田走進看守所，在窗口拿了接見申請單時點點頭。「貴島律師在不在場，檢察官的態度也完全不一樣，能夠和他一起工作，真的是莫大的榮幸。」

雖然他這麼說，但表情並沒有像他說的這麼開朗。

「只不過實際上還是有很多問題。」

「怎麼了？」伊豆原問，「他不好相處嗎？」

伊豆原以為像貴島這種威名在外的人，實際接觸之後，或許會意外發現個性很難相處。

「並不是這樣，」沒想到桝田否認這件事，「而是他經常住院。他罹患了胰臟癌，不知道能不能撐到開庭。」

「他在這種狀態下，仍然主動加入嗎？」

通常認為和普通的審判相比，陪審團審判需要耗費更多體力，聽說超過六十歲的資深律師幾乎不會接這種案子，貴島年近七十，而且又在對抗疾病，即便具備超強的實力，仍很難期待充分發揮實力。

「貴島律師當初還可以自由行動，可能認為自己的體力還可以。」桝田說，「他說希望這個案子能夠成為他律師人生的總決算，沒想到病情惡化的速度超出想像。」

伊豆原深有感慨，原來那些名人就算邁入人生的晚年，仍然沒有停止挑戰。只不過對合作處理這個案子的桝田來說，非但無法仰賴這位大律師的協助，反而必須支持他，這件事很值得同情。

辦理完申請手續，他們一起上樓，走進指定的接見室內等了一會兒，壓克力板另一端那個房間的門打開，身穿灰色運動衣，看起來四十多歲的女人走進來。伊豆原從桝田剛才填寫的接見申請表上，看到她叫小南野野花。

「啊喲，桝田律師，你好。」

由於光線的關係，沒有化妝的臉看起來有點黯沉，但一頭長髮綁在腦後，看起來很清爽，而且表情和聲音很開朗。

「這位是？」野野花坐在椅子上，好奇地看著伊豆原。

「這位是伊豆原律師，他是我的同學。」桝田介紹道。

「啊喲，原來有新的律師。」野野花誇張地瞪大眼睛，然後掩嘴笑了。「對不起，你看起來不像是律師。」

「大家都這麼說。」伊豆原笑著回答。

「是嗎？那就請多指教了。」

野野花以為伊豆原是加入辯護陣容的新成員，鞠躬對他說道。伊豆原還來不及向她澄清，她就繼續說道：「貴島律師真是受苦了，他還沒有出院嗎？」

「目前治療很順利，不久之後應該就可以出院了。」桝田說，「小南女士，妳最近還好嗎？」

「我反正整天都被關在這裡，沒什麼變化。」野野花用自虐的語氣說完，又半開玩笑地補充說：「希望你趕快把我救出去。」

「好啊。」桝田用好像在哄小孩子的語氣回答。

「你真的瞭解我的要求嗎？」野野花似乎察覺到桝田語氣中的敷衍，有點不滿地說著，看向伊豆原。「只要在這裡住一天，就可以瞭解了。」

「我明白，真的很辛苦。」

野野花聽到伊豆原的回答，滿意地點點頭。她說話的語氣中有一種特有的輕鬆，不太能感覺到她的迫切感。

「伊豆原律師還沒有加入律師團。」桝田對她說：「只是對妳說自己是清白的事產生興趣。」

「我是清白的，」野野花把身體轉向伊豆原，「現在卻一直被關在這種地方。」

伊豆原尚未接過殺人案件，但曾經看過好幾個多次犯下傷害案件的人，根據那幾次的經驗，他發現那種人都有著危險的眼神。

但是眼前這個女人的眼神中沒有這種危險的感覺，她看著伊豆原的雙眼和隨處可見的中年婦女沒什麼兩樣，說話的方式帶著一種奇怪的抑揚起伏，讓人聯想到三流演員的演技，光是聽她說話，很難判斷是否可以相信。

「聽說妳之前在接受警方偵訊時承認自己犯案……」伊豆原聊起這個話題。

「是啊。」野野花滿不在乎，「真搞不懂到底當時為什麼會這麼說，原來人在腦筋不正常的時候就會胡說八道。」

「妳最好不要說自己腦筋不正常，」桝田苦笑，「尤其是在法庭上。」

「除了說腦筋不正常以外，不知道還能說什麼，」野野花說完，調皮地聳聳肩。「當時覺得既然他們苦苦追問，那我就承認是我下的手，反正不管我承不承認，他們都已經把我抓起來了。」

「不，有沒有自白的情況差很多。」桝田一臉為難，「不管是不是事實，一旦妳承認了，警方就贏了。」

「但是我已經說了，現在也沒辦法了。人的腦筋一旦出問題，什麼話都可以說出來。」

她說得好像事不關己，讓人懷疑她是否知道自己即將接受陪審團的審判。

伊豆原之所以想瞭解她的為人，和這起案件的性質有很大的關係。她的小女兒也是被害人之一，既然她連親生女兒都不放過，很可能有某種精神疾病。至少檢方會從這個觀點出發，要求她在法庭上說明讓社會大眾能夠接受的犯罪動機。

父母對生病的兒女下手的犯罪中，經常會懷疑父母是否有代理型孟喬森症候群。這些父母為了讓周圍的人認為自己努力照顧兒女，會故意讓兒女的病情惡化，暗中不配合治療，或是讓小孩子吃一些會對健康產生負面影響的食物。

伊豆原記得在這起點滴中毒死傷案件發生後，曾經看到報紙上有相關的報導，檢警在偵辦時，一定這麼認為。

「先不說這些，由惟她們還好嗎？」野野花改變話題，似乎覺得自己的事無關緊要。「你有沒有告訴她們，我很擔心她們。」

「我有說了，」桝田回答，「她們兩個人都很好，妳不必擔心。」

「她們至少該來這裡看我一下。」

野野花看著伊豆原，似乎在徵求他的同意，伊豆原不知該如何反應。

接見談話在以野野花的兩個女兒的近況為中心的閒聊中結束了，即便辯護活動並沒有特別需要確認的事項，委任的律師仍會定期去看守所接見被告。被告可能在長期遭到羈押期間情緒陷入低落，接見的主要目的就是在心理上支持他們。

「沒想到她看起來很開朗。」

伊豆原離開看守所，走在回家的路上時，提起了對野野花的印象。

「是啊，她的心情時好時壞。」桝田說，「今天可能你也在場，所以她有新鮮感。」

「我記得之前好像曾經有人提過代理型孟喬森症候群的問題。」伊豆原主動提出。

「關於她對親生女兒下手的部分，檢方認為屬於這種情況。」桝田說，「專家也做出了這樣的鑑定結果。關於這一點，我方會自行進行鑑定提出反對意見，麻煩的是，她的大女兒完全懷疑是母親下的手，她似乎無法原諒母親讓妹妹受害。案發當時，大女兒剛好去醫院探視，她也去警局做了筆錄，但她的供詞認為母親很可疑。」

「既然主張無罪，如果連家人都不支持，恐怕會影響勝算。」

桝田聽了伊豆原的話，點點頭。

「她受到案件的影響，只能放棄升學，無法讀大學，她沒去探視母親，也不准妹妹去，幾乎形同斷絕了母女關係。」

雖然伊豆原能夠體會野野花的寂寞，但在目前的階段，完全沒有任何可以判斷她到底是否有罪的心證，所以能夠產生的同情也有限度。如果她是清白的，的確很難承受；但如果不是，就只能接受現實。

只不過想到她的兩個女兒，伊豆原不禁覺得難過。這起案件讓她們人生發生巨變。大女兒不得不放棄讀大學，小女兒在國中被霸凌而拒學，而且母親很可能真的對小女兒下手，她們的家庭無情地崩潰了。

「怎麼樣？」桝田突然問道，「你有興趣嗎？」

「啊？」

「國選辯護人還有一個名額，」桝田說，「但是這種案子，就算問了大家，也很難找到願意協助的人。」

所謂這種案子，是指需要勞心勞力，報酬卻很少。擔任刑事案件的國選辯護人，都有付出的勞力和獲得的報酬無法成正比的情況，如果是陪審團審判的案件更是如此。

「你不是很擅長和青少年打交道嗎？」桝田說，「她的大女兒很頑固，我不知道該怎麼和她溝通，如果你願意助我一臂之力，那就太好了。」

伊豆原只是基於好奇關心這起案件，但桝田似乎認為可以邀他一起加入。

「你突然這麼說，我……」伊豆原完全沒有想這麼多，只能含糊其詞。「給我一點時間思考一下。」

他以前從來沒有接過這麼重大的案件，他就像桝田之前問過的那些律師一樣，對是否要接下這個重任猶豫不決。

但是，他的確很有興趣。這可能是一起無罪案件，而且他很關心被告兩個女兒的情況。在和桝田道別時，他甚至有點想當場答應。

5

「我是桝田律師。」

由惟下班後，從公司走往車站的路上，接到律師打來的電話。

「妳最近還好嗎？工作還順利嗎？」

順利是指怎樣的狀態？……由惟無法想像，於是意興闌珊地回答：「還好。」

「是嗎？那就太好了。」

他似乎沒有從由惟的聲音中察覺到任何異狀，一派輕鬆地總結道。

這個姓桝田的律師有時候會打電話給由惟，瞭解她們姊妹的情況。

「紗奈也都好嗎？」

「是啊。」

如果是指紗奈的病情沒有復發，紗奈的確算「好」，但並不算痊癒，在出院之後，運動和飲食方面持續受到限制。

「她有沒有去學校上課？」

「沒有。」

「這樣啊……希望她可以早日重返校園。」

由惟把律師的這句話當耳邊風。

比起健康因素，案件的影響才是紗奈無法去學校的真正原因。當初紗奈要上中學時，由惟也參加了兒福聯盟和教育委員會的討論會議，一起討論用什麼方式升學對紗奈最理想。最後決定不要輕易改變學區，進入許多小學時代同學會一起就讀的學區內國中，體育課時則在一旁休息。紗奈從四月開始進入那所國中就讀。

新學期開學後，由於由惟剛開始工作，有點自顧不暇。紗奈又什麼都沒說，於是她以為妹妹在學校得到老師無微不至的照顧。

事實上，沒想到紗奈班上同學的家長向校方抗議，不願意自己的兒女和殺人凶手的女兒同班，這把怒火很快就燒了起來，轉眼之間，不光是紗奈的班級，甚至燒到了整所學校。

開學十多天後，由惟發現紗奈的制服裙子沾到泥土。紗奈只是笑笑說「不小心跌倒了」，由惟便沒有多問，但是三天後下雨的日子，由惟下班回家，發現玄關的傘架內放了一把傘骨都已經折斷的破傘。而紗奈因為發燒，隔天向學校請了病假。

又隔了一天，為了接待校方人員和教育委員會工作人員的登門訪問，由惟也請了假。由惟終於清楚地瞭解到紗奈在學校承受的一切，但校方似乎沒有積極的措施。當由惟提出無法讓紗奈繼續上學時，校方順水推舟地接受，說可以介紹自由學校就搪塞過去了。

那天之後，由惟就以身體因素為由，替紗奈請了假，也沒有讓紗奈去讀自由學校。也許是之前在國中遇到的事太痛苦，紗奈目前沒有主動提出要去上學的要求，平時都是由惟抽空教她功課。由惟自己完全斷絕了和朋友之間的來往，和紗奈相處的時間成為她最大的放鬆。

「我昨天去看了妳媽媽，她還是很擔心妳們姊妹，問妳們最近好不好。」

「是嗎？」

「時機是不是差不多了？」桝田不理會由惟冷淡的反應，繼續問她：「下個星期可不可以去看一下妳媽媽？」

「沒辦法，我要上班。」

「如果妳不行，至少讓紗奈去一趟。我會負責接送。」

「請你不要擅自做這種事。」

由惟用壓抑的聲音說道。桝田沉默不語。

「好，」桝田語氣開朗地回答，化解尷尬。「那就請妳多保重，我們也相信妳媽媽的清白，會繼續努力。」

由惟沒有回答，就掛了電話。

律師竟然說相信媽媽的清白。

律師根本是外人，能夠這樣輕易相信嗎？

就連由惟這個親生女兒，也不相信媽媽的清白……

媒體報導，媽媽在被逮捕後不久，就坦承自己犯案。

又過了一段時間，媽媽開始否認。

律師說，媽媽最初的供詞，是在訊問時受到警方刻意誘導的結果。

由惟搞不懂。不管警方再怎麼刻意誘導，到底怎麼會承認自己根本沒做的事？

由惟得知除了光莉等三名病童的點滴以外，紗奈的點滴中也混入了本來不該有的胰島素時，做夢都沒有想到是媽媽下的手。

但是，由惟清楚記得，光莉在病房內休克時，在沒有任何人指出問題的情況下，媽媽立刻停掉了紗奈的點滴。

警察最初認為媽媽是為了掩飾自己犯案，於是在女兒的點滴中加入相同的藥劑。

但是，如此一來就留下一個疑問，有人會為了掩飾自己犯案，讓自己的女兒曝露在危險中嗎？有少量藥劑進入紗奈的體內，沒有人能夠保證是安全劑量。事實上，紗奈雖然沒有休克，但病情惡化。聽說病房通道上的監視器，拍到媽媽案發之前走進護理站的身影，但媽媽當時在病房內四處發餅乾，而且之前經常這樣擅自走進護理站，因此覺得警方用這個當作證據很牽強。

由惟也被捲入這起案件中。她既是被害人紗奈的姊姊，同時又是嫌犯的女兒，警方多次向她問話。身為當事人之一，母親被逮捕時她感到莫名其妙，總覺得哪裡出了大差錯，導致現實被扭曲。

直到聽說了「代理型孟喬森症候群」這個陌生的專有名詞，才開始覺得也許是自己相信的世界有問題，看起來扭曲的現實才正確。

媽媽就是代理型孟喬森症候群。原本熟悉的媽媽突然被冠上這個聽起來好像很複雜的病名，讓由惟的思考陷入停止，但是深入瞭解後，嚇得面如土色。

媽媽和同病房其他病童的媽媽好像在競爭對女兒的無私奉獻，完全就是代理型孟喬森症候群的典型症狀。媽媽幾乎不相信醫院治療的效果，似乎認為只要自己整天陪在女兒身旁悉心照顧，就可以成為良藥，治好女兒的病。之前由惟一直認為這是媽媽個性的關係，但從常識來看，確實覺得媽媽的這種態度太偏激了。

聽說代理型孟喬森症候群經常發生在醫生或是護理師等從事醫療的人身上，這些人對某些醫療知識只有一知半解，導致破壞自己兒女的治療，結果把照顧變成另一種形式的虐待。

媽媽雖然不是護理師，但以前曾經在市川的一家醫院擔任護理助理。由惟不認為媽媽具備充分的醫療知識，但正因為有擔任護理助理的經驗，才會毫不猶豫地自己動手調整紗奈的點滴速度。

從這個角度思考，發現媽媽的很多行為都有問題。住家被搜索，聽到媽媽坦承犯案，左鄰右舍和同學都罵她是凶手的女兒。面對這樣的現實，原本深信的世界徹底崩潰，不得不認為這些現實才正確，自己陷入目前的境遇是事出有因。

媽媽被收押後，由惟從來沒有去看守所探視過她。

媽媽起初被收押禁見，後來禁見處分撤銷，律師建議她去面會，她也始終沒有前往。

如果只是針對同病房的其他三名病童下手，即使被整個社會唾棄，她或許仍然能夠對媽媽產生一絲同情，認為媽媽在照顧紗奈的過程中，和同病房其他母親的溝通問題導致了巨大的壓力。

但是，紗奈竟然成為媽媽下手的目標，而且確實受到傷害。這讓由惟無法對母親產生絲毫同情，就算紗奈願意原諒，由惟也辦不到。

下班回家的電車有點擁擠，站在身旁的老婦人沒有抓吊環，每次電車減速，她就重心不穩，撞到由惟的肩膀。

電車抵達新小岩車站時，一名年近三十的女人上了車。由惟覺得那張臉似曾相識。

她努力回想，接著在電車即將出發時，一名像是上班族的男人衝進車廂，經過站在車門附近的那個女人身旁，擠進車內。

男人斜揹著裝滿資料的肩背包，擠過女人身旁時，碰到女人的手。女人皺起眉頭，瞪了男人一眼。

男人完全沒有發現，站在女人身後拿出手機。他戴著耳機，完全不在意周圍的情況。電車出發，加速時車身搖晃，車內好幾個人都站不穩。男人可能撞到那個女人，女人不耐煩地聳起肩膀，用後背把男人推回去。男人有點不知所措，轉過身體，離開女人的身旁。這時，他斜揹的肩背包輕輕掃過女人的臀部，女人的長開襟衫微微晃動一下。

女人誇張地縮起腰，低頭瞥了男人的肩背包一眼，然後又瞪了男人一眼。

「喂！」

由惟聽到女人帶著怒氣的聲音，終於想起來了。她是古溝醫院兒童病房的護理師，那家醫院的大部分護理師都很溫柔，但這一位個性很強，做事很俐落。

女人抓住男人的手臂，男人驚訝地問：「幹嘛？」拿下了單側耳機，轉頭看向女人。
「你還問我幹嘛？你剛才不是摸了我嗎？」
「啊？」
男人難掩困惑地叫了聲。女人咂著嘴，瞪著男人說：
「你不要裝糊塗。」
「不，我真的沒碰妳。」
男人甩開女人的手，他的手機掉在地上，他撿起手機。
周圍的乘客假裝漠不關心，繼續隨著電車搖晃。寂靜中的氣氛很詭異。
兩個人的爭吵暫時停止。
原來是電車搖晃，或是男人轉身時，他的肩背包碰到女人，於是男人被當成色狼。男人上車時，肩背包碰到人，他卻滿不在乎，也缺乏對周圍人的顧慮，如果要說他有什麼錯，就只是這樣而已。他沒有拿手機的右手想要抓吊環，但附近的吊環都有人抓了，於是他縮了手，摸著自己肩背包的背帶。不知道肩背包是否很重，他不時調整肩背包的位置，所以就連由惟也很清楚，他被說成是色狼完全是冤枉。但由惟納悶的是，當女人回頭時，瞥了一眼男人鼓鼓的肩背包，顯然知道是肩背包碰到她，甚至覺得她明明知道對方並非色狼，卻因為很生氣而怪罪對方。
「莫名其妙……」
男人背對著女人，向由惟的方向走來，似乎想和女人保持距離。女人似乎聽到了男人嘴裡的嘀咕，惡狠狠地瞪向男人。

由惟不希望古溝醫院的護理師發現自己，立刻把頭轉到一旁。

電車抵達平井車站時，男人下車。由惟不知道他原本就打算在這一站下車，還是因為尷尬決定下車。由惟在他身後準備下車時，聽到身後傳來叫聲，嚇了一大跳。

「喂！你想逃走嗎？」

女人看到男人下車後，也下車追過來。她超越由惟，追上男人，抓住他的手臂。

「我根本什麼都沒做。」

「你不要裝糊塗。」

他們爭執了幾句，男人用力甩開女人的手逃走了。

「抓住他！他是色狼！幫我抓住他！」

女人很執拗，她大叫著追著男人，穿越了月台。

前方傳來怒叫聲，由惟很害怕。她戰戰兢兢地走過去，發現男人倒在樓梯中央，被經過的幾個男人按倒在地。

「我什麼都沒做！我根本沒碰她！」被按在地上的男人大叫著。

由惟移開視線，不敢看眼前的景象，和其他下車的乘客一起經過他的身旁。

她對自己就這樣離開並非沒有愧疚。

如果自己是不需要顧慮任何事的普通人，或許會出面幫男人澄清，他真的什麼都沒做。

但現實並非如此，這種假設的條件就不成立。

如果挺身說了實話，被那個護理師認出來，說自己就是古溝醫院案件凶手的女兒，到時候該怎麼辦？

如果她說，凶手女兒的話可信度是多少，自己該怎麼辦？

自己已經不是可以坦然表達意見的普通人了。

只能當作什麼都沒看到。

由惟沒有再回頭，快步走向家裡。

6

「今天遇到了很久沒有見面的枡田，他邀我加入他手上的案子。」

伊豆原對抱著惠麻的千景說，千景可能以為他難得接到了可以賺錢的案子，好奇地問：

「喔？是什麼案子？」

「是陪審團審判的國選辯護人。」

千景聽了伊豆原的回答，直白地皺起眉頭。「怎麼又是這種……」

「不，我聽他說明了之後，發現是一起牽涉到小孩的案件，有很多複雜的問題，很有挑戰性。」伊豆原好像在辯解似地說，「而且被告主張無罪，無罪判決是刑事律師的勳章，不是很希望可以成功挑戰一次嗎？」

「真羨慕啊，男人可以活在這種夢想之中。」

「不不不。」

不知道是否因為照顧孩子壓力太大，千景的反應充滿嘲諷。

「而且貴島義郎也加入了律師團，很少有機會和貴島律師一起工作。」

「那種重量級律師背後有很多人支持，所以才能夠挑自己喜歡的案子。」

「如果要說的話，我也有妳支持啊……」

「你還真敢說啊。」

「不不不。」

雖然在涉外法律事務所工作的千景薪水遠高於伊豆原，但伊豆原並不是沒有負擔生活費，所以並不會太在意，只是千景可能認為他太不當一回事了，似乎因此不太開心。

她是現實主義者，在她眼中，刑事律師是回報最低的工作，而且覺得沒必要主動去接陪審團審判國選辯護人的案子。

伊豆原察覺到千景的想法，但不會尷尬，有機會參與從來不曾接觸過的重大案件的興奮更加強烈，那種感覺很像是小時候，把存了很久的零用錢全拿去買塑膠模型，雖然母親很傻眼，但他仍然難掩喜悅地回家時的心情。

「我要去探視貴島律師，你要不要一起來？」

週末接到了桝田的電話，邀請他一起去探視，伊豆原二話不說答應了。去探視貴島，等於表明願意加入點滴中毒死傷案件的律師團。雖然桝田並沒有特別確認，但憑著老同學之間的默契，不必特別說明也能夠心領神會。

星期天，伊豆原和桝田會合後，去買了餡蜜❷當伴手禮，前往位在築地的醫院。那家醫院很

❷日本傳統點心，餡蜜的「餡」意指紅豆泥，「蜜」則是黑糖蜜，搭配各式各樣的抹茶、栗子、洋菜果凍或白玉糰子等配料。

大，管理很嚴格，必須在一樓櫃檯辦理探訪手續。

「案件發生的古溝醫院並不像這裡嚴格管理。」桝田把探訪申請單交給櫃檯時，向伊豆原說明。「反正就是一家中等規模的醫院，護理站沒有裝監視器，這成為難點。」

他們一起前往住院病房。貴島住的單人病房並不大，室內的擺設很簡單。

「貴島律師，這幾天感覺還好嗎？」

桝田打著招呼走進病房，貴島躺在床頭立起的病床上，滿面笑容。

「桝田……不好意思，還麻煩你特地來看我。」

向來仙風道骨的貴島義郎很符合有骨氣的律師形象，但眼前的他比印象中更加削瘦，臉頰凹陷。

「我原本以為這一次恐怕撐不過去了，沒想到總算挺過來了。」

「貴島律師，請您務必堅持下去。」桝田回答後，看向伊豆原。「他是我的同學伊豆原，他對小南女士的案件很有興趣。」

伊豆原聽到桝田的介紹，向貴島鞠躬。桝田可能之前已經打電話向貴島報告過，貴島點點頭，似乎已經瞭解狀況。

「太好了，我的身體情況你看到了，」貴島自嘲地說，「我太太之前就去世了，現在自己照顧自己很辛苦。」

「開庭的事請您不必擔心，」伊豆原說，「我會和桝田齊心協力，盡最大的努力。」

「『出外靠朋友』這句俗話說得真是太好了。」貴島說完，對桝田笑了笑。
「我們在看守所巧遇，」桝田說，「然後他就和我一起去看了小南女士。」
「這樣啊，所以你已經見到野野花……」貴島瞇起眼睛，看著伊豆原說，「她是不是很有魅力？」
「是啊。」
伊豆原點點頭，覺得用「很有魅力」來形容太貼切了。
「絕對不能讓像她那樣的人被送上斷頭台。」貴島用沙啞的聲音說道，「她根本沒想到等待自己的是這樣的未來，但現實的問題是，司法毫不留情。」
貴島曾經承辦過多起死刑案件，多年來也一直呼籲廢除死刑制度，當然無法接受自己承辦案子的被告被判處死刑。伊豆原完全能夠理解他的心情。
但他也很好奇貴島如何看待野野花的情況。如果他對野野花的清白深信不疑，在討論量刑問題之前，一定會提出無論如何都要爭取無罪判決。伊豆原認為也許貴島內心也並不認為野野花無罪，但他無法當面確認。
「在我有生之年，很希望能夠對這個案子有所貢獻。」貴島說完，露出凝望遠方的眼神。「之前在處理關根幸助先生的案件時，我的身體狀況也差到極點。因為過勞和壓力，導致自律神經出了問題，造成嚴重失眠，每天都想吐，頭昏腦脹，還經常莫名其妙發燒。我都靠吃止痛藥硬撐，結果導致胃潰瘍。就在這種情況下，法院對關根先生做出了死刑判決，必須提出上訴。沒想到他自暴自棄，說既然被判死刑就算了，不必再上訴。但是在一審時，法官完全沒有採納那些可以酌情減刑因素，所以當然不能輕言放棄。我憑一己之見上訴，一旦他撤銷上訴，一切就白忙了。當時我拖著幾乎快垮掉的身體，每天去看守所說服他。那時候，我真的是豁出去了，覺得就算自己死了，也不能讓他死在司法審判的手上。最後終於打動了他，他在上訴期限即將屆滿時，才同意上訴，在辦理完上訴的相關手續後，我才終於住進了醫院。」

「太驚人了。」伊豆原感嘆地說。

「多虧您當時的努力，後來高院改判了無期徒刑。」桝田稱讚著貴島的戰績。

「不光是這樣，」貴島浮現笑容，「關根先生也改變了，他面對自己犯下的罪，在監獄期間學習短歌，寫了不少贖罪的短歌，他現在仍然會寫信寄給我最近創作的短歌。想當初他是一個習慣用暴力解決問題的人，只要稍不順心，就連我也會被他破口大罵，一審時，法官認為他沒有教化的可能。」

努力獲得回報的方式有很多種，委託人的變化是其中之一。這是身為刑事律師才能體會到的喜悅，伊豆原很能感同身受。

他同時體會到，由於貴島捨身的執著持續累積，才能有如此輝煌的成就。

「回想起來，當時還很年輕。在辦理完上訴相關手續後，我才終於入院治療。」貴島幽幽地說，然後收起自豪的笑容，似乎回到現實。「現在就算想這麼做，也已經力不從心，明明主動爭取參與這個案子，如今卻無法擔任主將，實在太慚愧了。」

貴島目前的身體狀況並非只是身體不適而已，這也是無可奈何的事。

「您的參與就是很大的助力。」

桝田的話充滿了真心誠意，他們似乎在至今為止的辯護活動中，建立了可說是師徒關係的深厚感情。

「謝謝。」貴島淡淡回答後，再度看著伊豆原說：「桝田是很有骨氣的年輕律師，前途無量，你是他朋友，希望你可以好好協助他。」

「我一定全力以赴。」

伊豆原毫不猶豫地回答。貴島滿意地笑了，眼尾擠出魚尾紋。

「今天很有收穫。」

雖然探視的時間並不長，但有機會聆聽重量級刑事律師的指教，讓他覺得不虛此行，走在回家路上時，感到極大的滿足。

「不瞞你說，貴島律師還邀我加入他的律師事務所。」

走在他身旁的桝田淡淡地告訴他這件事。

「他真的很賞識你。」

看來貴島剛才稱讚桝田前途無量，並非只是為了鼓勵年輕律師的恭維話。

「貴島律師沒有孩子，可能把我當成他的兒子。」

「原來是這樣。」

桝田為人耿直，懂得敬老尊賢，伊豆原並不難理解貴島希望有一個像他那樣的兒子的心情。

「但對我來說，並不是壞事。」

「那當然。」伊豆原說，「根本是好事啊。」

聽說貴島法律事務所除了在刑事辯護很有名，旗下也有許多民事和企業法務律師，即使貴島不幸離世，並不會影響事務所的穩定經營。

「雖然目前的事務所也有恩於我，但是考慮到未來的發展……」

在司法實習生期間，桝田雖然並沒有特別優秀，但隨著實務經驗的累積，他可能發現可以在刑事律師的世界中發揮自己的專長。他加入了貴島經常出入的各種委員會，拓展人脈，終於把握到這次的機會。這種腳踏實地的努力值得稱讚。

「換律師事務所並不是什麼稀奇事，你繼續留在目前的事務所，也不知道什麼時候能夠晉升為合夥人，你應該趕快下決心，以免到最後空歡喜一場。」

雖然伊豆原說的話有點不中聽，但考慮到貴島的病情，如果拖拖拉拉，遲遲不做決定，最後的確很可能會空歡喜一場。伊豆原自己並沒有想要出人頭地的野心，但很希望朋友在這個問題上可以做出最好的選擇。正因如此，便建議他趕快做出換事務所的決定。

「有道理。」桝田似乎擺脫了內心的猶豫。「伊豆原，和你聊一聊真是太好了，心情完全舒暢了。」

「什麼事都難不倒我，」伊豆原得意地說，「除了錢的問題以外，我應該都可以幫上忙。」

桝田笑了起來，然後又恢復嚴肅。「目前要好好處理小南女士的案子，如果你有時間，就跟我回事務所一趟，我想把相關資料交給你。」

「好。」

伊豆原決定先去拿目前檢方公開的案件相關資料後再回家。

目前已經要為開庭做各種準備，既然已經決定加入律師團隊，就必須立刻開始行動。

7

「動詞的現在式和過去式不一樣，日文中的『製作』和『曾經製作』不是也不一樣嗎？英語就是『make』和『made』，那現在進行式的『正在製作』要怎麼說？」

「making嗎？」

「對，正確地說，是be動詞加making，如果忘了加上be動詞就會被扣分。那今天就背二十個過去式的單詞。」

「過去式不用加be動詞嗎？」

「不用加，一旦加了，就不再是過去式了，下次再教妳這個。」

紗奈坐在客廳的暖爐桌前，在筆記本上寫著動詞的過去式，由惟坐在對面看著她。

「妳在寫的時候要唸出來，這樣比較容易記住。」

並不是在學校，唸出來也沒有關係。

「made、made、made……」

由惟在陪紗奈讀書的同時，翻開了前幾天買的英檢準一級的問題集。

英檢比之前準備考大學時的英文更難，但是她希望在一年以內，可以通過準一級的考試，在紗奈國中畢業那一年，要通過一級。

然後就要離開日本，去國外生活，不管是美國或是其他國家都可以。她認為這是自己和紗奈能夠過正常生活的唯一方法。

「下一個要寫什麼？」紗奈寫了滿滿一行made後問。

「『do』的過去式是『did』，『can』的過去式是『could』。」

「等一下，一個一個來……」

紗奈唸著「did」、「did」，用自動鉛筆在筆記本上寫下。

「could、could……」

「別漏了『l』。妳在寫的時候可以用『co-u-l-d』來記。」

「這樣反而搞不清楚。」紗奈噘著嘴說。

「如果不用這種方式記，一定會把『l』漏掉，妳在唸出『could』的同時，要在腦袋裡想著『co-u-l-d』。」

「我就說這樣反而會搞不清楚。」

紗奈笑著說話時，仍然在筆記本上寫著「could」，突然停下手問：

「問妳喔。」

「嗯？」

「妳覺得我是不是該在第一學期結束之前回學校上課？」

紗奈在入學後不到兩個星期，就沒再去學校上課，在家自習了將近兩個月。

「為什麼？」由惟冷冷地問。

「妳問我為什麼……我只是覺得這樣似乎比較好。」

「有誰來過家裡嗎？」

由惟以為紗奈的班導師白天有來家裡瞭解情況，但紗奈搖搖頭。學校的老師當然不可能主動上門。校方為了家長的抗議傷透腦筋，紗奈的拒學反而是他們求之不得的結果。

「已經過了一段時間，而且最近住家周圍很安靜……」紗奈說。之前經常有人把沒吃完的泡麵或是空罐往她們公寓的門上丟，玄關前也經常被丟很多垃圾，最近那些人可能膩了，稍微安靜了些。

但是……由惟搖頭。

「一旦妳去學校，又會發生同樣的事。」由惟不由分說地回答。

「遙香寫信給我，」紗奈說，「她問我最近好不好……」

「這樣啊。」遙香是紗奈的小學同學，之前紗奈住院時，她不時來醫院探視。聽到她仍然關心紗奈，由惟覺得她是一個心地善良的女孩。「但是，如果妳因為遙香對妳很好就去學校，不久之後，遙香可能也會被霸凌。學校就是這種地方。」

紗奈難過地皺起眉頭，沒有再說話。

我說的話太討人厭了……由惟因自我厭惡，很想皺眉頭，但還是忍住了。她並不打算收回剛才說的話。她認為這是可以預見的現實。
「好，下一個。『go』的過去式是『went』。」
由惟催促著紗奈繼續讀書。紗奈雖然用自動鉛筆寫字，但似乎已經沒有心情唸出聲音。
紗奈瞥了由惟一眼說：
「之前國中的教務主任不是提到自由學校的事嗎？聽說只要去那裡上學，就可以算出席……妳覺得怎麼樣？」
紗奈在住院期間，只要身體狀況稍微改善，就會去醫院教室上課。她天生個性開朗，很喜歡熱鬧。只是身體需要靜養，無法運動令她痛苦，但想必不能去學校上課讓她更加痛苦。
但是由惟不想讓她繼續抱有這種天真的想法。
「自由學校裡都是一些問題兒童，妳去那裡也交不到朋友。」
由惟並不瞭解自由學校，之前自由學校的老師曾經提出想和紗奈談一談，但由惟以紗奈身體不適為由拒絕了。她認為就算去了自由學校，仍無法保證不會發生像之前在國中時遭遇的霸凌。
無論去哪裡，都無法改變由惟和紗奈是殺人凶手的女兒這件事。
「但是，如果不去學校……」紗奈一臉陰鬱地嘀咕著。
「沒關係，不去上課照樣可以畢業。」
「是嗎？」
由惟點點頭說：「妳的學習進度比其他同學更快，別擔心，我會好好教妳。」

紗奈心情沉重地點了一下頭。

「妳要記得回信給遙香。」

「……嗯。」

現在的國中生都有手機，紗奈原本應該也一樣，但由惟擔心她獨自在家時會看案件相關的網站，就沒有買手機給她。家裡有電話，如果有事，隨時可以聯絡，但她無法和朋友用聊天軟體聊天。紗奈幾乎過著和社會隔絕的生活。

雖然這樣的生活應該很寂寞，但由惟認為這樣的環境反而可以保護紗奈。雖然案件剛發生時，像風暴般的混亂已經漸漸平息，但事情並沒有完全解決。目前姊妹兩人只能低調過日子，默默忍耐。

包含休息時間在內，總共輔導了紗奈的功課將近三個小時。兩人在晚上十一點多時鋪了被子準備睡覺。

雖然客廳的空間寬敞，但她們至今仍然在自己的房間鋪被子一起睡覺。紗奈希望如此，由惟也不喜歡一個人睡覺。

紗奈似乎經常睡午覺，晚上很難入睡。由惟經常在還沒有聽到紗奈發出均勻的鼻息之前就睡著了。

這一天，當睡魔悄悄進入由惟的體內時，睡在她旁邊的紗奈開了口。

「姊姊，不知道媽媽好不好？」

由惟剛好回想起剛搬來這裡時，媽媽帶著她們姊妹去舊中川沿岸的水邊公園吃便當。這是因為剛躺下時，紗奈問：「明天便當吃什麼？」由惟回答說：「薑汁豬肉。」現在由惟每天早上做帶去公司的便當時，還會多做一個給紗奈吃。

由惟並不是因想念媽媽，才會回想起以前的事，只是想到紗奈那時候還很健康。紗奈可能也想起同一件事，只是又聯想到其他事……紗奈的問話讓由惟產生了這樣的想法。

由惟沒有回答。

她隱約發現，紗奈並沒有強烈的被害人意識。她的點滴內雖然混入了其他藥物，但她並沒有像其他病童那樣有生命危險。

但是，這只是結果。由惟多次告訴紗奈，她和其他病童一樣，點滴內也混入了其他藥劑，她當時曾經惡化，因此面臨疾病慢性化，可能有必須住院多年治療的危險。

對紗奈來說，只有凶手女兒這個身分未免太殘忍了，唯有紗奈也是被害人之一，才可能獲得社會的諒解。由惟希望紗奈能夠理解這件事，只要她理解這件事，就可以和媽媽劃清界線。

「律師有沒有說什麼？」紗奈繼續追問。

「沒有說什麼重要的事，」由惟回答，「只是問我們最近好不好。」

由惟刻意避開提及媽媽。

「他有沒有說媽媽最近的情況？」

由惟輕輕嘆了一口氣，「能有什麼情況？她被關在看守所，每天只能吃了睡，睡了吃。」

「只能吃了睡，睡了吃……這種生活其實很痛苦。」紗奈幽幽地說，「如果去那裡，應該可以見到媽媽吧……之前桝田律師這麼說。」

「不去。」由惟在黑暗中語氣堅定地說，「妳差一點就被害死了。媽媽只是想藉由照顧妳，讓周圍人稱讚她很辛苦、很了不起。如果妳康復了，就沒有人再這麼說她了，所以她希望妳的病情更嚴重。」

不知道是不是因為由惟的語氣太強烈，黑暗的房間內陷入一陣沉默。

「真的是這樣嗎……」

紗奈說話的聲音有點沙啞，而且微微帶著哭腔。

睡魔不知道跑去哪裡了？

8

這一週，伊豆原在處理手上案子的同時，仔細閱讀了點滴中毒死傷案件的審判資料。請求檢察官開示證據後，偵查報告、犯罪嫌疑人、證人的供詞筆錄送到了律師團手上。伊豆原看了這些卷宗，瞭解了這起案件的概況，以及小南野野花被警方鎖定為凶手的過程。

案件發生在去年十月七日下午四點四十分左右，地點是古溝醫院本館三樓的三〇五病房。

本館三樓是小兒內科的病房，需要住院治療的病童都住在這個病房區。小兒內科病房區有四間單人病房，六間四人病房，三〇五病房是四人病房。

案件發生當時，小南野野花的十一歲小女兒紗奈住在三〇五病房，紗奈罹患了急性腎絲球腎炎，約一個半月前開始住院治療。從病房門口，就可以看到她位在左側窗邊的病床，除了接受飲食療法以外，還會定期接受類固醇等藥物的點滴，保護腎臟功能。

睡在紗奈對面病床的是七歲女童梶光莉，她罹患了兒童哮喘，從兩週前開始住院治療。她也定期接受類固醇等點滴治療，改善症狀。

睡在小南紗奈隔壁病床、靠病房門口的佐伯桃香今年四歲，四天前住院接受川崎病的治療，正使用大量免疫球蛋白進行治療。

佐伯桃香對面是六歲的恆川結芽，由於腎病症候群發展為慢性腎炎而住院。雖然和紗奈一樣，都是腎炎，但由於已經慢性化，因此已長期住院超過兩年。除了配合嚴格的飲食療法進行日常治療，還必須注射類固醇和免疫抑制劑。

案發當天負責三〇五病房的護理師是病房區的副護理長川勝春水。她在下午三點半左右準備了三〇五病房，和同樣由她負責的三〇二病房的點滴，在四點左右前往病房，為病童注射點滴。三〇二病房的點滴內並未發現混入其他藥物。

在四點開始注射點滴大約四十分鐘後，三〇五病房發生了異常狀況。哮喘病人梶光莉和川崎病患者桃香接連發生休克。紗奈陷入昏迷，病房內發生異常狀況後，一名醫生在五點左右趕到病房，確認恆川結芽的意識時，發現她的呼吸已經停止。

醫護人員針對除了紗奈以外的三名病童進行人工呼吸和心肺復甦術等急救治療，在發現病童都陷入低血糖狀態後，補充了葡萄糖。佐伯桃香的全身狀態逐漸穩定，數小時後恢復意識，但不知道是否因為昏迷數小時的關係，目前仍然無法消除自律神經障礙等神經症狀。

梶光莉陷入嚴重昏迷，對中樞神經造成不可逆的傷害，在採取急救之後，仍然多次痙攣發作，同時因無法自主呼吸，於是裝了人工呼吸器，但是這些治療都無法發揮作用，她的意識沒有恢復，並在四天後死亡。

恆川結芽也使用人工呼吸器進行呼吸管理，等待她從昏睡狀態恢復。雖然一度出現了對刺激產生反應的好轉徵兆，但之後全身狀態惡化，在大約一個月後死亡。

案件發生後，分析所有病童的點滴藥劑，發現點滴內被混入了糖尿病患者使用的胰島素。在糖尿病治療中，過量使用胰島素會導致低血糖症狀，如果造成昏迷等嚴重狀況時，可能導致死亡的危險。

兩百毫升的小型輸液軟袋內分別被加入了八至九毫升的胰島素。糖尿病人的胰島素使用量因人而異，有些病人每次只使用零點一毫升的胰島素，所以混入量相當於這些病人的八十倍到九十倍，即便混入的藥劑並未完全進入病童體內，也不難想像會對兒童的身體造成重大傷害的危險性。

護理站內的垃圾桶內發現了沾到胰島素的針頭，在病房區污物間的垃圾桶內找到了注射器，和原本保管在冰箱內的四瓶十毫升胰島素。

污物間是在處置室和浴室旁邊的小房間，並不在通往電梯廳的路上，因此監視器拍不到人員出入情況，每個藥劑瓶內都殘留了一毫升左右的藥劑，可能是在作業時動作很倉促。

污物間的門上和丟棄的注射器、空瓶上都並未發現野野花的指紋，但她的口袋裡有拋棄式橡膠手套。她供稱是在護理站拿的，在洗毛巾時使用。

警方認為有人在川勝春水準備完點滴到前往病房的三十分鐘期間，故意把胰島素混入點滴藥劑中。調配點滴液時，用注射器將醫生處方的藥劑，注入生理食鹽水軟袋的橡皮栓，在軟袋上並沒有發現任何針孔，研判混入的胰島素也是用注射器從橡皮栓注入。

至於混入的地點和時間，雖然不能排除在開始點滴後，有人在病房內注入的可能性，但檢方持不同的意見。

川勝春水前往病房之前，點滴液放在她使用的醫療推車托盤上，為了避免搞錯，托盤和點滴液軟袋上都貼了寫有病人姓名的貼紙，在製作點滴液時，規定必須兩人一組確認藥劑，川勝春水和後輩護理師庄村數惠一起進行了這項作業。之後，川勝春水在護理站後方的休息室內整理工作紀錄，為傍晚五點的交班做準備，在四點左右推著醫療推車前往病房。

當天有六名早班護理師，分別是副護理長川勝春水和主任竹岡聰子、護理師庄村數惠、安藤美佐、島津淳美和畑中里咲，每個人都分別負責一間四人病房，有人還多加一間單人病房。護理長在連通走廊另一端的新館小兒外科病房的護理長室工作，只有上午開會時，才會來小兒內科病房。

當天由主任葛城麻衣子、奧野美菜和坂下百合香三個人上夜班，她們都在下午四點半左右來到醫院，一上班就立刻遇到了這起案件。

除此以外，還有三名護理師上完夜班後休息，當天都分別有私事，並沒有踏進醫院。

有兩名醫生負責小兒內科病房，分別是立見明和石黑典子，除了這兩名醫生以外，大家口中的「少東醫生」、院長古溝久志也為內科和小兒內科看診，雖然有時候會有其他醫院的醫生支援門診或值班，但那天並沒有其他醫院的醫生。

下午四點四十分，夜班的三名護理師來醫院上班，剛好是準備交班的時間。

然後就接到通知，說三〇五病房內正在打點滴的梶光莉無力地躺在床上，很快就陷入休克狀態。她的母親梶朱里大驚失色，慌忙按了呼叫鈴。野野花的大女兒由惟發現異狀，叫住正走在走廊上的護理師島津淳美。負責三〇五病房的川勝春水從護理站跑過來，由於事態緊急，於是要求護理站派更多護理師支援，同時聯絡醫師值班室。

立見明接獲通知後，立刻從樓上的醫師值班室趕到現場，他在診察川勝春水正在急救的梶光莉之前，發現睡在入口左側病床上的佐伯桃香同樣進入休克狀態。

之後，石黑典子和小兒外科的醫生木口正章，以及古溝久志也從院長室趕來，所有護理師都參與急救工作。在進行心肺復甦術和電擊的同時，進行血液檢查，判斷病童處於低血糖狀態後，立刻補充葡萄糖。傍晚五點半左右，佐伯桃香的生命徵象穩定下來，但梶光莉在心跳恢復後，仍然發生間歇性痙攣，無法恢復自主呼吸，於是實施了進一步治療。

在急救兩名病童的同時，石黑典子察覺到事態異常，於是確認了恆川結芽和紗奈的狀態，發現恆川結芽也沒有呼吸。她立刻進行了人工呼吸等急救治療，古溝久志在這時懷疑點滴液可能有處方失誤，停止所有人的點滴，但在那之前，野野花就已經停掉了紗奈的點滴。紗奈雖然失去意識，但脈搏正常，做了心電圖後，沒有發現心跳異常。在注射葡萄糖後，最先恢復意識。

經由這樣的過程，發現在四名病童的點滴中被混入藥物，問題在於下午三點半到四點期間的三十分鐘，也就是點滴液調配完成，放在護理站內托盤上這段時間內，懷疑有人在其中混入藥劑。

川勝春水調配好點滴，在四點之前，把筆電帶去後方的休息室寫護理紀錄。主任竹岡聰子在休息室內，同樣在整理自己的護理紀錄。

安藤美佐和畑中里咲在護理站內的櫃檯前，庄村數惠和島津淳美坐在中央的桌前整理護理紀錄，但這四個人並非那三十分鐘都一直在護理站內，有人按呼叫鈴時就會前往處理，而且在和醫師或藥局聯絡業務時曾經離開。安藤美佐很快就完成了護理紀錄，和護理助理一起去協助三〇三病房的病人入浴。

野野花走進護理站時，遇到畑中里咲和庄村數惠。畑中里咲接過野野花給她的餅乾，簡短地聊了一兩句話。庄村數惠接過餅乾時，也向野野花道謝。她們之所以沒有阻止野野花走進護理站，是因為她之前就經常這麼做，更何況收了她的餅乾道謝後，不好意思要求她不能擅自進入護理站，而且她們在專心寫護理紀錄。

之後，畑中里咲和庄村數惠都聽到野野花敲護理站深處休息室的門，野野花走進休息室，拿了餅乾給川勝春水和竹岡聰子。野野花告訴她們，在醫院內食堂負責裝菜的女人是以前和她一起在熟食店工作的同事，之前對方一直戴著口罩，所以沒發現。川勝春水敷衍幾句後告訴野野花，她們正在工作，請她先離開。於是野野花走出休息室，畑中里咲和庄村數惠並不知道她什麼時候走出休息室，但當她走出護理站時，她們都聽到了動靜，看到她離開的身影。檢警認為野野花走出休息室到離開護理站期間，有可以犯案的空檔。野野花在翻供後說，她走出休息室後，從作業台的盒子裡拿了拋棄式橡膠手套，除此以外並沒有做其他事，然後就離開護理站。

護理站內並沒有監視器，但病房的走廊上有設置監視器，拍到了野野花出入護理站的身影。根據監視器拍到的影像，發現包括進入休息室在內，她在護理站內停留的時間為兩分鐘又二十五秒。

野野花之後又去了三〇七和三〇九病房，和病童的母親山本尚美、有吉景子分別聊了十到十五分鐘。有吉景子的女兒隔天就要出院，於是把剩餘的色紙送給了她。

野野花在四點十五分左右回到三〇五病房，把剩下的餅乾拿給紗奈吃，也把色紙交給紗奈。之後，觀察了紗奈的點滴，她的女兒由惟看到她調慢了點滴的速度。據說她之前就經常調慢點滴速度。野野花供稱，她認為調慢點滴的速度可以減少對紗奈身體的負擔。

由惟證實，野野花去其他三名病童身旁察看她們的情況後說「結芽看起來好像很虛弱」、「光莉，妳都沒有吃餅乾」，但完全沒看到她拿注射器。

當野野花發現梶光莉哮喘發作，就走到她身旁，撫摸她的背。不一會兒，梶光莉的喘鳴改善，四點三十五分左右，光莉的母親梶朱里走回病房，野野花就離開了。野野花和梶朱里前一天曾經因小事發生爭執，彼此的關係有點尷尬。

五分鐘後，梶朱里發現女兒的異常變化。

除了在案發前一刻走進病房的梶朱里以外，在病房內的病童發生異常變化之前，只有野野花和由惟母女兩人在場。病童之一的紗奈證實，由惟並沒有去其他病童的病床旁。

野野花走去其他病童的病床，有機會碰她們的點滴，但由惟和紗奈都說沒有看到媽媽手上拿注射器。如果說是野野花趁她們不注意時犯案，問題在於紗奈的點滴內也混入了藥物。姊妹兩人都看到媽媽調整點滴速度，不可能沒發現她用注射器混入其他藥物，而且一旦看到媽媽做這種不自然的事，不可能不質問她。檢方因此認為，無論是野野花或是其他人，都不可能在病房內混入藥物。

如果是在護理站內，有人趁點滴放在醫療推車托盤上的三十分鐘期間下手，可能犯案的人當然就並非只有野野花了。

早班的六名護理師都有可能，護理助理也曾經在這段時間出入護理站。當天由笹原朋美和中根正子兩人在兒童病房擔任護理助理，醫生石黑典子也曾經在這段時間進入護理站聯絡業務。

警方逐一訊問了所有關係人，當時的重點放在三〇五病房是否有什麼糾紛，以及負責三〇五病房的副護理長川勝春水是否和誰結怨。

警方在訊問之後，並沒有從醫院相關的人員中發現任何可疑對象，沒有任何人提到特定的名字，認為有人和副護理長結怨。

相反地，警方很快掌握到三〇五病房內的糾紛。除了梶朱里本人，同病房其他病童的家屬佐伯千佳子和恆川初江也都證實，梶朱里和野野花關係不睦，只有野野花說她和所有人關係都很好，就連她的女兒由惟，也證實她的母親和梶朱里關係惡劣。

案件發生的兩天前，野野花佔用了病房的廁所將近十分鐘，在洗毛巾時發出很大的聲音，梶朱里要她去洗衣室洗毛巾。洗衣室離病房很遠，所以野野花平時幾乎都在病房的廁所內洗東西。那天她也不理會梶朱里的提醒，說已經快洗完了，堅持洗完毛巾，之後也和梶朱里為這件事發生口角。

案發的前一天，野野花在病房內吃完麵包後，用抱枕用力拍打自己的椅子清理麵包屑，梶朱里為此不悅。野野花之前就有類似的行為，梶朱里向她抗議，說揚起的灰塵對女兒的哮喘有不良影響，但野野花很快就忘記，多次做出相同的行為。梶朱里那天在抗議時加強了語氣，野野花反駁說，與其在意灰塵，不如好好鍛鍊身體，治好哮喘。梶朱里對她絲毫不認錯的態度怒不可遏，兩人開始爭吵。她們剛好在案發前一天爭吵，檢警當然很重視這件事。

警方發現，野野花已經去世的父親生前罹患糖尿病，曾經用胰島素進行治療。佐伯桃香住院之前，十歲女童西本愛佳睡在那張病床，她罹患了兒童糖尿病，用胰島素進行治療。她的母親佑子經常和野野花聊天，佑子供稱曾經親口聽野野花提到父親的事。野野花還告訴佑子，父親曾經因低血糖症狀昏倒，胰島素過量會導致可怕的後果。

野野花對胰島素有基本知識這件事，對犯罪側寫具有重大意義。胰島素和普通的藥劑不同，必須放在冰箱內保存，如果不清楚這一點，就算想用胰島素犯罪，也無法從藥品架上找到。而野野花在接受警方偵訊時回答，她當然知道胰島素必須放在冰箱內保存。

同時，警方也注意到野野花在案發當時的可疑行為。古溝院長指示停止繼續為病患輸液，護理師聽從指示採取行動，奧野美菜要停止紗奈的輸液時，發現早就已經停止了。野野花承認是自己停掉了紗奈的點滴，此事獲得由惟證實。

野野花說，她看到梶光莉和佐伯桃香接連陷入休克狀態，認為是點滴造成病房內發生的異常狀況，於是她就停掉了點滴。如果不這麼想，當然不可能停掉點滴，但問題是當時醫護人員還沒有想到這件事，只是忙著處理眼前的狀況，只有她搶先採取行動，排除造成異常的原因，令檢警匪夷所思。

她是不是藉由讓女兒成為被害人，好避免自己被懷疑？為了不讓女兒受到嚴重的危害，又調慢點滴速度，然後伺機停掉……檢警人員都產生了這樣的疑問，警方在偵訊中，直接問了野野花這個問題。

野野花在偵訊中否認這件事，但之後檢方提出了代理型孟喬森症候群的可能性，取代了原本的掩飾論。代理型孟喬森症候群是在調查醫療相關的兒童遭虐案件時，最先會想到的精神症狀。

野野花因為和梶朱里不和，便打算在梶光莉的點滴內混入其他藥物，但她認為如果只在一個人的點滴中動手腳，一旦事情曝光，很可能在調查人際關係後，懷疑到自己頭上，於是也對包括女兒在內的其他三名病童下手。即便女兒會受到一些不良影響，但只要好好照顧就可以解決，而且可以因此讓別人對自己產生同情，算是一舉兩得。然後，她就實際動了手，讓四名病童的身體狀況立刻出現異狀，但她不希望自己的女兒死於非命，便調慢了紗奈點滴的速度，同時為了避免紗奈的情況太嚴重，在中途就停掉了點滴——這就是檢方對小南野野花的犯罪側寫。

隔週，伊豆原前往新橋，去桝田所屬的律師事務所。桝田是受僱律師，沒有個人辦公室，於是借用會議室談話。

「我決定要去貴島律師的事務所。」

在伊豆原認真研讀案件相關資料期間，桝田似乎已經決定好未來的動向。他說完成目前手上的案子交接後，打算八月就去貴島律師的事務所。

「那真是太好了。」

伊豆原看到桝田一派輕鬆，表示了支持的態度。

「總之點滴死傷案件是我自己接的案子，一定會繼續下去。」桝田說完後問伊豆原：「你看了資料之後有什麼感想？」

「目前的感覺，認為很值得一戰。」伊豆原說，「只是那份自白筆錄太傷了。雖然小南女士說自己當時腦筋有問題，但問題在於警方在偵訊時，是否有誘導或是逼供之類的違法行為。」

無論事後再怎麼翻供，一旦在筆錄上留下自白紀錄，就很難再推翻。雖然無法靠自白定罪是刑事案件的原則，但在實際審理過程中，有沒有自白，將對審判產生很大的影響。

但是，翻開警方偵辦刑事案件的歷史，就會發現多名無辜的人由於受到逼供，承認了自己根本沒有做過的罪行，所以推翻自白並非完全不可能的事。站在辯方的立場，只能針對偵訊是否有違法性這件事作為突破口。

「錄影檔案已經送過來了，」桝田說，「既然是偵訊，態度當然比較強勢，但我看了之後，認為無法說有任何違法性。嫌犯似乎和之前國選的輪值辯護人沒有建立良好的關係，警方巧妙地在她精神狀態不穩定的情況下趁虛而入。」

一種米養百種人，律師既然是人，就有和委託人合不合得來的問題。如果委託人無法和律師之間建立良好關係，就算律師建議委託人，不該承認自己沒做的事，也不知道到底能夠對委託人發揮多大的作用。任何人一旦陷入孤軍作戰的心理狀態，就很容易屈服。

「現在可以看錄影檔案嗎？」

桝田走出會議室，很快拿了藍光光碟回來。他打開放在牆壁前的小型液晶電視，把藍光光碟放進光碟機。

遇到像這次確定會由陪審團審判的案件，規定所有的偵訊過程都必須全程錄影存證，由於偵訊過程必須攤在陽光下，照理說警方不可能逼供，但這也意味著野野花是在這種環境下自白。

液晶螢幕上出現了偵訊室的樣子。時間顯示為十一月五日下午一點零八分。

「那是逮捕後的第六天。」桝田向伊豆原說明，「警方由一位姓長繩的副警部負責偵訊，警方在逮捕時透露，小南女士在主動到案說明時說溜嘴，暗示自己犯案，但其實她根本沒有說。單單因為說她知道胰島素，就被警方苦苦追問，好幾次回答都顯得六神無主，而且她在接受偵訊期間一直強調，之前沒有說過這種話，或是和她之前說的不一樣。」

野野花在影片中垂頭喪氣，微微低著頭，一臉愁眉苦臉。她的頭髮凌亂，滿臉疲憊，看起來比四十四歲的實際年齡更蒼老。

〈那就開始了。〉

長繩副警部公式化地說明了她有權保持沉默，停頓片刻後問野野花：〈妳想清楚了嗎？〉

野野花低著頭，並沒有太大的反應。

〈我希望我不在的時候，妳也要好好思考，無論吃飯或是睡覺時都一樣。如果妳不想清楚，目前的狀況就不會有終點。〉

「她似乎很沮喪。」

伊豆原發現影片中的野野花和之前在看守所接見時的印象有很大的差別，忍不住嘀咕。

嫌犯被逮捕後，在移送檢方之後，最長會有二十天的時間持續接受偵訊。第六天雖然還不到二十天一半的時間，但顯然她承受了第一波壓力的顛峰。

「她多久之後自白？」

光是這一天的偵訊，應該就持續了好幾個小時，伊豆原希望直接看自白部分的影片。

「不用急，她馬上就自白了。」

「啊？」

伊豆原正感到納悶，電視螢幕上很快出現了那一幕。

〈我說妳啊，真的要好好為兩個女兒著想，母親發生這種事，她們太可憐了。〉

長繩副警部的聲音很平靜，只是語氣稍微有點粗魯，巧妙地發揮了施壓的效果。

〈她們……怎麼樣？〉

〈她們當然很苦惱啊，雖然我很想讓妳們見面，但眼前的狀況根本不可能。如果妳一直堅稱妳不知道、妳沒做，法院不可能同意妳們見面。〉

〈那我該怎麼辦？〉

〈妳必須自己思考該怎麼辦。〉

一陣沉默後，長繩副警部嘆了一口氣。

〈我沒想到警察會抓我，從來沒想過會遇到這種事。〉

〈妳要正視現實。光莉的媽媽失去心愛的女兒，簡直生不如死。結芽的媽媽也一樣，結芽那麼努力，原本應該充滿希望，但最後還是天人永隔。妳應該能夠想像，她們受到了多大的打擊。或許妳覺得自己在這裡受苦，但她們比妳更痛不欲生。妳運氣很好，女兒平安無事，這樣不是就夠了嗎？妳不這麼認為嗎？還是妳根本不在意自己女兒的死活？〉

〈沒、沒這回事。〉

〈嗯，如果不顧女兒的死活，這種人根本不配當母親，但問題是妳也不知道紗奈和由惟會怎麼想，妳應該有希望她們無論如何都要相信的事，到時候在法庭上說清楚就好，這就是審判的目的。反過來說，不管妳在這裡否認或是沒有否認，都只是形式而已。〉

〈我不能再出去了嗎？〉

〈如果妳想出去，那我就要奉勸妳重新考慮了。無論妳再怎麼告訴我，自己如何如何，如果法官不相信也是枉然。目前根本是在原地踏步。該承認的事就承認，該說的就說，要詳細說分

明，講清楚。一旦進入審判程序，應該就可以解除禁見。聽我一句話，目前的狀況對妳很不利。〉

〈只要我承認，就可以見到女兒嗎？〉

野野花的聲音聽起來很無助。

〈應該可以見到，律師會帶她們來見妳。〉

野野花用手捂著臉，然後連續點了好幾次頭，似乎在說服自己。

〈那……就這樣。〉她的手仍然捂著臉說。

〈就這樣是指？〉

〈那就這麼做。〉

〈妳是說妳承認嗎？〉

野野花用力垂下頭，點了一次頭。

〈我要確認一件事，妳不能因為想見女兒就說謊。並不是這樣吧？〉

把對方逼得走投無路，只能投降，然後還卑鄙地再度確認……這種手法太狡猾了。

〈對……對……〉

野野花已經完全屈服了，無論對方問什麼，她都點頭，最後抽抽噎噎地哭了。

到底該如何看待這些偵訊內容……伊豆原重重地嘆氣。

野野花在連續多日接受偵訊後，的確已經身心俱疲，但也可以認為是由於她隱瞞自己的罪行，持續否認，對精神造成很大的負擔。

長繩副警部的訊問的確充滿除了自白以外無處可逃的壓力，但是，他既沒有拍桌，也沒有大吼威脅。參考那些從否認改為自白，最後被判決有罪的其他案件，偵訊的情況恐怕都大同小異。最重要的是，看了這段影片，會覺得野野花輕易就承認了，簡直就像在這天開始偵訊之前，就已經決定要自白，恐怕很難讓陪審團認為那是逼供，強迫她做出這樣的自白。

「每天偵訊的時間有多長？」

「幾乎都八小時左右。」桝田回答說。

警察廳規則，原則上偵訊嫌犯不得超過八小時。這次的偵訊狀況符合這個規定，但如果多疑的話，總覺得似乎太符合規定了。

這段影片是從下午開始錄影，無法得知攝影機沒有拍攝時發生什麼事。

「會不會從一大早就開始疲勞轟炸，然後才裝模作樣地打開攝影機，假裝好像從下午才開始偵訊？」

「不瞞你說，我懷疑有這種可能。」桝田說，「否則很難解釋她為什麼這樣輕易承認了。我目前正在申請拘留室的出入紀錄。」

拘留嫌犯時，必須送去屬於法務省管轄的看守所，但由於案件太多，無法將所有嫌犯都送去看守所，因此有很多嫌犯在被起訴之前，都被關在警局的拘留室內。

這是日本獨特的制度，稱為替代監獄，由於警察可以為所欲為，因此導致存在很多問題。也就是說，當嫌犯二十四小時被拘束在警局內，警察的作業就可以黑箱化，沒有人知道到底發生什麼事。警察可以隨時偵訊嫌犯，要偵訊多久都沒問題，很容易在精神上把嫌犯逼入絕境。之前就曾經有多起警方用這種方法，強迫嫌犯承認根本沒有犯下的罪，導致冤案產生的案例。

最近警界終於重新檢討了拘留室的管理問題，由不同於刑事課的其他部門管理拘留室。至少刑事課無法隨意篡改出入紀錄，如果嫌犯離開拘留室的時間和開始錄影的時間不符，就可以懷疑其中有蹊蹺。

「這部分就等拿到紀錄再討論，但我認為小南女士之所以會屈服，有很大一部分原因是因為她想見到兩個女兒。」

從錄影中的偵訊內容來看，的確會產生這樣的想法。

「但她的兩個女兒不是至今都沒有去看過她嗎？」

「是啊。」桝田說，「雖然我試著說服很多次，但都徒勞無功，最近甚至不願和我見面，我一籌莫展，這件事希望你可以協助處理。」

「好，必須想辦法解決這個問題，」伊豆原說，「她的大女兒叫由惟吧，上次聽你說，她因為妹妹也受害，就一直無法原諒母親。」

「她妹妹是被害人之一，因此她起初完全沒有想到是媽媽下手，但是在知道代理型孟喬森症候群這個名詞，瞭解這種心理可能會導致傷害自己的孩子後，就無法繼續袒護母親。」

「原來是這樣。」

如果她的母親真的是凶手，她產生這樣的想法也情有可原，但目前這並非確定的事實，在無罪推定的現階段，如果只是女兒自己的懷疑，無論如何都希望可以解開她的心結。

「但是，我認為檢警的鑑定很輕率。」桝田說。

「我方不是也要鑑定嗎？」

「當然，已經透過貴島律師委託了專家。」

「那就沒問題了，」伊豆原點點頭，「我只是在想，假設小南女士如鑑定所說，真的有代理型孟喬森症候群，如果檢方要加強這種論調的說服力，案件就不該是目前所呈現的樣貌。」

案件發生當時，梶朱里剛好回到病房，但其他病童的家屬則因各自的家庭因素回家了，只有野野花在病房內。如果她有代理型孟喬森症候群，應該在製造緊急事端後，自己去叫醫生，讓那幾名病童順利轉危為安，期待其他病童的母親感謝她，也可以期待梶朱里感謝她救了光莉，為前一天的事道歉……

如果野野花真的是因為母親之間的糾紛，對梶光莉等三名病童下手，又加上罹患代理型孟喬森症候群，不惜對女兒下手，那種情況顯然更自然，更有說服力。

「我也有同感。」桝田聽了伊豆原的意見後說，「但是這麼一來，檢方就無法證明她想要殺人，不是很傷腦筋嗎？」

如果無法證明野野花想要殺人，對於這起導致兩名兒童死亡，一名兒童陷入重症的凶惡案件，就難以判處和案件重大性相符的刑罰。輿論對於這起只因為母親之間感情不和，就輕易奪走無辜孩子生命的異常案件深惡痛絕，不願意接受野野花根本沒有殺人念頭的辯解。至少檢方認為這是輿論的趨勢，便努力回應社會的期待。

於是，檢方為了在最大程度上證明野野花試圖殺人，只限定對紗奈下手是代理型孟喬森症候群使然，加害女兒以外的三名病童時又是基於其他動機。以不同動機來解釋，可以排除野野花既然同時對自己女兒下手，是否真心想要殺人的合理懷疑。

「真是太牽強了。」

「沒錯。」桝田說，「所以我認為只要我們有心，就可以推翻檢方的論述。」

對女兒以外的三名病童的犯案動機各不相同這件事很不自然。野野花會在四名病童的點滴中混入藥劑，都是因為罹患了代理型孟喬森症候群，是希望四名病童病情突然惡化，她發現之後，拯救這幾名病童的生命，受到周圍人的感謝，完全沒有打算殺人……辯方提出這樣的主張合情合理，陪審團也很可能會接受。一旦接受這種論述，就無法認定野野花試圖殺人，也就不是殺人罪，當然就會重新考慮量刑。

「但是，小南女士主張自己無罪，如果以這一點作為爭點進行辯論就很奇怪。」

「是啊。」伊豆原同意他的說法，「我們必須從無罪的觀點推翻檢方的論述，而且既然筆錄上有她的自白，我們必須徹底推翻其他的狀況證據。」

「說起來簡單，做起來卻很困難。」

「我知道。」伊豆原說，「只能在聽小南女士親自說明的同時，也向醫院相關人員確認情況，理出頭緒。」

「我和貴島律師之前已經找過古溝醫院內所有的醫護人員，事務局長是聯絡窗口，你可以放手去做。」

「好，既然接了這個案子，我就不會有任何顧慮。」伊豆原說。

隔週，伊豆原再次前往位在小菅的東京看守所。

「啊喲，是上次那位……」

野野花走進接見室，看到伊豆原後，輕輕笑了笑。

「我是伊豆原柊平。」

伊豆原再次自我介紹，然後把名片貼在壓克力板上，讓她可以看清楚。

「我正式加入了律師團，請多指教。」

「不好意思，讓你為我這種人費心，謝謝。」

野野花說完這句話，向他鞠躬。她感覺很沉穩，說話的語氣聽起來是一個沒心眼的人。

「貴島律師最近還好嗎？」

「還不錯，雖然還沒有出院，但治療狀況似乎很順利。」伊豆原回答說，「他說妳很迷人。」

「我哪裡稱得上迷人。」野野花眉開眼笑地捂著嘴。

「有沒有什麼話要我轉告貴島律師？」

「是的。」她回答說，「請你轉告他，希望他早日康復出院，也希望我可以早日離開這裡，我期待我們都可以笑著見面的那一天。」
她似乎抱著和病人康復出院相同的期待感，看待自己獲釋這件事。伊豆原目前還不確定她是生性樂觀，抑或只是在逞強。
「我想問妳幾個關於案件的問題，可以嗎？」
「好，是什麼問題？」
雖然她的眼神並不銳利，但是，當她注視伊豆原後，一雙大眼睛雖然不時眨眼，但始終沒有移開視線。既可以說她是親切可愛，也可以認為是目中無人。
「梶光莉的媽媽證實，她和妳的關係不好，但妳供稱和光莉媽媽的關係很好。妳是真的這麼認為，還是只是粉飾太平的場面話？請問真相到底如何？」
「我並沒有想要隱瞞什麼，」她說，「就算我想隱瞞，只要她說出來，大家就都知道了。她有點神經質，光莉的病情遲遲不見好轉，我能夠理解她想找人出氣的心情，所以就算她找我麻煩，我只是覺得她又來了，並沒有放在心上。我們的女兒都生了病，我認為我們彼此相互瞭解。」
「這麼說妳們的衝突並沒有很嚴重嗎？」
「哪算什麼衝突？」野野花笑了，「她太龜毛了，只要我稍微動一下，她就誇張地說什麼揚起灰塵，會害她女兒發作……我就反駁說，如果她這麼吹毛求疵，我就什麼事都不能做了。我女兒由惟之前也有哮喘，我很清楚，如果整天都順著孩子，永遠都好不了，必須鍛鍊身體，增加免疲力。我這麼告訴她了，她卻說什麼她的孩子和我的孩子不一樣，反正整天都脾氣火爆，真是傷腦筋……呵呵呵。」

她笑著說話後，突然嘆了一口氣。

「但是……光莉真是可憐。她的病並不會致命，沒想到住院不久，就遇到這種事。我能夠體會她媽媽的痛苦，即使她說一些對我不利的話，我都能夠理解，但警方因為這樣就逮捕我，真是大錯特錯。」

「是啊。」伊豆原簡短附和後，繼續問了下一個問題。「警方的筆錄上有妳的自白，是在妳被逮捕的第六天取得的，妳當時是不是覺得走投無路了？」

「完全不知道當時在想什麼，」她有點事不關己，「刑警一直叫我承認、承認，可能認為承認了就會比較輕鬆。」

「當時的時間是在中午過後，那天是不是從一大早就開始偵訊，妳因此有點身心俱疲？」

「當然身心俱疲啊，刑警的體力果然都很好。長繩先生說他練過居合道，雖然我不太瞭解居合道到底是什麼樣的武道，但他說每天在偵訊之前，都會揮刀練習。這十年來，從來沒有感冒過，三天三夜不睡覺，都不會有問題。我好奇地問他是否用乾布摩擦身體，他果然也有這麼做，他脖頸上的皮膚看起來就很粗糙厚實。我之前建議光莉用乾布摩擦身體，是因為由惟靠這種方法改善了哮喘，游泳也很有效。但是長繩先生說他不會游泳，還說他肌肉太重會沉下去。呵呵呵，看來每個人都有不擅長的事。」

刑警提到居合道的事，顯然是為了威嚇她，但她似乎認為只是閒聊。

雖然她看起來待人親切，但的確少根筋。

「原來是這樣，乾布摩擦身體和游泳這麼有效。」伊豆原回答後，又把話題拉回來。「所以那天偵訊的時間很長嗎？從早到晚嗎？」

「每天都這樣，根本不是時間長而已，而是失去了對時間的感覺。雖然回到拘留室，不過完全無法休息。不是有各式各樣的人出入嗎？有些人到了半夜都還在大吼大叫，在那種地方怎麼睡得著，而且又很冷。之前在醫院陪紗奈時，我都睡得很好，光莉媽媽還曾經生氣地說我打呼的聲音很吵，呵呵呵。在醫院睡覺時，我都會在下面鋪一塊浴室用的吸水墊。只要鋪了吸水墊，就完全不覺得冷，而且腰也不會痠。我以前在醫院上班時，曾經看到陪病的媽媽使用這種方法，我覺得是個好方法。我推薦給光莉的媽媽，但她向來很排斥別人的建議。她這個人真的很好笑，喜歡和別人唱反調。愛佳媽媽和亞美媽媽都聽從我的建議，去買了浴室吸水墊，她們都說使用之後就睡得很好。」

「原來是這樣，是浴室的吸水毯啊。」伊豆原用一句話回應了離題的談話，重新拉回主題。「警方在偵訊時，有沒有問妳以前在醫院工作時，是否曾經碰過注射器，或是學過藥物相關的知識？」

「問了我好幾次，雖然由惟常說我總是重複同樣的話，但長繩先生也都一直說同樣的話，他說囉嗦的人適合當刑警。我是不是也應該去當刑警？」

「護理助理的工作是做一些幫病人換床單之類的事吧？會使用注射器嗎？」

「護理師根本不讓我們碰注射器，但是那種事，只要多看幾次就會了，而且我知道訣竅，資深的護理師看到菜鳥動作慢吞吞時，就會教她們。從瓶子中把藥劑吸出來時，要先用注射器把空氣注入瓶子中。瓶子內是真空狀態，如果不這麼做，就無法順利把藥劑吸出來。我和長繩先生提到這件事時，他很佩服的樣子。」

「他也問了妳關於藥物的事，對嗎？」伊豆原確認，「他是不是問妳清不清楚胰島素的事？」

「我爸爸以前曾經用過，我剛好知道。」野野花說，「長繩先生問我，我爸爸都把胰島素放在哪裡保存，我回答說，當然放在冰箱裡。他還問我知不知道護理站的冰箱放在哪裡？我回答說，當然知道，就在走向休息室通道的角落。既然我知道，當然就照實回答，沒想到長繩先生的眼神突然變了。現在回想起來，他可能認為我就是凶手。他問我如果在不需要胰島素的病人點滴中加入胰島素，會有什麼樣的後果？那當然會造成危險啊。我爸爸曾經因為這樣而昏倒，更何況所有的藥物都是毒藥，就連醫生處方的點滴也是毒藥。我第一個老公得了癌症，當時注射了各種藥物，結果身體越來越虛弱。我以前在醫院上班的時候，看過很多人服用藥物後痛苦不堪，最後還是送了命。任何人都知道，隨便加藥會造成危險。這根本是理所當然的事，沒想到我說了之後，長繩先生喜形於色。」

「站在警方的立場，可能嗅到了犯罪的味道。」伊豆原說，「聽說妳經常把紗奈的點滴速度調慢，這是因為妳認為藥物都是毒藥的關係嗎？」

「藥物一下子大量進入身體，就會造成身體的負擔。醫院就是靠使用多少藥物賺錢做生意，如果自己沒主見，醫生就會不斷增加新的藥。」

不知道是因為她的第一任丈夫生病去世，或是護理助理的經驗使然，但她內心似乎對醫療充滿不信任。

伊豆原的祖父生前同樣很討厭醫院，因此他很瞭解這種人的個性。伊豆原的祖父認為只要去醫院看病，醫生就會說血壓有問題、膽固醇有問題，把健康的人當成病人，所以他幾乎不去醫院看病。即使上了年紀，不得不經常住院治療，他經常不聽醫囑，照樣抽菸喝酒，而且只要周圍人沒發現，他就不吃藥。雖然這樣，他仍活到了八十歲，他本人應該對自己的人生無悔無怨。

「就算妳認為醫院這麼危險，還是讓紗奈住院治療。」伊豆原想弄清楚她在這個問題上的想法。

「沒辦法啊，」野野花似乎很無奈，「如果不帶她去醫院，情況會越來越惡化，而且我也想賭一下，希望醫院能夠把她治好。只要我陪在她身旁，醫院方面就不會亂來。我並不是不懂得通融的死腦筋，如果是自己生病，我知道只要多休息就會好起來，但紗奈就不一樣了。以前由惟哮喘的時候，如果情況不妙，我也會帶她去醫院。」

聽起來她並非沒有常識的人。

「當光莉她們休克時，妳馬上就停掉了紗奈的點滴，妳當時就想到是因為點滴造成的嗎？」

「哮喘不可能發生那種狀況。光莉雖然原本很喘，但我撫摸她的背之後就稍微緩和了。會出現那種狀況絕對有問題，而且桃香也出事，除了點滴以外，還會有什麼可能？那時候還沒有吃口服藥，又才剛換好點滴。」

「妳認為是誰加了不該加的藥？」

「我當時覺得是護理師加錯了藥。」

「妳是說負責那個病房的護理師嗎？」

「對。」

「妳知道在準備點滴時，護理師必須兩人一組確認所加的藥物嗎？」

「我不知道，但不管是兩個人或是三個人確認，弄錯的時候還是會弄錯。」

「是啊。」伊豆原回答後繼續發問：「妳是否曾經被包括護理師和護理助理在內等醫院方面的人攻擊，或是感受到他們對妳的惡意？」

「護理師和護理助理都很親切，」她說，「醫生也很好，只要一有時間，就會來看紗奈。」

雖然她對醫療和醫院本身充滿不信任，但似乎對醫護人員並沒有任何負面的感情。她經常送零食去護理站，應該所言不假。

但如果她是清白的，凶手很可能就是醫護人員，伊豆原打算再深入探究這個問題。

「妳女兒住院的時間很長，相信妳在那裡認識了很多人，也聽說了不少閒話或是八卦吧？妳有沒有聽說哪一個醫護人員有什麼不為人知的一面？」

「八卦嗎？」野野花呵呵一笑，「你想聽哪方面的八卦？」

野野花似乎以為他只是基於好奇心問這個問題，伊豆原不得不補充說明。

「不，我只是想到，當時醫院內是否有什麼糾紛之類的事。」

「我不知道該不該在這種地方說……」雖然伊豆原已經進一步說明，野野花仍然掩著嘴，努力忍著笑。

「什麼事？」

「啊喲，」她說，「就是副護理長啦。」

「嗯……」

當天負責三〇五病房的不就是副護理長川勝春水嗎？

「有人說，副護理長和院長有一腿。」野野花說到這裡，不禁一笑。

「喔，原來和院長……」

「我說的院長是指少東醫生，老院長已經七十多歲了，不會來兒童病房。」她繼續說道：「我聽到年輕護理師在說悄悄話，『副護理長去了院長室，就一直沒回來』。我忍不住問：『什麼？他們有一腿嗎？』結果護理師對我說：『妳千萬不要當面問副護理長。』我可沒有這麼神經大條，而且我口風很緊。我雖然沒有當面問副護理長，但好像告訴了愛佳媽媽和亞美媽媽，院長和副護理長看起來都很老實，沒想到竟然偷情，真是人不可貌相。」

「任何人都有不為人知的一面。」

由於工作性質的關係，聽到外遇或是偷情之類的事，只會聯想到如同泥沼般的離婚調解，但世界上應該隱藏了很多還沒有鬧到當事人離婚的婚外情關係。

「除此以外，還有其他情況嗎？」

「其他的嗎？」野野花抬頭看著天花板，似乎在努力回想。「亞美媽媽說她有陰陽眼，晚上的時候到處都可以看到，所以很不想去上廁所，但我完全沒有感覺，不知道是不是太遲鈍了。」

「嗯，這方面還是遲鈍一點比較好。」

聽到野野花開始說這種既不算傳聞，也不是八卦的事，伊豆原只能苦笑以對。

這個星期，伊豆原努力擠出時間，每天都去東京看守所。

野野花每次看到伊豆原都很欣喜，像第一天那樣語氣開朗地回答問題。

「伊豆原律師，你真是太熱心了，謝謝你。」

野野花喜歡努力的人，面對律師團的成員，看到律師為她的事奔波，對她很親切，她就會不停地道謝。在醫院方面，她只是不相信藥物，但對醫生和護理師讚譽有加，認為他們對紗奈很好，也很負責。雖然伊豆原用不同的方式試探，問她醫院有沒有可疑的人、特別引起注意的人，但完全問不出名堂，就連談到被認為與她不和的梶朱里，她也同情地說，梶朱里那麼悉心照顧獨生女，沒想到最後發生這種事，真的太可憐了。

伊豆原聽她聊這些事時，感受到她總是善意看待周遭的一切，同時認為專家很可能根據她的這一面，才會診斷她有代理型孟喬森症候群。

伊豆原每天去看守所接見後，發現她並不是每天心情都很好。在快要週末時，發現她的氣色不好。

「昨天和今天都沒睡好……」

她以空洞的眼神說，然後用手梳理著鬆散的頭髮。

「目前的季節的確比較不容易入睡。」

不久之前，進入了梅雨季節，天氣潮濕悶熱，伊豆原家晚上也必須設定冷氣定時才能入睡。

「也許吧……剛才睡午覺時，好不容易入睡，結果就來叫我了。」

「啊，對不起。」

雖然伊豆原努力在工作中擠出時間來接見，但似乎影響了她的午睡時間。

「別這麼說，」野野花搖頭，請他不必在意。「午睡時間也差不多快結束了。」

「我等一下會向所方提出申請，讓妳可以躺下來休息。」

雖然警局的拘留室很有問題，但是對被拘留的人來說，看守所當然也不是一個舒服的地方，如果論自由度，甚至還不如警局的拘留室。看守所和監獄一樣，都是由監所管理員擔任看守工作，可以說是不服勞役的監獄。白天除了午睡時間以外，不能隨便躺下。雖然伊豆原剛才說，會向所方申請讓野野花可以躺下來休息，但聽說除了生病等重大理由以外，所方不會輕易核准。

「剛才昏昏沉沉的時候，夢到了兩個女兒。」

野野花寂寞地說。也許這是她看起來無精打采的最大原因。

「不知道她們好不好……希望紗奈已經康復了。」

「她們應該沒問題，」伊豆原說，「剛好我想和由惟聊一聊，打算這幾天去和她見面。」

「聽說她工作很忙，完全沒有來面會。」她幽幽地說，「不知道到底在固執什麼。」

之前聽栁田說，由惟懷疑母親是凶手，所以不願意來面會，但伊豆原當然不可能對野野花實話實說。

「由惟和我不一樣，她很優秀，原本應該有機會讀很好的大學，但我不是遇到這種事嗎？我猜想她爸爸很想和我們劃清界線，就不願意支付學費。他之前明明答應會支付孩子讀大學的學費，他這個人就是這樣，在別人面前裝好人，但內心很冷漠。案件發生當時，我還沒有完全擺脫離婚的陰影，有點自暴自棄，才會承認自己根本沒做的事。」

「原來是這樣。」

「但是我這麼告訴長繩先生後，他竟然在筆錄上寫說我承認因為覺得自己沒朋友，覺得很悲觀，才會引發那起案件。我不禁對他說，這也差太遠了。」

「警方會把任何事都和案件牽扯在一起，我們會在審判時明確主張，請妳不必擔心。」

野野花聽了伊豆原的話似乎感到安心，用力點點頭，一臉沉思。「可能由於我前夫和由惟沒有血緣關係，所以更容易發生這種狀況，但是由惟從懂事的時候開始，就只有他一個爸爸，當然會很失望。雖然她是姊姊，表現得很堅強，但終究還是個孩子，不知道她有沒有因為這件事心灰意冷？」

「由惟不僅要照顧紗奈的身體，她自己應該也很辛苦，我會轉告她們，妳很擔心她們的狀況。」

野野花聽了伊豆原的話，誠懇地鞠躬說：「拜託你了。」

9

「辦公室是怎麼回事？冷氣壞了嗎？」

專務前島京太從作業區走回辦公室時，發現辦公室內很熱，皺起眉頭抱怨著。他洗完手，一屁股在由惟旁邊的椅子上坐下。

「好像壞掉了，已經請人來修理了，但師傅最近沒空。」

赤城浩子回答說。她一個人霸佔了社長從家裡拿來的電風扇。

進入梅雨季節後，連續多日都是悶熱的天氣，運轉時發出很大聲音的舊型冷氣機終於不再吐出冷氣，像今天這種無風的日子，即使打開窗戶，辦公室內仍然像三溫暖。

由惟從冰箱裡拿出麥茶，倒在前島京太的茶杯中。這也是由惟每天的工作之一。

「妳把電風扇拿過來。」

由惟把茶杯放在他面前後，把原本放在赤城浩子旁的電風扇搬到他旁邊。赤城浩子以不悅的眼神瞥了她一眼。

由惟回到自己的辦公桌前，電風扇的風也吹到了由惟這裡，前島京太工作時沾到的油污味，再加上他汗水的味道，變成一股酸臭味飄過來。前島京太在悶熱的工作區工作了一整天，才會滿身大汗，由惟當然無意嫌棄，只是進入梅雨季節後，他肥胖身體發出的體味更重了，由惟遲遲無法適應。

「最近又有人在公司門前轉來轉去了。」前島京太大聲地對赤城浩子說。

「怎樣的人？」

「雖然和上次是不同的人，但八成是記者。我逮住他問了一下，原來是雜誌的記者，說有重大案件的凶手家人在這裡上班，就來探頭探腦。聽說有人的姓氏和凶手相同，我明確告訴他搞錯了，真是麻煩。」

「有這麼多人來探頭探腦，是那麼重大的案件嗎？」

「我怎麼知道？」

由惟聽著他們的對話，有點抬不起頭。

身為專務的前島京太當然瞭解由惟的家庭狀況，由惟並沒有隱瞞自己姓小南這件事，赤城浩子似乎也隱約察覺到，由惟的母親就是古溝醫院案件中被逮捕的嫌犯。

赤城浩子之前曾經拐彎抹角地問由惟，她媽媽在做什麼，而且在問話時，以冷冷的眼神觀察著由惟，顯然問這個問題是別有用心。

前島社長叮嚀由惟隱瞞案件的事，於是由惟回答說，媽媽在打工。她知道在大人的世界，就算是謊言，只要回答之後，對方就不會追問。只不過從赤城浩子的眼神，發現她並不相信由惟的回答。

前島京太和赤城浩子沒有看由惟一眼，假裝不知道內情，指桑罵槐地聊著和由惟相關的事。

由惟坐在那裡聽他們聊天，簡直就是莫大的痛苦。

前島京太除了員工旅行外，還喜歡在週末舉辦保齡球比賽或是聚餐之類的員工活動，每次都用好像由惟有義務要參加的口吻邀請她，但由惟都婉拒。由惟雖然已經做好了成為大人的心理準備，但遇到這種情況，就會以自己還小為由，極力表現出對大人的玩樂還很陌生的態度。也許她在精神上還的確不夠成熟，但反正她覺得自己沒辦法開開心心地參加這種聚會，和大家一起歡鬧。

於是，前島京太就開始用各種方式含沙射影地攻擊不合群的由惟，在她面前聊案件相關的事，是他的卑劣手法之一。其他同事應該都隱約意識到了由惟的狀況。

由惟假裝什麼都沒有察覺，淡漠地繼續埋頭工作。

下午五點過後，完成工作的人三三兩兩回到辦公室。由惟默默倒了麥茶，放在他們面前。

「啊，這裡也這麼熱。」

前島社長用毛巾擦著汗走回辦公室。這是一家只有十個人的小公司，社長每天都在工作區親自修理車輛。

「由惟，妳這個星期稍微忍耐一下，週末電器行的人就會來了。」

由惟還來不及起身，他就自己倒了麥茶，一口氣喝完後，露出笑容。

「好，我沒問題。」

「雖然不算是補償，但這次會發一小筆年中獎金給妳，妳可以帶著期待繼續努力工作。」

「好……謝謝社長。」

由惟誠惶誠恐地鞠躬，前島社長似乎對她的反應很滿意，點點頭，離開辦公室，走向位在後方的家中。

「大村，你上班的第一年有領到年中獎金嗎？」

前島京太問員工中年紀很輕的大村。

「沒有，」大村回答說，「是不是今年公司很賺錢？」

「這和今年賺不賺錢沒關係，通常是針對去年的工作表現發獎金，照理說不會發給新來的員工。」前島京太沒有看由惟，「社長對女生真好。」

「連工作都還沒做好就有這種特別待遇，真是傷腦筋。」赤城浩子話中有話地說。

他們是不是覺得數落自己是新人、年紀還小，自己便不會反駁？但是，由惟也只能充耳不聞。

差不多該下班了。她告訴自己。

走出公司，走在通往車站的路上，和站在路旁的一個男人四目相對。

那個人看起來三十出頭，穿著休閒的短袖襯衫和棉長褲，肩上揹著背包。雖然看起來不像什麼可疑的人物，但聽了前島京太剛才說的話，由惟忍不住有點警戒，認為對方可能是雜誌記者。對方目不轉睛地注視著由惟的臉，然後微微點頭打招呼。

「妳該不會是小南由惟小姐？」

對方用平靜的聲音問，由惟不發一語，打算走過去。

「不好意思，突然打擾妳。」男人追了上來，「我姓伊豆原，我是律師。」

由惟停下腳步看著他。之前從桝田打來的電話中得知，有一個姓伊豆原的律師加入媽媽的律師團。

伊豆原確信是由惟本人後，對她微笑，並遞了名片給她。

「請你不要找到這裡來。」由惟瞥了一眼名片，沒有收下，說出內心的困擾。

「對不起。」伊豆原苦笑著道歉，「我希望看一下妳在哪裡上班，可以告訴妳媽媽。」

「這種事不需要告訴她。」

由惟輕輕瞪了他一眼，轉身邁開步伐。

「但是妳媽媽很擔心妳啊。」

伊豆原用好像在規勸小孩子的輕鬆語氣說。

「她很擔心妳會心灰意冷，又擔心紗奈的身體……」

明明是媽媽讓自己心灰意冷，也是媽媽導致紗奈康復的時間變長了，卻還有臉說這種話，簡直讓人傻眼。

「妳平時都這個時間下班嗎？能不能哪天提早下班，去探視妳媽媽？」

由惟用力瞪著伊豆原說：「當然不可能，老闆是出於同情才僱用我，我當然要好好工作。」

「嗯，這樣啊……雖然未必像妳說的，是由於同情才僱用妳，但的確可能不方便請假。」伊豆原聽了由惟毫不客氣的回答，只能抓抓頭。「這附近有沒有咖啡店？我想問妳一些事。」

如果在公司附近和律師談媽媽的事，不知道會被誰看到。

「我妹妹在家等我，我要回家了。」由惟沒有停下腳步。

「這樣啊……那我就送妳回家。」他說，「紗奈最近還好嗎？」

「她在家休養。」

「妳們會聊些什麼？」

「幾乎都是聊功課的事，她沒有去上學，我負責教她功課。」

「這樣啊，真厲害，妳媽媽說妳很優秀，真的很厲害。」他連聲稱讚後問：「紗奈提到妳媽媽時有沒有說什麼？」

「我們不聊媽媽的事。」

「那是因為妳刻意避而不談吧？還是紗奈不願意談？」

「我們都不願意談。」

雖然紗奈有時候會提起媽媽，但由惟還是這麼說。

「假設我負責接送，可以帶紗奈去見媽媽嗎？」

「請你絕對不要做這種事，媽媽和紗奈分別是這起案件的加害人和被害人。」

「我知道。」伊豆原似乎有點不知所措，「這樣啊……原來不行啊。」

「妹妹明明是被害人，卻因為是媽媽的女兒就遭到霸凌，剛入學不久，就無法再去學校上課了，所以請你不要多事。」

「這真的太過分了。」伊豆原嘆著氣，「她的病情如何？」

「目前還無法做激烈的運動。」

「這樣啊……但是一整天都關在家裡也很可憐，我想住家附近應該有自由學校，妳有沒有查過？」

「我怎麼可能讓妹妹去那種都是問題兒童的地方？太不負責任了。」

「都是問題兒童嗎？」伊豆原苦笑，「我由於處理少年案件的關係，去過幾所自由學校，我認為不需要這麼警戒。」

「少年案件……」由惟很受不了地看著伊豆原說，「那不是代表自由學校都是那些引發案件的少年嗎？」

「不，並不都是這樣的學生，」伊豆原結結巴巴地辯解著，「而且那些案件也不見得是當事人的問題，很多都是環境所逼，當一對一和他們接觸時，發現很多孩子都很可愛。」

「是喔。」

雖然聽到伊豆原這麼說，由惟仍完全不打算把紗奈送去那種學校。伊豆原看到由惟反應冷淡，輕輕聳聳肩膀。

不知道是否因為處理少年案件，經常和像由惟這種年紀的青少年打交道的關係，伊豆原和說話自始至終都很公式化的桝田不同，言談舉止很爽朗。

但是，這些律師並不是擔心由惟和紗奈的生活才主動接觸……由惟這麼認為。他們希望在開庭時，她們姊妹能夠說出對媽媽有利的證詞……這才是最重要的理由。桝田毫不掩飾這個目的，因此由惟毫不客氣地拒絕了。

伊豆原可能暫時隱藏這個意圖，試圖接近自己……由惟認為他是這種類型的律師，但因為已經知道他真正的目的，不能放鬆警戒。

電車上，伊豆原隻字不提媽媽的事，只是有一搭沒一搭地問由惟和紗奈平時吃什麼和平時的生活，以及做家事會不會很累之類的問題。

下了電車，走在月台上時，看到前方有一個男人舉著牌子站在那裡。

「咦？柴田律師。」伊豆原看到那個男人，驚訝地叫了對方。

「喔，伊豆原律師，沒想到在這裡遇見你。」柴田聽到伊豆原的叫聲後回答。

「怎麼了？」伊豆原在問話的同時，看著柴田舉著的牌子。「啊！」了一聲。

『我們正在尋找六月十日傍晚五點四十五分左右，往秋葉原方向電車內發生的色狼案件目擊者。被逮捕的當事人主張自己是冤枉的。』

牌子上寫著這些文字。

原來是那一次……當時的記憶在由惟腦海中甦醒，她差一點叫出聲音。

就是古溝醫院的護理師緊咬不放的那一次。

「當事人很堅持他什麼都沒做。」柴田說。

「這麼一來很難交保。」

「是啊。雖然我跟他說，這可能會影響他在公司的處境，但他堅稱自己是清白的。」

他真的什麼都沒做，當然會這麼說。據由惟的觀察，也認為他是受冤枉的。

「所以我豁出去了，不惜做這種事。」

原來柴田和伊豆原一樣是律師，目前負責色狼案件的辯護工作。

「真辛苦啊，」伊豆原甘拜下風，然後安慰柴田說：「希望有人能夠提供有利的證詞。」

伊豆原向柴田鞠躬後，對由惟使個眼色，示意可以離開了。

由惟並不打算把自己目擊的事告訴柴田，畢竟對方是古溝醫院的護理師，媽媽在那家醫院發生的案件中被逮捕，自己這個嫌犯的女兒要是多管閒事，不知道是否有人相信，絕對不會有什麼好事。

但是，當她和伊豆原一起離開柴田身旁時，覺得後背被近似內疚的情感刺了一下。

「我經常在進修時遇到他，」伊豆原告訴由惟，「律師通常拉不下臉做這種事，有時候被逮捕的嫌犯家屬會這麼做。他可能確信當事人是被冤枉的。色狼案件是冤案的比例很低，但往往沒有人相信嫌犯被捕後的說法。就算柴田律師全力以赴，也未必能夠得到期待中的結果。」

他們一起走出檢票口，走出車站，回家的路上，伊豆原在章魚燒店前停下腳步。

「紗奈要吃，那麼不加醬汁比較好，對嗎？」

他似乎打算買章魚燒給紗奈吃。紗奈必須控制鹽分攝取，伊豆原便買了只加上美乃滋的章魚燒。

「讓妳久等了。」

他拎著裝了章魚燒的袋子走在路上，由惟問他：「你相信我媽媽在那起案件中也是被冤枉的嗎？」

伊豆原看著由惟後回答說：「妳媽媽說，她是清白的。」

「我媽媽這麼說，你就無條件相信嗎？」

「並不是這樣。」伊豆原為難地笑了。

「如果你無法確信被告無罪，會不會無法全力以赴？」

「並不是這樣，」他回答，「如果確信無罪，當然會不計一切代價打贏官司，但並不代表如果無法確信，就放棄辯護。」

「如果我媽媽是凶手，你也會幫她嗎？」

「我認為這種說法並不正確，」伊豆原冷靜地說，「這是律師的工作，無論發生了任何案件，當事人都有話要說，必須有人支持他們，傾聽當事人想要表達的話，然後才讓他們在法庭上接受審判，否則無法真正讓法律發揮功能。刑事審判是國家這個巨大的存在對個人進行審判，如果只是這樣，就變成是偏頗的交戰。無論陪審團還是法官，都不瞭解被告，難免會疑神疑鬼，就好像在霧中看到一個可怕的影子，覺得那個影子很可能是會攻擊人類的野獸，所以律師的工作，就必須把周圍的霧撥開，讓法官和陪審團看到那是一個人。在撥開霧團之後，發現那個人是清白的，當然就皆大歡喜。」

「你認為我媽媽是清白的嗎？」

由惟覺得聽他說話，會在不知不覺中被他的口才說服，於是故意不帶感情地問。

「必須經由進一步調查後才能下結論。」伊豆原沒有正面回答，「但是我並沒有懷疑妳媽媽，無論如何，我加入律師團，就是希望能夠助妳媽媽一臂之力。不僅如此，如果妳們家屬在生活上有什麼困難，我也希望能夠盡一點心力。」

「請你不要冠冕堂皇地說什麼盡一點心力這種謊言。」

「謊言？」伊豆原似乎沒料到由惟會有這樣的反應，瞪大眼睛看著由惟。

「你是媽媽的律師，那並不是你的份內事。」

「並不是這樣。」

「你真正的目的，只是希望我說出對媽媽有利的證詞吧？」

「如果妳認為這是我唯一的目的，真是太悲哀了。」伊豆原苦笑著說完這句話，問由惟：「妳是不是認為可能是妳媽媽幹的？」

由惟用沉默作為回答。自己當然希望媽媽是清白的，但是缺乏根據可以提出這樣的主張。

「但是，妳並沒有看到妳媽媽在點滴中注射藥物，不是嗎？」伊豆原確認後繼續說道：「妳並沒有看到，就懷疑妳媽媽，她不是太可憐了嗎？雖然每個人能夠相信的程度不同，但至少希望妳能夠支持她。」

「在不相信的情況下支持，不是很不負責任嗎？」由惟反駁道。

「是嗎？」伊豆原說，「這個世界上並不是所有的事都是非黑即白。」

「媽媽不是已經承認犯案嗎？之後遇到律師，律師叫她否認，她才開始翻供，不是嗎？我到底該相信什麼？我媽媽本來就是個怪人，我是她女兒，已經見怪不怪了，但經常覺得她整天說一些莫名其妙的話。就連紗奈生病，已經整天病懨懨了，在我要求之前，她都不帶紗奈去看病。她覺得不去醫院也沒關係，只要自己好好照顧，時間就是良藥，紗奈的病情自然會逐漸改善……她就是這種人。當我得知有些人為了讓周圍人稱讚自己無私奉獻，盡心盡力照顧病人，不惜傷害生病的孩子，突然有一種茅塞頓開的感覺。我媽媽是怪人，經常和光莉的媽媽發生衝突，結芽和桃香的媽媽可能一樣對媽媽敬而遠之。媽媽在這樣的環境中，還要陪伴生病的女兒，如果因為這樣，一時鬼迷心竅，犯下那起案件，讓媽媽孤軍奮戰太可憐，我是媽媽的女兒，當然要支持她，但是，她也傷害了紗奈，這就完全不一樣了，我絕對無法原諒她。我不會和媽媽站在一起，我要保護紗奈。」

伊豆原默默聽著由惟的話，然後嘆口氣，有點束手無策地抬頭仰望天空。

「法律上有無罪推定原則，」他告訴由惟，「就是被告未經審判，確定有罪之前，被告並非有罪，也就是無罪。妳對妳媽媽的懷疑，終究只是妳的心證而已，是基於印象產生這樣的想法，是毫無根據的判斷。即使這是妳和媽媽生活多年後產生的感覺，我仍不認為妳能夠用這種心證來審判妳媽媽。」

「無罪推定原則只是場面話，」由惟反駁，「叫我不要懷疑，就是要我相信。如果我相信了媽媽，但最後發現果然是媽媽下的手，到時候該如何撫平那種受背叛的感覺？你是局外人，當然可以放下，但我沒辦法，你有辦法保證嗎？」

「不，如果我說有辦法保證，就真的是不自量力了。」伊豆原皺起眉頭，似乎有點無法招架。

「那就是不負責任。」

由惟用這句話阻止伊豆原繼續說服她。

「紗奈也很受傷嗎？」伊豆原窺視著由惟的神色問道。

「當然啊。」

事實上，從紗奈的言行中，看不出她因為這件事受傷。紗奈的個性溫和，恬靜淡然。由惟只是挖掘了紗奈必定壓抑在內心深處的感情，代替她說出來而已。

「你的話說完了嗎？」由惟在公寓前停下腳步問。

「到家了嗎？」伊豆原問。由惟用力點點頭。

「這樣啊。」伊豆原打量公寓後看著由惟說：「妳們真的沒有遇到困難嗎？鄰居有沒有關懷妳們？」

「他們不可能關懷我們，」由惟說，「只要不打擾我們就足夠了。房仲會定期打電話給我，要求我們搬走，除此以外，就是偶爾會有垃圾丟在家門口。」

「這樣啊。」伊豆原點點頭，把由惟剛才拒收的名片塞給她。「如果房仲再打電話給妳，妳可以叫他打這支手機。只要律師出面，對方的態度也會收斂。這裡似乎有監視器，如果繼續有人丟垃圾亂來，可以向房東調閱監視器的影像。」

房東要求自己趕快搬家，根本不可能提供協助。桝田之前向來不過問由惟和紗奈在日常生活中的不方便，因此由惟覺得伊豆原是不同類型的律師。

伊豆原伸手打算把章魚燒的袋子交給由惟，但隨即改變心意，縮回手。

「既然已經來這裡了，我可以見一見紗奈嗎？」伊豆原帶著歉意，似乎覺得自己提出了任性的要求。「別擔心，我不會提案件的事。」

由惟沒有說話，轉身背對著伊豆原，走向公寓。伊豆原認為由惟已經表示同意，就跟在她身後。

「我回來了。」由惟打開門鎖，走進屋內，紗奈立刻從裡面的房間探出頭。

「妳回來了。」

紗奈打著招呼，迎接姊姊回家，但視線看向由惟的身後。

「妳好。」伊豆原向她打招呼，由惟介紹說：「這位是伊豆原律師。」

「你好。」

紗奈很有禮貌地鞠躬打招呼。

「紗奈，妳喜歡吃章魚燒嗎？這是我在車站前買的。」

「啊，我超愛！」紗奈眉開眼笑地說著，從伊豆原手上接過章魚燒的袋子。「謝謝。」

「紗奈，姊姊去上班的時候，妳都在家裡做什麼？」

「做姊姊給我出的題目，」她回答後，又笑了笑。「但更常看漫畫或是玩遊戲。」

「這樣啊。」伊豆原微笑以對，「如果妳不嫌棄，可以隨時找我聊天，我也可以教妳功課。別看我這樣，我年輕時曾經想當學校的老師。」

「請多指教。」

紗奈顯得很高興。

紗奈面對初次見面的大人，完全沒有抱著戒心，天真無邪地和對方交談，這是她天生的性格，由惟無法像她那樣和別人相處。

「這樣可以嗎？」伊豆原看向由惟。

「請事先打電話告訴我。」

由惟只說了這句話，代替她的同意。由惟可以教紗奈中學一年級的功課，但她認為紗奈目前白天時間無法和任何人交流的生活有點問題。

而且剛才聊天之後，發現伊豆原看起來不像壞人。

「好，好。」

伊豆原輕鬆地回答，問了由惟的手機號碼，說了聲「改天見」，就轉身離開了。

「他看起來人不錯。」

雖然並不是因為吃人嘴軟，拿人手短，但紗奈表達了這樣的感想。

「我們來吃章魚燒。」

由惟聽到紗奈這麼說，點點頭說：「好。」

10

七月的第一週，伊豆原來到了案件發生地點的古溝醫院。

辯方和醫院方面並非對立的立場，但醫院因這起案件，受到很大的負評。野野花被認為是在醫院內犯案的凶手，因此她的辯護律師造訪，對院方而言，並不是值得高興的事。

進一步而言，如果按照野野花和律師團的主張，野野花是清白的，就增加了醫護人員是凶手的可能性，對醫院來說，無疑是傷腦筋的事。

但是，接待的事務局長繁田正隆泰然自若地迎接伊豆原，帶他來到三樓的兒童病房，完全感受不到院方這種想法。

「護理站和案件發生當時稍微有點不一樣。」

護理站和休息室位在病房本館中央北側的位置，單人病房隔著走廊環抱護理站。

南側是處置室、浴室和污物間，還有電梯廳和樓梯，對面是四人病房和院內教室。通往小兒外科病房所在的新館通道也在南側。

護理站的兩側都是面向走廊的櫃檯，站在走廊上就可以看到護理站內的情況，另外兩側是牆壁，藥品櫃、資料櫃和呼叫鈴等儀器都設置在牆邊。

櫃檯旁有兩個出入口，出入口設置了柵欄，需要感應員工識別證才能進入。

「這是在案件發生後新設置的。」繁田說，「後方有休息室，休息室的門也要感應員工識別證才能打開，同時加裝了監視器。」

案件發生前，只有電梯廳有監視器，如今在護理站的天花板上增設了監視器。

伊豆原在護理站前聽著繁田說明，一名五十多歲的護理師從樓梯的方向快步走來。

「啊，她是護理長仲本。」

這名護理師的脖子上掛著寫了「仲本尚子」的員工識別證，來到伊豆原他們面前時，微微鞠躬。繁田似乎請她來帶伊豆原參觀護理站。

仲本尚子是負責管理小兒內科和小兒外科的護理師，平時都在小兒外科病房的護理長室工作。雖然護理長上面還有護理部長，但護理部長負責整家醫院護理師的人事和薪資等事務工作，第一線的護理工作是由護理長管理。

各個病房都有一名副護理長和兩名主任負責管理工作，都是由三十五歲到四十多歲的資深護理師帶領第一線的護理人員。

「請進。」

伊豆原在仲本尚子的邀請下，走進了護理站。

踏進陌生的空間，伊豆原頓時渾身不自在。這裡是屬於專業人士的空間，自己顯然和這種地方格格不入。他不敢隨意走動，只能站在原地東張西望。

和醫護工作完全無關的人走進護理站，心理上的確會產生排斥感，一旦在這種地方發生犯罪行為，並不會懷疑到外人頭上。野野花之所以能夠若無其事地踏進這個空間，除了她很容易和別人親近的個性，和她之前曾經做過護理助理的工作有很大的關係。

「桌子的配置有改變嗎？」

「桌子都沒有動。」仲本尚子回答。

護理站除了有兩個櫃檯，中央還有一張長方形大桌子。在進行事務工作時，會坐在櫃檯或桌子前，目前櫃檯前坐了一個人，中央的桌子旁有兩個人，都在操作電腦。

「小南女士經過這裡，走去休息室，對嗎？」

伊豆原指著從四人病房附近，靠南側的出入口到休息室門口的動線，中途會經過藥品櫃和一張小型作業台，周圍放了幾輛醫療推車，推車上放著托盤。

「好像是這樣，」繁田回答，「護理師在這裡和那裡，但她從這裡走到休息室時，護理師背對著她。」

「這就是冰箱嗎？」

「是的。」

護理站後方有一條稍微凹進去的通道，通往休息室門口。冰箱就放在通道旁的牆邊。

「胰島素就放在這個冰箱內嗎？」

「對，目前仍放在裡面。」

冰箱是直立式的玻璃展示冰櫃，採用滑動式玻璃門，可以看到裡面放的藥品。

「基本上，加入點滴的藥和口服藥都由藥局每天送來，但護理站會隨時準備幾種藥物，以防突發狀況發生。有時候會有糖尿病的病人，因此冰箱裡都會準備胰島素。有麻醉效果的藥物放在保險箱，取用時會進行嚴格管理，但胰島素就沒有這麼嚴格。因為如果想在點滴中混入劇毒物，不需要用胰島素，只要用消毒水就可以了。」繁田補充道，「之後就徹底禁止外人進入，並設置監視器，以防再有類似情況發生。」

「原來是這樣。」伊豆原附和後問：「請問護理站的常備藥中，有哪些藥物擅自加入點滴會造成危險？」

「有一段時間經常聽到搞錯苦息樂卡因的濃度而發生的醫療事故，」仲本尚子看向藥品櫃後回答，「但後來藥廠因此不再生產高濃度的苦息樂卡因，所以我也不清楚目前放在護理站內的苦息樂卡因會造成多大的危害。這樣看來，胰島素必然會造成低血糖，要說的話還是胰島素吧？」

從護理師的角度，認為凶手的選擇很合理。

「我可以打開嗎？」

伊豆原詢問後，打開了玻璃門。只要慢慢打開，幾乎不會發出聲音。

「我瞭解了，謝謝。」伊豆原釐清狀況後，又看著仲本尚子問：「請問注射器放在哪裡？」

「在這裡。」

她向護理站出入口的方向走了幾步，指著藥品櫃旁的小型作業台說。作業台上有一排裝備品的壓克力盒，注射器似乎就放在裡面。

「護理師基本上都在這裡調配點滴，胰島素通常會使用這種專用的超細胰島素注射器，但容量很小，案發當時，凶手使用的是這種十毫升的針筒。」

點滴內幾乎加了一整瓶的胰島素，如果使用胰島素專用的注射器，就會浪費不少時間。

「平時使用後的注射器都丟在哪裡？」

「這裡。」

仲本尚子指著放在藥品櫃和冰箱之間的塑膠垃圾桶回答。垃圾桶上有黃色標誌，只要一踩踏板，蓋子就會打開。

「不好意思。」

伊豆原親自踩了踏板，只要用手扶著，小心翼翼地打開、關上，幾乎不會發出聲音。

但是把十毫升的針筒丟進去，應該會發出聲音，如果想輕輕放進去，就必須把手伸進垃圾桶。垃圾桶內丟了好幾個針頭露出的注射器，難怪凶手只把針頭丟在這裡，把注射器和瓶子丟去污物間的垃圾桶。

「我們稱這個垃圾桶為黃桶，附有針頭的注射器，還有使用過的安瓿等易碎品都丟在這裡。」

「胰島素的瓶子也丟在這裡嗎？」

「如果瓶子沒有打破，就會丟在這裡的橘桶。」

仲本尚子指著裝了橘色塑膠袋的紙箱垃圾桶。

由於安瓿必須割開玻璃瓶口後使用，使用後就成為易碎品，必須丟進黃桶內。胰島素使用的是管狀小瓶，將注射器的針刺入橡皮栓取用，不算易碎物品，可以丟進橘桶內。

「除此以外，點滴管、治療病患使用的紗布，還有其他感染性廢棄物也會丟棄在裡面，但外面的污物間也有橘桶，護理師在巡房後，會把廢棄物先丟棄在那裡之後再回來，並不會帶回護理站。」

「我可以去看一下污物間嗎？」

一行人走出護理站，從病房區中央轉彎走去往東側的走廊。走廊前方是三〇八病房等三個病房，案件發生前，野野花去三〇九病房串門子，曾經過這條走廊。電梯廳的監視器拍到她沿著走廊轉彎，走向東側的身影，無法證明她沒有經過污物間前。

「就是這裡。」

浴室和處置室都掛著牌子，但污物間完全沒有任何牌子。仲本尚子打開滑門後，一股臭氣撲鼻。

「尿壺和便盆都在這裡清洗。」

除了清洗台以外，和護理站一樣，這裡也放了黃桶和橘桶。

「病人和家屬會來這裡清洗嗎？」

「不，只有護理人員會來這裡，」仲本尚子說，「一般人沒事不會來這種地方，但如果外人想進來，也都可以進來。」

野野花似乎知道這裡是什麼地方。在她自白過程中，警察問她，注射器本體和藥劑瓶並沒有丟在護理站內吧？她用好像在猜謎的方式供稱：「所以是浴室隔壁那個房間嗎？」但在否認自己犯案之後，聲稱從來沒有去過那個房間。

「妳剛才提到，胰島素的瓶子應該丟在橘桶內，不是嗎？」

案件發生後，在這個污物間的黃桶內發現了使用過的胰島素瓶子。在自白階段時，野野花被問到垃圾桶的種類時，供稱丟棄在「踩踏板後，蓋子會打開的垃圾桶」，也就是黃桶。伊豆原無法判斷因為她是凶手，才會這麼回答，還是按照常理判斷，做出了這樣的回答。

「丟在黃桶內沒有問題。」仲本尚子說，「有些醫院會把注射器、安瓿和管狀小瓶都丟在一起，但業者回收黃桶廢棄物的費用比較高，所以我們會分類，盡可能減少黃桶廢棄物的分量。」

「原來是這樣。」伊豆原瞭解她說的情況後向她確認：「這個垃圾桶有蓋子，也不會有人看到，從護理師的角度來看，如果在病房樓內想偷偷丟棄注射器和藥劑瓶，這裡的黃桶是不是最理想的地方？」

「是啊。」仲本尚子點點頭。

也就是說，凶手未必是因為不瞭解分類標準，才丟棄在這裡的黃桶，從不容易被人發現的角度來說，這裡是極其合理的丟棄地點。野野花曾經有護理助理的經驗，不難猜到如果要同時丟棄注射器和藥劑瓶，應該會丟棄在這種垃圾桶內，未必因為是凶手才會這麼回答。

回到護理站後，又參觀了休息室。

仲本尚子用員工識別證打開了休息室，那是一個只有兩坪多大的狹小空間。前方是冰箱和飲水機，後方是長椅和躺椅沙發。牆邊的電視架上放著一台小型液晶電視機，中央的茶几上放著打開的糕點盒，可能是有人送的。

「除了早班休息的時候，夜班小睡時，都會躺在這張沙發上。」仲本尚子向伊豆原說明。

「護理人員經常在這裡寫護理紀錄嗎？」伊豆原問。

「以前會有這種情況，但目前規定業務相關的工作都要在護理站進行。」

這似乎是在案件發生之後的新規定。

「護理紀錄都是用電腦記錄嗎？」

「對，」仲本尚子點點頭，「無論是病歷還是其他的，都全面電子化了。醫生用醫生休息室的電腦記錄每天的處方指示，護理師在調配點滴之前，用醫院提供的電腦確認醫生的指示是否有改變。護理紀錄也會寫在電腦上，夜班和隔天接手的護理師都可以參考這些紀錄，進行業務交接。」

「護理師每天負責的病房不同嗎？」

「對，由副護理長和主任在前一天根據班表安排，基本上每天都不一樣，但在案件發生之後，採用了主要照護制度，在住院期間，會另外安排一位主要照護人員。日常護理工作由每天負責病房的護理師進行，但主要照護人員每隔幾天，就會確認病人的身體變化，同時和病人討論住院期間的各種瑣碎事宜，也會對病人負起責任，努力更加細心地照顧病人。」

原來在案件發生之後，不僅增設防止犯罪的設備，還針對護理體制進行改革。

「是否能夠向案發當天負責三〇五病房的護理師，以及和小南女士在護理站說話的護理師瞭解情況？」伊豆原問。

「當時在小兒內科病房工作的護理師都已經離開這裡了。」

「啊？」

「因為那起案件受到打擊，再加上風評的關係，有幾個人辭職離開了，其他留下的人中，也有多位護理師希望調去其他病房，於是就乾脆把所有人都換掉了。」

也許醫院方面希望消除案件帶來的負面印象，但同時發現，雖然醫院這種地方經常接觸人的生死，但那樣的案件會讓人產生異樣的不適感，相關人員希望遠離這種環境。

「但副護理長川勝轉到小兒外科病房，如果有需要，可以請她過來。」

川勝春水當時是小兒內科病房的副護理長，也是負責三〇五病房的護理師，當然希望和她聊一聊。

「那就麻煩妳了。」

仲本尚子聽了伊豆原的要求後拿起手機，請小兒外科病房的川勝春水來這裡。

川勝春水戴著口罩，只露出一雙眼睛。她有一雙細長清秀的眼睛，不難猜想她的五官很漂亮，但她的眼神和肌膚透著疲勞，看起來比三十八歲的實際年齡更加蒼老。

在院方安排下，伊豆原來到主治醫生向家屬說明病情時使用的談話室，向川勝春水詢問情況。仲本尚子離開後，由事務局長繁田陪著川勝春水。

「之前也有律師來這裡查訪，你和他們不是一起的嗎？」

伊豆原自我介紹後，川勝春水問了這個問題。

「不，我們是一起的，我後來才加入律師團，覺得必須來現場看一下，所以今天就過來打擾，而且我也希望能夠和案發當時在病房內的護理人員談談，才冒昧提出這個要求。」

「這樣啊。」她聽完伊豆原的說明後，似乎終於理解了。

「在案件發生之前，妳和小南野野花女士經常聊天嗎？」伊豆原開始發問。

「是啊……我負責那個病房時都會見到她，紗奈住院約一個半月，所以小南女士經常無拘無束地主動和我聊天。」

「只有她會這樣無拘無束嗎？還是其他病童的媽媽也會這樣？」

「她有點異於常人，她說之前曾經在醫院工作，可能是這樣，對護理師有親近感，但她經常走進護理站，我提醒過她好幾次，她都只是笑笑而已，根本沒聽進去。有一次我很嚴肅地請她不要進來，她嘴上說著『好、好，對不起』，三天之後，又若無其事地走進來，真的很傷腦筋。」

「久而久之，妳懶得再提醒了嗎？」

「如果看到，我還是會提醒。但其他人工作很忙，再加上覺得我會說，所以可能就睜一隻眼閉一隻眼。」

「每天都這樣嗎？」

「如果她每天都進來，應該會勸阻她，但她差不多每隔三、四天就會來發點心給大家。」

「喔，所以只有發點心的時候。」

「對，她笑嘻嘻地走進來，我不好意思對她太嚴厲，更何況說了也沒用……」

「原來是這樣。」伊豆原附和後繼續問道：「案發當天，小南女士走進休息室時，妳剛好在裡面，對嗎？」

「是啊，我和竹岡在裡面。」

「是竹岡主任嗎？」

「對，」川勝有點尷尬地回答，「照理說，在上班時間不可以使用休息室，但我喜歡在安靜的地方寫護理紀錄，就習慣去那裡。雖然並不是想要擺架子，但久而久之，變成我們兩名主管在休息室寫護理紀錄，上面的人提醒過我們，這樣不利於組織管理。」

她反省的內容和這次的辯護無關，因此伊豆原並沒有多說什麼。

「小南女士在休息室時是不是告訴妳，她認識在醫院食堂的員工？」

檢方公開的關係人筆錄中，川勝春水提到這件事。

「是，」她點點頭，「她說她發現醫院食堂的員工，是她以前在熟食店工作時的同事。」

「具體是怎麼說的？可不可以請妳把記得的內容告訴我？」

「我並沒有一字一句都記得很清楚……」川勝春水吞吞吐吐，顯然有點不知所措。

「只要妳記得的內容就好，可以請妳告訴我，她走進休息室後說了什麼，妳們又回答了什麼嗎？」

在伊豆原的催促下，川勝春水無奈地點頭。

「她說著『辛苦了』，走進休息室，然後又說『請妳們吃點心』。我責備她說『妳怎麼又進來了？』她不以為意地呵呵笑著，然後突然說『妳們認識在食堂裝菜的女人嗎？我之前就覺得她很面熟，原來是之前在熟食店時的同事』，她還說『我一直沒發現，她戴著口罩，我沒認出來。今天中午才不禁問她，該不會是我的老同事。她之前就認出我了，竟然沒有叫我』……她說完後笑了，但是我們平時都在員工食堂吃飯，並不認識她說的那個人。」

「所以妳們就只是聽她說而已嗎？」

「竹岡好像對她說了『這個世界真小』之類的話。」

「然後呢？」

「就這樣而已。」川勝說，「小南媽媽深有感慨地說『就是啊』，然後笑了，我就對她說『我們在工作』，就把她趕走了。」

「以妳的感覺，妳們和小南女士聊天的時間大約有多久？」伊豆原記下川勝春水說的對話內容後，繼續問她。

「三十秒到四十秒，差不多就是這樣的時間。」

她好像事先有所準備地回答。可能警方已經問過這個問題，她在關係人筆錄中，也回答是

「三、四十秒左右」。檢方認為野野花在休息室停留了四十秒，在護理站發點心給兩名護理師大約二十秒，在剩下的一分二十五秒內，用注射器將藥劑混入了輸液軟袋。

「聽了妳剛才的說明，小南女士當時的態度很開朗？」伊豆原確認，「她和平時的態度並沒有什麼兩樣？」

「我當時只是敷衍了幾句，不清楚她是否和平時不一樣。」

「至少並沒有生氣，或是情緒很激動之類的情況吧？」

「是啊。」川勝春水想了一下後這麼回答。

「小南女士被逮捕後，妳有什麼感想？」

「什麼感想？」

「是覺得太荒唐了，還是覺得並不意外，任何感想都無妨。」

川勝春水沉默片刻後開了口。

「雖然很驚訝，但老實說，同時也覺得原來……」

「是有什麼跡象嗎？」

「她有點與眾不同，而且梶太太告訴我很多事。」

「很多事？」

「像是太愛管閒事，她們曾經發生口角。」

「遇到病人和家屬之間發生糾紛時，護理師會怎麼處理？」

「會掌握情況，如果有必要，就會出面解決。」

「比方說，可能會換病房嗎？」

「有需要的話。」

「小南女士和梶太太之間並沒有到這種程度嗎？」

「在其他病房的病床有空位時，我曾經問梶太太要不要換病房，但她說窗邊的病床比較好，還是要留在原來的病房。」

「比起解決問題，她以窗邊的環境為優先……」

這樣似乎可以認為，野野花和梶朱里之間的不和，並不像旁人說的那麼嚴重。

「我覺得她可能認為，對治療哮喘來說，這樣比較好。」川勝春水這麼回答。

「病人和家屬可以自由開關窗戶嗎？」

「不，因為空調的關係，所以無法開窗戶，但她可能認為靠窗的病床可以減少壓力。住院可能需要一段日子，而且壓力也會對哮喘產生影響。」

「原來是這樣。」伊豆原瞭解情況後，又繼續發問：「那個病房的其他病人或是家屬之間是否有摩擦，或是有沒有護理師跟妳抱怨？」

「其他的？」

「對，除了小南女士以外。」

川勝春水皺著眉頭沉默起來。她似乎在回憶，但又好像對這個問題本身感到困惑。

事實上，伊豆原的這個問題有陷阱。

表面上透過是否還有其他糾紛或是投訴，確認當初如何判斷野野花和梶朱里之間的摩擦。但真正的重點，在於如果野野花不是兇手，真兇就是很懂得處理點滴的護理師，果真如此的話，就必須瞭解為什麼針對三〇五病房的病童下手，護理師和病人或是家屬之間是否有感情上的齟齬。

伊豆原假裝很輕鬆地提到這個問題，但也許基於他是野野花律師的身分，引起了川勝春水的戒心，她沒有馬上回答。

「如果是小南女士以外的情況，就和案件沒有關係，而且也涉及其他人的隱私……」在一旁聽他們談話的繁田委婉地插嘴說。

「並不是沒有關係，」伊豆原說，「只要我們提出需要看其他人的護理紀錄，來判斷小南女士和他人糾紛的重要性，檢方就會公開給我們，所以現在不回答也沒關係，我只是順便問一下。」

「我並沒有聽說有其他的糾紛。」川勝春水回答說。

「佐伯媽媽和恆川媽媽都不曾向護理師抱怨小南女士嗎？」

「該怎麼說，那兩位媽媽不像梶太太那樣，會把情緒寫在臉上。」

「妳是否知道護理師中有沒有曾經對那個病房有抱怨，或是有什麼煩惱嗎？即便只是不值得寫在護理紀錄上的事也無妨。」

伊豆原又深入問道，川勝春水搖搖頭。

「我想不起來有這種事。」

「這樣啊。」

雖然她看起來不像在隱瞞什麼，但伊豆原覺得不能聽了她的回答就這樣作罷……正當他為此感到鬱悶時，聽到有人敲響了談話室的門。

一個身穿白袍，看起來年近五十的男人從敞開的門探頭進來張望。他留著小鬍子，戴著圓形眼鏡。

繁田倒吸一口氣，用眼神向男人致意，男人沒有理會他，巡視室內的所有人後，將視線停在伊豆原臉上。

「你是那起案件的律師？」男人走進談話室時問。

「對。」

伊豆原回答後，男人面無表情地點頭，自我介紹說：「我是院長古溝。」原來他是大家口中的「少東醫生」古溝久志。

他聽完伊豆原的自我介紹後，單刀直入地問：「今天有何貴幹？」

「我想確認一下當時病房和護理站的情況。」

他聽了伊豆原的回答後，點點頭，在繁田身旁坐下。

「我們全力配合警方的偵查，對律師也一樣。當然，關係到守密義務的事，就恕我們無法配合，但基本上都是保持這種態度。」

「感謝你的配合。」伊豆原向他道謝。

「但是風評的確對醫院造成很大的影響，雖然已經澄清，我們醫院並沒有做任何虧心事，只是剛好成為案件發生的舞台，反而可說是被害人，但社會大眾還是憑印象判斷，真是傷腦筋。」

「病人減少了嗎？」

伊豆原問。古溝院長大力點頭。

「尤其是小兒科，」他說，「照目前的情況，可能不得不考慮關閉小兒科，但當地也有很多民眾對我們說，沒有小兒科不行，很希望只要暫時忍耐，就可以撐過去。」

「請問，」川勝春水開了口，「我可以離開了嗎？必須回去工作。」

伊豆原想起曾經聽野野花提到，川勝春水和古溝院長有婚外情。想到這件事，就有一種想要看好戲的想法，也覺得川勝春水看起來很不自在。

「你想問她的問題都問完了嗎？」

古溝院長泰然自若地問。伊豆原決定再問一個問題。

「那我就問最後一個問題……如果妳得知小南女士是凶手時，是感到難以理解，或是覺得可能搞錯了，可以請妳坦率告訴我嗎？」

「我當然很驚訝，」川勝春水在思考的同時，謹慎地回答。「但我對她並不是很瞭解，很難回答這個問題。」

「這樣啊。」

「人類是莫名其妙的動物。」

古溝院長插嘴說。繁田深有同感地點著頭。

川勝春水鞠躬後走出談話室，古溝院長微微瞇起眼睛問伊豆原：「除此以外，還有聊什麼嗎？」

「川勝小姐當天剛好負責那個病房，我問她是否清楚病房內有什麼糾紛，同時稍微打聽了病房內的人際關係。」

「病人家屬經常因為病情的變化一喜一憂，對周圍環境的微小變化很敏感。由於會變得比較神經質，很容易發生糾紛。」古溝院長靠在沙發椅背上，「這雖然涉及病人的隱私，但警方已經瞭解這些狀況，在審判過程中也會曝光，所以我就和你分享一件事。小南紗奈的病情時好時壞，那時候已經度過最艱難的時期，治療出現了曙光。主治醫生為了讓那個媽媽安心，就這麼告訴她，但即便治療出現曙光，仍不是改善到幾天後就可以出院的程度，她可能認為快出院了。之前她全力照顧女兒，聽到這個消息後，為失去努力的標的而空虛寂寞……她也許陷入了這種扭曲的精神狀態。」

「警方對你們說了什麼嗎？」伊豆原問他。

「不，我們能夠根據問題的方向，猜到警方在懷疑什麼。」古溝院長不慌不忙地回答，「也就猜到警方懷疑那個媽媽有代理型孟喬森症候群，我之前搞不懂她為什麼連女兒的點滴都動了手腳，但這麼一想，就完全理解了。」

「完全理解嗎？」伊豆原針對他的話反問，「小南女士在案件發生之前，四處發餅乾給其他人，也讓紗奈吃了餅乾，我認為這和她在點滴中混入胰島素，讓女兒陷入危險的行為有矛盾，我倒是無法理解。」

「她不是醫生，不清楚到底會造成怎樣的影響，也可能用這種方式避免嚴重的後果。雖然不知道她對其他孩子如何，但我相信她並不打算殺害自己的女兒。」

「案件發生當時，你也趕去急救，對嗎？」

「緊急廣播了藍色代碼，而且梶光莉是我負責的病人。」

「喔喔……真是太令人遺憾了。」

古溝院長聽了伊豆原的話，深有感慨地點頭說：「是啊。」

「請問你之前知道梶太太和小南女士之間有糾紛嗎？」

「不，在案發之前完全不知道。」

「聽說在護理紀錄上，有提到這件事。」

「我會確認病人是否有發作的情況，不會太在意其他的事，而且這種事都交由護理師處理。」

「原來是這樣，」伊豆原附和後，又試探地問：「聽說那天傍晚，光莉哮喘發作，小南女士為她撫摸後背？」

「我也聽說了，」古溝院長說，「白天的發作通常不會太嚴重，不必過度緊張，但光莉的症狀遲遲無法穩定。那個媽媽的女兒之前也曾經罹患哮喘，可能是基於當時的經驗，去管別人家孩子的閒事。」

「你說她女兒得過哮喘，不是指紗奈，而是由惟吧？」

野野花曾經提過這件事。

「是她的大女兒。這也涉及病人的隱私，無法說太多。總之因為這樣，所以我認識那個媽媽，在病房遇見時，她會跟我打招呼。」

這代表由惟之前同樣是在古溝醫院治療哮喘。當時由院長為她看診，之前就認識野野花。

「原來是這樣，」伊豆原回答，「小南女士當時就全力以赴照顧孩子嗎？」

「嗯，那個媽媽的確有點與眾不同，」古溝院長始終沒有提野野花的名字，而是稱她為「那個媽媽」，他繼續說道：「雖然女兒哮喘發作，但她遲遲不帶女兒就醫。如果在輕症時治療，很快就會見效，但她說只是小毛病，不好意思來打擾醫生，直到女兒嚴重發作，甚至已經無法說話了，才終於帶來醫院。她的大女兒是家中第一個孩子，通常父母看到孩子生病都會六神無主，但每次給她女兒打針，她就會質問是不是真的非打不可，能不能只用吸入型的藥，有點搞不懂她到底想不想治好女兒的病。她似乎覺得只要吃好睡好，增強免疫力就可以改善，通常家長很少會有這種獨特的想法。」

之前從由惟口中就得知野野花討厭醫院，野野花自己沒有否認，因此伊豆原並不感到驚訝。

但是，在聽古溝院長說了這些話之後，伊豆原發現內心產生了奇妙的感覺。原本是在討論代理型孟喬森症候群這個話題，但這種病症的影子在不知不覺中消失了。

由惟在談論這件事時，可以明確感受到病症的影子。野野花認為不需要去醫院治療，只要自己用心照顧，疾病就會改善。雖然她討厭醫院，但可以感受到代理型孟喬森症候群的影子。

但是，從古溝院長剛才所說的情況，只感受到她討厭醫院、討厭醫生的古怪態度，和伊豆原的祖父屬於同一種類型的人。

「她可能討厭醫院這種地方。」

「她可能是這種人，」古溝院長說，「她說以前曾經擔任過護理助理，不知道是否因為當時經驗的影響才會討厭醫院。」

從這個角度思考，就會很自然地產生一個疑問：討厭醫院的人會選擇在點滴中偷偷加其他藥物行凶嗎？如果目的在於影響醫院的評價，可能會這麼做，但討厭醫院的人在意的並不是這種事，而是排斥藥物進入身體，或是外科手術在身體上動刀。在思考這種類型的人是否會採用這種方式犯案時，就覺得似乎不太可能。

「好，差不多就這樣吧。」古溝院長看著手錶說，似乎打算結束談話。

「謝謝。」伊豆原在道謝後繼續問：「除了川勝小姐以外，是否可以和瞭解這起案件的其他護理師談一談？不是今天也沒關係。」

「呃，這有點……」繁田為難地說，「之前貴島律師和另外一位好像姓桝田的律師已經和所有人談過，你是否可以問那兩位……」

「雖然是這樣，但不同的人可能會問出不同的情況。」伊豆原並沒有退縮。

「沒關係啊。」古溝院長很大方，「有些護理師已經離職了，無法聯絡到所有人，但我們會盡力協助。」

「謝謝。」

伊豆原向他道謝，他不以為意地輕輕揮手制止。

「站在醫院的立場，我們的確不願回想這起案件，但被逮捕的是原本在醫院照顧病童的媽媽，而且我也認識對方。不瞞你說，從事治病救人醫療工作的人，覺得無論任何人犯下任何罪行，都不認為該以命償命，希望律師也能夠和檢警一樣努力，這是我個人認為的理想審判。」

少東院長最後展現出人格高尚的一面，結束了談話。

「我上次去見了由惟和紗奈。」

隔天，伊豆原就去東京看守所會見野野花，當告知去見過她的兩個女兒時，她神色一變，問：「她們怎麼樣？」

「她們看起來精神很好，」伊豆原回答，「雖然紗奈不太能運動，都在家裡休養，但氣色很不錯，而且是個笑容很美的乖孩子，我和她約好，下次要去教她功課。」

「是嗎？那真是太好了。」野野花說，「如果說她像我，可能聽起來有點奇怪，而且她功課也不像姊姊那麼好，但她很乖，如果你願意指導她功課，她一定很高興。」

「由惟平時晚上也會教紗奈功課。」

「由惟像她死去的爸爸，功課很好，而且很照顧紗奈。可能是因為她們年紀相差好幾歲，她從小就很照顧妹妹，她在某些方面比我更能幹，所以我也很放心，但是話說回來，她終究才十八歲。」

「妳會擔心很正常，我會定期去看她們，然後把她們的情況告訴妳。」

「真希望她們可以來看我一次。」野野花說完，浮現淡淡的苦笑。

「她工作好像很忙。」伊豆原掩飾，「我也是在公司門口等她下班才見到她，雖然才十八歲，但下班時的樣子看起來很有精神，感覺很堅強。」

「由惟小時候經常哮喘發作，身體有點虛弱，但我讓她學游泳，鼓勵她要堅強，身體就慢慢變好，甚至很少感冒。不知道是不是因為這樣，她的個性很倔強，我很擔心她在公司的人緣……」

她在說話時，情緒似乎越來越激動，用手指擦拭著眼角。

「她們開庭的時候會來嗎？聽說到時候一整個星期每天都開庭，星期六、日也會開庭嗎？」

「週六、週日不會開庭。」

「那麼到時候她會因為要上班，沒辦法來嗎？」

「雖然不至於沒辦法來，但開庭時，包括媒體在內，有很多人會來旁聽……」

「光莉媽媽應該會來，」野野花說，「而且也認識由惟，所以一定不會有好臉色。」

「雖然不知道她會不會有好臉色，我們只要保持坦然的態度就好，但是由惟年紀還小，比較脆弱，不知道她是否有面對這種環境的心理準備，我認為不應該勉強她來。」

「就交給她自行判斷。」野野花好像在告訴自己，然後吸著鼻子。「要是光莉媽媽臉色難看，我也只能認了，畢竟只有紗奈沒有造成嚴重後果。我總覺得自己是用目前的境遇，換來救了紗奈一命。這麼一想，就能夠忍受目前這種狀況。」

「妳不必因紗奈平安無事而抬不起頭，」伊豆原說，「如果面對錯誤的指控，不主張那是錯誤的，會導致嚴重的後果。」

「我不會被判死刑吧？」野野花的淚水在眼眶中打轉，帶著不安的眼神向伊豆原確認。「人一旦死了，就真的完蛋了。兩個女兒也會因為媽媽被判死刑很受傷，光是思考這件事就覺得很可怕。」

「既然妳是清白的，不要說死刑，而是不該受任何刑罰，妳要堅強。」

「為什麼會變成這樣？」野野花聽了伊豆原的話，雖然點著頭，但仍然無法立刻振作起來。

「我從來沒有鋪張浪費，從來沒有害過人，我這個人是不是很容易讓人誤解？」

「我認為這是警方的錯，這代表他們沒有抓到真正的凶手。」

「我懷疑是護理師不小心加錯藥。」野野花說，「既然四個人的點滴全都加了，那一定是搞錯了，既然是人做的事，絕對會有差錯。」

「但是在調配點滴時，要由兩名護理師相互確認，我認為不太可能全都搞錯，加入錯誤的藥劑。」

伊豆原冷靜地回答，野野花只能堅持：「但是，每個人都會搞錯。」

「我可以問妳有關偵訊的情況嗎？」伊豆原改變話題，「妳之前可能已經回答過很多次了，是關於妳自白時的事。」

「我為什麼會說那種話，承認是自己下的手呢？」野野花垂頭喪氣地嘀咕著。

「是不是警方給了妳很大的壓力？」

「那天的心情也剛好像今天一樣，什麼事都往壞處想。」

「妳當時的精神狀態很差嗎？」

「是啊，每天、每天都一直偵訊，好像這麼回答是我唯一的出路。」

「妳認為承認之後會怎麼樣？刑警就會善待妳嗎？」

「如果我承認自己是凶手，刑警怎麼可能善待我？」

「刑警有沒有說什麼讓妳覺得無法承受，或是在心情上被逼入絕境的話？」伊豆原沒有氣餒，繼續追問。

「我剛才已經說了，」野野花說，「如果不承認，就會被判死刑。再不承認，就會被判死刑。」

「刑警這麼說嗎？」

「他說，到時候，兩個女兒的前途會一片黑暗，既找不到工作，也結不了婚。因為上天絕對不會原諒只有我的女兒得救，要我至少讓上天原諒兩個女兒。」

「等一下。」伊豆原說，「刑警曾經對妳說，女兒得救就足夠了，還有要求妳考慮兩個女兒？還說如果再不承認，就會被判死刑，上天不會原諒只有妳的女兒得救。他們明確說了這種話嗎？」

「那是聊到結芽去世的時候，刑警說，死了兩個人，如果我再不承認，到時候就會被判死刑。」

原來是這樣。恆川結芽是在野野花自白的前一天晚上去世，但是看她自白當天的偵訊錄影帶，發現她和長繩副警部都已經知道這件事了，也就是說，長繩副警部在她自白前，把這個事實告訴了她，動搖她的精神。

「但是，他幾乎每天都會對我說，上天絕對不會原諒只有我的女兒得救這句話。他要求我不要重複相同的話，但他自己每天早上都先對我說這種話。好不容易偵訊結束，他又重複這些話才讓我離開。就算回到拘留室，長繩先生的聲音一直在我腦海中嗡嗡作響，根本沒辦法入睡。」

「所以在偵訊前和偵訊後，都有這種好像閒談的時間嗎？」

「閒談不就是聊天嗎？並不是這樣，都是長繩先生一個人說話，是在對我說教。在說完『今天就先到這裡』之後，就疲勞轟炸地開始說教。」

「會持續多長時間？」

「每天差不多會持續兩個小時。」

「早晚都是嗎？」

野野花點點頭，似乎表示當然是這樣。

伊豆原覺得多問幾次果然有收穫，他終於看到了隱藏在密室內的東西。

「比方說，早上對妳說，接下來開始偵訊，然後就開始錄影偵訊，」伊豆原小心謹慎地確認，「在此之前，會先對妳說教兩個小時嗎？」

「通常一整個上午都是說教時間。」野野花說。

適用於陪審團審判的重大案件，有義務將整個偵訊過程公開，所有的偵訊過程都必須錄影可視化，使警方無法再使用暴力或是謾罵，強迫嫌犯自白。

如果警方利用可視化的盲點，堅持進行違法偵訊，就必須在錄影時間以外進行，但是如此一來，偵訊時間就會變長，無法掩蓋其中的不自然。無論任何分局，都由刑事部門以外的課負責管理出入拘留室的時間，無法在時間上動手腳。如果正式的偵訊時間只有八小時，但離開拘留室的時間有十幾個小時，當然會動搖偵訊的正當性。

「我明白了，那我去查一下。」伊豆原對她說。

11

午休時間，由惟接到了伊豆原律師的電話，說他工作剛好有空檔，打算在傍晚她回家之前，去家裡教紗奈功課。

由惟知道不能把紗奈獨自關在家裡，於是決定相信他，就點頭答應了。

「但是請你不要和紗奈談案件的事。」

為了以防萬一，她在電話中叮嚀。

她又打電話回家，說伊豆原會去家裡，紗奈聽了很高興，但由惟仍然不忘提醒她，倘若伊豆原問媽媽的事，紗奈不必回答，如果有什麼問題，隨時打電話給由惟。隨著時間慢慢過去，她對於讓只見過一次面的伊豆原去只有紗奈獨自一人的家中越來越不安，一下班就急忙離開辦公室，匆匆趕回家中。

「我回來了。」

回到公寓，一打開門，就聽到紗奈興奮的聲音。平時聽到由惟的聲音就會到門口迎接，今天也沒有來迎接由惟。

向客廳張望，發現紗奈和伊豆原正在打電動。

「啊，又輸了！」

「太棒了！」

那是由惟有時候也會玩的瑪利歐賽車，紗奈發出比平時更興奮的聲音歡呼起來。

「我差不多已經回想起以前的感覺了。」比賽結束後，伊豆原這麼說，然後向由惟打招呼說：「妳回來了。」

「我差一點就輸了。」紗奈果然很開心。「再玩一次？」

「會不會玩太多了？」伊豆原很在意由惟的視線，就像做壞事被發現的小孩子一樣縮起腦袋。「剛才有寫功課，沒想到進度比我想像中更快。我以為中學一年級的英文只要教基本的動詞就好，沒想到紗奈已經開始學過去式和現在進行式了。」

「姊姊很熱心教我英文，」紗奈說，「數學就沒這麼熱心，進度很慢。」

「那是因為我教了妳好幾次，妳都錯同樣的地方。」由惟反駁。

「這樣啊，原來紗奈數學不好啊，那下次開始教妳數學。」伊豆原在說話時，拿起放在旁邊的塑膠袋。「我買了便當，便當很小，可能吃不飽，我還多買了幾個飯糰。」

「啊，是車站前的便當店。」

紗奈看到伊豆原從袋子裡拿出好吃的便當，眼睛都發亮了。

「謝謝……紗奈，去洗手。」

雖然由惟有點猶豫，不知道該不該接受他的好意，但一想到不需要做晚餐，輕鬆不少，這種事就變得無足輕重。由惟也去廚房洗了手，倒來三杯茶。

「開動了。」紗奈歡天喜地說著，最先開動。

不久之前才剛認識的律師盤腿而坐，和她們一起吃便當。照理說，自己應該會緊張，但她發現並沒有這種感覺，搞不好每天和紗奈兩個人一起吃晚餐時反而更緊張。

「紗奈，妳比我想像中更有活力，」伊豆原瞇眼看著紗奈吃飯的樣子，一邊吃著便當一邊問：「醫生有特別叮嚀什麼嗎？說妳還不能運動？」

「沒有，醫生說已經可以運動了。」

「醫生不是說，不能做激烈運動嗎？」由惟更正說。

案件發生後，紗奈轉往墨田區的一家醫院。在案件剛發生後，不知道是否因為受到混入藥劑的影響，檢查數據都惡化，住院天數也延長了，但在十一月底出院之後，就一直在家靜養。半年之後，醫生說，做一些輕微的運動也沒問題。

「但是我整天在家，根本沒機會運動。」紗奈嘟著嘴，不服氣地說。

「妳不是有玩舞蹈遊戲嗎？」

由惟不禁說，但紗奈仍然不滿。

「妳只准我每天玩一次。」

「整天在家裡發出咚咚的聲音，不是會吵到鄰居嗎？」

「紗奈，妳喜歡什麼運動？」伊豆原問。

「我喜歡跳舞，」紗奈回答，「真希望可以參加舞蹈社。」

「沒參加舞蹈社團也可以跳舞。」伊豆原說，「我認識一個年輕人很會跳舞。」

「我想學。」

「只要我開口，他應該願意教妳。」

「請你不要帶奇怪的人來家裡。」由惟皺著眉頭說。

「他並不是奇怪的人，沒有涉及什麼案件。」伊豆原說，「不過因為各種因素，無法像普通的學生那樣生活，但完全不是壞人。」

「各種因素是什麼？」由惟無法接受這種含糊的說明。

「因為他的父親……和他本身沒有關係。」

「家庭有問題的孩子，也會對其他人動粗。」

「不不不。」

「這是偏見。」紗奈說完後笑了。

「對對，好像有點偏見。」伊豆原噗嗤一笑，不同意由惟的看法。

偏見、偏見。由惟聽了很不舒服。本來就不能隨便接近奇怪的人。她覺得這個世界上並沒有太多真正心地善良、可以相信的人，她也沒有發自內心相信伊豆原。

「紗奈，妳不怕生嗎？」伊豆原問紗奈。

「稍微有一點。」紗奈說，「大家都說我比姊姊更像媽媽。」

「這樣啊，妳媽媽很直爽。」

「姊姊很奇怪啊，她從來不和護理師說話。」

「根本沒話要說啊。」由惟就像鬧彆扭的小孩子一樣回答。

「妳和護理師很熟嗎？」伊豆原問紗奈。

「不一定。」

「哪一位護理師很親切？」

「你是說古溝醫院的嗎？」

「嗯。」

「伊豆原律師，你認識那裡的護理師嗎？」

「我見過川勝小姐。」

「喔，她是副護理長。」紗奈一臉懷念，「副護理長很親切，媽媽也說她是好人。」

「這樣啊……那其他人呢？」

「其他人喔，」紗奈邊思考邊回答，「竹岡小姐也很親切，還有畑中小姐和庄村小姐都很好，島津小姐既親切又漂亮，她可以去當女明星。」

「喔，這麼漂亮啊。」伊豆原很驚訝。

「女明星和普通人完全不一樣。」由惟說。

「姊姊的要求太高了。」紗奈說，似乎覺得很好笑。

「姊姊真的要求很高。」伊豆原也呵呵笑著，附和著紗奈。「果然大部分護理師都很親切。」

「有的護理師雖然不至於可怕，但向來不說廢話。」紗奈說，「葛城小姐是主任，經常對下面的護理師說話很嚴厲，奧野小姐每次看到媽媽動點滴，就會罵媽媽。」

「她是很能幹的人？」

「對。」

由惟想起之前在通勤電車上發生的色狼案件。雖然她不知道那名護理師的名字，於是不經意地向紗奈說明了特徵，問紗奈是哪個護理師，得知是「奧野小姐」。

由惟從來沒有機會和護理師聊天，但從媽媽和紗奈她們聊天的樣子，知道每個護理師的性格。奧野的確是那種不會說廢話的人，總是一副公事公辦的態度，在交代事項時，都用命令的語氣，而且感覺她個性很強，正因為這樣，才能夠勇敢指認色狼。

話說回來……那個男人是被冤枉的，不知道之後怎麼樣了？

由惟的腦海中閃過這件事，頓時心情沉重起來，她慌忙停止思考。

「妳有沒有聽過護理師之間有什麼問題，或是關於她們的傳聞？」

原本只是閒聊，但發現伊豆原在不知不覺中，聊起了和案件有關的事。由惟瞪了伊豆原一眼，但他假裝沒看到，繼續看著紗奈。

「有嗎？」紗奈沉思後說：「媽媽都會四處問人家，但都是問有沒有結婚，有沒有生孩子之類的問題。姊姊在的話，就會數落媽媽，叫媽媽不要問這種私人問題，媽媽就會說，問這種事又沒關係。」

「原來如此，姊姊很像會說這種話。」伊豆原瞥了由惟一眼，呵呵笑著。

「啊，對了，媽媽還說，院長好像和副護理長有一腿。」紗奈說完，笑了起來。

「啊，我也聽說了這件事。」伊豆原說，「看來媽媽跟很多人說。」

由惟一樣從媽媽口中得知這個消息。媽媽因為爸爸外遇離婚了，搞不懂她為什麼會覺得別人外遇的事很有趣，但媽媽總是說得眉飛色舞。也許是發現了看起來老實的副護理長有意外的一面，就覺得很好玩，但由惟很難理解媽媽這種超大條神經。

「可能有不少人知道吧，」紗奈說，「媽媽也說，如果消息傳開，副護理長就越來越難嫁出去了，這麼漂亮的人，真是太可惜了。」

「川勝小姐真的很漂亮，」伊豆原說，「話說回來，這種事不容外人置喙，媽媽可能因為生了妳們，把妳們養育成人，受到傳統觀念影響，認為結婚生子才是女人的幸福。」

媽媽幸福嗎？由惟不得而知。生下由惟和紗奈，養育她們長大，似乎曾經享受過快樂時光，但從某個時期開始，爸爸經常罵她很蠢、很煩，在外面有了女人，然後就拋棄媽媽。

由惟認為媽媽並不幸福，照理說沒有餘力管別人的閒事，或是為別人操心。如果要問由惟是否想要過媽媽那樣的人生，由惟完全不願意。就算爸爸對媽媽惡言相向，或是她去關心別人，卻被對方嫌煩，媽媽表面上似乎不以為意，但不知道媽媽內心的真實感受。也許媽媽始終掩飾了因此造成的扭曲心態，最終成為這起案件的起因。

「可能護理師工作很忙，所以結不了婚。」紗奈並不瞭解由惟的想法，繼續發表自己的意見。「病房的護理師中可能只有一半的人結婚，竹岡小姐、安藤小姐和庄村小姐結了婚，但是像島津小姐這麼漂亮的人也沒有結婚。」

「應該是因為大部分人都還很年輕，」伊豆原說，「再加上可能工作很忙，現在越來越多人覺得只要有正當工作，經濟能夠獨立，不結婚也無妨。不僅是護理師，整個社會都有這樣的氛圍。」

媽媽發生了這種事，自己和紗奈以後恐怕結不了婚……由惟已經做好了這樣的心理準備，但如果整個社會認為不結婚已經不再是稀奇事，自己或許不必為此自卑，最重要的還是經濟獨立……伊豆原說的話讓她更確信了之前的想法。

「要上夜班可能很難兼顧工作和家庭。」紗奈說，「聽說庄村小姐曾經因為工作太忙，導致流產。」

「那真是太令人同情了。」伊豆原皺起眉頭。

「我原本想長大以後當護理師，但聽到這件事之後就放棄了，」紗奈苦笑，「原本以為當了護理師，生病的時候可以近水樓台先看病，那就安心了，但好像事實並不是這樣。」

「雖然我認為這種情況並不常見，但聽到身邊有人發生這種情況，的確會不安。」伊豆原這麼回答了紗奈的話，「原來妳之前想當護理師。」

「嗯，島津小姐很漂亮，所以有點崇拜她，只是這個想法並沒有持續。」

「那妳現在想當什麼？」

「嗯……」紗奈瞥了由惟一眼，敷衍地回答說：「都可以啦。」

案件發生後，親眼看到了由惟的生活，紗奈無法再談論自己的夢想，而且她目前沒有去學校，想到未來的事，自然會不安。

光說一些安慰話無濟於事，更何況由惟無力解決現狀，只能協助紗奈拓展她的未來。

伊豆原從紗奈的回答中察覺到她複雜的心情，臉上露出一絲痛苦。

12

七月的第二週，在東京地方法院召開了第四次準備程序庭。這是伊豆原第一次參加準備程序庭。

在進行陪審團審理之前，必須多次召開準備程序庭。檢方必須在程序庭上公開在審判時，將提出什麼控訴，和如何證明自己的控訴；辯方須公開將在庭上提出的主張，以及如何主張。藉由檢辯雙方出示自己手上的底牌，明確爭點，有助於審理順利進行。在公開審理期間，基本上不會採納檢辯任何一方提出新的證據，必須在開庭之前，就決定雙方交鋒的態勢。

但也因為這樣，必須耗費很長的時間進行準備程序。如果是沒什麼爭點的案件，一兩次就可以搞定，若遇到被告否認指控的案件，準備程序進行一年，或是更長的時間也不稀奇。

這次的點滴中毒死傷案件中，沒有任何直接證據可以證明野野花犯案，檢方只能靠多項薄弱的狀況證據加以證明，不難想像要逐一討論這些狀況證據，準備程序不可能很快就結束。

目前已經召開過三次準備程序庭，但檢方每次都一點一點公開手上的證據，辯方目前還沒有提出預定的主張。雖然檢辯雙方已經展開對決，但目前仍然在觀察對方如何出招的階段。如果不趕快找到突破口，在膠著狀態下進入公開審理，就很難打贏這場官司。

檢方、辯方和多位法官在密閉的刑事法庭內召開準備程序庭，雖然並非開庭，但在法庭內，心情也變得嚴肅。伊豆原和平時不同，今天特地穿上西裝，把律師徽章別在胸前，野野花也被從看守所帶到這裡。

「團長貴島律師因為身體不適，所以無法出席今天的準備程序。」

桝田報告後，審判長櫻井保文表達了對資深律師的敬意：「請轉告他，請他多保重。」

櫻井審判長不到五十歲，眼尾下垂，看起來慈眉善目。雖然外表貌似通情達理，冷靜理智，但聽桝田說，他並不是會仔細傾聽辯方意見，對辯方有利的法官，也許可以認為他就是那種常見的、重視審判日程順利進行，全盤接受檢方提出的犯罪劇本的法官。

檢方由江崎晴人檢察官和高倉亞津子副檢察官出席準備程序庭。聽桝田說，江崎檢察官比他們大一屆，他眼鏡後方的雙眼滿是好勝的眼神。

高倉副檢察官四十多歲，可能是檢察事務官在苦讀後成為副檢察官。

「上次辯護人針對小南的供詞筆錄，聲請開示舉證事項的相關證據，這就是開示的證據資料吧？」

櫻井審判長提到的是辯方在野野花自白筆錄的問題上，聲請開示被拘留者的出入登記，檢方在前幾天才終於開示。

「針對這些證據，有何意見嗎？」櫻井審判長問辯方。

「我方針對開示的證據有疑問。」桝田回答。

「什麼疑問？」

「關於被拘留者出入登記簿上記錄的時間。在偵訊的初期，記錄的出入時間和實際錄影的偵訊時間完全無法吻合，警方很可能在沒有錄影的時間進行了違法偵訊。」

根據野野花說的話仔細確認後，雖然每天的偵訊時間都控制在八小時內，但離開拘留室的時間甚至曾經有十二、三個小時。

「我來說明一下這個問題。」江崎檢察官似乎已經知道這個狀況，不慌不忙地回答。「在偵訊初期，偵訊人員不太會使用錄影機器，遲遲無法讓機器正常運作，於是就請人幫忙處理。被告當時羈押在有女性專用拘留室的灣岸分局，偵訊在該分局進行，但搜查總部設在小松川分局，支援的人員從那裡趕去灣岸分局，耗費了相當的時間。在可以錄影的狀態之前，當然沒有進行偵訊，偵訊人員就和被告閒聊打發時間。有些日子在偵訊結束後，到回到拘留室之間也有時間差，這同樣是延續上午的閒聊，努力消除被告說自己沒睡好之類的不安。」

伊豆原走到野野花身旁，針對江崎檢察官的說明加以確認。她說負責偵訊的長繩在錄影時的確遲遲搞不定，每次都找人來幫忙。

伊豆原聽了之後，並沒有照單全收。警方很可能假裝搞不定錄影，一開始就為在規定時間外的偵訊想好藉口，反而可以認為這是警方狡猾的手法。

「小南女士說，沒有錄影的時間和偵訊人員之間的談話，並不是閒聊這麼輕鬆的內容，而是很有壓力的談話，造成她很大的精神負擔。」伊豆原回座後反駁。

「檢察官的意見如何？」櫻井審判長問。

「偵訊人員說是閒聊，被告認為很有壓力的談話，具體是指怎樣的內容？」

「偵訊人員多次重複，上天無法原諒只有她的女兒獲救之類的威脅，尤其在恆川結芽去世後，更對小南女士說，已經死了兩個人，如果再不承認，到時候就會被判死刑。一旦被判了死刑，兩個女兒的未來一片黑暗，前途盡毀。如果不承認自己的罪行，兩個女兒就會承受可怕的災難，用這些言論把小南女士逼得走投無路。」

江崎檢察官聽了伊豆原的陳述，微微皺起眉頭。不知道他是不清楚這些狀況，還是不相信野花的證詞。

「我並沒有聽說偵訊人員說了這些話，就算真的說了類似的話，也會受到前後談話脈絡的影響，有不同的意思，我認為光是這一點，並不影響自白的任意性。」

「在小南女士自白的十一月五日的錄影內容中，完全沒有提到結芽在前一晚去世的事，但從談話的內容，顯然雙方都知道這件事。我認為這顯示在錄影之前，並非只是閒聊，而是在向她施壓。」

「我瞭解了。」江崎檢察官刻意淡淡地回答，「為了謹慎起見，包括這件事在內，我會再向偵訊人員確認。」

「那這個問題就下次再討論。」

關於其他證據部分，辯方堅持要求檢方開示舉證事項的相關證據。既然被告否認犯案，最終將不同意採用檢方提出的所有證據，但在目前的階段，必須請檢方開示相關證據，從中找出檢方舉證的漏洞。

決定下一次準備程序日期後就立刻結束了。

「謝謝。」

雖然不知道野野花對剛才討論的內容理解多少，但她可能察覺到律師團付出積極努力，因此在結束後，向伊豆原等人表達了感謝。

「我們會繼續努力，小南女士，妳也要堅強。」伊豆原回答說。

「聽說貴島律師住院了……」

江崎檢察官很快整理完畢，在離開前問伊豆原和桝田。

「嗯，是啊。」桝田含糊地回答。

「情況不樂觀嗎？」他很不客氣地問。

「不，他很快就可以出院了。」

「那就好。」江崎檢察官雖然嘴上這麼附和，但似乎並不相信貴島已經完全康復。「他瘦了不少，會繼續由貴島律師擔任團長嗎？」

「當然。」

江崎檢察官輕輕點頭說：「既然這樣，就不要拖延準備程序，趁貴島律師能自由活動期間開庭審理不是比較好嗎？陪審團審判很耗體力，如果貴島律師無法出席開庭，我們也會感到很無趣。」

「不必擔心。」桝田不悅地說。

「失禮了。」

江崎檢察官嘴上道歉，但嘴角帶著冷笑走出法庭。

在古溝院長的協助下，得以和案發當時在小兒科病房工作的畑中里咲和竹岡聰子談話，伊豆原在約定的日子前往古溝醫院。

畑中里咲目前調往泌尿科病房，在事務局長繁田的陪同下，借用了泌尿科病房的談話室和她見面。

二十四歲的畑中里咲戴著口罩，口罩上露出的雙眼帶著稚氣。去年的時候，她還是剛進入古溝醫院才一年的新人。

「畑中小姐，當小南女士走進護理站時，妳剛好在櫃檯，對嗎？」

伊豆原指著護理站的草圖，指著畑中里咲當時所在的位置確認。

「是的。」她回答。

「妳當時離出入口最近，小南女士最先走到妳旁邊嗎？」

「對，她拿了餅乾給我。」

「妳們聊了什麼？」

「沒聊什麼重要的事，她說『辛苦了，請吃餅乾』，然後給了我兩包餅乾，我就回答說『謝謝』。」

「就這樣而已嗎？」

「是的，」畑中里咲點頭，「我記得當時坐在我身後的是庄村，她也去了那裡，我聽到她說『請嚐嚐』，庄村也說了聲『謝謝』。我聽到她們這樣的對話。」

「她走進護理站，妳沒有勸阻她嗎？」

「雖然應該這麼做，」畑中里咲有點尷尬，「但她笑著送點心來，很難說出口……不過我事後反省了一件事。她曾經問我可不可以給她一副拋棄式的橡膠手套時，我說沒問題，就拿給她了。我對這種事也無法拒絕，所以我覺得自己做錯了。」

「那是案件發生那天的事嗎？」

「我記得是在案件發生的一個月前，她說想在洗東西的時候使用。我猜想她之後多次來護理站時，都拿了新的手套。」

野野花供稱她向護理站要了橡膠手套，在洗毛巾時使用。起初有問護理師，後來就自己拿了。雖然這個行為本身讓人無法苟同，但至少代表她習慣身上帶著橡膠手套，所以談不上不自然。

「我知道了。」伊豆原表示瞭解後，又重新回到剛才的話題。「小南女士給妳餅乾後，又去庄村小姐那裡……她之後去了哪裡妳沒看到嗎？」

「沒看到。」

「有沒有聽到她去休息室的動靜？」

「好像聽到敲休息室門的聲音。」

「沒有聽到她去其他地方的動靜嗎？」

「當時並沒有覺得她逗留的時間特別長。」

如果野野花將藥劑混入點滴，檢方認為是在她走出休息室之後的那段時間。應該是根據護理師的證詞，推理出這樣的劇本。

「從進來到走去那裡，大約花了多少時間？」

「照理說，應該二十秒左右。」

「之後有沒有察覺到她的動靜？」

「她走出護理站的時候，我聽到動靜，抬頭看了一眼，發現是小南媽媽。」

「妳不知道她什麼時候離開休息室嗎？」

「老實說，我並不知道。」

「有沒有聽到調配點滴的作業台附近有什麼動靜？」

畑中里咲搖頭，「她離開的時候我才察覺到，那時候……」

「也就是說，和她走進休息室時相比，她走出休息室時，妳反而沒有聽到任何動靜，對不對？」

「是啊，警察問我的時候，我也這麼回答。」

「妳看到她離開護理站時，有沒有覺得她怎麼在休息室逗留了那麼久？」

「不，並沒有這麼覺得。」

「所以時間上並沒有久到讓妳覺得奇怪……」

「是啊，」畑中里咲說，「完全沒有這種感覺。」

「通常妳坐在櫃檯時，如果有人在後面調配點滴時，妳會聽到動靜或是聲音嗎？」伊豆原問了她平時的感覺。

「如果動作很匆忙，發出很大的聲音就會發現，否則的話，我也專心做自己的事……」

「就是說不會發現嗎？」

「是啊。」

「那麼也有可能當時有動靜，但妳正專心寫護理紀錄，就沒有察覺嗎？」

「不，我記得當時呼叫鈴沒有響，護理站內很安靜，」畑中里咲說，「如果感覺到小南媽媽在護理站內走來走去的動靜，我應該會看一下她在幹什麼。」

「妳認為她當時不可能把藥劑混入點滴嗎？」

「但做這件事本身可以幾乎不發出聲音，我無法打包票。」

「沒經驗的人也一樣嗎？」

「要看那個人是不是盡量不發出聲音，就算是有經驗的人，如果重重地放在托盤上，還是會發出聲音。」

「如果希望不發出聲音，會需要多花一點時間嗎？」

「嗯，動作小心謹慎的話，應該會多花一點時間。」

不習慣使用注射器的人需要小心謹慎地把藥劑混入點滴，有辦法在一分二十多秒的時間內完成嗎？如果要主張不可能是野野花犯案，或許該把爭點放在這件事上，只不過如果無法明確證明不可能，檢方可能會敷衍過去。

「如果妳當時覺得小南女士不可能是凶手，或是有其他令妳在意的事，是否可以請妳坦率地告訴我？」

伊豆原最後提出了這個問題，畑中里咲很認真地思考了一下，但最後搖搖頭，似乎放棄繼續思考。

「對不起，很希望可以說些什麼。」

「別這麼說。」

「小南媽媽被逮捕時，我的確很驚訝，」她說，「她看起來不像會做那種可怕的事，但是最令我驚訝的是，得知我坐在櫃檯時，可能有人在我身後把藥劑加進點滴，當時覺得怎麼可能有這種事。」

「所以當妳知道時，並沒有想起當時的確覺得身後有奇怪的動靜。」

「對，」畑中里咲誠懇地點頭，「只是提不出任何客觀的理由，讓我可以說不可能是她，我就沒辦法再說得更加肯定。」

「我明白了，如果妳想起什麼，再麻煩妳通知我。」

畑中里咲離開後，繁田打電話給竹岡聰子，但她臨時有事，無法來這裡。

「有一個緊急的手術，今天她似乎來不了。」

竹岡聰子目前被調往手術室，既然因手術而取消，伊豆原只能表示理解。

「庄村數惠已經離職了，對嗎？」

野野花去護理站時，庄村數惠和畑中里咲都在護理站內，但聽說她今年春天離職了。

「是啊，庄村和安藤都已經離職了，可能一方面是因為發生了這樣的案件，她們都受到打擊，在調換部門時，有些護理師說還是希望在小兒科工作，就去了其他醫院。」

「還有其他當時在小兒科病房工作，可以讓我問一下當時情況的人嗎？」

既然已經來了，就順便問一下。伊豆原抱著這種想法問道。繁田想了想，打了一通電話。

「島津目前在心血管病房工作，今天上夜班，她說可以稍微提早來醫院。」

伊豆原去了醫院內的咖啡店打發了將近一個小時的時間，等島津淳美來上班。將近下午四點的時候，繁田帶了一名女性來到伊豆原面前。她就是島津淳美。

島津淳美穿著便服，而且咖啡店內沒有很多人，於是就在咖啡店內談話。

島津淳美今年三十一歲，她沒有戴口罩，伊豆原看到她的容貌時，就理解了紗奈對她的稱讚。

「不好意思，耽誤妳上班之前的時間。」

伊豆原輕鬆地表達謝意後，開始詢問情況。

「妳在案發當天是上早班，對嗎？」

「對。」她用平靜的聲音回答。

「但是，小南女士去護理站時，妳並不在那裡……」

「是的，」她點點頭，「因為我當時去為我負責的單人病房病童換點滴。那名病童隔天要做檢查，病童的媽媽問了我很多問題，我記得當時聊了十分鐘左右。」

「妳回到護理站時，小南女士已經離開了？」

「是啊，但是桌上放了好幾包餅乾，我猜想她可能來過了。」

「之前妳在護理站時，小南女士也曾經拿點心來發給大家嗎？」

「是啊。」

「妳有沒有提醒她，請她不要進入護理站？」

「雖然應該這麼做，但我想別人會說。」島津淳美輕輕聳了聳肩。

「像是副護理長或是其他人嗎？」

「是啊，」她回答說，「而且有同事會直話直說。」

「比方說是誰？」

「竹岡就會說啊。」

「喔，妳是說主任。」

「對，還有葛城和奧野也會說。」

「但即使說了，小南女士仍然會走進護理站。」

「是啊，她以前做過護理助理，所以會很自然地走進護理站，更何況現在雖然很少有這種事，但以前經常有人走進護理站。」

島津淳美轉頭瞥了繁田一眼，似乎有點在意他，但還是說了實話。

「這樣啊？」

「我還是菜鳥的時候，不時會有人走進護理站。像是孩子出院時，媽媽就會帶著點心禮盒來打招呼。雖然基本上都拒絕收禮，但如果是家長為了表達心意送來的點心，我想幾乎都會收下來。只是這種時候，家長並不想張揚，特地把護理師找出去也很奇怪，於是就走進護理站，拿給正在桌子旁工作的護理師，請大家吃。」

「原來是這樣啊。」

「比方說，有家長為了孩子順利出院來向副護理長打招呼，如果副護理長在休息室內，通常不會特地把副護理長叫出來，而是告訴家長，副護理長在裡面，就讓家長自己進去。」

「可以說，以前並不會嚴格規定。」

「是啊，反過來說，以前病人和家屬都更尊敬護理師，他們都很低姿態，即便不需要嚴格規定，相處起來並不會有問題。只是從我開始當護理師的那個時候開始，有越來越多怪獸病人，或者說是強勢的病人，相處上無法再像以前那樣輕鬆，既然這樣，那就和病人保持一定的距離。雖然把病人視為客人，比以前更加客氣，但也拒絕他們進入我們的地盤，差不多就是這種感覺。」

「原來是這樣……所有醫院都這樣嗎？」

「雖然每家醫院的情況不太相同，但我認為整體趨勢都一樣。」島津淳美冷靜地說，「所以我認為小南媽媽以前工作的那家醫院可能在這方面並不嚴格，所以她也改不掉當時的習慣。」

「並不是她特別奇怪，而是以前也有這種類型的人。」

「是啊。」

原來還能夠從這個角度看問題。伊豆原有一種新鮮的感覺。由於大家都說野野花是與眾不同的怪人，因此伊豆原受到這種看法的強烈影響。

「請問在小南女士被捕時，妳有什麼感想？」伊豆原問。

「她目前否認犯案吧？」她確認道。

「是啊。」

她聽了伊豆原的回答後點頭，「聽說她被逮捕時，我當然大吃一驚，但得知她承認犯案時，我不禁覺得怎麼可能有這種事？」

「請問妳這麼想的理由是？」

「因為每次為紗奈注射點滴時，小南媽媽都會不停地問，這是什麼藥？有什麼副作用？我就對她說，如果紗奈不舒服，隨時告訴我。她就說，她女兒看起來很不舒服，我發現紗奈並沒有不舒服，她卻這麼說，而且自己調慢點滴的速度更是家常便飯。我算好時間，覺得點滴差不多打完了，走去病房一看，發現還沒有打完。如此一來，我們就要多跑一趟，雖然有些護理師會請她不要動點滴，但我覺得只要能夠消除她的不安就好，就沒有特別說什麼。總之，她對藥物進入紗奈身體這件事很神經質。如果要問我，她會不會在自己女兒的點滴中加奇怪的藥，我有點難以置信。」

伊豆原認為對辯方來說，這番話無疑是有力的強心針。他忍不住發出讚嘆的聲音。

「雖然我不知道她為什麼一開始承認是自己幹的，但我認為一定是哪裡搞錯了。只不過這麼一來，就留下了到底誰是凶手的疑問，而且必須懷疑我們內部人員，這整件事就變得很微妙，但清白的人本來就不應該受到制裁，我認為對這件事產生懷疑的人應該發聲。之前警察在調查時，我也說了相同的話。」

在她的筆錄中，並沒有看到這些內容。八成是警方認為這些言論對野野花是凶手的劇本不利，所以刪除了。只要在法庭上不同意筆錄的內容，然後詰問證人，就可以讓她在法庭上說這番話。伊豆原感到勇氣倍增。

「我可以再請教妳一個問題嗎？」伊豆原問，「妳有沒有聽說三〇五病房還有什麼和小南女士無關的糾紛之類的事嗎？任何事都無妨。」

島津淳美立刻垂下雙眼，思考了一下。

「我知道小南媽媽和梶太太曾經發生過口角，除此以外，我並沒有聽說過病人之間有什麼糾紛。」

伊豆原似乎覺得她特別強調了「病人之間」這件事，不禁有點在意。

「比方說，護理師和病童或是家屬之間有沒有什麼糾紛呢？」伊豆原繼續追問。

「……沒什麼特別值得一提的。」

雖然伊豆原覺得她在回答時有點猶豫，但可能是謹慎起見，努力回想了一下。

「當然，我並不是說，我們護理師絕對不可能下手，護理師也是普通人，任何人都可能因為一時鬼迷心竅而犯錯。」

「差不多了，她該去上班了。」

繁田聽了島津淳美的回答，臉頰抽搐起來，立刻插嘴說該結束了。

「好，謝謝，如果之後想起什麼，再麻煩妳告訴我。」

「好。」島津淳美簡短回答後，走出咖啡店。伊豆原向繁田道謝後，離開了古溝醫院。

畑中里咲的供詞筆錄——案發當天下午三點四十分左右，我在兒童病房護理站內面對西側走廊的櫃檯座位打開電腦，開始寫護理紀錄。三點四十五分左右，小南野野花拿了一包點心走進護理站，對我說「辛苦了，請吃餅乾」，然後從袋子裡拿了兩包餅乾給我。小南媽媽經常會拿點心來給大家吃，我並不覺得有什麼問題，就道謝說「謝謝」。小南媽媽又走去護理站中央的桌子那裡，拿了餅乾給正在桌子旁工作的庄村數惠說「請嚐嚐」，庄村也對她說了「謝謝」。但是我並沒有回頭看她們，只是聽到她們說話的聲音而已。之後好像又聽到休息室傳來敲門的聲音，川勝春水副護理長和竹岡聰子主任當時在休息室內，小南媽媽似乎知道這個時間休息室有人，就去了休息室。從她走進護理站到走去休息室最多不超過二十秒，之後我沒有回頭看，只是吃著她給我的餅乾，繼續在櫃檯旁寫護理紀錄。我完全不知道她什麼時候走出休息室，只是過了一會兒，聽到有人走出護理站，轉頭一看，發現是小南媽媽。

庄村數惠的供詞筆錄——案發當天下午三點半左右，我和島津淳美一起在雙重確認下，調配了負責病人的點滴。之後，川勝春水副護理長也請我幫忙確認，我和她一起調配了三〇二病房和三〇五病房的點滴。調配好點滴後，就放在推車的托盤上，推車放在藥品櫃附近。之後川勝副護理長去了休息室，由於我設定在四點為病人換點滴，於是就坐在中央的桌子旁打開電腦寫護理紀錄。三點四十五分左右，小南媽媽走進護理站，拿了餅乾給畑中，然後走到我面前說「辛苦了」，給了我兩包餅乾。雖然非工作人員不能進入護理站，但拿了她的餅乾，不好意思請她離開，而且我正在寫護理紀錄，便只對她說了聲「謝謝」。她拿了幾包餅乾放在桌上，留給當時不在護理站內的人，然後走向我身後，也就是休息室的方向。我聽到敲門的聲音，所以她應該馬上就去了休息室。從她走進護理站到去休息室，大概只有十五到二十秒左右。我肚子不餓，就把她給我的餅乾和桌子上那堆餅乾放在一起，繼續寫護理紀錄。我當時背對著休息室，不知道她什麼時候走出來，但她走出護理站時，我記得看了一眼她的背影。

根據野野花去護理站時這兩名在場護理師的證詞，她們都沒有發現野野花何時走出護理站。事實上，就算進去休息室時會敲門，出來的時候，如果輕輕關門，走路也沒有很大聲，的確不容易察覺。

於是檢方認為，野野花可能在這段時間犯案。她很快就離開休息室，趁護理站內兩個人都背對著她坐在電腦前，就悄悄在點滴裡動了手腳。筆錄配合檢方的劇本，特別強調了兩個人都沒有察覺野野花從休息室走出來。

反過來說，這代表野野花只有那段時間有可能犯案，只要能夠找出明確的證據否定這個可能性，就可以推翻檢方的劇本。

沒有人親眼目睹她把藥物混入點滴中。

但是，同樣沒有人看到她走出休息室後，在護理站內什麼都沒做，就離開了護理站。

野野花承認她從走出休息室，到離開護理站之前拿了橡膠手套，但就只承認這件事。如果能夠在時間上證明她幾乎沒有在那裡停留，就可以讓她的主張更有說服力。

問題在於如何找到證據……伊豆原看著總結了畑中里咲和島津淳美筆錄的筆記，為這個問題傷透腦筋。

隔週，伊豆原接到桝田的電話，說要在貴島法律事務所召開每週一次的律師團會議。貴島似乎已經出院了。

貴島法律事務所位在銀座角落的一棟老舊大樓內，但這種舊大樓反而很有名牌事務所的風格。

「啊呀啊呀，歡迎啊。」

貴島在事務所內的專用辦公室裡等他們。他的聲音有氣無力，襯衫的領口也鬆了一圈，但表情很柔和。

他的辦公室很樸素，完全就是在務實的刑事辯護世界闖蕩多年的資深律師辦公空間，溫泉街買的小燈籠成為辦公室內唯一的裝飾品。

「恭喜您出院。」

桝田和伊豆原並排坐在辦公桌前的椅子上，異口同聲地恭喜他出院。

「出院是早晚的事。」貴島心情愉悅地說，「不然就翹辮子了，只是現在還不到翹辮子的時候。」

「那當然。」

「伊豆原，你可能也聽說了，桝田下個月就會來這家事務所。既然我請他來，當然就要好好迎接他，我一出院，就指示事務所的人安排他的座位。」

「讓您費心了。」桝田鞠躬說道，喜悅之情溢於言表。

「野野花的案件都由你們兩個處理，真不好意思。」

「請您不必介意，」桝田說，「等您體力恢復之後，再全力投入就好。」

「是啊。」

貴島罹患的是胰臟癌這種不治之症，因此桝田的話聽起來只是在鼓勵貴島。貴島也很清楚，只是順著桝田的意思回答。伊豆原感受到他的剛強，但也感到心痛。

「目前進展到哪個階段？」

貴島關心審理進度，似乎表示他的精神未死。

桝田報告了日前準備程序庭的情況，貴島閉著眼睛聆聽，聽到檢方在錄影時間和被拘留者出入簿上記錄的時間有落差這個問題上的辯解，憤慨地皺起眉頭。

「他們還是在玩弄這種手法。」貴島聽完桝田的說明，悶悶不樂。「雖然嘴上說會回去確認，但到時候只是改變說法而已。偵訊人員八成會同意以證人身分出庭作證，既然偵訊人員會使用這種方式，一定胸有成竹，有自信能夠應付證人詰問。到頭來，只要有自白就贏了。」

對自白的任意性提出質疑的難度很高。通常認為任何人都絕不可能承認自己根本沒做的事，在稍微受到一點脅迫或是利誘的情況下承認，並不會影響自白的任意性。

「只能推翻檢方的犯罪證明。」伊豆原說，「只要辯方在這個問題上的論述具有說服力，就可以動搖自白的任意性。」

「檢方的證明有什麼破綻嗎？」貴島問伊豆原。

「目前還沒有頭緒，」伊豆原回答，「我正在找醫院相關人員確認當時的情況，希望可以找出破綻，但我目前注意到時間的問題。現在已經知道，小南女士在護理站內停留的時間大約兩分二十五秒，她發點心、在休息室閒聊耗費了一些時間，到底是否能夠在剩下的時間犯案……我認為只要追查這件事，就可以看到問題的癥結。」

「非常好。」貴島表示肯定，「檢方逼迫野野花承認，這反而可能成為他們的絆腳石。他們讓野野花承認，是在護理站從冰箱拿出藥品，用注射器把藥品注入點滴。既然檢方要求野野花這麼說，就不會證明她用其他方法把藥品混入點滴。」

「以可能性來說，也可能是事先偷了藥劑和注射器，在現場動作俐落地完成。」伊豆原說。

「從錄影的內容來看，偵訊人員費了很大的力氣，才終於讓小南女士招供。」桝田說話的語氣充滿了對檢警的揶揄，「小南女士回答時，好像事不關己地說『到底是用什麼方法呢？』而且可以感覺到偵訊人員努力不讓外人感覺她當時受到誘導。」

「最後提出按照常理思考應該會使用的手法，小南女士總算擠出了答案。」

「貴島律師，您之前曾經多次贏得無罪判決，」伊豆原說完後問：「相比之下，您認為在這次的案件中，辯方有沒有缺少什麼？」

貴島輕輕點頭，短暫沉默後開口。

「很遺憾，我只能說什麼都缺。」他斷言道，「所有的無罪判決，都不是幸運獲判無罪，而是在百分之百相信被告無罪的情況下展開辯論，徹底推翻檢方舉證的許多案子中，好不容易有幾起案件獲判無罪。在贏得無罪判決的背後，還有更多無法贏得勝利的案子。」

難道這次的案件還無法到達這個程度嗎？伊豆原玩味著貴島的話，感受到不小的衝擊。

「伊豆原，你是不是百分之百相信野野花無罪？」

「百分之百有點……」

伊豆原在回答貴島的問題時有點結巴。身為辯護人，他必須支持野野花的主張，而且也認為野野花完全有可能如她的主張，的確是清白的，但被問到是否百分之百認為如此，他不得不猶豫。目前並沒有發現任何可靠的證據能夠佐證。

「你加入律師團的時間還不長，這是無可奈何的事。」貴島說，「辯護人在和被告相處，每天思考案件之後，自然會形成心證，這就是我想對你說的話。」

貴島的意思是，在沒有百分之百的把握認為野野花清白的情況下，指望無罪判決未免太不自量力嗎？

「貴島律師，請問您對這起案件判決無罪有把握嗎？」伊豆原反問貴島。

「我認為還是不要說比較好，」貴島意味深長地說，「關鍵在於你自己的想法。」

貴島的意思是，受別人影響的心證沒有意義嗎？

還是貴島目前也沒有十足的把握，才會這麼說？

之所以認為貴島這句話可以有不同的解釋，也許是因為自己的心證尚未確定的關係……伊豆原不由得這麼想。

13

時序進入七月，持續多日都是梅雨季節的陰沉天氣。這天早上，籠罩在天空的雲層於中午時分散開，變成了說是梅雨季節終於結束也不奇怪的晴朗天氣。

最近只要不下雨，由惟就會馬上回家，帶紗奈出門散步。如果沒有自己的陪同，不知道那些知道她們姊妹情況的人會怎麼欺負人，所以她叮嚀紗奈，絕對不能獨自外出。雖然只有傍晚的時候外出片刻，感覺像遛狗一樣，但紗奈還是很高興，由惟也可以感受到短暫的平靜，因此很喜歡這樣的散步時間。

這天午休快結束時，接到伊豆原的電話，說今天他有空，會去教紗奈功課。紗奈似乎也很喜歡伊豆原，由惟沒有理由拒絕。

伊豆原今天也會買便當帶去家裡嗎？回家的路上，由惟不禁充滿期待地這麼想。

如果只有由惟一個人，隨便吃什麼都可以，但是考慮到紗奈，就必須多用點心思，而且不能怕麻煩就偷懶。對年僅十幾歲的由惟來說，光是準備晚餐這件事，就需要發揮毅力才能夠每天堅持，一旦身邊出現善意，就忍不住期待，想要依賴別人。

不想體會失望的感覺，就不要太期待……由惟從車站走回公寓的路上，這麼告訴自己。伊豆原幾乎每週都來家裡，認定他每次都會帶伴手禮來，未免想得太美了，伊豆原的荷包可能也會吃不消。

來到住家附近的公園，看到一群小學生正在騎單輪車，有的在賽跑。紗奈在生病以前也一樣會來玩耍，現在顧慮到鄰居的眼光，有點畏首畏尾，紗奈可能不想遇到同學覺得尷尬，所以散步時不會走進公園。

但是，由惟邊走邊看著公園內，發現廣場角落有一個很像紗奈的纖瘦女孩背對這裡，一個看起來十六、七歲的棕髮少年面對女孩，好像踩著舞步般動著雙腳。

原本以為自己看錯了，但發現伊豆原坐在附近的長椅上，她立刻停下了腳步。

她走進公園，走向伊豆原。伊豆原發現了她，向她揮手。

她繞到少女面前，發現果然是紗奈。紗奈看到由惟，露齒一笑。

那名少年似乎正在教紗奈跳舞。

「辛苦了。」

伊豆原用好像在納涼般輕鬆的口吻向她打招呼，由惟帶著抗議的語氣問：「他是誰？」

「之前曾經提過，我說認識一個很會跳舞的年輕人，他叫三崎涼介。」

由惟隱約記得伊豆原提過這件事，但她根本沒有認真思考伊豆原說的那個很會跳舞的人是男是女這個問題。

雖然少年的臉上還帶著稚氣，但幾乎過長的棕色瀏海下的小眼睛感受不到溫順，完全符合「來路不明」這幾個字的感覺。伊豆原不打一聲招呼，就把這種少年帶到年幼的紗奈面前，未免神經太大條了。

「他是什麼人？」由惟壓低聲音，逼問伊豆原。

「別擔心，他不是什麼奇怪的人。」伊豆原帶著苦笑回答，「我以前因故認識的。」

「你說的因故，」既然是伊豆原認識的人，必定和什麼案件有關。「是和案件有關嗎？」

「不，並不是他本人涉及了什麼案件。」

「那麼是誰？」

如果是伊豆原之前提過的人，記得好像是他的父親有什麼問題。

「不用問得這麼清楚，反正和涼介沒有關係。」

「當然要問清楚，你怎麼可以擅自讓他和紗奈見面？」

由惟不禁大聲嚷嚷起來。三崎涼介停下腳步，看著由惟。

「紗奈的姊姊？」

他停止教紗奈舞步，走向由惟他們。

「對，她就是紗奈的姊姊由惟。」

三崎涼介聽了伊豆原的介紹，用力點點頭，看著由惟。

「我姓三崎。」

聽了他簡短的自我介紹，由惟不知道該如何回答。

「你們在聊我的事嗎？」三崎涼介問伊豆原。

「對。」伊豆原點頭，繼續解釋。「他目前正在讀函授高中，想要成為舞者，也有自己的舞團……」

「我不是問你這些事，」由惟說，「你們是透過什麼案件認識的？」

獨自複習舞步的紗奈不安地看著由惟。

「但是這……」伊豆原欲言又止。

「原來是這個。」三崎涼介似乎明白了，看著由惟。「我爸爸因為安非他命被抓。他是再犯，就去坐牢了。伊豆原律師當時負責為我爸辯護，之後和我一起跳舞的朋友持有大麻被逮捕時，警方懷疑到我頭上，伊豆原律師幫忙我，我們就是這樣的關係。」

「沒錯，」伊豆原無可奈何地承認，「由於他爸爸的事，他也被人懷疑，真是太過分了。他當然是無辜的，那件事之後，他就離開了原來的舞團。」

雖然伊豆原說三崎涼介是無辜的，但由惟仍不想點頭說好，願意讓他教紗奈跳舞。

「不要搞不清楚狀況地在住家附近的公園教紗奈跳舞，附近的鄰居都認識我們姊妹，他們會覺得明明媽媽被抓，當女兒的卻還輕浮地跳什麼舞，而且會被紗奈的同學看到，請你們別再做這種事。」

由惟用這種方式拒絕紗奈繼續跟三崎涼介學舞，雖然她以自己姊妹的情況為藉口，不過這確實是她的真心想法。

「根本不需要在意別人的眼光。」

三崎涼介嘀咕。由惟不理會他，向紗奈招招手。

「紗奈，回家了。」

伊豆原為難地低吟一聲，但什麼也沒說。

紗奈不知所措地來到由惟身旁，觀察著由惟的臉色。

「剛才說好等妳回來之後，一起去家庭餐廳……」

伊豆原似乎如此提議。

「我會做晚餐。」由惟堅持己見，冷冷地向伊豆原說：「我們先回家了。」

「嗯，嗯嗯……路上小心。」

伊豆原悶悶不樂地回答。由惟拉著紗奈的手。

「謝謝。」

紗奈慌忙向伊豆原和三崎涼介鞠躬，轉過身後，似乎仍然很在意，回頭看著他們。

「剛才很開心。」紗奈用他們也可以聽到的聲音，自言自語地說。

隔天午休的時候，由惟接到了伊豆原的電話，說希望她下班回家的路上，可以和她稍微聊幾句。

由惟沒有明確回答。在下班回家路上，看到伊豆原在小岩車站等她。

「辛苦了。」他用關心的口吻向由惟打招呼。

「紗奈昨天還好嗎？有沒有不舒服？」
「她沒事。」
昨天晚上，紗奈在家裡練習了好幾次剛學的舞步，由惟忍不住數落她「不要吵到鄰居」。
「那就好……我有點擔心。」伊豆原說，「話說回來，昨天在公園並沒有跳很久……差不多只有十分鐘到十五分鐘左右。」
伊豆原喃喃自語著，由惟沒有回答，搭上駛入車站的電車。
「我昨天沒有說清楚，」伊豆原尷尬地抓抓頭，「涼介雖然看起來不好親近，但無論在教養機構還是舞團，都很照顧比他年紀小的學弟妹，大家都把他當大哥哥。」
由惟覺得三崎涼介看起來並不像伊豆原說的那麼好，還是因為平時經常在公司看到前島京太這些卑鄙的人，內心產生過度的警戒，覺得全天下的男人都不是好東西？
下了電車後，看到一個女人站在車站的月台上，和之前伊豆原認識的律師一樣舉著牌子，而且牌子的內容也一樣。那天之後，不時會看到有人舉著這塊牌子站在月台上，似乎仍然在找色狼案的目擊者。
「是柴田律師的案子。」伊豆原經過女人的身旁後，回頭看著她，小聲說：「不知道是不是被告的太太。」
當事人堅稱自己沒有做這種事，因此很難交保……由惟想起伊豆原和柴田的對話，不禁感到好奇，想回頭看一下，但立刻告訴自己，這件事和自己無關，繼續看著前方。

走出車站，伊豆原又重提三崎涼介的事。

「我知道妳很在意涼介的爸爸，但真的和涼介沒有關係。一旦染上安非他命這種毒癮，就很難戒掉。涼介的媽媽很早就死了，他爸爸生活變得一團糟，繼而染上毒癮。初犯的時候判了緩刑，但之後又重蹈覆轍，這次被判刑，也就是去坐牢了。涼介的人生因此亂了調，他好幾次都罵他爸爸太笨了。從某種意義上來說，他也是被害人。我和他聊了很久，他終於走出沮喪，願意原諒他爸爸。他在法庭上對爸爸說，希望爸爸好好贖罪，自己會支持爸爸，等爸爸出來之後，父子兩人再一起生活。他爸爸是再犯，不可能再判緩刑，但是最後判得比其他類似的案子更輕，必須歸功於涼介願意出庭作證。」

「你到底在說什麼？」由惟冷冷地問。

「啊？」

「是在說涼介的事？還是希望我在媽媽的案子開庭時去當證人？」

由惟知道伊豆原關心自己姊妹的真正目的，那就是希望媽媽的案子開庭時，自己出庭說出對媽媽有利的證詞。由惟目前保護著被害人之一的紗奈，懷疑媽媽下手。伊豆原為了讓由惟在法庭上說，媽媽不可能做這種事，才親切地接近她們姊妹。

「不，我當然是在說涼介的事。」伊豆原慌忙說道。

「我覺得你的想法太鄉愿了。」由惟說。

「啊？」

「既然犯了罪，不是就應該接受與罪行相當的刑罰嗎？你對他太寬容了，用這種方法幫他，減少他的刑期，真的是在幫助當事人嗎？我認為即便你這麼做，他爸爸以後仍然會再犯。」

伊豆原看著由惟，不停地眨眼。

「妳真的很不留情面，」他嘆著氣，「但是，吸食安非他命，會再犯的理由並不單純，並不是我對他太寬容，他就會再犯，無法這麼簡單地下結論。當事人明知道不該這麼做，但還是會再犯。吸食安非他命涉及到與身心和本能有關的病理問題。」

由惟覺得這種事和自己無關，沒有吭氣。

「而且，」伊豆原又繼續說道，「人類並沒有這麼堅強。會因為吸毒而毀了自己，摧毀家庭，人類就是這麼無可救藥，自作自受。但是，正人君子也無法獨立生活，更何況是這種人，更需要有人向他伸出援手，陪伴在他身旁。這並不是太寬容，而是任何人都需要他人的支持。」

由惟覺得這種人自私自利，造成周圍人的困擾，犯了罪之後還需要別人的支持，簡直想得太美了。

「而且我說了很多次，涼介和他爸爸不一樣。不可以因為他爸爸吸毒坐牢，就懷疑他也做了什麼壞事。」

「我並沒有這麼懷疑。」

「在當事人可以聽到的情況下，問及他家人所犯下的罪，未免神經太大條了。他才十七歲，比妳年紀更小。妳應該能夠理解，他會因自己無力改變的事被貼上奇怪的標籤，內心很受傷吧？」

伊豆原說話的語氣很平靜，所以由惟默默聽著他說，現在才發現他在生氣。原來他今天來找自己，是無論如何都想和自己說這件事。

「我必須知道和紗奈接觸的到底是什麼樣的人。」

「妳是不是有點操心過度了？」他說，「如果妳整天覺得周圍都是敵人，都是壞人，只會讓自己的日子越來越不好過，願意幫助妳的人會離妳而去。」

「我並不奢求別人勉強幫助我，既然開始工作養家，就已經做好了這樣的心理準備，我會一個人照顧紗奈。」

原本為三崎涼介抱不平的伊豆原被由惟回嗆後，有些洩氣。

「不，我並不是說不幫助妳們了，」他說，「我想要表達的是，如果妳整天操心會活得很累，其實妳可以活得輕鬆一點。」

「不用你操心，」由惟說，「無論我活得輕不輕鬆，這個世界上本來就沒什麼人喜歡幫助別人，只有攻擊我們，或是對我們敬而遠之的人。這個世界上到處都是敵人。」

伊豆原瞥了由惟一眼，一時沒有說話，似乎在猶豫該說什麼。

「我相信妳吃了不少苦……」他幽幽地說。

「這也是無可奈何的事。」由惟說。

「並不是無可奈何的事，正因為不希望變成無可奈何，所以我才積極奔走，想要解決目前的情況。無論妳還是紗奈，還有涼介都一樣。我認為涼介能夠理解紗奈，也以為妳能夠瞭解涼介，才會帶他來和妳們認識。」

其實也許自己能夠瞭解，但可能心已經變成了石頭，不願意理解。

由惟知道自己不直率，但是她現在不想點頭同意伊豆原的話。

14

在由惟心中，似乎已經和媽媽斷絕了母女關係。伊豆原思考著如何改變由惟固執的想法時，突然想起貴島說的話。

你是不是百分之百相信野野花無罪？

很希望野野花無罪，同時認為無罪的可能性非常高。雖然自己這麼想，但仍然沒有完全撥開野野花周圍的迷霧。

他認為這也是無法改變由惟心意的間接原因之一，最終將對審判產生影響。貴島說，如果律師無法百分之百相信被告無罪，就無法贏得無罪判決。這句話千真萬確。

古溝醫院的繁田重新安排了和竹岡聰子的訪談時間，於是伊豆原決定先去千葉縣市川市的八幡第一醫院。

野野花在三十歲前後，在照顧年幼的由惟同時，在這家八幡第一醫院當了三年護理助理。這次拜訪的林田克子是野野花當時工作病房的副護理長，目前是這家醫院的護理部長。

檢方聲請林田克子以證人身分出庭，檢方試圖藉由她在法庭上說明野野花在擔任護理助理當時的工作情況，證明她有一定程度的醫療知識和護理知識。身為野野花的律師，當然希望找到反駁的材料，最好能夠進一步瞭解野野花這個人真正的樣貌。

林田克子在下班後，換了便服現身。她是那種隨處可見的樸素女人，伊豆原跟著她來到附近的一家咖啡店，決定在那裡進行訪談。

護理助理的工作主要是按照護理師的指示，為病人換床單、搬運備品，或是用輪椅把病人送去檢查室等雜務工作。野野花在八幡第一醫院時，都負責這些工作。

「小南經常和病人聊得很開心，遲遲沒有完成交代她的工作，但陪病人聊天是醫療工作的一部分，我們並不會太嚴格要求。」林田提到了野野花當時工作的情況。

「請問在你們醫院，病人和家屬會走進護理站嗎？」

古溝醫院的護理師島津淳美說，之前不時會看到病人和家屬走進護理站。

「是啊，有時候會走進來幾步說話，我們醫院的護理站後方有休息室，但以前不會有人走進去那裡。」

「護理助理會去休息室嗎？」

「我們醫院會，以前常和小南一起在休息室吃點心。」

野野花會走去休息室，可能受到以前當護理助理時的習慣影響。

「護理助理當然不會直接從事護理或醫療行為吧？」

「是啊。」

「是否曾經發生過什麼事，讓妳認為小南女士具有醫療知識？」

「有不少病人根本不管對方是護理師還是護理助理，都會反映點滴好像溢出來了，或是要止痛藥之類的事。我們通常都會叮嚀護理助理，不可以插手護理師的工作，無論病人提出任何要求，都要請護理師處理，但小南經常認真傾聽病人的要求，然後再來轉告我們，說病人說了什麼。有一些病人經常問的問題，她就用自己知道的情況回答病人，有幾次我們在事後知道後，就提醒她不可以這麼做。除此以外，我剛才提到，她經常和病人聊天，知道病人目前在接受什麼治療，我猜想久而久之，她在這方面多少有一知半解的知識。」

「原來是這樣。」

「而且她曾經很認真地說，很想去學校上課，考取護理師的證照。」

「是嗎？」

「我記得曾經有年輕的護理師告訴她，不少人出了社會之後，在三十歲左右才去護理學校當學生。可能是因為她丈夫去世，她希望可以有一技之長可以養孩子，所以有一段時間，她似乎認真打算讀護理學校。」

「小南女士現在的言行似乎很討厭醫院，當時是否也有這種感覺？」

「嗯，之後她認識了後來的先生，又生下孩子，辭去工作，但在辭職之前，她好像就打消了要去讀護理學校的念頭，從這個角度來說，可以說她在這裡工作時，就開始討厭醫院。」

「當時是否發生了什麼事？」

「我也向檢察官提了這件事，當時我們醫院發生了點滴疏失的死亡意外。」

「啊？」

「護理師在為心律不整的高齡病人注射苦息樂卡因的點滴時，原本應該注射低濃度的苦息樂卡因，結果不小心注射成高濃度，病人的狀況急轉直下。當時，其他醫院曾經多次發生相同的醫療事故，我們提醒過護理師要注意這件事，但是年輕的護理師還是闖了禍……雖然這無法成為藉口，但當時人手不足，沒有雙重確認。」

「這起醫療事故和小南女士無關吧？」

「當然和她沒有關係，」林田說，「但那名病人生前和小南關係很好，我相信她很受打擊。她從那時候開始，經常說藥物很可怕，藥物也是一種毒藥，我曾經多次提醒她，不要在病人面前說這種話。」

「妳認為小南女士因為這樣，漸漸開始討厭在醫院工作嗎？」

「是啊，難免有些病人在換了多種藥物之後，仍然沒有明顯的治療效果，或是因副作用而痛苦。我們知道醫療的極限，幫不上忙，但病人往往難以接受，除了向我們訴苦，也會跟小南訴苦。小南並不清楚病人的詳細病情，只聽到病人說換了藥病情還是沒好轉，或是注射點滴之後，渾身不舒服。我認為這些事讓她很灰心，她有時候會說，在病人身上注射這麼多藥，簡直就像白老鼠，真是太可憐了，我曾經要求她不要亂說話。剛好在這個時候發生點滴疏失的意外，因此別說當護理師，她可能對在醫院工作也產生了倦怠。」

「原來是這樣。」

伊豆原得知野野花是因為有相應的理由，才會有那些討厭醫院的言行，有一種恍然大悟的感覺。

但是，檢方之所以要求林田克子出庭作證，也許是擷取了那起意外的另外一面，認為她在當護理助理時代，曾經親眼目睹點滴疏失的醫療事故，便想到可以在點滴中混入其他藥物，以這種方式架構犯罪劇本。

野野花的父親羅患糖尿病時，使用胰島素進行治療。她以前在職場時曾經親眼看過苦息樂卡因造成的死亡事故。檢方應該會把野野花人生中曾經發生的這些事作為案件的背景串聯起來。

如果不推翻檢方對野野花的犯罪證明，這種證詞會發揮負面作用。伊豆原帶著這種想法，和林田克子道別。

七月底，召開了第五次準備程序庭。和上次一樣，由伊豆原和桝田代表辯方出席，野野花也在場。

「貴島律師的身體狀況還好嗎？」櫻井保文審判長一開始就問律師團。

「謝謝關心，目前恢復順利，已經可以去事務所，只是體力還沒有完全恢復，今天無法出席。」

桝田回答。櫻井審判長和上次一樣，關心地說：「請轉告他，希望他多保重。」

貴島去事務所時，最多只是在事務所處理文書工作三個小時左右，除非他主動提出要來參加準備程序庭，否則以他目前的狀態，其他人不方便建議他來參加。

進入正題後，先討論了野野花自白筆錄相關的對話。

「上次檢察官說，要再次向偵訊人員確認沒有錄影時的偵訊情況。」

櫻井審判長說完，看著江崎檢察官。

「我確認過了，偵訊人員說，在沒有錄影的時間，談話的內容稱不上是偵訊。」江崎檢察官裝模作樣，「比方說，十一月五日偵訊前，的確聊到了恆川結芽死亡這件事，但只是通知被告發生了這樣的事實，姑且不論是否能夠稱之為閒聊，但偵訊人員認為只是偵訊前談話的一部分。」

「那當然不是偵訊，」野野花反駁，「都是長繩先生一個人說話，只要我試圖開口，他就很生氣地叫我閉嘴。」

「是不是在說恆川結芽去世這件事的時候？」江崎檢察官面無表情地說，「偵訊人員也提到，被告聽說這件事後情緒很激動，花了一點時間才讓她平靜下來。因為在談很重要的事，可能要求她不要說話，安靜地聽偵訊人員把話說完。」

「並不是只有那個時候，每次都這樣。」

「偵訊人員告訴我，」江崎檢察官無視野野花的聲音，「這起案件不光造成梶光莉去世，恆川結芽也因此喪生。被告聽說這個事實後，情緒很激動。偵訊人員看到被告當時的樣子，就預感到她當天會自白。」

「我方並沒有問偵訊人員的見解。」檢察官的說話方式故意讓人認為野野花就是凶手，伊豆原很不悅。

「任何人聽到有人去世，當然會情緒激動，」野野花說，「這不是理所當然的事嗎？」

「請回到正題。」櫻井審判長語氣嚴厲地說。

「我已經報告完畢。」江崎檢察官說。

「我們完全無法接受檢察官的說明內容，」伊豆原說，「小南女士一貫主張，錄影時間以外的談話並不是閒聊那種氣氛和諧的對話，而是從早到晚都嚴詞逼供，不能因為這種逼供沒採取一問一答的方式，就認為這不是偵訊，這根本是狡辯。在錄影時間以外也進行了嚴苛偵訊這個事實已經非常明顯，這份筆錄是在連續多日進行長時間違法偵訊，導致小南女士失去正常思考力的情況下製作出來的，完全不能作為審判的證據。」

在討論複雜的問題時，野野花總是一臉茫然，但聽了伊豆原的這番話，一個勁地點頭。

櫻井審判長面不改色地看著兩名檢察官。

「我方只能說，該說明的都已經說明了。」江崎檢察官鎮定自若，「雖然無法瞭解被告的感受，但偵訊人員說，在偵訊結束後的聊天，是為了消除被告的煩惱。」

「小南女士說，在沒有錄影時，偵訊人員對她說，如果她不承認，就會徹底偵訊她的兩個女兒，會毀了兩個女兒的人生。如果她不承認，就會被判處極刑等等，說了很多過去的冤案中常見到的威脅言論，導致她精神上承受了很大的壓力。」伊豆原不甘示弱地表達了主張。

「既然各執一詞，沒有任何交集，那在法庭上問偵訊人員不是就解決了嗎？」

「是檢方必須證明自白的任意性，而不是我們。」

「檢察官會聲請偵訊人員以證人身分出庭嗎？」櫻井審判長向江崎檢察官確認。

「我方打算聲請負責偵訊的長繩唯司副警部，以及在偵訊時擔任記錄的松波和樹巡查部長以證人身分出庭。」

偵訊人員一定會事先串供，厚顏無恥地說什麼偵訊過程完全合法。

「辯護人有什麼意見？」

既然檢方硬拗擺爛，手上沒有第二招、第三招的辯方束手無策，但伊豆原又不想讓檢方稱心如意，便沒有吭氣。桝田代替他回答說：

「請庭上裁示。」

櫻井審判長決定讓偵訊人員以證人身分出庭，處理完這個問題後繼續說：

「在被告相關的乙號證據方面耗費了不少時間，由於該證據的任意性成為爭點，本席打算在開庭審理時，藉由詰問偵訊人員等，釐清這個問題。」

「請等一下。」伊豆原提出了意見，「這份筆錄有很多問題，檢方的解釋不夠充分，我方認為應該花更多時間謹慎討論。」

「剛才已經說了，你們難以接受的部分到時候可以問偵訊人員。」江崎檢察官說話的語氣好像在規勸胡鬧的小孩子，「繼續討論，只是無謂增加準備程序庭的次數而已。」

櫻井審判長聽了江崎檢察官的話，點點頭說：

「檢方已經針對這個問題進行了說明，目前並沒有任何證據顯示，筆錄是在違法偵訊的情況下完成的，因此本席將藉由在開庭時詰問被告和偵訊人員，判斷是否可以採用，屆時會傾聽辯護人的意見。」

伊豆原無可奈何，只能咬著嘴唇。

開庭審理時筆錄類證據，基本上只要表示不同意，就幾乎不會採用，但是被告的筆錄另當別論，除非能夠證明是用非法方式逼迫被告自白，否則法官就會判斷採用筆錄作為證據，問題是要證明被告的自白用非法方式逼供而來的難度很高。

當然，自白內容是否被認定為事實又是另一個問題。檢警會根據狀況證據，調整自白筆錄，讓自白筆錄看起來無懈可擊。一旦獲得認定，被稱為證據之王的自白筆錄，必定會成為檢方論證的支柱，這種狀況顯然對辯方不利。

至今為止，辯方針對自白筆錄提出各種質疑，努力拖延法官的判斷，如今被畫上了休止符。以結果來說，已經突破了這起案件在準備程序上最大的難關。

「按照原本的預定，辯方本次將提出精神鑑定的資料。」

「委託機構的結果遲遲沒有出爐。」

「可以認為你們下次會提出嗎？」

「我方將盡力處理。」

為了避免準備程序快而不精，辯方努力用各種方法抵抗，但這一天篩選了好幾項證據，原本陷入膠著的情況有了很大的進展。上次因為貴島生病請假，審判長似乎不太積極，但這次完全不一樣。

決定下一次的日期後，準備程序庭就結束了。

「終於看到出口，今天真是鬆了一口氣。」

江崎檢察官整理完東西後，走向律師團，說了這句話。

伊豆原覺得這句話是在挑釁，不禁瞪著他說：

「江崎先生，偵訊的事會不會太小看人了？請你不要說這種連小孩子都看得出在說謊的理由。」

「偵訊人員就是這麼說的，我也沒辦法啊。」江崎檢察官浮現淡淡的冷笑，「如果你有意見，就在開庭時說。偵訊人員說了，無論是貴島義郎還是誰，他都會勇敢應戰。他在搜查一課是出了名的偵訊高手，曾經多次出庭作證，法院全數認證了他經手筆錄的正當性。」

也就是說，對方很瞭解如何在法庭上狡辯。

「不要以為之前用這種方式過關，這次也可以靠同樣的方式瞞天過海。」

江崎檢察官似乎認為伊豆原只是不服輸，他嘴角勾起更明顯的冷笑說：

「光靠嘴硬無法打贏官司，雖然我能夠理解，最有實力的領頭羊病倒了，你們也只能吠叫。」

「檢察官，好了。」

副檢察官高倉亞津子似乎認為江崎說得太過火了，苦笑著勸說道。

「失禮了。」

江崎檢察官裝腔作勢地說完，轉身離開了。

隔週八月初，在貴島法律事務所召開了律師團會議，討論上次準備程序庭的情況。

伊豆原在約定的時間抵達，剛轉職到貴島法律事務所不久的桝田迎接了他。

「在銀座工作的感覺如何？」

「只覺得午餐錢比在新橋時更貴了。」

桝田帶他去參觀了位在大辦公室角落的辦公桌，雖然他和在之前的事務所一樣，都是受僱律師，但這裡是知名的法律事務所，想必待遇不錯，而且桝田也有一絲得意。

「我已經向貴島律師報告了準備程序庭的情況。」桝田在說話時，把資料交給伊豆原。「問題在於那份精神鑑定的報告終於出爐。」

檢方在起訴前為野野花做了鑑定，診斷結果顯示她有代理型孟喬森症候群，檢方根據這個鑑定結果來說明她的犯案動機，於是辯方也決定用名為當事人鑑定的獨自精神鑑定結果與檢方對抗。

「沒想到鑑定之後，竟然得出了無法否認這種傾向的結果。」

「什麼？」伊豆原翻閱著報告，確認報告的內容。桝田說的沒錯。「怎麼會這樣？」

雖說精神鑑定是科學的領域，但專家的見解經常不同，原本以為只要找對委託對象，鑑定出符合辯方主張的內容並非難事。

「貴島律師也很頭痛。」

他們一起走向貴島的辦公室。貴島也正在看攤在辦公桌上的報告，氣色很差，不知道是因為生病的關係，還是在為案件擔憂。

「警方在委託鑑定時，會對委託的機構說，這個人是BPD，所以要好好鑑定。專家意會到警方的意思，於是硬是找出某些精神症狀……這就是他們精神鑑定的真相。」

BPD就是邊緣型人格障礙症，雖然還稱不上有精神障礙，但這種類型的人情緒和行為都很偏激。這種人典型的特徵就是突然暴怒，或是很執著，警方在尋找嫌犯，調查犯罪可能性的同時，會瞭解對方的性格。一旦被警方認為個性很奇怪，就可能成為重點偵查對象。

「所以我們在委託時，希望專家能夠用公正的態度鑑定。我以前也曾經委託安永醫生做鑑定，一直以為他是值得信賴的醫生。」

即使如此，仍然出現這樣的結果嗎？

也許野野花真的有這種傾向。

但是，一旦認同這個結論，就無法展開辯護。

「總之，不能把這份報告交出去，必須立刻找其他專家重新鑑定。」

貴島聽了伊豆原的意見，點頭表示同意，但他手上似乎並沒有其他理想的人選，並沒有提供任何解決問題的方案。

伊豆原看著貴島凝重的表情，想起上次和他之間的談話。

是不是百分之百相信野野花無罪？

當時談到這是贏得無罪判決的前提，這位刑事辯護的王牌大律師是不是對野野花的無罪抱持了懷疑的態度？

伊豆原之前曾經和桝田稍微聊到這件事。檢方想要證明的動機當然只符合檢方的利益。檢方認為野野花原本的動機是對梶朱里的怨恨，之所以讓自己的女兒紗奈也同時遇害，只是某種障眼法，以及代理型孟喬森症候群的心情所導致的複雜心理背景。也就是說，只要避免紗奈遭遇會攸關生死的傷害就好，就算稍微受到一點危害，只要自己努力照顧，就可以得到眾人的同情，讓她的內心得到滿足。於是在犯案前讓紗奈吃了餅乾，減弱胰島素的作用，而且中途就停掉點滴的行為，也都是基於這種動機。

檢方試圖向法院證明，除了紗奈以外，野野花至少想要殺害梶光莉。一旦認定野野花有殺機，量刑就會加重，因此檢方才會東拼西湊出這樣的動機。

假設真的是野野花犯案，如果不堅持她有殺意，就可以提出更合情合理的動機。那就是完全基於代理型孟喬森症候群而犯案。只要很快發現四名病童的異常變化，通知護理師，救了四名病童，就可以和原本關係不睦的梶朱里等病童家長改善關係。沒想到梶朱里很快就回病房，同時因為野野花搞不清楚藥劑的分量，最後導致了這樣的結果，但如果以動機來看，這樣的劇本更加自然。

貴島是否想到了這種可能性。

如果代理型孟喬森症候群是野野花犯案的唯一心理背景，案件的動機就可以成立，然後又收到了信任的專家提出的鑑定報告，認為的確有這種精神傾向。

這是否意味著無法完全排除野野花犯案的可能性？

想到這裡，伊豆原產生了想要排除這種邪念的衝動。原本只是在揣測貴島的想法，但隨即發現其實同樣浮現在自己腦海中。

原本以為只要隨著辯護活動的進行，逐漸鞏固野野花無罪的心證就好，沒想到竟然出現了相反的想法，這件事令他坐立難安。

希望能夠掌握可以否定野野花犯案的證據，否則完全看不到能夠打贏官司的機會。

「包括自白筆錄的事在內，似乎很棘手啊。」

貴島自嘲地說，似乎對自己體力衰退感到無能為力。

「即便如此，我仍然甘冒危險，相信小南女士無罪。」伊豆原的這句話似乎在鼓勵自己。

「那當然。」貴島用無力的聲音表示同意，「問題是該怎麼做？」

貴島似乎束手無策，才會這麼問伊豆原。

「目前正在積極向醫院的相關人員瞭解情況，也只能設法從他們的證詞中找到突破口。」

「有沒有發現什麼線索？」

貴島問道，似乎努力想讓會議看起來有意義。

「目前還沒有，」伊豆原無力地搖搖頭，「小南女士出入護理站，或是經常有一些不信任醫療的言行都事出有因，並非只因為她性格偏執造成的。」

「至今為止，你們找了哪些人？」

「古溝院長、副護理長川勝小姐、島津小姐和畑中小姐，當時和川勝一起在休息室的竹岡小姐臨時有事，正請院方重新安排時間。」

「我在初春的時候還能夠自由行動，也都和這幾位談過。島津小姐是不是對野野花很友善？」

「是的，我有同感。」

「不過也只是這樣而已，我曾經去問了庄村和安藤這些已經離職的人，但都一無所獲，沒有問到筆錄以外的任何內容。」貴島露出凝望遠方的眼神，似乎在努力回憶。

「您有沒有問過那天上夜班的人？」

伊豆原問。貴島搖搖頭說：「沒有。」他似乎完全沒想到這件事。

「我看了筆錄後，發現島津小姐和畑中小姐都用持平的態度看待小南女士，但夜班的葛城小姐和奧野小姐似乎都認定小南女士是個怪人。」

「如果你認為事有蹊蹺，可以深入調查一下。」貴島說，然後欲言又止地遲疑了一下，最後下定決心，說道：「其實在護理師的問題上，我一直對一件事耿耿於懷。」

「請問是什麼事？」

「就是川勝副護理長……我總覺得她有點吞吞吐吐，好像在隱瞞什麼。」

川勝春水說話時的確字斟句酌，感覺很謹慎，但貴島的說法似乎有點懷疑她。

「野野花有沒有告訴你？」貴島說，「川勝副護理長和古溝院長有一腿……」

「有……」

野野花說這個八卦時神色調皮，沒想到貴島竟然一臉嚴肅地談論這件事。

「嗯，這種事或許並不稀奇，只不過人際關係的失和往往成為引發案件的原因，如果在那家醫院的兒科病房也有這種事……」

貴島認為那個傳聞是人際關係失和的萌芽嗎？

「川勝副護理長當天負責三〇五病房。」桝田說，「如果不是小南女士犯案，凶手就是出入護理站的醫護人員，似乎可以推測川勝副護理長周圍可能有什麼情況。」

「有人嫉妒川勝副護理長和院長的關係，所以下此毒手嗎？」

伊豆原認為這種思考的方向並沒有錯。

「警方應該也針對是否有人怨恨或是嫉妒川勝副護理長進行調查，」貴島說，「但在鎖定小南女士之後，可能就沒有再繼續追查下去。」

貴島可能對野野花產生疑問，或許因為不想正視對野野花的質疑，才會將希望寄託在對川勝的懷疑上。

但是，也無法斷言這是負隅頑抗。不知道是否因為出自貴島之口，伊豆原開始覺得其中似乎有什麼隱情。

「雖然這個問題有點複雜，但我希望找機會針對醫院方面進行調查。」

一旦明顯懷疑醫護人員，很難預料目前很配合的醫院方面態度會如何轉變。伊豆原認為必須謹慎思考時機和做法。

同一週，終於約到上次無法見到的竹岡聰子，伊豆原在傍晚來到古溝醫院。三十五、六歲，身材微胖的女人在繁田的陪同下走進醫院內的咖啡店。她就是竹岡聰子，下班後已經換上便服。

伊豆原把咖啡端到他們面前後坐下，為她願意撥冗見面道謝。

「和病房相比，手術室的工作還好嗎？」

他用閒聊的方式問了竹岡聰子這個問題。

「雖然很辛苦，但很有意義。」竹岡聰子以認真的語氣回答。

她說雖然緊急手術時，有時候會臨時被叫去醫院，但基本上不需要上夜班，實際上比以前在病房時更輕鬆。

「妳還是新人的時候，就在這家醫院嗎？」

「是啊，我在這裡已經工作了十二、三年。」

她在去年晉升為主任。

「我聽說以前在這家醫院，病人家屬會拿著點心禮盒走進護理站的情況很常見。」伊豆原試探著。

「不至於很常見，但的確有這種事。」竹岡聰子說。

「從什麼時候開始會提醒家屬不要走進護理站？」

「我記得大約七、八年前，事務局指示不可以讓外人進入護理站。」她瞥了繁田一眼，「那時候，有醫生出了點事，於是醫院方面就徹底禁止接收病人送禮，指示護理站盡可能拒絕病人家屬送的食物，於是就在護理站出入口放了『禁止外人進入』的牌子。」

「醫生出了什麼事？」

竹岡聰子沒有回答，又看了繁田一眼。

「是這樣，」繁田有點難以啟齒，「我們不是公立醫院，因此仍然有醫生在手術時，會收病人紅包。那時候，有位醫生收了一個很大的紅包，但病人術後的恢復情況不如預期，和病人家屬之間發生摩擦。之後就徹底禁止醫生收取紅包，同時要求護理師不能收家屬送的點心。後來發現其他醫院並沒有嚴格到這種程度，覺得收下大家一起吃的點心不算太嚴重，最後就採取了目前這種方式。」

「『禁止進入』的牌子就不知道什麼時候不見了？」伊豆原看著他們問。

「放在櫃檯很礙事，不知道收去哪裡了，」竹岡聰子說，「但大家都知道不能讓外人進入，有人想要進入時就會制止，所以就算沒放牌子，也幾乎沒有人進來。」

「現在像小南女士這樣的人反而很少。」伊豆原說。

竹岡聰子點點頭，「最近只有小南媽媽會堂而皇之地走進護理站。」

「妳看到她走進護理站，會提醒她不要進來嗎？」

「我會告訴她，」竹岡聰子一臉為難，「雖然不知道她有沒有聽進去……早知道態度應該更嚴厲。」

「案件發生時，妳和川勝副護理長在休息室時，小南女士進去找妳們。」伊豆原繼續說道。

「對，雖然規定不可以在休息室工作，但是該怎麼說，當時已經習慣這麼做了。」

「妳還記得妳們當時聊了什麼嗎？」

「我記得她好像說，她認識的人在醫院的食堂工作。」

「我想瞭解具體說話的內容，」伊豆原低頭看著之前向川勝春水談話時記下的內容，「川勝副護理長說，小南女士說著『辛苦了』，走進來，然後拿了餅乾給妳們說『請妳們吃點心』，川勝副護理長看到她不聽勸阻，還是走進休息室，就對她說『妳怎麼又進來了？』」

「對，差不多就是這樣。」竹岡聰子點頭。

「然後呢？」

「副護理長雖然提醒了，不過小南媽媽不以為意，然後就突然說起她朋友在訪客食堂工作的事。」

「妳還記得她具體是怎麼說的嗎？」

「你問我具體怎麼說，這個嘛……」

「只要說妳記得的內容就好。」

「她好像說『妳們認識在食堂工作的女人嗎？我之前就覺得她很面熟，結果發現是以前一起工作的同事』，差不多是這樣。」

「然後呢？」伊豆原在記錄內容的同時催促她繼續說下去。

「我們不會去訪客食堂，於是就回說『不認識她』。」

「是誰說的？」

「我說的。」

「然後呢？」伊豆原記下了之前和川勝春水談話時漏掉的內容。

「小南媽媽說『就是裝菜的人』，我說『我們在樓上的食堂用餐』，她很驚訝地問『樓上也有食堂？』雖然不應該對訪客說『樓上的食堂』、『樓下的食堂』，而且她誤以為訪客可以去員工食堂，於是川勝副護理長就對她說『是員工專用的食堂』。她就說『難怪都不會在食堂看到護理師，我以前工作的地方，病人和醫生都在同一個食堂吃飯』。」

之前問川勝春水時，她似乎省略了一些對話內容。

「是。」伊豆原在記錄時，示意她繼續說下去。

「然後又說了什麼……她好像說『我今天才發現，但她好像早就認出我了，既然認出我，就該叫我一聲啊』，差不多是這樣。」

「她有沒有說，因為對方戴著口罩，所以她沒認出來？」

「啊，好像有說。」

「然後呢？」

「我好像隨口敷衍說『這個世界真小』之類的話。」

「然後就結束了嗎？」

「不，她還說『我跟那個朋友說，我在小兒科病房，然後就聊到副護理長。她問我是怎樣的人，我回答說，是個美女』。」

「喔喔，原來還聊了這些話。」伊豆原邊記錄邊說，上次和川勝春水談話時，以及她的筆錄上都沒有提到這些內容。「還有聊其他的事嗎？」

「嗯……」竹岡聰子注視著桌子思考著，突然看向伊豆原。「川勝副護理長是怎麼回答的？」

「她沒有提到這件事，所以希望妳可以告訴我記得的所有內容。」

她聽到伊豆原的話，輕輕點點頭。

「但差不多就這樣，接著川勝副護理長就對她說『我們在工作』，把她趕出去了。」

川勝春水也這麼說。

伊豆原發現有一些川勝春水沒有提及的內容，三、四十秒的時間恐怕無法消化完這些內容。

「以妳的感覺，小南女士在休息室逗留了幾秒？」

「我對自己的記憶沒什麼自信，」她說，「不瞞你說，警察跟我說『川勝小姐說是三、四十秒左右，妳覺得差不多嗎？』於是我就回答，好像差不多。」

「其實妳覺得時間似乎更長？」

伊豆原在套她的話，她用力點點頭，然後微微皺著眉頭，顯得有些為難。

「具體是多長時間？」伊豆原繼續追問，「一分鐘，或是一分半嗎？」
「不，我在時間的問題上真的沒有自信。」她似乎拒絕回答這個問題。
但她並沒有否定說，一分半的時間太長了。
「那麼，妳認為三、四十秒有點太短了嗎？」伊豆原執拗地確認。
「嗯，是啊……好像是這樣，但我不確定。」她含糊地說。
「我記得妳的筆錄上並沒有寫小南女士和食堂的朋友聊到副護理長的事，妳有沒有告訴警察？」
「有，但是在筆錄時，刑警說只要瞭解談話的重點就好，就濃縮了一下，內容並沒有錯，我就簽了名。」
伊豆原清楚看到了檢警的意圖——他們以野野花在休息室的逗留時間是三、四十秒的劇本為前提，證詞的內容必須配合劇本。
伊豆原忍不住期待，繼續追究這個問題，或許可以成為突破口。但是根據竹岡聰子的證詞，最多只能增加二十秒左右，似乎還不夠充分。
「妳對小南女士被逮捕這件事有什麼感想？」伊豆原問道，「妳覺得果然不出所料，還是覺得難以置信？任何感想都沒有關係。」
「只是很驚訝。」竹岡聰子說，「後來知道她是來發餅乾時，把藥劑混在點滴內，覺得不寒而慄。」

「妳覺得她不像是會犯下這種案件的人，所以才很驚訝嗎？」

「她看起來的確不像，但是……」竹岡聰子說到這裡，突然遲疑了一下。

「但是……怎麼了？」

「不，」她開了口，「起初聽到時，我以為是因為川勝副護理長把她趕出去的關係。」

「什麼意思？」

「川勝副護理長那天的語氣比平時嚴厲，我以為小南媽媽不高興了。」

「妳覺得她好心拿餅乾給大家吃，卻被副護理長數落，很不高興，於是就在點滴中加了其他藥物？」伊豆原覺得邏輯有點跳躍，皺起眉頭。

「因為川勝副護理長那天負責三〇五病房。」

「喔喔，原來是這樣，」伊豆原說，「算是某種報復。」

「但是，仔細思考之後，覺得不可能只因為是川勝副護理長負責那間病房，就連女兒的點滴內都混進藥物，就沒有對警方提這件事。」

伊豆原聽了，驚訝地發現原來還有這種見解，但的確不可能因為對川勝春水不滿，不惜對自己女兒的點滴動手腳。

「我向所有護理人員都請教了以下這個問題——請問在當時的兒科病房內，妳有沒有聽說除了小南女士之外的其他糾紛，或是人際關係方面的摩擦？」

伊豆原最後如此問道。

竹岡聰子陷入短暫的沉默，然後動動嘴唇，似乎想說什麼，但最後只是喝了一口咖啡。

「我原本就對八卦沒有興趣，從來不理會。」

最後，她好像在辯解似地這麼說。

看她的表情，顯然知道一些傳聞，但似乎認為不該讓醫院內部的這些傳聞外傳。伊豆原很想問她關於川勝春水的傳聞，但繁田也在，並不是很方便。

「我明白了，謝謝妳的協助。」

伊豆原問完之後，竹岡勝子就離開了。

「我有一事想要拜託，是否可以跟當天上夜班的護理師聊一聊？」

走出咖啡店時，他這麼問繁田。

「啊？為什麼？」

伊豆原已經和案發當天上早班，而且目前尚在古溝醫院任職的所有護理師面談過，繁田認為已經提供了充分的協助，顯得有些為難。

「雖然她們和案件無關，但曾經和小南女士接觸，或許可以提供一些能夠啟發我們辯護工作的細節。」伊豆原說，「而且可能有人知道一些我們尚未掌握的、三〇五病房相關的人際關係。」

「嗯，有必要做到這種程度嗎？」

「有必要。」伊豆原很希望能夠發現某些頭緒，哪怕只是微小的線索也沒有關係。「院長之前不是也答應，會盡力協助嗎？」

「嗯。」

繁田猶豫了一下，最後終於屈服，答應會問一下其他護理師的時間。

「這個世界真小。」

「我跟那個朋友說，我在小兒科病房，然後就聊到副護理長。她問我是怎樣的人，我回答說，是個美女。」

「小南媽媽，我們在工作，妳可以出去了。」

伊豆原唸完寫在筆記本上的對話內容，按了手機上的馬錶。總共五十八秒。

「你打算轉行去演戲嗎？」

千景正在廚房做晚餐，聽到伊豆原的自言自語，調侃地問他。

「這是為了推翻檢方的論證。」

「這場官司似乎很好玩。」

伊豆原沒有理會千景因為育兒壓力說出的酸言酸語，又重新測了一次這些對話的時間，還是不到一分鐘就結束了。

他也試著把川勝春水之前說的休息室對話內容出聲唸出來，時間大約是三十五秒到四十秒。

竹岡聰子提到的休息室對話，出現了新的內容。時間大約二十秒，被認為是犯案時間的空白時間因此縮短。

但是，還有六十幾秒的空白時間。

問題在於如何看待這六十多秒的時間。

檢方手上有一份驗證實驗資料。在實驗時，要求野野花實際在點滴內注入藥劑，驗證她從戴上橡膠手套，從冰箱內拿出四個藥瓶後排放，到吸入注射器，注入輸液軟袋整個過程的作業時間。根據實驗資料顯示，野野花總共花費六十五秒。檢方認為空白的時間有八十五秒左右，所以完全有可能犯案。

掌握了這些新增加的對話內容後，空白的時間被壓縮，犯罪有可能無法成立。丟棄注射器的針和包裝也需要幾秒鐘的時間，而且聽野野花說，當初做了多次驗證實驗。起初耗費了更長時間，在熟練之後，才終於達到了目前的時間。實驗時動作很匆忙，無法顧及有沒有發出聲音。

因此，在目前的時間點，或許可以對實驗的過程提出質疑，動搖檢方的論證。

至於能否靠這件事獲得無罪判決，就很難說了。

檢方也請護理師進行了相同的作業作為比較，護理師的動作很熟練，只花了五十四秒。既然護理師五十幾秒就能夠完成，陪審團很可能不同意辯方認為六十五秒的時間太緊迫，野野花無法犯案的主張。

很希望至少可以再減少十秒的空白時間，如此一來，就連護理師都只能勉強完成。希望有人可以回想起當時還說了其他兩三句話，雖然當初實際聊天時，停頓的時間可能更長，但如果在法庭上如此主張，會被認為往對被告有利的方向解釋，陪審團可能不會接受。

詢問野野花，她只是說，差不多就是這些內容，似乎無法想起聊天的細節。

在這件事上，只能仰賴當時在休息室內三個人的記憶，把竹岡聰子的證詞告訴川勝春水，然後再回過來告訴竹岡聰子。野野花也可能在這個過程中想到什麼。

「雖然我無所謂，但你打算就穿這樣？」

千景看著身穿T恤和四角短褲的伊豆原說。

「啊？」

「我不是跟你說過，我學妹要來嗎？」

「喔喔。」

千景大學時，參加同一個研究社的學妹今天要來家裡。這個學妹目前和他們一樣，也在當律師。

伊豆原走回臥室穿長褲時，千景的學妹仁科栞來了。她雖然很嬌小，但眼神中透露出好勝的個性。

「哇，好可愛！」

仁科栞一看到惠麻，就拿出她帶來的玩具樂器賀禮逗著惠麻。

「小栞，妳還沒有結婚的打算嗎？」

也許是因為學姊和學妹關係很親密，因此千景問了很雞婆的問題。

「完全沒有，」仁科栞笑著說，「因為工作太好玩了。」

「小栞和你一樣，都喜歡接刑事案件。」

千景向來覺得伊豆原喜歡接錢少事多的刑事案件，根本是與眾不同的怪胎。

仁科栞今年三十歲，比千景小三屆。雖然並沒有在研究社時一起上過課，但千景在讀法科大學院時，以學姊的身分回去研究社，認識了栞，栞向千景請教關於畢業後出路的問題。

「不久之前，終於第一次贏得無罪判決，徹底激發了我的鬥志。」

贏得無罪判決並不是一件容易的事，伊豆原曾經為被告爭取到輕判，或是獲得緩刑判決，但還從來沒有完全贏得無罪判決的經驗。

一問之下才知道，被告在朋友犯下強盜傷害案件時剛好也在現場，被懷疑是同謀而遭到逮捕，但法院認定和被告無關，判決無罪。

伊豆原對這起案件很有興趣，在餐桌旁吃著千景做的料理，一起熱烈討論了這起冤案。無罪判決是刑事辯護的夢想，比起這種夢想，千景更忙著照顧女兒，中途起身去餵奶，當她回到餐桌時，這個話題也差不多結束了。

「對了，千景學姊，妳上次說……」仁科栞好像突然想起似地說。

「對啊，阿柊，你要聽一下。」千景說，「小栞之前曾經承辦過用精神鑑定和檢方對抗的官司，所以認識好幾位學者。」

原來是關於野野花鑑定結果的事。律師團委託專家鑑定之後，得到了野野花有代理型孟喬森症候群傾向的結果，這件事似乎影響了貴島他們對野野花的心證。

無論如何，這樣的鑑定結果無法在法庭上作戰，只能另找其他專家，所以伊豆原之前曾經問千景，是否認識這方面的專家。

「有些醫生只要有一點問題，就會冠上病名，有些醫生認為一點小問題不必大驚小怪。聽說安永醫生的鑑定並不會有明顯的傾向，請問檢方是找誰鑑定？」

「是東京精神心療研究所的平沼醫生。」伊豆原回答。

「這應該就是原因吧。」仁科栞恍然大悟地說。

「啊？」

「我記得安永醫生也是精心研出身，」仁科栞說，「從精心研畢業的醫生做了很多這種案件的精神鑑定，大部分都是因為平沼醫生的介紹。我不知道是不是因為師徒關係，但平沼醫生等於是精心研的代表，同門的安永醫生當然不想讓他臉上無光。」仁科栞立刻用手機查了安永的經歷，然後好像揭曉謎底般地說：「對嘛，他果然是精心研畢業的。」

「原來是這樣啊……」

這是辯方委託的鑑定，但若沒有委託能夠理解辯方立場的專家，就失去了意義。想要鑑定，目前所剩下的時間已經不多，但仁科栞介紹了幾位工作效率很高，即使有一些小問題，也會認為沒有異常的精神科醫生。

「最好在醫生寫鑑定結果之前，先確認一下醫生的鑑定意見。」

「有道理。」伊豆原說，「這次貴島律師應該是因為生病的關係，所以沒有餘力事先確認。」

「真羨慕啊，」仁科栞說，「能夠和貴島律師一起工作，而且這個案子有可能贏得無罪判決吧？」

「目前只有一絲把握。」

「有什麼關係嘛，至少值得期待啊。」她充滿羨慕地說，「我很想加入，哪怕沒有酬勞也沒關係。」

私人委託的律師就算不領取酬勞，仍無法加入國選辯護人的律師團，如果追加申請國選辯護人，就等於意指貴島無法發揮作用，因此一籌莫展。站在伊豆原的立場，無法向貴島提議這件事，只能一笑置之。

「竟然不收酬勞也想參加……妳真的是怪胎。」

千景終於說出真心話。

15

下班回家的路上，經過公寓附近的公園時，看到紗奈穿著T恤和短褲正在跳舞。

在梅雨季節結束時，三崎涼介和伊豆原一起來找紗奈，之後不時邀紗奈去公園教她跳舞。如果伊豆原陪在一旁就罷了，但有時候三崎涼介一個人來教紗奈跳舞，這種時候，當然不會事先和由惟打招呼，因此由惟絲毫不敢大意。

伊豆原之前希望她不要戴著有色眼鏡看三崎涼介，由惟也就無法拒絕他來找紗奈。每次看到只有他們兩個人在公園，由惟完全不掩飾內心的不悅，不由分說地宣布「今天就學到這裡」，然後帶紗奈回家。

今天接到伊豆原的聯絡，說會過來煮咖哩給她們吃，由惟猜到三崎涼介也會來，沒想到公園內除了他以外，還有另外一個男生和女生圍著紗奈，但不見伊豆原的身影。那兩個人都比三崎涼介矮，看起來像國中生，一身鬆垮垮的潮牌打扮，看起來就不是安分老實的人。

由惟聽到紗奈和他們在一起開心地大笑著，皺起眉頭，走進公園。

「啊，姊姊，妳回來了。」

紗奈看到由惟，仍然開朗地打招呼。

「她是紗奈的姊姊。」

三崎涼介向那兩個看起來像國中生的男生和女生簡短介紹。

「嗨。」「嗨。」

兩個人都用輕鬆的語氣向由惟打招呼。

「姊姊一出現，就代表練舞要結束了。」三崎涼介被長瀏海遮住一半的眼睛瞥了由惟一眼，帶著一絲揶揄說，「該回家了。」

「啊？這麼早就回家？」女生難以置信地說。

「原來紗奈是千金小姐。」男生笑著說。

「他們是新太郎和舞花，」紗奈向由惟介紹，「他們和涼介是同一個舞團的人，目前都讀平井中學，而且舞花和我同一屆。」

平井中學就是紗奈只讀了半個月就沒再去讀的本地國中，由惟瞇眼看著把一頭奶茶色頭髮綁成馬尾的舞花。學校剛放暑假，她就染了頭髮嗎？她的個子和紗奈差不多高，但看起來很成熟。

「紗奈的姊姊好像覺得我是超可疑的人。」舞花說完後一笑。

「你為什麼把平中的學生帶來這裡？」由惟問三崎涼介。

「我可沒有欺負過紗奈。」舞花說。

「我沒問妳這件事，」由惟說，「紗奈不會再去學校了。」

「沒什麼特別的理由，」三崎涼介一派輕鬆，「他們住在這附近，而且比起我一個人教紗奈，這樣比較熱鬧。」

由惟不喜歡三崎涼介和紗奈單獨相處，但就算他帶了朋友一起來，由惟仍然完全沒有歡迎之意。紗奈個性坦誠開朗，由惟擔心她和這些人混在一起，很快就會學壞。

「姊姊，妳看，我已經學會了爆米花舞步。」

紗奈改變話題說完後，踩著輕快的舞步。

「沒有更溫和一點的舞蹈嗎？」由惟挑剔道。

「要先學會基本動作。」三崎涼介聳聳肩。

「我相信你知道，不久之前，醫生還限制她運動，」由惟說，「她不能做激烈運動，而且時間要控制在三十分鐘以內。」

「我知道。」三崎涼介苦笑起來，「但恕我直言，紗奈並不是妳的寵物。」

「什麼意思？」由惟火冒三丈，不禁瞪著他。

「喔喔，生氣了。」舞花笑著起鬨。

「我的意思是，紗奈整天都關在家裡，只有傍晚稍微出來散步，這種生活太可憐了。」

三崎涼介這麼回答，由惟繼續瞪著他。事實上之前確實曾經覺得傍晚的散步有點像遛狗，因此由惟的態度有一半是為了掩飾內心的尷尬。

不僅如此，三崎涼介似乎說中了由惟和紗奈目前的關係。可能是他嘲諷的態度，讓自己這麼想……但也因為這樣，雖然怒氣沖沖地瞪著他，卻完全想不到任何反駁的話。

「但是，紗奈真的很像寵物。」

舞花說完，開玩笑地摸著紗奈的下巴，紗奈也開心地模仿小狗。

「回家了。」由惟氣鼓鼓地說。

「啊，伊豆原律師說，會做好咖哩在家裡等我們。」紗奈有點難以啟齒地說。

他們似乎也受邀一起吃晚餐。

「打擾了。」

舞花調皮地說著，新太郎也縮著脖子說：「我們吃完就馬上閃人。」

三崎涼介笑著看向由惟。

只有由惟一人感到尷尬，率先走出了公園。

「啊，回來啦。」

回到公寓時，伊豆原出來迎接大家。

「上班辛苦了，咖哩已經好了，你們也都回來了。」

「哇，好香。」

「打擾了。」

「都要先洗手。」

「好。」

紗奈和其他人興奮地越過由惟走進屋內，由惟不滿地看著伊豆原，但伊豆原似乎沒有感受到。

「今天洗碗也包在我身上，由惟，妳可以享受一下茶來伸手，飯來張口的輕鬆生活。」

由惟感受到伊豆原的關心，不好意思抗議，只好把嘆息吞了下去。

「開動了。」

伊豆原把咖哩裝在盤子裡，紗奈和其他人圍在客廳的矮桌周圍開始用餐。

「啊，妳有什麼遊戲？」

「吃完飯來玩。」

「來玩、來玩。」

他們邊吃邊聊得很開心，由惟覺得這裡好像不是自己的家。

由惟拿了座墊，靠著牆壁坐著。伊豆原把咖哩端給她，然後在由惟身旁盤腿坐下，開始吃咖哩。

「律師，咖哩超好吃。」

「是嗎？那真是太好了，要吃的話還有喔。」

伊豆原聽了紗奈的稱讚，笑得合不攏嘴。

「紗奈的氣色比之前好多了。」伊豆原用只有由惟能夠聽到的平靜聲音說。

「有嗎？」

「嗯，我第一次看到她時，她臉色蒼白，的確像是大病初癒的樣子，現在和普通的孩子沒什麼兩樣。」

由惟當然有同感，但並沒有坦率地點頭同意。紗奈很久沒有和這麼多朋友聚在一起，一旦接觸這樣的環境，當然會興奮，由惟認為只是這樣而已。

「話說回來，她的神態一直都很可愛。」伊豆原感慨地說，「她很坦率，無論面對任何環境都不會屈服。」

「她屈服過好幾次，」由惟說，「之前住院時，不知道自己的病能不能治好，而且悶悶不樂地說，可能無法像我一樣讀高中。案件發生時，當然很受打擊，在學校被霸凌，無法再去學校上課時，她曾經一蹶不振。」

「這樣啊……也對。」伊豆原突然深有感觸地說：「妳看著紗奈一路走來的情況，當然會有很多擔憂。」

「那是當然。」由惟說。

伊豆原用力點頭後繼續說道：「但是，紗奈的內心充滿活力，已經振作起來，至少已經開始振作了，妳不需要再像以前那樣擔心她了。」

「希望她不會朝奇怪的方向成長，」由惟語帶嘲諷，「如果長歪了，就傷腦筋了。」

「紗奈不會有問題，」伊豆原笑著說，「而且稍微歪一點，反而更有人情味，紗奈就是紗奈。」

「希望只是稍微而已。」

由惟還是忍不住這麼說。伊豆原輕鬆地向她掛保證說：「別擔心，別擔心。」雖然伊豆原的保證完全沒有任何根據，但由惟感受到別人認為自己過度操心，覺得自己這種個性很愚蠢。

「對了對了，我有一件事想問妳。」伊豆原突然停下拿著湯匙的手，改變話題。「之前紗奈有提到川勝副護理長和院長的事，說是妳媽媽告訴她的。」

「嗯。」

由惟不知道伊豆原為什麼突然提這件事，伊豆原一臉嚴肅。

「妳有沒有聽媽媽說過這件事？」

「我曾經聽過媽媽在說這個八卦。」

「說他們可能有婚外情嗎？」

「對。」

「還有沒有說其他的？」

「其他的？」

「就是關於川勝副護理長的傳聞。」

「你為什麼問這種問題？」

「妳還是這麼小心謹慎，」伊豆原苦笑起來，「雖然我並沒有預設任何立場，只是覺得護理師之間的人際關係，可能對這起案件有影響，尤其當天是副護理長負責那間病房。」

如果負責病房的護理師相關的傳聞中隱藏了什麼，應該和案件有關……由惟搞不太懂這件事。

「我不太清楚。」

「這樣啊。」伊豆原停頓了一下，似乎在思考，然後問她：「我可以問紗奈這個問題嗎？」

「問她關於婚外情的謠言嗎？」由惟皺起眉頭。

「妳媽媽不是也和紗奈聊過這件事嗎？」

「你問媽媽，不就解決了嗎？」

「我當然會問，但她神經很大條，經常會忘記自己說過的話，必須由我先提示，問她有沒有說過這些話。」

由惟完全同意伊豆原說的這番話，只能不甘不願地點頭同意。

「我只是稍微探詢一下。」

「我想紗奈應該不知道。」

伊豆原聽到由惟的回答，認為她已經同意了，於是就問紗奈：「妳可以過來一下嗎？」

紗奈捧著咖哩的盤子走了過來，坐在由惟他們面前。

「紗奈，之前媽媽不是和妳說了川勝副護理長和院長的八卦嗎？」伊豆原這麼問，「媽媽當時是怎麼對妳說的？」

「媽媽說，她聽到護理師在談論他們的關係，好像還和亞美媽媽口沫橫飛地聊了這件事。」

「亞美媽媽就是送妳色紙的那個人吧？」

「對，」紗奈說，「應該也是哪個媽媽告訴亞美媽媽的，好像是先問副護理長很漂亮，還沒結婚嗎？然後就聊起來了。」

「既然病人家屬都知道了，是不是所有護理師都知道這件事？」

「應該吧，」紗奈回答，「媽媽曾經問負責病房的護理師，他們真的有一腿嗎？護理師立刻要媽媽小聲點，媽媽見狀，就說恐怕是真有其事。」

「是哪一位護理師？」

「我記得是竹岡。」

「妳是說主任？」

「對，媽媽還問了島津相同的問題。島津笑了笑說，她不知道。媽媽還對我說，看她的表情，就知道她絕對知情。」

「嗯，護理師不會隨便和病人家屬聊這些事，」伊豆原自言自語地說完後，又看向紗奈問：「媽媽很喜歡這種八卦嗎？」

「很喜歡啊。」紗奈毫不猶豫地說，「她也喜歡藝人的八卦。」

「原來是這樣。」

「而且還曾經特地跟副護理長本人說。」

「什麼？」

「媽媽說她單身太可惜了，沒有遇到理想的對象嗎？」紗奈回想起當時的情況，不禁笑了，然後瞥了由惟一眼。「姊姊還數落媽媽，不要問這種蠢問題。」

由惟聽了紗奈的話，也想起當時的事。媽媽經常越聊越起勁，然後說出這種不入流的話。本來就不關媽媽的事，而且媽媽還露骨地笑著發問，對方一定很清楚媽媽的意圖。那天由惟剛好在場，聽到後覺得很丟臉，於是就提醒了媽媽。

「看來妳比媽媽更像大人。」伊豆原說完後笑了，「除了這件事以外，媽媽還有沒有提過副護理長其他的事？」

「媽媽說，亞美媽媽曾經看到副護理長和院長一起坐在院長停在停車場的車子裡，不知道在聊什麼。」

「是喔。」

「還說她是因為討院長的歡心，才能夠升上副護理長。」

「這也是亞美媽媽說的嗎？」

「好像是。」紗奈說，「亞美曾經住院好幾次，她媽媽知道很多這方面的八卦。」

由惟從來沒有聽說過這些。

「原來是這樣，」伊豆原似乎瞭解了，「紗奈，妳覺得副護理長是怎樣的人？」

「她很漂亮，但島津比她更漂亮。」

「我知道島津小姐很漂亮。」伊豆原輕輕笑了一聲，「副護理長很親切，還是很凶？」

「她很親切啊，」紗奈說，「副護理長、島津、畑中和庄村都很親切，葛城和奧野的話，如果沒有做到她們吩咐的事就會罵人。」

「這樣啊。」伊豆原附和後問：「副護理長沒有因為和院長關係很好就很囂張嗎？」

「嗯，」紗奈歪著頭，「我不覺得。」

「是喔。」伊豆原似乎對這些回答不太滿足，又繼續問：「妳有沒有聽過有人說副護理長的壞話，或是院長除了副護理長以外，也和其他人有一腿之類的事？」

伊豆原的問題越來越露骨，由惟皺起眉頭，紗奈笑著說：「呃，我沒聽說。」

「這樣啊。」伊豆原點著頭，仍然沒有放棄。「之前曾經說，庄村小姐因工作太忙而流產，妳有沒有聽說副護理長懷孕，或是沒有懷孕之類的傳聞？」

「差不多了吧。」

由惟低聲打斷了伊豆原的話。伊豆原這才回過神，微微縮起脖子。

「我沒有聽說。」

紗奈因為無法回應伊豆原的期待，便以感到遺憾的語氣回答，搖了搖頭。

「這樣啊，謝謝妳，不好意思，問了這些奇怪的問題。」伊豆原道歉同時道謝。

「紗奈，來玩遊戲啦。」

舞花他們已經吃完咖哩，叫著紗奈。

「我們可以玩一下下遊戲嗎？」紗奈小心翼翼地問由惟。

「好。」

伊豆原剛才的問題讓氣氛很尷尬，由惟為了化解這種尷尬，同意紗奈的要求。

伊豆原可能並沒有得到符合期待的收穫，抱著手臂，皺起眉頭思考著。

他為什麼這麼仔細打聽川勝副護理長的傳聞？

難道他認為，如果凶手不是媽媽，那就是因為川勝護理長的關係，護理師之間有什麼人際關係的糾紛嗎？

但是，看伊豆原的態度，似乎並非有什麼特別的根據讓他產生這種想法，一切都只是在摸索而已。

媽媽不是凶手的假設就有問題，因此再怎麼拚命挖掘，都挖不到任何東西。

雖然知道他很努力，但想要尋找根本不存在的真凶是白費力氣……由惟冷冷地如此認為。

16

——案發當天負責三〇五病房的川勝副護理長和古溝院長之間的關係——

貴島雖然很在意這個問題，卻因病無法追查。伊豆原認為很有可能成為解開這起案件真相的突破口。

只不過目前尚未發現此事和案件有關，不知道該從何下手，更不知道該如何下手。

伊豆原在準備重新進行精神鑑定一事的同時，著手調查古溝醫院的人際關係，在和繁田交涉後，順利約到案發當天上夜班的三名護理師。繁田似乎認為沒必要找晚班的護理師面談，起初面有難色，但伊豆原沒有氣餒，說三名護理師一起來也沒有關係，繁田總算為他安排好時間。

伊豆原今天又前往醫院的咖啡店，等她們上完早班進行面談。

三個女人在繁田的陪伴下走進咖啡店，她們都已經換好了衣服，穿著便服現身。

伊豆原把咖啡放在她們面前後，問她們目前在哪一科工作。葛城麻衣子和奧野美菜回答說在骨科，但她們的語氣很冷淡。伊豆原覺得也許怕麻煩的並不是繁田，而是這幾名護理師。坂下百合香冷冷地回答說，目前在內科工作。

「葛城小姐，妳們在案發當天是下午四點半左右上班嗎？那時候差不多剛好是三〇五病房的病人突然發生異常狀況的時間。」

「我們根本不清楚那起案件。」

葛城麻衣子預先設好了防線。她三十五歲，顴骨很高，個子也很高。案件發生當時，她和竹岡聰子一樣，都是小兒科病房的主任。聽紗奈說，她經常不假辭色地指導下屬，和竹岡聰子相比，她的個性看起來的確很嚴厲。

「除了案件的事以外，我也想詢問一下小南女士的情況。」伊豆原搪塞後回到正題，「妳們一到醫院，就發現好幾名病童突然發生異常，想必一定大吃一驚。」

「那當然啊。」

「同時有好幾名病童突然發生問題，妳們身為護理師怎麼看？當時有沒有想到可能是點滴有問題？」

「不，完全沒有想到。」葛城麻衣子斬釘截鐵，「調配點滴時會雙重確認，雖然有時候會因為聯絡上的差錯，發生用錯藥的情況，這種時候就會討論針對這種病情，到底該使用這種藥，還是那種藥。一旦使用毫不相關的藥，我們就會發現有問題，而且不可能有人隨便加藥。那天最先得知梶妹妹發生異常狀況，我還以為是她的哮喘發作惡化，要請剛好有空的醫生來支援，我就打電話到醫生休息室，請立見醫生去病房察看。」

雖然沒有立刻找到負責病人的院長，但在病房護理師的要求下，緊急廣播了藍色代碼，院長也火速趕到病房。發生需要急救的緊急狀況時，為了請求所有醫生和護理師的支援，就會在整家醫院廣播藍色代碼。

「除了梶妹妹以外，其他病人同樣突然狀況異常，當時完全沒有想到點滴有問題，還以為是有人發了有問題的點心給大家吃造成的。」

「點心嗎……為什麼會想到點心？」伊豆原問。

「因為距離午餐已經過了很長時間，而且醫院的餐點有進行嚴格管理，不可能是食物中毒。」葛城麻衣子說，「根本沒有想到同時有好幾個病人因為點滴而出問題，而且工作人員有進出病房，不可能是有人散播毒氣造成的，在時間上，又剛好是點心時間。」

「原來是這樣，」伊豆原點點頭，「當時除了小南女士以外，還有其他人發點心嗎？」

「沒有。小兒科病房的午餐有時候會附布丁或是果凍；除此以外，都是媽媽買點心給自己的孩子。當然，有些病童的媽媽之間感情很好，會相互送點心，但只有小南媽媽會四處發點心。」

「那麼，妳覺得可能是吃點心出問題時，就想到了小南女士嗎？」伊豆原追問，「還是並沒有想那麼多？」

「不，由於是三〇五病房發生問題，我當然想到她。而且我趕到病房時，還問了小南太太，是不是給梶妹妹吃了什麼奇怪的東西，還把這件事告訴警察。」

「妳告訴警察了嗎？」

「不行嗎？」葛城麻衣子一臉意外，「我只是說出當時的想法，並沒有認定就是她。後來知道並不是點心造成的，這樣不就好了嗎？」

在點滴中驗出有其他藥劑後，警方顯然不再認為點心有問題，但是這種證詞完全有可能成為警方開始懷疑野野花的契機。

「這都是因為小南媽媽之前曾經發噁心的手工點心給大家吃。」

奧野美菜插嘴說。她今年二十八歲，雖然她的長相看起來並沒有這種感覺，但從她嘛嘴說話的樣子，可以感受到她個性很強。

「噁心的點心？」

「對，她女兒剛住院的時候，她做了像是杯子蛋糕的點心送給大家，不知道該說是難吃還是該怎麼形容，那個是不是很噁？」

奧野美菜問，坂下百合香跟著點了好幾次頭。「超噁，根本沒有烤熟，還有奇怪的味道。」

坂下百合香今年二十六歲，在這三個人中年紀最輕。

「她之後又做了一次，我們都說不想吃。」奧野美菜繼續說，「之後她就沒再做了，所以那天出事時，我們還在討論，以為她又做了什麼來送給大家。」

「而且還有梶太太的事。」葛城麻衣子看著奧野美菜提示說。

「對對對，」奧野美菜聽了她的提示，繼續說道：「我記得是案件發生的兩天前，那天我上早班，負責三〇五病房。梶太太對小南媽媽的言行舉止很不滿，希望我可以處理一下。我知道她們經常發生摩擦，就用比較嚴厲的口吻對小南媽媽說，希望她收斂一點。我以為她懷恨在心，給光莉吃了有問題的點心。」

奧野美菜在筆錄上有提到，案件發生的兩天前，野野花和梶朱里曾經發生口角，她數落了野野花，野野花看起來不太服氣。檢方聲請對該筆錄進行質證，辯方當然打算表示反對，但如此一來，奧野美菜就會出現在法庭的應訊台上，說出剛才說的那些話。

「最後發現她只是發市售的零食，而且光莉根本沒吃，我還有點奇怪。」葛城麻衣子說，「後來知道好像是有人在點滴中加了藥劑，再一次覺得好可怕。」

「我們當時就懷疑會不會是她，」奧野美菜呼應她的說法，「因為她說以前曾經在醫院工作。」

「對啊，她經常自己亂動點滴，好像在表示她也會做護理師的工作。」坂下百合香說。

畑中里咲和島津淳美覺得難以想像野野花犯案，但這三個人似乎完全不懷疑，認定野野花就是凶手。就算是同一間病房的護理師，看法也會有這麼大的差異。這些證詞想必對警方的偵辦方向產生了影響，偵查的發展，又讓她們更加確信自己的猜疑。

「小南女士否認自己犯案，請問妳們對這件事有什麼看法？」伊豆原故意問了這個會引發議論的問題。

「她當然不可能承認是自己幹的。」葛城麻衣子說。

「不，她一開始不是有承認？」坂下百石香用好像在聊八卦的語氣說，似乎忘了伊豆原的存在。「八成是發現沒有目擊證人，就又翻供說不是自己幹的。」

「可能是律師對她說了什麼，所以才……啊……」

奧野美菜說到一半，似乎想起她口中的律師正坐在眼前，立刻打住。

「沒關係，妳們可以暢所欲言。」

伊豆原對她們說，但她們只是交換了眼神，忍住了苦笑。

「葛城小姐，妳和竹岡小姐都是主任，」伊豆原在無奈之下，只好改變話題。「妳也會去休息室寫護理紀錄嗎？」

「從以前開始，副護理長和主任就都會去休息室，」葛城麻衣子瞥了繁田一眼，理直氣壯。「很忙，或是外面人手不夠的時候，當然就會留在外面，通常會根據實際情況判斷，至於這樣會不會造成問題，我認為完全不會。」

「我和百合香也會和葛城一起霸佔休息室，」奧野美菜說完笑了笑，「副護理長看到我們在裡面的時候，反而不會進來。」

「妳們三位平時關係就很好嗎？」

「是啊，」奧野美菜點點頭，「副護理長也知道，排班的時候都會讓我們一起上夜班。」

「我每次都覺得，怎麼又是和她們排在一起。」葛城麻衣子說。

坂下百合香笑著說：「好過分。」

「葛城小姐，這麼說的話，副護理長也敬妳三分嗎？」伊豆原問，「副護理長在護理站內並沒有高高在上的感覺嗎？」

「她並不會仗勢欺人，」葛城麻衣子說，「但我也沒有囂張喔。」

「簡單來說，川勝副護理長是哪一種類型的人？」

「哪一種類型？」葛城麻衣子聽了伊豆原直截了當的問題，有些困惑。「你這麼問，我很難回答。」

「她的工作能力很強嗎？」

「畢竟她很資深。」

「我記得她三十七、八歲，」伊豆原決定深入追問，「這個年紀的話，通常都會當上副護理長嗎？」

「其他病房的副護理長都是四十多歲，」葛城麻衣子瞥了繁田一眼後說，「她在我這個年紀的時候，已經當上副護理長了，所以說早也的確有點早，雖然我也不知道其中的原因。」

最後一句話意有所指。也許是在說川勝和院長之間的關係。

「我們醫院的護理師四、五十歲的並不多，」繁田好像在辯解般說道，「就算有這個年紀的護理師，大都是照顧完孩子後二度就業，並沒有豐富經驗的人。川勝副護理長一直從事護理工作，而且中間沒有中斷過。」

「葛城小姐也是單身，也都一直在古溝醫院。」

奧野美菜不服氣地說。葛城麻衣子冷冷地答道：「妳少廢話，我單身又不是為了和川勝競爭。」

她冷淡的語氣聽起來像是開玩笑，但伊豆原覺得有一半透露出她內心的不悅。奧野美菜就像小孩子挨了罵，縮著脖子，表情很調皮。

「那麼有人對川勝小姐擔任副護理長感到嫉妒嗎？」

伊豆原把話題引向是否有關於川勝春水的糾紛。

「不，沒有人嫉妒她。」葛城麻衣子單側嘴角露出不屑的冷笑說道。

「這種事有什麼好嫉妒的？」奥野美菜和坂下百合香也冷笑著說。

「喔，也是啦。」

可能太牽強了……伊豆原慌忙掩飾，抓抓頭。

「案發當天是川勝副護理長負責三〇五病房，她看起來很受打擊嗎？」伊豆原又從另一個角度問川勝春水相關的問題。

「當然很受打擊啊，」葛城麻衣子說，「無論再怎麼資深，通常不會遇到那種事。我那天上夜班必須負責三〇五病房，當時正打算看護理紀錄，也有種無法置身事外的感覺。」

「原來是這樣，我能夠理解。」

在川勝春水的問題上，無法從這三名護理師口中問到任何令人產生興趣的傳聞。聽她們說話的語氣，既沒有嫉妒川勝春水，甚至對她根本沒有多大的興趣，並不會因為她是上司就特別在意她，而且川勝平時的指導不會太嚴格，似乎對她並沒有不滿。

任何職場都可以見到像葛城麻衣子和其他兩人那種碎嘴碎舌的女生，很像是會在背地裡說三道四，談論八卦的人。伊豆原對她們談話中散發出的感覺很不舒服，但從另一個角度來說，既然連她們嘴裡都問不出什麼八卦，想必向其他人打聽更問不出所以然。

「我有點好奇，」三名護理師嚷嚷著要一起去吃飯，目送她們離開後，繁田問伊豆原：「你一直問關於川勝的事，是認為她有什麼可疑的地方嗎？」

「不，我們只是積極找線索，並不是只針對川勝副護理長。」

雖然伊豆原這麼回答，但繁田似乎並不接受。

「我聽起來有這種感覺，」他說，「被你問到的人會認為川勝是不是有什麼問題，也可能因此導致醫院內出現不必要的傳聞。」

他的言下之意，就是如果這樣，以後就難以再配合了。

「如果讓你有這種感覺，真的很抱歉，」伊豆原很乾脆地道歉，「這是因為川勝副護理長當天負責三〇五病房，在我們律師眼中是重要人物。我們想瞭解的並非川勝副護理長本身，而是有沒有人嫉妒她或是怨恨她。」

「警方不是已經針對這些問題進行了詳細調查嗎？」繁田為難地說。

「也許是這樣，但我們無法知道警方在偵查過程中，是否有什麼中途放棄的線索。」伊豆原說完後，決定鼓起勇氣。「比方說，警方有沒有一度注意到川勝副護理長和院長之間的關係？」

「關係？」

「對，」既然已經問出口，當然必須繼續問下去。「聽說川勝副護理長曾經和院長交往。」

「這……我不知道。」繁田難掩不知所措地說，「無論如何，你亂探聽這件事會造成困擾，請你以後別再做這種事。」

「我並不是想探聽他們的關係，而是想知道是否有人對這件事心生嫉妒，或是有沒有涉及第三者的人際關係方面的糾紛。」

「沒這種事。」

繁田語氣堅定地說，不讓伊豆原試圖反駁，繼續說道：

「我是奉古溝的指示，基於好意提供協助，古溝當然不樂見有人帶著八卦的心情散播這種傳聞，以後恐怕很難繼續提供協助。」

「不，這……」

伊豆原發現形勢不妙，試圖暫時收兵，但繁田撂下一句「我告辭了」，就轉身回去事務局。

剛才的攻勢太猛烈了嗎？

果然是棘手的問題，目前只能先緩一緩再說。

伊豆原無可奈何，只能離開醫院。當他走向車站時，剛好遇到一名女子從後門走出來。

「啊，妳好。」

原來是之前在醫院的咖啡店面談的島津淳美。後門似乎是員工出入口。

「你好，上次辛苦了。」她爽朗地向伊豆原打招呼，「今天也來調查什麼嗎？」

「對，我剛才和案發當天夜班的葛城小姐她們見面，聊了一下。」

她聽了伊豆原的回答，嘴角浮現淡淡的苦笑。

「那三個人是不是很有那種女校的好朋友就這樣一起長大的感覺？」

伊豆原覺得她的形容很貼切，露出不置可否的笑容。

「我無法融入那種感覺，」島津淳美邊走邊說，「反正我和她們沒有太多交集。」

「聽說副護理長在排班時經常把她們排在一起。」

「是啊，」她端正的臉龐微微一皺，「她們那種態度……副護理長人太好，從來都不說什麼。」

伊豆原覺得她很直率，然後想起上次和她面談時，也留下了這樣的印象。

「島津小姐，有一個問題上次不方便問妳。」伊豆原認為今天是大好機會，於是開口問道。

「什麼事？」

「就是關於川勝副護理長和院長的關係。」

島津淳美眨了兩次眼睛，但表情並沒有變化。

「妳也知道他們兩個人交往的事嗎？」

「是葛城她們說的嗎？」她反問道。

「不，是小南女士告訴我的，聽說很多病人家屬都知道這件事。」

「喔，小南媽媽很愛聊這種八卦。」她說，「既然病人家屬知道，我們當然也是。」

「是啊。」伊豆原附和後繼續問道：「我想問的是，護理人員中是否有人嫉妒他們的關係？」

「嗯，」島津淳美稍微想了一下後回答說：「應該沒有吧？」

「或是有沒有人對她年紀輕輕就被提拔為副護理長產生反感？」

「應該沒有。」她這次毫不猶豫地回答，「和其他病房相比，小兒科病房的年輕護理師比較多，雖說她年紀很輕就當上了副護理長，但她在所有護理師中年紀最長，所以並沒有什麼好奇怪的。」

「這樣啊……」伊豆原不禁略感失望，但仍然沒有罷休。「但是她在竹岡小姐和葛城小姐目前這個年紀的時候，不是已經成為副護理長了嗎？」

「原本的副護理長辭職後，川勝在所有護理師中最年長，」島津淳美說，「而且她工作能力很強，我認為理所當然。」

「她和院長的關係……」

既然這樣，伊豆原又重拾剛才的話題，沒想到她又搖頭。

「如果川勝副護理長會利用這種關係狐假虎威，向周圍人炫耀，或許會引起反感，但她並不是這種人，她和葛城單獨相處時，甚至有點搞不清楚誰是副護理長。」

「這樣啊……」

在這個問題上似乎又揮棒落空。

「而且她和院長在案件發生之前就分手了。」

「啊？」

島津淳美回頭看了一眼，似乎怕被別人聽到，又繼續說道：

「我男朋友是醫生，多少聽到關於他們的事。我想現在醫院所有的人都已經知道了，但我是在案件發生之前就聽說的。院長據說迷上了銀座的女人。之前聽說院長和太太分居，太太不會干涉醫院的經營，因此醫院內並沒有人和川勝副護理長針鋒相對。」

如果只是輕微的嫉妒，不至於會引發案件，只有更糾結的人際關係才會下此毒手，但川勝春水周圍似乎並沒有這種火種。

「但是……」島津淳美想要繼續說，但又立刻把話吞回去。

「但是？」

「不是啦，上次有一件事我不知道該不該說，就是這件事。」

伊豆原想起上次面談時，她雖然很直率地回答了所有的問題，但總覺得她似乎有所隱瞞。

「我反而在意川勝副護理長本身，畢竟她被院長拋棄了……」島津淳美說，「但後來覺得不可能……畢竟再怎麼說，她負責那個病房，一旦出事，會最先懷疑她。」

她似乎在談論川勝春水犯案的可能性。

伊豆原從來沒有認真思考過這種可能性，從某種意義上來說是盲點。但是，正如她所說，川勝春水身為負責當天病房的護理師，警方會最先懷疑她，因此不太可能在自己負責的病人點滴中加藥物。

而且，如果是她犯案，動機是什麼？

被院長拋棄……

難道她自暴自棄，基於某種復仇心，想要影響醫院的風評，所以才犯案嗎？

似乎可以成為犯案的動機。

當他發現這件事的瞬間，腦袋中一片混亂。

「川勝副護理長並沒有奇怪的舉動，而且我覺得不能隨便亂說話，上次就沒有提。」島津淳美並不理會伊豆原的想法，最後總結道。

伊豆原和島津淳美在車站分手後，搭上了電車。

一旦在自己負責的病人點滴中加入藥物，會最先受到懷疑。以常識來說，不可能做這種事。但是，如果想要給院長難看，根本就不會在乎自己，基於類似自殺炸彈客式的思考而決定策劃這件事，並非完全不可能。以結果來說，警方將焦點鎖定在野野花身上，而她成功地躲過懷疑。

繁田當然知道院長和川勝春水已經分手，如果川勝因此犯行，院長必須負起倫理上的責任。繁田憑本能討厭這種狀況，於是不希望伊豆原重提這件舊事。

按理說，不該輕易提出凶手另有其人的可能性。野野花的犯罪行為並沒有直接證據，為了否定野野花犯案而懷疑同樣沒有證據的川勝春水，並非正確的方法，只有警方會用這種方式思考，站在律師的立場，不該有這種想法。

但是，除此以外，並沒有其他方法可以突破目前的困境。既然要朝這個方向進行，就必須有辦法舉證，只不過目前還無法知道能不能做到這種程度。

必須思考該如何著手進行。

17

「搞什麼啊，小南……妳不參加消暑聚餐嗎？」

午休時間，由惟正在辦公室內吃便當，看著伊豆原傳來的訊息，他說將在傍晚和三崎涼介他們一起去家裡。專務前島京太看著之前請員工填寫的消暑聚餐出席單，不悅地問她。

由惟剛進公司時，前島京太很熟絡地叫她「由惟」，後來因由惟向來不參加公司的任何活動，最近都很冷淡地叫她「小南」。由惟覺得這樣反而比較好，只是他說話的聲音帶著攻擊性，還是令她很不安。

「因為妹妹在家……不好意思。」由惟說出了經常掛在嘴上的藉口。

「妳妹妹都已經是國中生了，晚上一個人在家幾個小時有什麼關係？」前島京太皺著眉頭，

「赤城也把還在讀小學的兒子留在家裡，要來參加啊。」

赤城浩子有丈夫，和由惟家無法相比，但這麼說無濟於事，由惟只是再次道歉說「對不起」。

「只要去居酒屋時包一些剩菜給她當晚餐就好，妳妹妹偶爾吃居酒屋的餐點會很高興。」

「小南還不會喝酒，去參加也不好玩。」

赤城浩子為由惟說話。赤城浩子和前島京太相反，對由惟已經消除了初期的戒心，再加上她們經常單獨在辦公室內，她便不時輕鬆地和由惟聊天，只不過說話的語氣顯然把她當成小孩子。

「怎麼可能不會喝酒?」前島京太說完便笑了起來,「就連貴族學校的學生也不會說自己未滿二十歲不會喝酒這種話,反正在家還是會喝啊。不,妳就說實話,應該喝過一點吧?」

「沒有。」

由惟回答。前島京太不以為然地冷笑一聲。

「對了,妳媽媽的官司還沒有開庭嗎?」

由惟聽到這個充滿惡意的問題,覺得胸口被揪緊。前島京太說話的語氣,顯然已經不把媽媽被警方逮捕這件事當成秘密。前島社長不在,沒有人制止他。原本一邊吃便當,一邊聊天的其他同事都突然安靜下來。

「是不是快定下來了?還是有什麼爭議嗎?」

「我不知道……」由惟用幾乎聽不到的聲音回答。

「一旦開庭,妳會去吧?到時候當然不能不同意妳請假,如果妳會不安,要不要我陪妳一起去?畢竟稍不留神,死者家屬可能會揍人。」

他說話實在太不客氣,由惟根本不想理他。

「話說回來,開庭很無聊。」前島京太不顧由惟沒有反應,自顧自地繼續說道:「不瞞你們說,我十幾歲學壞的時候,曾經被送去家庭裁判所。不,不是什麼大不了的事,就是小孩子打架,開庭時超級無聊,我一邊聽判決,一邊快睡著了,還被法官臭罵一頓,哈哈哈。」

前島京太坐在自己的座位上,瞥了由惟一眼,臉上浮現陰險的笑容。

「妳媽媽的官司開庭情況應該不太一樣，那案子很特別，到時候會有大批媒體擁入。最重要的是，判決會很可怕。妳知道嗎？關鍵在於什麼時候唸主文，如果最後才唸主文，那就完蛋了。」

由惟聽不下去，站了起來。

「喔，如果妳要出去，就幫我買冰淇淋回來。我要酷聖石的。」

前島京太好像在強調自己就是一個不解人意的混蛋，丟了五百圓硬幣給由惟。

傍晚時分，由惟斜眼看著那些準備參加消暑聚餐而興奮不已的同事，走出辦公室，踏上了回家的路。

她走在路上時，不禁嘆著氣。雖然工作已經適應，但正因為漸漸適應，又增加了新的勤務內容，因此仍然感到窒息。

幸好之後就是中元節假期，想到快放假了，今天才能忍氣吞聲。只不過就算放假，也沒有什麼特別的安排，只是五天不用去公司上班而已。假期結束之後，這樣的日常又會繼續，現在想到這件事，就忍不住憂鬱。

她很希望放假的時候可以出遠門走一走。

她很想去迪士尼樂園，如果順利成為大學生，現在或許就可以用打工存的錢出國旅行了。

但是對現實生活中的由惟來說，假期只是不需要上班的日子而已。除非逃離，否則這種生活就會永遠持續，但想要逃離就需要錢。最重要的是，如果媽媽的官司沒結束，想走也走不了。

由惟認為自己可能會在那時候徹底崩潰，在那之前，如果遇到像今天這種事，只要咬牙忍耐，就可以撐過去。

她搭上電車，翻開英文單字本，但完全讀不進去。

電車抵達車站後，她下了車。今天並沒有看到色狼案件的相關人員在月台上徵求目擊證人，事情發生至今已經過了好一段時間，雖然他們很努力，但仍然沒有蒐集到目擊線索。只不過每次都在由惟快忘記這件事時，又看到有人舉著牌子站在月台上，每次看到，都會倒吸一口氣。

不知道那個男人有沒有獲得保釋？還是仍然被關？就算獲得保釋，也不會馬上開庭審理，無法恢復正常的生活。

如果自己更堅強，或許可以助那個人一臂之力……由惟用這個藉口為內心的愧疚辯解，再次把這些事拋在腦後。

經過公園前，她尋找著應該在公園內跳舞的紗奈身影。三崎涼介他們和以前一樣，幾乎每天帶紗奈在公園學跳舞。不知道他們之間關係的人，會覺得老實的紗奈被迫和這些輕浮愛玩的少年少女在一起，由惟很不希望紗奈和他們在一起，但紗奈樂在其中。而且三崎涼介之前說「紗奈並不是寵物」這句話戳到由惟的痛處，最後便以「傍晚跳三十分鐘」為條件妥協了。

紗奈今天也在公園內，但是她沒有跳舞，而是和三崎涼介等人站在樹蔭下，有幾個大人站在他們面前，他們看著那幾個大人。

到底發生什麼事？由惟納悶地走進公園，紗奈看到由惟，但又立刻將視線移回那幾個大人身上。

走過去一看，發現其中一個大人是伊豆原，其他幾個人看起來像家庭主婦，也有年長的男人。

「怎麼了？」

她走到紗奈等人的身旁問。紗奈以不知所措的悲傷表情說：「他們從幾天前就叫我們不要在這裡跳舞。」

「他們說音樂很吵，所以我們就不放音樂，結果他們又挑剔說，不可以在這裡跳舞。」三崎涼介平靜的語氣中帶著憤怒，「我們告訴了伊豆原律師，律師說包在他身上，他會向他們抗議。」

「這裡根本沒有寫禁止跳舞。」原舞花氣鼓鼓地說。

「他們沒想到我們會找律師來和他們理論。」河村新太郎說著，逞強地笑了。

那幾個大人應該是附近的家庭主婦和町內會的幹部。三崎涼介他們只要能夠爭取到自己的權利，就會滿足，但伊豆原出面只會讓事情鬧大。原本她和紗奈就已經抬不起頭了，如果繼續成為左鄰右舍的眼中釘，日子會更難過。

由惟走向正在激烈爭論的伊豆原和其他大人。

「其他小孩子都很害怕，都不敢在這裡玩了。」

「他們害怕什麼？目前任何一所國中或高中的社團或是上課都會跳舞啊。」

「這些染了一頭棕色頭髮的年輕人一看就不是正經的孩子，如果他們在這裡跳舞，結果其他和他們一樣的人也都聚集在這裡該怎麼辦？」

「哪裡規定染棕色頭髮的孩子不能在公園玩？而且他們——」

「對不起，」由惟打斷伊豆原，向那幾名主婦鞠躬。「我會叫他們不要在這裡玩，請你們原諒。」

伊豆原滿臉錯愕地看著由惟，然後立刻搖頭。

「由惟，妳不可以這樣。我們完全沒有做錯任何事，不需要道歉。」

「已經造成別人的困擾，」由惟說，「單方面主張有權利使用公園有什麼用？不用再說了，這件事就算了，回家吧。」

「怎麼可以算了？在公園玩怎麼會造成別人困擾，這根本——」

「我很困擾！」由惟瞪著伊豆原，「你越是這樣爭取，我們在這裡的日子就越難過，拜託你別再越幫越忙了。」

「這……」伊豆原很沮喪。

「對不起。」

由惟再次向那幾名主婦鞠躬，拉著伊豆原的袖子離開了。

「明天之後，不要再繼續在這裡玩了。」

由惟對那幾個孩子說，滿臉困惑的他們眉頭皺得更深了。

「為什麼？」

「不是還可以去其他地方嗎？像是河邊之類的地方。」

由惟不由分說地說道，他們仍然難以接受，紗奈愁眉苦臉，垂頭喪氣。

「我們根本沒錯，就應該說清楚……」

「不要責備由惟，」伊豆原用平靜的語氣勸導涼介，「由惟有她自己的難處。」

三崎涼介聽到伊豆原的話後不再出聲，悶悶不樂地嘆口氣。

伊豆原說要一起去吃晚餐，於是一起走去不遠處的蕎麥麵店。伊豆原多次造訪由惟家，似乎已經徹底摸清楚附近有什麼餐廳。

紗奈等四個孩子坐在一張餐桌旁，由惟和伊豆原坐在後方另一張四人座的餐桌旁。

剛才陷入沉默的幾個孩子在點完餐後，心情似乎就恢復了，眉飛色舞地開始討論既然不能去公園，要去哪裡練舞。

「我昨天和前天去了我太太的娘家勝浦，」和由惟坐在一起的伊豆原喝著蕎麥茶開口，「我也帶了伴手禮給妳們，剛才放在妳們家裡了。」

「謝謝。」由惟言不由衷地說。

「不知道妳們年輕孩子會不會喜歡，雖然我覺得年輕人可能更喜歡糕點，但又想到妳每天張羅晚餐很辛苦，最後買了羊栖菜拌花生。」

「謝謝。」

雖然收到糕點會比較興奮，但仔細思考之後，就發現伊豆原說得沒錯，可以當菜餚的食物更有幫助。

也許是伊豆原發現由惟的反應並沒有太差，鬆了一口氣地點頭。

「話說紗奈真那個，」伊豆原說，「我帶了這種伴手禮，她還是很高興地說，看起來很好吃，她真的很乖。」

伊豆原說話的語氣中並沒有對由惟的反應感到不滿，他應該早就料到了。

紗奈不一樣，就算是媽媽經常買回來的大包裝餅乾，她都開心得雙眼發亮。她總是稱讚由惟做的飯，吃得津津有味。正因如此，由惟才能夠努力做家事。紗奈和由惟在同一個家庭長大，只能說是天生性格不同。由惟也同意伊豆原說的話，她的確是個乖孩子。

正因為這樣，由惟希望即便在目前的情況下，紗奈也能夠心靈健康地順利長大。

「我能夠理解妳的心情，」伊豆原說，「聽說最近又有人在妳們家門口貼抗議的紙。我相信妳很害怕，也很擔心自己不在家的時候，紗奈會出什麼狀況。」

三崎涼介他們上次練完舞後，在由惟家玩遊戲的隔天，門上就被貼了寫著「吵死了」的抗議的紙。其實二樓的住戶也會發出聲音，而且只要兩側的鄰居打開窗戶，就會聽到彼此生活動靜和說話的聲音。這種抗議簡直就像要求只有由惟姊妹必須在生活中不發出任何聲音。伊豆原拿著那張紙，去問同公寓的其他住戶，但沒有人承認是他們寫的。

最近又出現了「請不要在公園跳舞」的貼紙。除了公寓的鄰居，附近的所有人都在監視由惟姊妹的生活。

「但是，無論遇到任何事都忍氣吞聲的想法很危險，」伊豆原靜靜地說，「遇到不合理的事就要堅強對抗。當然，也要注意分寸的問題，瞭解讓步到什麼程度，或是哪些事不可以讓步。」

雖然目前並不需要擔心人身安全問題，但是一旦開始主張權利之類的事，難以想像會造成什麼後果。無論伊豆原再怎麼支持，由惟根本不可能堅決對抗其他鄰居。

「先不說這些事，關於妳媽媽的官司，」伊豆原看著送到他面前的蕎麥涼麵，掰開免洗筷時改變了話題。「目前準備程序已經有了眉目，再兩三次準備程序庭就會結束，到時候就會決定開庭的日期。」

由惟聽到比目前的生活更令人沮喪的消息，沒有太大的反應，開始吃自己的蕎麥麵。

「妳的筆錄問題目前暫時擱置，但我方希望不是用筆錄，而是妳親自站上法庭談論妳媽媽的情況。」

由惟在接受警方訊問時，在疑神疑鬼的情況下，直接回答了媽媽個性很奇怪，和光莉媽媽發生衝突，也經常會動紗奈的點滴這些事，警方便製作了筆錄。

「我已經把該說的話都告訴警察了。」

雖然對律師來說，她的筆錄應該讓他們傷透腦筋，但由惟不理會他，還是這麼回答。

「警方為了證明和案件的關聯性，想要認定妳媽媽就是這種性格，但我希望妳能夠在法庭上說除此以外，媽媽還有其他面，說明她原本的樣子。」

「是指哪方面？」

「妳媽媽就是那種隨處可見的普通媽媽，每天都會煮飯給妳們吃，很少生氣罵人，對妳們很溫柔。」

「她經常罵人啊，」由惟冷冷地說，「叫我們趕快起床，或是要有禮貌，整天會囉嗦這些事，而且看電視的時候會一直抱怨，為什麼這個人會說這種話。」

「每個家庭的媽媽都會這樣碎碎唸，」伊豆原苦笑著說，「我希望妳可以在法庭上告訴大家，媽媽不是會突然暴跳如雷，或是失控打小孩子的人。」

由惟當然知道伊豆原的意圖，但她不想出庭作證，所以故意抬槓。

「檢方不是也會問我問題嗎？」由惟說話的語氣透露出她內心的想法，「如果檢方問我媽媽是不是很怪，我就會老實回答，我沒辦法說謊。」

「不，我當然不是要妳出庭說謊，」伊豆原說，「但的確希望有更多人支持妳媽媽。我並不打算隱瞞這一點，現在只有妳了……還有紗奈。」

「你也要讓紗奈出庭嗎？」

「我打算讓紗奈在法庭上說媽媽的事，但我還沒有對她說。」

紗奈可能會說伊豆原想要她說的話，但由惟覺得這是利用紗奈的純真，有點不悅。

「到現在仍然沒有找到媽媽無罪的證據嗎？」

「我們認為妳媽媽無罪，一樣在積極行動，為了能夠贏得無罪判決努力不懈。」

「所以說，目前還沒有找到證據嗎？」

由惟又問了一次。伊豆原痛苦地抓抓頭說：

「辯方最大的任務，就是要推翻檢方的舉證，並不是找無罪的證據，當然，如果能夠找到這種證據最好。」

「既然不是無罪，就代表你在要求身為被害人的紗奈為加害人說話，不是嗎？」

「嗯，但有所謂的無罪推定原則……」伊豆原說到這裡，可能察覺由惟聽不懂，垂頭喪氣地嘆了一口氣說：「妳還是不願意嗎？」

由惟面對伊豆原的提議不再像以前那樣斷然拒絕。

但這是基於伊豆原經常來照顧她們姊妹而產生的變化，和相信或是懷疑媽媽完全沒有任何關係。不必思考就知道，不能因為伊豆原對她們姊妹很好，就要在法庭說出對媽媽有利的證詞。

「比方說，」伊豆原沉思片刻後，窺視著由惟。「如果只是讓紗奈把目前對媽媽的想法坦率地寫下來，妳會不會反對？如果她寫得不錯，就請她在法庭上朗讀。」

「這……我沒資格說什麼，必須由紗奈自己判斷。」由惟想了一下後說，「紗奈並不是我的寵物。」

「寵物……我並不是這個意思。」

伊豆原苦笑著說，然後似乎看到一線光明，獨自用力點著頭。

「雖然不能說是順便，可不可以請妳也把對媽媽的想法寫下來？至於要不要在法庭上朗讀，可以之後再思考，我認為妳在寫的過程中，能夠整理自己的思緒。」

雖然伊豆原這麼說，但這事關係到自己，由惟就無法輕鬆回答。

「妳考慮一下。」

伊豆原不顧由惟有點不知所措，好像在安排暑假作業般說。

18

中元節假期結束的這一天，伊豆原在下午前往小菅的看守所接見野野花。

伊豆原發現了川勝春水和古溝院長分手後，想要破壞醫院的風評而引發這起案件的可能性，只是必須慎重考慮該如何切入。

直接問當事人是最後的手段，而且就算要這麼做，目前手上尚缺乏足夠的必要材料。

伊豆原和桝田定期輪流去和野野花見面，伊豆原很希望見面聊天時，能夠掌握到有關川勝春水的情況。

連續多日都是悶熱的天氣，出現在接見室的野野花額頭周圍的頭髮都被汗水濕透，沒有化妝的臉難掩長期遭到羈押的疲態，但是當伊豆原告訴她紗奈最近的情況時，她聽得雙眼發亮，最後這雙發亮的眼睛中閃著淚光，浮現了滿足的笑容。

「紗奈以前學過芭蕾，很喜歡跳舞。但因為我無法接送她，就沒有讓她繼續學下去，她當時還哭了……」

「她學得很開心，不過只在傍晚的一個小時內就是了。雖然皮膚沒有曬成古銅色，但她的氣色看起來很健康。」

「律師，多虧你的幫忙。」野野花深深鞠躬，「由惟還好嗎？」

「由惟很努力工作。」

「她很喜歡吃冰淇淋，但是在睡覺前吃，就很容易吃壞肚子。不光是換季的時候會這樣而已，請你提醒她要注意這件事。」

「哈哈哈，我知道了，我會請她不要在睡前吃。」伊豆原笑了一陣子後，改變話題。「我想請教妳一個問題，妳上次提到川勝副護理長和院長之間的傳聞。」

「是啊，是啊。」

野野花聽到伊豆原突然提起這個話題有點驚訝，但立刻露出調皮的笑容。

「妳知道案件發生時，他們已經分手了嗎？」

「什麼！？」她瞪大眼睛驚叫起來，「是嗎？」

「是啊。雖然我並沒有跟她本人確認，但聽說是這樣。」

「啊喲，我完全不知道這件事。」她情緒激動地問：「真的嗎？」

「對，」伊豆原說，「這件事妳不要告訴別人，好像是院長提出分手。」

「啊喲喲，」野野花誇張地瞪大眼睛，「難道被院長太太知道了嗎？但我聽說院長和他太太分居了。」

「我不太清楚，聽說是院長移情別戀，愛上了銀座的女人。」

「哇！」她立刻皺眉，「川勝副護理長太可憐了，聽說她在當上副護理長之前就和院長在一起，也就是交往四、五年了。」

「是啊。」伊豆原點點頭後問：「妳在那段時間有沒有發現川勝副護理長的態度不太對勁。」

「沒有。我完全不知道這件事，還說了很不識趣的話……川勝副護理長平時都很一本正經，然後又有這種傳聞，所以我想要調侃她一下……」野野花注視著上方，小聲地自言自語，然後似乎想到了什麼，看著伊豆原。「難怪！原來是這個原因。」

「怎麼了？」伊豆原問。

「不是啦，」她有點興奮，「就在案件發生的那一天，我去護理站的休息室和她聊天，她突然態度很冷淡，叫我趕快出去。現在回想起來，當時是因為我提到了院長的事……」

「什麼？」伊豆原問，「妳在休息室和她聊到院長的事？」

「我只是告訴副護理長，千田問起她的事。」

「千田就是妳認識的那個在食堂工作的朋友嗎？」

「是啊是啊，」野野花說，「千田也知道那個傳聞，但一樣不知道他們兩個人已經分手了，也不知道副護理長是怎樣的人，所以我就告訴她，是怎樣怎樣的美女。千田就說，既然這麼漂亮，卻因為跟院長一起，過了適婚年齡，實在太可憐了，於是我就對千田說，聽說院長已經和太太分居了，應該會對副護理長負起責任，但是千田似乎不相信院長，說男人在這種事上都只想玩玩而已，不知道究竟會怎麼樣……差不多就是這樣。我當然沒有直接把這樣的對話告訴川勝副護理長，只提到千田說，副護理長這麼漂亮還單身，真是太可惜了，我還對千田說，每個人追求的幸福不一樣……我這麼對副護理長說。」

「妳在休息室時還說了這些話嗎？」伊豆原在詢問川勝春水和竹岡聰子當時在休息室內的聊天內容後，曾經在看守所接見野野花時，確認了談話內容。「但是，妳上次並沒有提到這些。」

「我現在才想起來。」野野花傻乎乎地說完後笑了。

野野花和川勝春水她們的聊天內容很普通，並沒有在記憶中留下印象，但是和相隔多年後重逢的千田之間的談話印象深刻，於是就從記憶深處找出了在休息室內的對話。

伊豆原聽了野野花的這些話，終於恍然大悟。

伊豆原從川勝春水和竹岡聰子口中瞭解到，她們在休息室內聊天時，野野花說『我跟那個朋友說，我在小兒科病房，然後就聊到副護理長。她問我是怎樣的人，我回答說，是個美女』，然後就結束了，接著川勝春水突然說『我們在工作』，就把野野花趕出去了。仔細思考之後就發現，之前的氣氛很融洽，但即使她們真的在工作，突然冷冷地對野野花說『我們在工作』，就把她趕出去，似乎有點唐突。

川勝春水說的『我們在工作』這句話中，顯然充滿了從字面中無法想像的不悅。野野花雖然感到納悶，卻不知道其中的原因。

野野花說『每個人追求的幸福不一樣』這句話，顯然是在暗示她和古溝院長之間的關係，聽在已經被院長拋棄的川勝春水耳中，當然很不舒服。正因如此，她立刻結束了前一刻還很融洽的談話，把野野花趕出休息室。

「請等一下。」伊豆原從皮包中拿出記事本和筆，「我再確認一次。『副護理長這麼漂亮還單身，真是太可惜了，我還對千田說，每個人追求的幸福不一樣』……妳當時對副護理長說的原話是這樣嗎？」

「我特別強調了『每個人追求的幸福不一樣』這句話。」野野花的眼睛帶著笑意說。

「妳還記得當時說的話比這句更長，還是更短。」

「差不多就是這樣。」

「上次說到『然後就聊到副護理長。她問我是怎樣的人，我回答說，是個美女』就結束了，和今天妳剛才說的話之間，還有沒有聊其他的內容？」

野野花似乎努力在記憶中翻找，但最後還是歪著頭說：

「我想不起來了。」

「那沒關係。」伊豆原說完，隔著壓克力板，翻開記事本出示在她面前。「我想計算一下剛才這段話的秒數，妳可以用當時說話的節奏讀出這句話嗎？」

伊豆原用手機的馬錶功能計算了她朗讀這句話的時間。

八秒七。

伊豆原請她重複幾次，平均都在九秒左右。

然後又順便請她朗讀其他的話，在計算秒數時，伊豆原難掩興奮。

新增加的九秒時間有重大的意義。

原本認為野野花在護理站和休息室內的行動有八十五秒的空白時間，檢方認為她就是利用這段時間在點滴中加入藥物。

伊豆原向當時在休息室內的川勝春水和竹岡聰子詢問了當時和野野花之間的對話，將空白時間縮短到六十五秒左右。

在驗證實驗中，發現野野花必須十分敏捷，才能在這段空白時間內把藥物混入點滴中，以在這個時間內為前提，檢方的推論就很牽強，只不過缺乏足夠的證據來堅持野野花不可能犯案的主張。

但是，如果進一步縮短將近十秒鐘，就只剩下五十幾秒的空白時間，除非是動作熟練的護理師，否則根本不可能在這麼短的時間內完成。目前剩下的五十幾秒的時間內，應該還有至今仍然沒有想起來的對話內容，以及談話之間的停頓，還有打開、關上休息室的門，和在護理站內拿橡膠手套所耗費的時間。為了避免被認為辯方用對被告有利的方式計算時間，所以談話之間停頓的時間都壓得很緊。

野野花是清白的。

伊豆原終於確信了這件事。

在此之前，他的心證充滿了帶有主觀願望的觀測，希望自己在律師團內的工作是善行的昇華，可以說，心證受到這種想法的影響。

反過來說，對野野花的懷疑始終在伊豆原內心揮之不去。那不是能夠憑自我意志消除的想法，只能告訴自己這是為了做出冷靜判斷必要維持的均衡而繼續留在內心。

然而，現在完全消除了這些疑問。雲消霧散，該看到的事物清楚地出現在眼前。

她是無辜的。

她到底承受多大的痛苦才能坐在那裡？伊豆原再度看向坐在壓克力板另一側、目前遭到羈押的女人。伊豆原曾經來接見她多次，她有時候會笑臉相迎，有時候會愁眉苦臉地說一些消沉的話。但是，伊豆原從來沒有真正瞭解她的痛苦。在確信她的清白後，才終於深切感受到她承受眼前這種不合理境遇的心情。

「謝謝。」伊豆原讓激動的心情平靜後說，「妳這麼努力，我也會更加努力。」

「啊喲，你過獎了。」野野花似乎被伊豆原的話打動，淚水在眼眶中打轉。「你已經很努力了，你為我做了很多事，又很照顧由惟和紗奈，真的太感謝你了。」

伊豆原曾經多次聽到她向自己表達感謝。

但是，今天第一次感到她的謝意深深刺進自己的內心。

伊豆原離開看守所後，難掩興奮地直奔位在銀座的貴島法律事務所。來到事務所後，打斷準備通報的事務員，自己走向桝田位在辦公室角落的座位。

「向前邁進了一步。」伊豆原一看到在座位上工作的桝田，就先說了這句話，然後問他：

「貴島律師在嗎？」

他想把今天的收穫告訴貴島，但桝田一臉愁容，輕輕搖頭。

「他又住院了。」

桝田似乎擔心在安靜的辦公室內說話會打擾別人，拿起馬克杯站起身，走向會議室。

「肝臟的數值很差，疼痛似乎也很嚴重。」

之前就聽說，貴島的癌細胞已經轉移到肝臟等其他器官。如今進一步惡化，已經進入了末期狀態。

聽說事務所的同事都在昨天和今天去醫院探視了貴島，但從他們回來時的表情就知道，貴島的病情很不樂觀。

「目前有意識嗎？」

桝田點頭，「還沒有到失去意識的程度，但如果疼痛繼續加劇，就要去安寧病房，之後的情況就很難預料。」

「這樣啊……」

既然貴島可能來日不多，伊豆原很想去向貴島報告今天的收穫。

他告訴桝田掌握到休息室內有新的對話，已經達到可以理直氣壯地主張，野野花不可能犯案的程度，但桝田似乎覺得目前無暇理會這種事，並沒有太大的反應。桝田打算明天去醫院探視貴島，伊豆原也提出要一同前往。

隔天，伊豆原和桝田一起去位在築地的醫院探視貴島。

貴島的鼻子中插著氧氣管，躺在病床上，看到伊豆原他們，只是把眼珠子轉向他們，無力地動動嘴巴，向他們打招呼。他面如土色，下巴上冒著零星的鬍碴。

「感覺怎麼樣？」桝田問。

貴島點點頭，看向伊豆原，用沙啞的聲音說：「看你的表情，似乎有什麼好消息。」

伊豆原很擔心貴島的身體狀況，但他畢竟和事務所成員的立場不同，內心的想法寫在臉上。

伊豆原坦誠地說：「是的，小南女士想起了重要的事……」

伊豆原把臉湊到貴島耳邊，告訴他休息室內談話的時間增加了。

貴島閉著眼睛聽他說完後，滿意地說：「真是好消息。」

之前收到精神鑑定結果時，貴島內心想必產生了野野花或許有罪的疑問。伊豆原認為今天告訴他的這件事，應該能消除他內心的疑慮。

「必須繼續補強，才能在法庭上作為證據。」

貴島說得沒錯。目前只是野野花終於想起來的內容，接下來必須向川勝春水和竹岡聰子確認，同時請當事人實際說話，測出整段談話使用的秒數，才能作為辯方的證據提出，讓陪審團能夠接受。

「我目前這樣，真的很抱歉，」貴島無力地說，「千萬不能讓野野花站上死刑台，無論如何……都必須避免這種狀況。」

積極推動廢死運動的貴島用他特有的方式靜靜地激勵道。

「絕對不會讓這種情況發生。」伊豆原不僅想要避免極刑，更決心努力獲得無罪判決。

「請你協助桝田。」

「好。」

貴島聽了伊豆原的回答，注視著他再次叮嚀，然後點點頭，才閉上了眼睛。

伊豆原先離開病房，不一會兒，和貴島討論完事務所工作的桝田也走出病房。

伊豆原把該說的話傳達給貴島後，心情很平靜，但桝田臉上的愁容仍然沒有消失。他已經是貴島法律事務所的成員，當初進入事務所，就預料到不久的將來，會發生這種情況，但看到老闆的病情不樂觀，當然和事務所的其他同事一樣，實在開朗不起來。

「貴島律師手上的幾個案子已經交到我的手上了。」

既然加入了貴島法律事務所，除了野野花的案件以外，還要負責接手貴島的其他案子。伊豆原能夠想像他的辛苦，但這也意味著貴島對他的器重。伊豆原積極看待這件事，鼓勵他說：「加油，野野花的案件已經看到了光明，我會盡力做好力所能及的事。」

伊豆原向他拍胸保證。

19

由惟下班回家準備好晚餐，紗奈仍然沒有回家，於是她出門去找人。

她從紗奈口中聽說了新的練舞地點，於是下了平井橋之後，沿著舊中川的河岸走了一段路，在河堤上方就是名叫水邊公園的草地廣場。雖說是公園，平時只有遛狗的人會經過。她看到一群少年和少女聚集在一起跳舞的身影。天色漸暗，路燈的燈光比天空更亮。

走過去一看，在十名左右的少年少女中看到了紗奈的身影。目前只有女生隨著音樂跳舞，紗奈在最角落的位置。三崎涼介和河村新太郎站在前面看著。

一起跳舞的人越來越多了……由惟有點無奈地走過去，來到三崎涼介身旁時，隨便打了一聲招呼後說：「差不多該結束了。」

「好，今天就到此結束。」三崎涼介很順從地宣告結束。

那幾個女生跳得很累，紛紛用毛巾擦著汗，拿起寶特瓶直接喝水。紗奈和原舞花擊掌後，擦著脖子上的汗水，走到由惟面前。

「他們讓我加入了『小蛋糕』。」紗奈開心地告訴由惟，「就是涼介和這些女生一起組的團體，舞花也加入了，今天大家都來這裡練舞，但平時是在龜戶練習。」

紗奈之後似乎也想去龜戶。

由惟既沒有點頭，但也沒有搖頭，只是催促紗奈說：「回家了。」

剛才和紗奈一起跳舞的女生也都騎上原本停在一旁的腳踏車，各自回家了。剛才在跳舞時，總覺得這些女孩子看起來很不安分，但她們騎腳踏車的樣子看起來就是普通的國中或是高中女生。

「啊，紗奈的姊姊，」三崎涼介叫住由惟，「紗奈似乎對中央學舍很有興趣，請妳和她談一談。」

「什麼意思？」

「那是我之前讀的自由學校，位在錦糸町，騎腳踏車就可以上下學，而且可以直接去龜戶的舞蹈室練舞。只要妳說一聲，我可以安排妳們去學校參觀。」

「喔。」由惟對這件事一樣不置可否。

「總不可能一直讓她獨自在家裡，」三崎涼介說，「而且我覺得暑假結束的時機很剛好。」

「更何況紗奈不是我的寵物。」

由惟這麼回答。他苦笑著說：「妳還真會記仇。」

「直接回去讀平中就好了啊，」原舞花在一旁插嘴，「我認識之前霸凌紗奈的女生，我會叫她們絕對不可以再欺負紗奈。」

「這並非只是小孩子世界的問題。」由惟冷冷地回答。

「那種大人都不是好東西，」原舞花反駁道，「為什麼要向那種人低頭？」

「因為他們是對的。」

「才不是呢！」原舞花氣鼓鼓地說，「完全不是這樣。」

「他們相信他們是對的。」

「那我們只要相信自己是對的就好。」原舞花繼續說道，「因為真的就是我們才對啊。」

「我們戰勝不了他們，而且也不容許我們戰勝他們。既然知道贏不了，就只能避免和他們交鋒。」

由惟如此回答，原舞花極度不服氣地嘟著嘴走開了。

「舞花很善良。」紗奈目送原舞花的背影，幽幽地說。

「是啊。」

由惟同意這一點，她充分感受到他們很關心紗奈。

只不過紗奈的處境，無法因為有他們的支持，就可以為所欲為。一旦得意忘形，打壓的手馬上就會從四面八方伸過來。

一旦開庭審理，不知道世人會用什麼眼光看待由惟姊妹。

在世人忘記這件事之前，只能適應這種必須忍氣吞聲過日子的生活。

三崎涼介騎上自己的腳踏車，對紗奈說：「改天見。」

「謝謝，拜拜。」

三崎涼介騎沒多久後停下來，轉頭看著紗奈說：「就算不能贏，也千萬不要輸。」

說完，他瞥了由惟一眼才轉身離去。

由惟覺得三崎涼介說的話再度刺進她的心。

隔天，由惟的手機收到了伊豆原傳來的訊息。

伊豆原在訊息中說，打算傍晚去找她們姊妹，但看他訊息的第一句話，似乎暗示在案件方面有了什麼收穫，所以想告訴她們姊妹。

伊豆原希望由惟姊妹能夠在法庭上說出對媽媽有利的證詞。之前他沒有明說，但上次明確提到了這件事。他是媽媽的律師，提出這種要求很理所當然，他之前這麼照顧由惟姊妹，也是基於這個理由。

但是由惟並不認為伊豆原很親切助人，自己就該無條件支持媽媽。由惟不止一次問伊豆原，是否有證據可以證明媽媽的清白，他似乎有些為難。在這種情況下，要求由惟支持媽媽，由惟覺得很困擾。

上次曾經聊到這件事，可想而知伊豆原這次大概準備了什麼能說服由惟的資料，只是由惟很固執，如果伊豆原真的帶了這種資料上門，絕對不能輕易相信。

由惟胡亂想著這些事，打電話回家，告訴紗奈伊豆原傍晚會來家裡，紗奈顯得很高興。

上次伊豆原提出希望紗奈出庭作證，紗奈二話不說就答應了。她似乎完全不排斥在法庭上以證人身分為媽媽說話。

紗奈總是無憂無慮，一方面是因為她年紀尚小，但也和她的性格有關。關於那起案件，她笑著說「當時我昏過去了，什麼都不知道」，幾乎沒有被害人意識。案件發生後，她的腎臟檢驗數值變差，她似乎認為只是病情剛好變差而已。

在伊豆原的提議下，紗奈立刻想提筆寫信給媽媽。既然紗奈想這麼做，由惟無意干涉。由惟認為這是自己對伊豆原最大的讓步。

她回了訊息給伊豆原後開始吃便當。剛好有很多急著交件的維修車輛，因此包括社長在內的維修工人都從一大早就開始忙著作業，到了午休時間也沒有人回辦公室。

「只要修車廠那裡很忙，這裡就很太平。」赤城浩子吃完便當後，懶洋洋地說道：「沒有人來打擾，我們可以專心工作，業績增加，公司也可以多賺錢，簡直有百益而無一害。」

由惟深有同感，差一點點頭表示同意，但最後只是苦笑一下。修車廠的人不停地進進出出的確讓人無法靜下心工作，而且只要專務前島京太走進辦公室，由惟就會緊張，擔心會找自己麻煩。

「啊，還剩下一個冰淇淋！」

赤城浩子從冰箱冷凍庫內拿出哈根達斯迷你杯冰淇淋，開心一笑。中元節前，老客戶送了迷你杯冰淇淋作為中元節禮物，社長說分給大家吃，由惟就在下班後發給大家。當時還剩下幾個，就放在冰箱的冷凍庫內，似乎還有剩下的沒吃完。

「我吃掉應該沒問題吧？」

赤城浩子問，由惟還沒有回答，她就打開了蓋子。既然已經超過十多天都沒人吃，應該沒有問題。由惟也很愛吃冰淇淋，但當然不可能和赤城浩子搶。

「為什麼哈根達斯這麼好吃？」赤城浩子特地坐在由惟旁邊的座位，好像在炫耀般吃了起來。「我們家只要買冰淇淋回家，小孩子就會歡呼著跑過來，轉眼之間就吃完了。我每次都買家庭號的，但味道很單調，吃了沒有什麼幸福的感覺。」

赤城浩子的兩個兒子分別讀小六和小四，正在發育。由惟家只有兩姊妹，想必有兩個男孩子的家庭很不一樣。

「自從去健身房游泳後，我的食欲越來越好，體重反而增加，真是太令人生氣了。在游泳池走一個小時，走出游泳池後，覺得身體很疲憊，又很沉重，還以為運動量很大。後來我才發現，那不是因為運動的關係，而是適應了水中的浮力，離開游泳池後，重新感受到重力，才會覺得身體很沉重。在水裡走來走去，根本沒什麼運動量，但因為很舒服，就一直堅持下來了。」

赤城浩子一個人說著這些不著邊際的話，吃完冰淇淋後，心滿意足地回到自己的座位。

平靜的午休時間結束，由惟繼續埋頭手上的工作時，修車廠的維修工人一個又一個回到辦公室。有人吃著自己帶來的便當，也有人泡麵後等不到三分鐘就開始吃，然後又回去修車廠工作。

下午兩點左右，社長和專務回到辦公室。

「今天要吃素麵、吃素麵。」

前島社長可能很愛吃素麵，他輕鬆地對由惟說完，走去後方的住家準備吃午餐。

「冷氣為什麼都不冷？」

專務前島京太不悅地嘀咕著，調整了空調的設定。

辦公室上個月買了新的空調，天氣再熱，都能送出很強的冷風，但赤城浩子已經習慣了以前很弱的冷氣，而且剛好坐在冷風直接吹到的位置，經常會調弱冷氣，室溫設定得比較高；冷風吹不到由惟的座位，她只要稍微動一下就會流汗。

背對著空調坐在桌前的赤城浩子微微皺眉，但她當然不會為這種事和專務作對，專務高興怎麼設定都沒關係。反正等專務午休結束，她就會重新調整設定。

「喂！」

專務吹了一會兒冷風，身上終於不再冒汗，他原本經過由惟的身旁，走向廁所，但這時背後突然傳來怒吼，由惟嚇了一跳。

「我的冰淇淋怎麼不見了！」

回頭一看，專務打開冰箱的冷凍庫，滿臉怒氣。

「是誰偷吃了！？」

專務充滿殺氣的視線掃向辦公室內的所有人。雖然他向來情緒不穩定，說話很毒舌，但以前從來沒有看過他這麼生氣，由惟忍不住縮著身體，移開視線。

「我可沒吃喔。」

一名正在吃便利商店便當的年輕維修工人看到專務瞪著他，不知所措地回答。

由惟不知道那個冰淇淋是專務的，但一個成年人為了一個冰淇淋這樣大動肝火太不尋常了。

赤城浩子一動也不動地坐在自己的座位上看著電腦，由惟發現她臉色蒼白，顯然並非錯覺。

「開什麼玩笑，王八蛋！」

專務罵罵咧咧，關上了冷凍庫的門，走到由惟身後停下腳步。由惟緊張起來，擔心他又要找自己麻煩，只聽到他惡狠狠地叫了一聲：

「喂！是妳嗎！？」

專務指著由惟旁邊的垃圾桶，哈根達斯的空杯子丟在垃圾桶內。由惟忘了赤城浩子剛才丟在那裡，差一點驚叫起來。

「是妳，對不對！？」

專務看到由惟一臉不妙，確信就是她。

「呃，不是……」

由惟瞥了赤城浩子一眼，但她看著電腦，一動也不動。不，她應該根本沒在看電腦，只是並不打算承認。專務的怒氣令人生畏，赤城根本不敢承認。

「那這是怎麼回事！？」專務氣勢洶洶地逼向由惟，「如果不是妳，是誰吃的？」

「不，那個……」

既然赤城浩子不主動承認，由惟也不想說出她的名字。而且只不過是一個冰淇淋，有必要這樣興師問罪嗎？至今為止幾個月來，漸漸累積起對專務的厭惡和反感，激發了她想要對抗專務的怒火，她失去了說出真相的坦誠。

「不是妳丟在這裡的嗎！？」專務比剛才更加激動地逼問由惟，「這是什麼啊！？妳不要裝糊塗！妳倒是說話啊！妳這個王八蛋連道歉也不會嗎？」

既然赤城浩子不承認，除非專務的怒氣平息，否則這場鬧劇就不會結束。

「我叫妳說話啊！妳把冰淇淋的杯子丟在這裡，還擺出一副我不知道的表情嗎？」

由惟內心產生了衝動，很想逃離這種痛苦的現實。這種衝動在由惟心煩意亂的情緒中扭曲變形，變成了「對不起」這句話脫口而出。

「啊！？」

專務以凶狠的眼神瞪著由惟。

「我以為是中元節禮物剩下的……」

「王八蛋！」專務破口大罵，「中元節的禮物怎麼可能留到現在？昨天我還來不及叫妳幫我買東西，妳就拍拍屁股走人了，所以我就自己去買，然後留了一個準備今天吃的！」

我怎麼知道？由惟心想。

「因為你之前都吃酷聖石，所以沒想到是你的冰淇淋。」

「便利商店不一定每次都有酷聖石啊！而且上次中元節的哈根達斯很好吃，我就買了哈根達斯！」

「對不起……我不知道。」

「如果說不知道就能夠解決問題，這個世界就不需要警察了。罪犯的女兒果然不一樣，竟然堂而皇之地丟在旁邊的垃圾桶裡，還一副和自己無關的樣子。好可怕，太可怕了。」專務瞪大眼睛，把臉湊到由惟面前，用挑釁的語氣痛罵她。

由惟想逃卻又逃不掉，覺得自己落入專務手中，忍受著凌遲。

「妳還好意思坐在那裡不吭氣？要怎麼賠償我的冰淇淋？」

「我去買……」由惟懊惱得全身顫抖，費力地擠出這幾個字。

「早就該這麼做了，不要以為賠一個就好，要買一整盒。動作快，趕快去買。」

由惟拿著皮夾衝出辦公室的瞬間，淚水忍不住流下來，她很想就這樣扭頭逃回家裡。

但是，她知道自己不可能下這種決心，只能忍著屈辱買冰淇淋回辦公室。由惟不知道什麼束縛了自己，只知道自己被不知名的東西束縛，想要在社會上生存，就無法選擇自由快樂地生活。

她覺得自己快忍無可忍了，可能會隨時拋開目前的生活。

雖然內心這麼想，但她的身體仍然像機器人一樣行動。她在便利商店買了冰淇淋，然後回到了辦公室。

「也太久了。」

專務滿臉不悅地說，從由惟買回來的那盒冰淇淋中拿出兩個，要求她把剩下的放進冰箱。專務連續吃完兩個冰淇淋後，怒氣似乎終於平息了，走去後方的家中準備吃午餐。

「真對不起。」

當修車廠的維修人員走出辦公室，赤城浩子合著雙手走過來。

「太驚訝了，為了一個冰淇淋，有必要這樣大呼小叫嗎？既然不想被人吃，就應該在上面寫名字啊。妳剛才買了多少錢？我把錢還給妳。」

由惟原本不加思索地想要婉拒，但覺得為了逞強只有自己吃虧太不划算，於是就把價格告訴赤城。

「哈根達斯這麼貴嗎？」赤城浩子瞪大眼睛，無可奈何地在皮夾裡找了半天。「不好意思，我只有這些零錢，我就付這些吧。」

她殺價之後，把錢交給由惟，然後又嘆著氣說：「話說回來，對食物的怨念真是太可怕了。」

20

伊豆原教了紗奈一個小時功課，等紗奈出門去練舞後，他就留在由惟姊妹的家中準備餃子的材料。

即將五點半時，由惟回到家。她似乎在五點準時下班，然後匆匆趕回家。

伊豆原起初以為她是因為看到白天傳的訊息中提到，最近有新的收穫，所以才急著趕回家，但向她打招呼說「妳回來了」時，她根本沒有看伊豆原一眼，就默默走進了臥室。不一會兒，換好衣服走了出來，但一副對伊豆原視若無睹的態度走去冰箱拿出麥茶。她面無表情，但雙眼並非無神，而是帶著怒氣，一看就知道她很不高興，似乎在公司發生了什麼事。

「我買了冰淇淋，」伊豆原對她說，「我放在冷凍庫，妳可以拿來吃。」

她竟然以帶著敵意的眼神瞥了伊豆原一眼，伊豆原愣了一下。

「我不吃。」她冷冷地說。

「如果不想吃，晚點再吃也沒關係。」伊豆原以為她在減肥，於是討好地笑了，為自己找台階下。「但是不要在睡前吃，妳媽媽很擔心妳，說妳這樣很容易吃壞肚子。」

由惟絲毫不覺得有趣，重重地嘆氣。

「發生什麼事了嗎？」伊豆原問。

「沒事。」她回答。

「這樣啊。」伊豆原姑且相信她的話，把沾到餃子餡的手洗乾淨，跟著她來到客廳。「我在傳給妳的訊息中有提到，我和妳媽媽聊了之後，有很大的收穫……」

伊豆原立刻告訴由惟，野野花想起了在休息室內的談話，如此一來，幾乎可以完全推翻野野花犯案的可能性。剛才在輔導紗奈功課時，也跟紗奈說了，她高興的樣子超乎伊豆原的想像。伊豆原必須提醒她，目前還無法只靠這件事，確實獲得無罪判決，才讓她的心情平靜下來。伊豆原對由惟的反應本來就沒有很大的期待，沒想到她的反應比想像更冷淡，讓伊豆原內心有點不知所措。

「對話的記憶不可能一字一句都記得很清楚。」由惟默默聽完伊豆原的話後，冷冷地表達感想。「而且說話的時間，不同的人測量，會有不同的結果吧。」

「當然，人的記憶不可能一字一句都記得一清二楚，但是反過來說，我認為還有其他目前幾個當事人還沒有想起來的對話內容。最重要的是，至少目前已經知道有這些對話。我還沒有跟另外兩個人確認，但從她們談話的內容判斷，應該的確說了妳媽媽想起的那些話。重要的是，要讓這些內容成為證據。即使不是一字一句都完全還原，只要讓包括妳媽媽在內的三個人，承認大致說了這些話就好。可以請她們三個人按照各自說話的速度說這些話，然後剪接在一起，把錄音檔作為證據。目前在計算時間時，並沒有刻意拖延。照理說，說話之間應該會有更長時間的停頓。」

雖然伊豆原說得口沫橫飛，但由惟似乎無動於衷。

「紗奈答應要寫信給媽媽太好了，這可以發揮很大的效果……由惟，妳還需要一點時間整理自己的情緒嗎？不，我並不是在催促妳，只是我們在開庭之前，需要進行一些程序，必須在進行程序時，要說明會在法庭上提出哪些東西，比方說，不同意妳在警局做的筆錄，或是希望妳以證人的身分出庭，諸如此類的。如果不事先聲請，在開庭之前才要讓妳以證人身分出庭，法院不會同意。」

「我既不打算寫信，也不想以證人身分出庭。」由惟仍然板著臉，「如果我以證人身分出庭，只會說出對媽媽不利的話，還是不出庭比較好吧？」

「嗯……」

聽到由惟這麼冷淡的回答，伊豆原很洩氣。也許她今天心情不好，所以不適合討論這件事。

「妳還有什麼心結嗎？」伊豆原繼續追問，「妳之前說，無法原諒紗奈遭到毒手。妳原本認為媽媽不可能做這種事，但在聽說代理型孟喬森症候群的鑑定之後，不得不承認就是妳媽媽做的。問題是那種鑑定的結果並非絕對正確，律師團目前正在委託專家重新鑑定。當然，任何人都希望別人稱讚、慰勞自己努力做的事，我相信妳媽媽內心有這種想法，但我並不認為她會把藥物加進點滴裡，讓紗奈惡化。她平時經常動紗奈的點滴，並不是希望紗奈的身體不要很快好起來，護理師們也沒有這麼想。」

由惟仍然無動於衷。

「而且，關於妳媽媽的自白……或許大家會認為，既然沒有犯罪，怎麼可能承認自己犯了罪，人經常會因為當時的心理狀態和周圍的壓力，以及當事人難以說明的各種理由，脫口承認這種事。當不斷地被責罵、逼問，想趕快結束眼前的狀況，就會脫口這麼回答……人類孤單的時候會很脆弱。」

由惟雖然沒有看伊豆原，但她瞪大眼睛，她不知道想到了什麼，從她的表情中，可以感受到她情緒的起伏，拿著麥茶杯子的雙手微微顫抖。

伊豆原感受到自己的話打動由惟，但由惟的變化太突然，他有點不知道該如何打鐵趁熱，更為遲遲理不出頭緒而焦急。

「現實就是這樣……我希望妳能夠更公平地看待妳媽媽。我現在和剛加入律師團時不一樣，已經確信妳媽媽是清白的。我認為一定可以在法庭上獲勝，而且非贏不可。妳不是也很希望可以找回以前的生活嗎？能不能為了這個目標，助我們一臂之力？」

伊豆原說完後，帶著祈禱的心情觀察由惟的反應。由惟的臉上漸漸浮現厭世的陰鬱，然後又恢復了剛才的面無表情，伊豆原簡直懷疑她剛才流露的情緒起伏完全是自己的誤會。

「雖然你對我有莫名的期待，可惜我的反應無法如你所願，」她冷冷地說，「既然有辦法打贏官司，就根本不需要我出庭。如果我不出庭就會輸掉這場官司，那我可以發誓，就算我出庭作證，也一定會輸。既然這樣，我以證人身分出庭，說一些對我媽媽有利的話，到底有什麼意義？」

「當然有意義。」伊豆原有點理屈詞窮，但還是盡力說服她。「如果妳能夠在法庭上說，媽媽在家裡是這樣的人——比方說，她很溫柔，很會照顧人，她在醫院照顧紗奈只是很熱心，完全不覺得她不希望紗奈出院。雖然和光莉媽媽有點不和，但媽媽並沒有記仇——如果妳可以在法庭上說這些話，就會讓陪審團對媽媽留下好印象。」

「這樣就可以讓法院判媽媽無罪嗎？」

「不，最重要的還是推翻檢方的舉證，也就是我剛才提到的，在休息室的談話時間之類的事，我會全力以赴，這件事可以交給我來處理。」

「既然你有自信可以打贏官司，那就不必借助我來贏得無罪判決。如果贏了這場官司，我就相信媽媽的清白。」由惟說完，微紅的雙眼看向伊豆原問：「我有哪裡說錯了嗎？」

伊豆原沒有回答，只是深刻體會著自己無法完全打動她這個事實。

「我已經自顧不暇，沒有餘力幫助媽媽。」

也許由惟並非至今仍然無法相信野野花，她說目前沒有餘力，可能是她的真心話。目前的生活環境刺激了她的防禦本能，導致她不敢輕易表達意見。她看紗奈和涼介、舞花成為朋友，認為不能大意，提高戒心持續觀察著，不難猜測她的心情。

「我知道。」伊豆原不再堅持，「我知道妳這個年紀出社會工作，就會承受很大的壓力，也會很辛苦。對不起，我沒有顧及妳的處境。一味向妳提出要求。我不是不負責任地讓妳扛起官司輸贏的責任，我會正面迎戰，然後贏取無罪判決。嗯，到時候，希望妳能夠發自內心感到高興。」

伊豆原說完這番話，結束這個話題。

九月的第一週，召開了第六次準備程序庭。

櫻井審判長似乎已經習慣貴島的缺席，當桝田說明貴島今天仍不克前來時，他只是簡短回答知道了。

「上次說好辯方這次將提出精神鑑定的結果？」

櫻井審判長針對上次準備程序的討論結果問道。伊豆原鞠躬說：

「很抱歉，醫生在彙整結果時耗費了一點時間，下一次一定會提出。」

伊豆原當然無法直說由於鑑定結果對辯方不利，正委託其他專家進行鑑定，只能推說是因為專家的關係才無法及時提出鑑定報告。事實上目前已經重新委託仁科栞介紹的精神科醫生，在八月中旬再次完成鑑定，而且醫生根據鑑定結果認為，野野花的精神狀態並沒有代理型孟喬森症候群的傾向，接下來只需等鑑定報告出爐。

「關於成為犯案動機的代理型孟喬森症候群這個部分，會成為開庭審理時的爭點，對嗎？」

伊豆原說明了即將出爐的鑑定結果後，櫻井審判長向他確認。

「對，小南女士並沒有可說是代理型孟喬森症候群的精神症狀，這個動機無法成立，不可能基於這個動機犯案。」

在開庭審理時，一旦認為野野花無罪，檢方的鑑定就會被否定；如果認為野野花有罪，就會認定鑑定有效。無論是哪一種情況，辯方都必須在這個問題上據理力爭。

在這次的準備程序中，辯方明確提出野野花在時間上不可能在護理站犯案的想法，並且作為開庭時的爭點，同時說明將提出證明該主張的相關證據。

「請問相關證據什麼時候能夠完成？」

櫻井審判長對辯方在準備程序進入尾聲階段提出的主張產生興趣。

「在下一次準備程序時會努力設法完成，」伊豆原故意吞吞吐吐，回答得模稜兩可。「還需要相關人員的協助……」

「如果可以，希望能夠在下一次準備程序前讓我們看一下。」江崎檢察官說，「如果沒有時間充分研究，我方難以表達意見。」

一旦檢方插手干預，川勝春水和竹岡聰子的證詞出現反覆會很傷腦筋，因此目前只說會提出證明在時間上不可能犯案的證據，並沒有具體說明是什麼證據。

「是否可以在月底之前提出？」櫻井審判長為雙方協調，「下一次的準備庭在十月初召開。」

這似乎是折衷的方案。

「沒有異議。」

「爭點基本上已經整理完畢。」

開庭審理前的準備程序已經看到了終點，按照目前的進度，可能年後就會在陪審團參與下開庭審理。

為了能夠讓在休息室的聊天時間成為證據，必須再次和川勝春水、竹岡聰子見面，請她們親口承認目前已知的聊天內容，並請她們重新朗讀一次，在錄音之後，再把這些聊天的內容按照順序重新剪接。

既然要再次見面，伊豆原希望可以同時找出川勝春水犯案說的突破口，如果能夠在下一次準備庭時提出川勝春水的犯案說，並附上相應的證據，暫緩決定開庭日期，當然再好不過了。

正因為如此，時機的掌握極其重要，必須謹慎思考進攻的方法。

伊豆原正為此絞盡腦汁，但沒想到在準備程序庭的一個星期後，接到了江崎檢察官的抗議電話。

「我已經跟桝田律師說了同樣的話，但不知道他有沒有聽懂，所以也通知你一下。」江崎檢察官說了這番開場白後繼續說道：「我不知道你們到底在想什麼，竟然把只是關係人的相關人員當成凶手窮追猛打。」

伊豆原完全不知道他在說什麼，只是「啊？」了一聲。

「我不知道你們是不是想越俎代庖，代替我們逮到凶手，但你們是不是搞錯了律師的職責？」

「請等一下，」伊豆原說，「你到底在說什麼？」

「古溝醫院的院長跑來抗議，」江崎說，「他說這起案件的律師團提出，要再次向川勝副護理長詢問細節，於是他出於好意安排，沒想到川勝副護理長竟然被當成凶手懷疑。」

「是誰做這種事？」伊豆原驚訝地問。

「是桝田律師，我已經直接跟他抗議，但他滿口推託狡辯，根本談不下去，我希望你可以提醒他，所以打了這通電話給你。」

伊豆原極其謹慎地思考進攻的策略，沒想到桝田竟然貿然行動。糟透了……伊豆原頭痛起來。

「川勝副護理長很受打擊，最近請了假。我們早就知道她和院長之間有婚外情，但他們的關係在案件發生之前已經結束了。雙方當事人都已妥善解決，並沒有發生糾紛，你們卻以為釣到大魚，請不要再玩這種外行人的辦案遊戲了。」

「我完全不知道這件事，請讓我確認一下。」

伊豆原用這句話結束和江崎檢察官的通話，立刻打電話給桝田。

「喂，你到底闖了什麼大禍？」伊豆原很不客氣，「剛才檢察官打電話來抗議。」

「不要隨對方起舞，對方太大驚小怪了。」桝田沒有理會伊豆原的氣憤，滿不在乎。「我去見了川勝春水，直接問她，反正早晚要這麼做。」

「你至少該和我商量一下。休息室的事必須請川勝提供協助，怎麼可以得罪她？」

「只要過一段時間就沒問題。」

桝田可能因計謀失算，又挨了江崎的罵而不悅，連反駁都很冷淡。

「哪裡還有什麼時間？必須在兩個多星期之內整理出證據。」

「我當然知道，所以才會賭一把，不要因為沒有成功就怪我。」

桝田最近接手貴島其他的案子，忙得不可開交，照理說，這個案子完全交給伊豆原處理就好，但他總是心血來潮地插手，而且每次都成事不足，敗事有餘，伊豆原怎麼可能不責怪他？伊豆原掛上電話，難平的氣憤變成嘆息。

事後仔細思考江崎檢察官的抗議，令伊豆原無地自容的是，川勝春水的犯案說似乎只是憑空臆測。

檢警也清楚川勝春水和古溝院長有婚外情，而且他們在案件發生之前就已經分手，這代表檢警已經調查過此事是否和案件有關。

當然，警方認為野野花嫌疑重大，對川勝春水的調查可能就不了了之，但是聽江崎的語氣，他們分手時似乎並沒有引起糾紛。

伊豆原認為無論如何，都必須確認一下，於是在幾天之後，打電話聯絡了古溝醫院的事務局長繁田。

在桝田對川勝春水窮追猛打時，繁田似乎在場，不僅很清楚這件事，而且內心的憤怒似乎仍然沒有平息。

「我們是基於好意提供協助，沒想到竟然受到如此無禮的對待。」

「很抱歉，我們必須深入探討各種可能性，但的確必須更加謹慎處理這個問題。」

「如果你們懷疑這件事，不必直接問當事人，應該先問我。」繁田說，「這不就是聯絡窗口的作用嗎？」

「你說得對，我們太失禮了，請你原諒。」伊豆原再次道歉後問道：「我想請教你一個問題……聽說川勝副護理長和院長和平分手，請問具體是怎樣的情況？」

「院長付了一筆分手費。」繁田嘆了一口氣後，無可奈何地回答：「雖然這不是什麼能被稱讚的事，但她住的公寓，以她護理師身分根本買不起，就應該知道他們不可能鬧翻。院長的一句話，提升了她在職場的待遇，雖然見面時有點尷尬，但如果她覺得很不自在，應該會辭職離開本院。而且案發當時，她在雙重確認之下調配了點滴，在去病房之前，都和竹岡一起在休息室內。她的個性很冷靜，責任心很強，當三〇五病房出狀況時，她率先加入急救行動。按照常理思考，這樣的人根本不可能在自己負責的病人點滴中動手腳，就連警方也沒有懷疑她。我說的這些，相信你能夠理解。」

「是啊……」

伊豆原完全無法反駁。重新思考之後，就發現這種假設的確很牽強。在沒有其他佐證材料的情況下對當事人窮追猛打，和警方進行非法偵查沒什麼不同。雖然伊豆原完全無意使用這種輕率的方法，但同樣曾經對川勝春水犯案說抱著一絲希望，因此聽了繁田的話，感到羞愧難當。

「我可以當面向川勝副護理長道歉嗎？」

伊豆原提出這個想法，繁田冷冷地拒絕說：「不必了。」

「能不能請你設法安排一下？」伊豆原厚著臉皮拜託，「不瞞你說，我很希望可以再向川勝副護理長和竹岡主任確認一下和小南女士之間的對話內容。」

「我們已經提供了充分的協助，古溝已經指示，以後要拒絕你們的要求，敬請諒解。她們兩個人會以證人身分出庭，如果有什麼想問的問題，可以在法庭上問清楚。」

繁田冷冷地說完後掛上電話。

伊豆原咬緊牙關，忍不住對桝田心生怨言。

關於休息室內的聊天內容，只有三個人的供詞一致，才能增加證據能力，否則光憑野野花的一面之詞，證據力很薄弱。按照目前的情況，只能在川勝春水和竹岡聰子以證人身分出庭時反詰問加以確認，但檢方在偵查階段已經掌握了她們對於休息室內聊天內容的供詞，無法判斷她們兩人認為哪一個版本才正確，很可能在檢察官主詰問的壓力之下，堅持原來的供詞，堅稱在休息室內只聊了三、四十秒左右。

而且在不同的證人反詰問中都提出這個問題，很可能會模糊爭點，影響對陪審團的訴求。如果可以請她們三個人重新說一次當時說過的話，並進行錄音剪接，然後再計算時間，陪審團就會毫不懷疑地接受這個事實，既然現在已經無法做到，很可能讓陪審團認為辯方只是企圖用狡辯矇騙。

真傷腦筋……原本以為和檢方勢均力敵，沒想到事到臨頭，陷入了不利的局面。

九月中旬，伊豆原正在苦思如何突破現狀，接到了桝田的電話。

距離之前接到醫院抗議一事不久，伊豆原以為桝田是為了這件事，但他想錯了。

「貴島律師……昨晚去世了。」

聽到桝田沉痛地告訴他這個消息，伊豆原說不出話。

雖然之前曾經預感，貴島可能撐不到開庭審理那一天，沒想到這一天這麼快就來了。

桝田只是公式化地告訴伊豆原，家屬決定只舉辦只有親屬參加的葬禮，之後事務所將舉辦告別會，然後嘆了一口氣說：「原本希望可以在他生前，帶給他一些好消息。」

「是啊。」

雖然在貴島生病期間，伊豆原和他之間的相處並沒有深入到可以稱之為受到他的薫陶，但能夠和在刑事辯護的世界中留下巨大足跡的貴島義郎一起工作，的確是難能可貴的經驗。伊豆原所能做的，就是帶著好消息去他的墓前向他報告。

他們在一掃日前不愉快的氣氛中結束這通電話。伊豆原突然想到，桝田在懷疑川勝春水犯案可能性這件事上貿然行動，或許也是希望能夠向來日不多的貴島報告好消息。

雖然伊豆原仍然無法認同那件事，但覺得能夠理解桝田的心情。

伊豆原可以輕易想像桝田身為貴島法律事務所的成員，在貴島辭世之後，會忙於應付各界的慰問，於是決定暫時停下腳步，盡量不和他聯絡。但是，在下一次準備程序庭即將召開的九月最後一週，桝田仍然沒有任何動靜，伊豆原只好打電話詢問，才終於決定了開會討論的時間。

踏進久違的貴島法律事務所，發現失去重量級的老闆後，工作人員也顯得無精打采，桝田一臉疲憊的神情，帶著伊豆原走進會議室。

「雖然我知道你目前忙壞了，但官司的事刻不容緩。」伊豆原說。

「我知道。」桝田簡短回應，但是當他們開始討論後，桝田似乎仍然心不在焉，討論的內容毫無亮點。

「關於要求由惟以證人身分出庭這件事，目前她的心情很複雜，我的結論是不要勉強她。很抱歉，我能力不足，無法說服她。她的筆錄無法說對我們有利，但如果我們不同意她的筆錄，不知道檢方是否會聲請她以證人身分出庭。目前距離當初做筆錄已經有一段時間，檢方可能猜想她在法庭上，會做出對她母親有利的證詞，就不聲請她出庭，但也不能排除聲請的可能性，一旦發生這種情況，考慮到由惟的心情……」

因為顧及由惟以證人身分出庭作證的可能性，律師團始終沒有針對她的筆錄表達意見，但是在多次探詢她的想法之後，伊豆原認為讓她站在法庭上作證太殘酷，也只能破例同意由惟的筆錄。只不過把說服由惟這件事交給伊豆原全權處理的桝田，應該對這個結論很失望。

沒想到桝田聽了之後，表情並沒有太大的變化，很乾脆地說了一句「那就同意她的筆錄」，便結束這個話題。伊豆原非但沒有鬆口氣，反而感到失望。

關於在休息室的聊天內容，那次之後，伊豆原多次和古溝醫院的繁田交涉，但繁田的態度始終沒有改變，由於無法見到川勝春水和竹岡聰子，只能對證據化這件事死心斷念。在目前的情況下，很難光靠這件事繼續拖延準備程序庭，就算成功拖延，也未必能夠獲得這兩名護理師的協助。

雖然是桝田造成這種局面，但他對於目前的情況只是輕描淡寫地說了一句：「那也沒辦法，在反詰問時再確認就好。」

「嗯，是啊。」

竹岡聰子之前告訴伊豆原，那天在休息室聊天時，還有筆錄上沒有的內容，事到如今，也無法保證她願意在法庭上證實這件事。

檢方已經知道，律師團針對在休息室的聊天內容有和之前的見解不同的主張，很可能在開庭之前用狡猾的手法預防。檢方為了使詰問能夠順利進行，通常都會要求證人事先進行庭前確認。一旦檢方在庭前確認時，強硬地強調原本供述內容的正當性，她們在法庭上很難更改證詞。

伊豆原擔心這種情況的發生，因此原本希望製作錄音檔，作為辯方的證據，如今已經不可能了。

「如果你認為是我的疏失，到時就由我來詰問。」桝田態度強硬地說。

「不，竹岡是對我說了新的證詞，由我來詰問，才能夠向她施壓。」

伊豆原慌忙回答。桝田用鼻子哼了一聲，似乎認為既然這樣，就不要再有什麼怨言。

重新委託的精神鑑定意見書已經出爐，精神科醫生認為野野花雖然有月經不順和心情鬱悶等因為拘禁造成的壓力反應，但並沒有發現足以懷疑她有代理型孟喬森症候群的精神傾向，律師團對這份意見書沒有任何不滿。

沒想到桝田在這件事上提出意想不到的提議。

「關於鑑定結果，是否把之前安永醫生的那份報告也一起交出去？」

「為什麼？」

安永的鑑定結果並沒有否定檢方的鑑定結果，律師團交出這份鑑定報告根本沒有意義。

「我們一直遲遲沒有提出報告，八月才終於做了鑑定，檢方應該已經猜到，之前的鑑定結果不理想。」

「那有什麼關係？」伊豆原說，「如果問到這件事，我們可以實話實說，因為發現最初找的專家和檢方的鑑定醫生來自相同的醫療機構，判斷無法保持客觀性。」

「不光是因為這樣……」桝田不滿地說，但遲遲沒有說完。

「還有什麼原因？」伊豆原問。

桝田苦惱地沉默片刻後，終於開口。

「伊豆原，你有確信可以在這場官司中贏得無罪判決嗎？」

「我當然會努力贏得無罪判決，」伊豆原說，「而且我也確信她是清白的。」

「我並不是在問你的鬥志和心證，」桝田說，「而是問你有沒有把握可以打贏官司。」

「你到底想說什麼？」

「你在意的休息室聊天時間這件事的確很有意思，但這並非神兵利器，打官司並沒有這麼簡單，無法光靠這件事獲得無罪判決。我並不是因為破壞了你把這件事證據化，才說出這些話。」

的確無法光靠這件事讓別人確信野野花無罪。證詞中提到的聊天內容，一字一句都和當時一樣嗎？聊天時間的計算不是有人為調整的空間嗎？伊豆原甚至無法消除盤踞在由惟內心的這些疑問。正因為這樣，很希望能夠錄下當事人的聲音成為呈堂證供，但就算錄了音，也無法成為絕對證據，沒有人能保證陪審團能夠百分之百理解伊豆原的堅信。

「我至今仍然記得貴島律師在病房內說的話，」桝田說，「他說不能讓小南女士站上死刑台。」

伊豆原也記得這件事。廢死論者貴島用很有自己風格的話語，激勵伊豆原和桝田奮發。

但是，在伊豆原第一次去病房探視貴島時，貴島並沒有提及以前贏得無罪判決的經驗，而是分享了讓原本的死刑成功改判無期徒刑的事。貴島也無法建立野野花無罪的心證，伊豆原認為貴島的那番話似乎在暗示這一點。桝田可能在不知不覺中受到了貴島的影響。

「檢方針對性地使用代理型孟喬森症候群的鑑定結果，試圖讓包括她女兒成為受害者的動機和殺機同時成立，顯然打算求處死刑。如果無法確信可以贏得無罪判決，當然可能被判有罪，甚至可能被判處死刑。」

如同他們之前所認為的，檢方試圖證明野野花對那幾名病童充滿殺機，雖然不知道檢方是否會求處死刑，但事到如今，沒有樂觀的理由。

桝田似乎認為，既然這樣，就必須採取相應的措施，避免檢方祭出這一招。

「你的意思是，向法庭提出律師團的鑑定出現了相同的結果，保留陪審團認定所有的行為都是代理型孟喬森症候群造成的可能性嗎？」

也就是說，桝田刻意保留讓陪審團做出這種判斷的餘地。

伊豆原雖然能夠理解，但無法同意這個提議。

「不行，」伊豆原搖了搖頭，「如此一來，陪審團會以為律師團也認為野野花可能有罪。」

「並不至於像你想的那樣，」桝田眼神黯淡，只是嘴角微微上揚，浮現僵硬的笑容。「我們只是提出客觀的資料而已。」

伊豆原所認識的桝田沒有這種複雜的笑容，他注視著桝田，再次搖搖頭。

「你是不是在貴島律師離世之後，快被自己必須承擔的責任壓垮了？」

伊豆原認為桝田原本就不是那麼堅強的人，為可能會被求處死刑的案件擔任辯護工作，顯然心有餘而力不足。

「我並沒有被壓垮，」桝田滿臉不屑地說，似乎表示要收回剛才的玩笑話。「我只是說出了臨時想到的想法，更何況那是貴島律師生前委託的鑑定。」

「無論是誰的委託都不重要，我們必須盡最大的努力為小南女士洗刷冤罪。」

「我知道。」

桝田說完後聳聳肩，眼神空洞無力，伊豆原無法滿意他這種態度。

如果說這種態度源自庭前準備程序即將結束的焦慮，伊豆原並不是不能理解他的心情。之前曾經聽說，在無法預測事態發展的陪審團審判案件中，庭前的準備程序庭經常會拖很長的時間，一方面是由於篩選證據和證人的過程很耗時，同時也因為辯方擔心有所疏失，過度謹慎地檢討是否有所遺漏所致。

在這起案件中，恐怕無法繼續拖延準備程序，於是就不得不意識到開庭的事，因此會產生某種恐懼。

必須做點什麼的想法反而會導致舉棋不定。

但是，如果因此陷入至少要避免極刑的思考絕對是錯誤。

如果無法洗刷野野花的冤罪，就無法拯救她。

「貴島律師離世的事太令人惋惜了，失去了如此傑出的法律人士，我們也深感遺憾。」

十月召開準備程序庭時，櫻井審判長首先表達了哀悼。

「今後將由誰擔任律師團的團長？」

「由我桝田擔任。」桝田舉手回答。

起初是桝田擔任這起案件的國選辯護人，伊豆原對他擔任律師團團長沒有任何異議，但桝田似乎並不打算邀請其他律師加入，填補貴島的空缺，令伊豆原產生疑問。伊豆原很希望可以增加人手，而且仁科栞也對這起案件很感興趣，之前曾經問桝田，是否打算補充人員，但他可能擔心新人加入反而會攪局，所以並沒有點頭答應。

「上次律師團表示可以提出的那項證據，目前情況如何？」

櫻井審判長向他們確認關於休息室聊天時間的證據是否已經完成。

「很抱歉，」伊豆原回答，「我方無法如願獲得相關人員的協助，目前打算在證人詰問時提出我方的主張，內容是關於估算三個人在休息室內聊天的時間後，發現小南女士很難在剩下的時間內犯案，因此這次提出這項預定主張。」

「所以在時間上是否有可能犯案是爭點。」櫻井審判長確認了記載預定主張事項的書狀後問檢察官：「檢察官有什麼意見嗎？」

「根據我方的確認，休息室內的聊天內容並非如辯方所主張，我方認為有充足的犯案時間，屆時將全面反駁。」江崎檢察官表達出應戰的態度。

關於休息室內的聊天時間，如果能夠蒐集到三個人的證詞，當然就無懈可擊，但目前似乎無法再指望川勝春水能夠說出符合辯方主張的證詞，就算竹岡聰子能夠證實之前對伊豆原說的內容，只要川勝春水否認，說不記得聊過這些內容，效力就會減弱，目前只能期待竹岡聰子的證詞。

但是，從江崎檢察官的態度，似乎可以感受到他的自信，不會讓竹岡聰子說出不符預期的證詞。伊豆原感受到形勢很不利。

其他切磋事項也在嚴肅的氣氛中進行。

「關於小南女士的小女兒紗奈，屆時將請她在法庭上說明母親小南女士無私奉獻的陪伴照顧情況，以及並沒有任何刻意導致她病情惡化的言行。但她年紀尚小，同時是案件的被害人，會在法庭上看到媽媽坐在被告席上的身影，她的立場很複雜，必須顧慮到她的精神狀態，因此基本上會朗讀事先寫好的文章，補充證人詰問的發言。」

控方並沒有提出特別的意見，於是同意辯方聲請紗奈以證人身分出庭。

「關於小南由惟的筆錄，之前辯方意見保留，不知目前的決定如何？」

「由惟的筆錄是在案發之後，她的精神狀態很不穩定的情況下所做的筆錄，因此我方認為很難說她清楚表達了自己所認知的客觀事實，但是她目前的心情仍不穩定，認為自己沒有自信能夠出庭作證，因此我方結論是只能不得已同意證據調查聲請。」

「那法庭就針對這份筆錄進行證據調查。」

懸案事項大致整理完畢後，江崎檢察官提到在之前準備庭中已經處理完畢的問題。

「關於上上次準備庭中，辯方不同意筆錄，決定聲請護理師庄村數惠以證人身分出庭作證一事，上個月，她在新的工作單位發生跌落意外，雖然並沒有生命危險，但必須長期住院，以目前的狀況，可說很難出庭。」

庄村數惠是案件發生後，辭職離開古溝醫院的護理師之一，聽說她搬回了宇都宮的娘家。

「關於這位護理師的證詞，案發當時，她在護理站中央的桌子旁寫護理紀錄，從被告手上接過餅乾，之後聽到被告前往休息室，認為被告走進護理站到敲後方休息室的門大約十五秒到二十秒左右，不知道被告什麼時候走出休息室，並沒有說出對被告特別不利的證詞，主要是補充事實相關的內容，請辯方考慮目前情非得已的狀況，重新檢討同意該份筆錄。」

庄村數惠的供詞內容的確和當時在護理站內的畑中里咲並沒有太大的差異，而且今年初春時，當時還能夠行動自如的貴島曾經拜訪庄村數惠，但沒有問到任何筆錄以外的內容。

「辯方的意見如何？」

桝田的想法可能和伊豆原相同，聽了櫻井審判長的問題後，沒有徵求伊豆原的意見，就很乾脆地同意說：「有鑑於目前的狀況，辯方同意控方的要求。」

「那麼，目前已經開示了所有證據……」櫻井審判長看著手上的紀錄，「辯方因為貴島律師離世，可能很難專心投入，你們的時間足夠嗎？準備程序庭到此結束沒問題吧？」

審判長的言下之意，就是如果辯方對進入審理程序感到不安，可以再開一次準備程序庭，讓辯方有充分的時間準備。伊豆原很想接受審判長的好意。

但是，若是有了更多時間，能有什麼新的對策嗎……伊豆原還在猶豫，但桝田已經回答說：「沒問題。」

桝田完全是在逞強，如今辯方並沒有能夠毫不猶豫回答這個問題的自信，桝田似乎為了掩飾準備程序庭前開會討論時的不安心理，才會虛張聲勢。

「那就針對本案的爭點和證據整理進行最後確認。」

櫻井審判長開始進行準備程序的總結。

櫻井審判長決定在一月中旬開庭審理後，結束了最後一次準備程序庭。

「江崎先生，」三名法官退庭後，野野花和看守所管理員一起走出法庭，伊豆原叫住了江崎檢察官。「是否可以請你協助說服川勝春水和竹岡聰子，接受我方的庭前確認？」

江崎檢察官微微挑動眉毛，嘴角掛著一抹冷笑。

「我為什麼要做這種事？」

「醫院方面的態度硬化，我方不得其門而入。」

「那是因為你們惹事生非，這根本是咎由自取。」

「當然，我們會為之前的事道歉，在本案審理中，她們的證詞是關鍵，我希望能夠當面向她們傳達這件事的重要性。」

「既然這樣，更不該由我來做這件事。」他冷冷地說，「這已經不是不趁人之危，根本是向敵人雪中送炭了。」

「我不知道你對這起案件的看法，但本案明顯是冤罪案件，」伊豆原在靠近他的同時說道：「現在不該拘泥於無聊的勝負之爭，你身為本案的檢察官，一旦在你的手上製造冤案，你之後一定會後悔。」

伊豆原故意嚴詞批評，江崎表現出挑釁的態度一笑置之。

「你說的話太好笑了，我們只是做好自己的工作。即使……」江崎停頓了一下，似乎要強調這句話，然後看著伊豆原說：「就算發生了冤案，我也不認為是我的過錯。這起案件是用這個國家的法律進行公正的審判，無論結果如何，都沒有理由要求我們檢方負責。如果該由我們負責，你們律師的存在目的是什麼？難道你以為在目前的司法制度中，律師只是擔任冷嘲熱諷的角色嗎？」

伊豆原面對江崎猛然的反駁，無言以對。

「如果萬一發生冤案，該負起責任的不是別人，百分之百要由你們律師負責。只有你們律師的使命是保護被告，如果無法保護被告，就該痛恨自己的能力不足，沒有理由把責任推卸到別人身上。」

伊豆原找不到話反駁，再次體會到自己肩負的重大責任。

面對像江崎這種鐵面無私的人，無論自己說什麼，都會覺得只是藉口。反過來說，就因為面對的是這樣的對手，更必須千方百計贏得無罪判決，否則就等於沒有盡身為辯護人的職責。

「你說得沒錯，」伊豆原說，「但正因如此，我要再次拜託你，是否可以說服川勝小姐、竹岡小姐和我們見面，我可以在這裡跪下來求你。」

江崎檢察官似乎沒有料到伊豆原會這麼說，微微收起下巴，露出一絲妥協，似乎覺得既然伊豆原說到這種程度，勉為其難答應未嘗不可。

「別鬧了！」沒想到桝田插嘴，「律師在神聖的法庭向檢察官下跪成何體統！」

江崎聽到這句話，立刻恢復冷靜的眼神。

「果然英明睿智，」他帶著從容不迫的笑容說，「不愧是律師團團長。」

伊豆原覺得江崎的語氣中帶著揶揄，但桝田照單全收，帶著驕傲挺起胸膛對伊豆原說：「我們走吧。」

21

九月之後，紗奈開始就讀位在錦糸町的自由學校。

紗奈藉由舞蹈團認識原舞花等平井中學的學生後，一直希望回學校上課，但由惟仍然無法忘記之前學校發生的事，無法點頭答應。更何況紗奈不去上學後，曾經為此鬆了一口氣的校方和家長會不可能默不作聲，即便紗奈交到了朋友，那些人不敢再明目張膽地霸凌紗奈，但背地裡說陰險壞話或是找麻煩的情況不可能消失。

雖然不能說是替代方案，但由惟同意紗奈去自由學校。舞蹈團內有人在自由學校就讀，而且以前讀自由學校的三崎涼介現在仍然不時會去那裡。由惟內心很肯定他對學弟妹的照顧，便勉勉強強地同意。

起初有點擔心紗奈是否能夠適應自由學校，但一段時間過後，發現紗奈仍然滿臉開朗的神情。紗奈說，學校的老師很好，感覺像是去了一個可以自由自在讀書的補習班。雖然那裡有標新立異的學生，但紗奈並沒有被霸凌的跡象，而且還有舞蹈團的朋友照顧，似乎比她獨自在家學習快樂多了。

紗奈天生個性樂觀不乖僻……由惟看著紗奈，深有感慨地這麼想，很慶幸在經歷生病和這起案件之後，紗奈的這種性格仍然沒有改變。

由惟卻完全沒有餘裕享受目前的生活，也許一方面是因為由惟本身的個性就不像紗奈這麼無憂無慮，但就算撇除這一點，由惟身處的環境也完全稱不上愉快，每天早上去上班時，就開始煩惱不知道今天又必須忍受怎樣的痛苦。

專務前島京太用嗜虐成性的態度對待由惟已經成為日常，在八月的冰淇淋事件之後，他都叫由惟「賊仔」。社長在場時，他當然不敢造次，但社長去修車廠或是回到住家後，他就猴子稱大王，經常把由惟當傭人般使喚，要她去買一些根本不重要的東西。

「妳要五分鐘以內買回來。」

這一陣子餘暑未消，前島京太每天傍晚忙完之後，都會叫由惟幫他去買冰淇淋。如果要在五分鐘內買回來，沿途都必須小跑步，但有一次最近的那家便利商店沒有他要的冰淇淋，於是由惟買了前島京太喜歡的哈根達斯冰淇淋回來。

「妳為什麼擅作主張買不同的冰淇淋回來？既然沒有，不會去其他便利商店買嗎？如果不知道該怎麼辦，可以打電話回來問啊。」

當時，前島京太怒目圓睜地責罵由惟，但由惟覺得只是買冰淇淋，沒必要打電話確認，但前島京太無法理解這種想法。

到底該以時間為優先，還是以商品為優先？由惟必須為這種無聊的問題煩惱、傷神，最後還好像理所當然地挨罵。難道是由惟太不經世事，才覺得很莫名其妙嗎？她越來越搞不懂自己該如何思考，只能咬緊牙關忍耐。

「妳去重買。」前島京太說，「如果妳把錢還給我，我就勉為其難吃一下。」

由惟覺得再去重買很無聊，而且已經超過傍晚五點了，她很想趕快回家，於是就拿出了皮夾。

她拿出符合收據上金額的零錢，放在前島京太的桌子上。他無趣地瞥了一眼，向由惟揮揮手說：「開玩笑的，如果讓妳出錢，那我就和賊仔沒兩樣。有一個冰淇淋賊仔就夠了。」

他說完這句話，看向在場的其他同事，似乎希望其他人跟著笑，然後心情愉悅地開始吃冰淇淋，好像什麼事都沒發生過。

由惟把零錢放回皮夾，收拾完東西後，打卡下班，踏上回家的路。她的心太累了，眼淚已經流不出來。

只要前島京太走進辦公室，總是會用這些或大或小的理由找由惟的麻煩，這種事幾乎每天都會上演。

上次的冰淇淋事件後，當辦公室只剩下赤城浩子和由惟兩個人時，赤城都會說前島京太的壞話，似乎在袒護由惟，但是由惟對她之前的行為仍然耿耿於懷，無法附和她的這種言行。不久之後，赤城敏感地察覺到由惟內心的疙瘩，後來就算只剩下她們兩人，她也不再主動找由惟說話。

「小南，昨天專務回辦公室時說，那傢伙這麼快就回去了嗎？天氣很熱，他原本可能打算要妳幫他買冰淇淋。」

十月後的某一天，赤城浩子難得主動和由惟說話，沒想到是對她每天一到下班時間就回家這件事提出忠告。

由惟負責的事務工作並不需要當天完成，基本上並不需要加班。下班時間是傍晚五點，如果下班打卡的時間超過三十分鐘，公司就要付加班費。有一次她處理完一些瑣碎的雜事才打卡，結果超過了五點半，專務眼尖地發現，然後挖苦她說：「妳不要想領加班費就賴著不走！」即使在傍晚五點要求由惟幫他買東西時，也會催她快去快回，以免變成加班。

由於曾經發生過這種事，所以由惟每次下班後不會停留超過十分鐘，沒想到前島京太為這件事挑剔她。

由於赤城浩子的提醒，於是這天由惟等到快五點半時才離開，赤城浩子比她早回家。

但是修車廠似乎很忙，由惟留在辦公室期間，包括前島京太在內，沒有任何人回到辦公室。

隔天，由惟一走進公司，維修工人看著作業表，不知道在討論什麼，二十多歲的阪本問她：

「小南，妳昨天有沒有看到有一個銀行的信封掉在辦公室地上？」

「嗯……我沒看到。」

由惟順著他的視線看著地上，她不記得曾經看過銀行的信封。

「裡面有十萬圓，要買室內足球隊的制服，我向大家收了錢，準備要付給廠商。」

阪本這麼說，不過由惟根本不知道。

「我在午休時，曾經把皮包從置物櫃裡拿出來。如果不小心掉了，應該就是那個時候。」

阪本似乎很沮喪，愁眉苦臉地說，由惟向周圍張望了一下，並沒有看到什麼信封。「如果我看到會告訴你。」由惟對他說了這句話，就開始忙自己的工作。

那是一大筆錢，她能夠理解阪本的沮喪，但這家公司的員工很多人都有點懶散，要求他們填寫資料後交給公司，他們也都遲遲不交。平時經常聽到他們說掉了什麼東西，或是工具找不到，因此由惟聽了阪本說的這件事，並不覺得有什麼問題，只覺得可能改天就會在某個地方找到，不認為是什麼嚴重的事。

午休時間，由惟坐在自己的座位上吃便當，正在看伊豆原傳來的訊息，說打算傍晚去她們家，聽到在牆邊看出勤卡的前島京太叫她的名字。

「妳昨天比赤城晚下班回家嗎？」

「是。」

「是留下來做什麼工作嗎？」

「不是。」

由惟不知道他問話的目的，擔心他又要挑毛病罵自己，於是警戒地結巴起來。

「妳沒事一個人留在辦公室嗎？」

前島京太話中有話，讓由惟心裡發毛。

「赤城姊說，專務可能會要我幫忙買東西，叫我不要一下班就回家。」由惟無奈之下，只好這麼回答。

「買東西？」前島京太皺起眉頭，「昨天工廠那裡忙得要死，哪有時間叫妳去買東西？」

「我可不是這個意思。」坐在自己座位上的赤城浩子慌忙插嘴，「我只是說，前一天專務在找妳，怎麼可能叫妳不要一下班就回家？」

但是，這句話的言外之意，不就是這個意思嗎？由惟對赤城的託詞有點生氣。

「只要看作業表，就會知道當天修車廠那裡很忙，或是可以提早收工。」前島京太說，「赤城的意思是說，在我們可以提早收工的日子，妳要倒茶給我們之後再下班。」

「沒錯，沒錯。」

赤城浩子昨天明明不是這個意思，現在卻點頭如搗蒜地說。

「像昨天這種日子，妳留下來有什麼用？」前島京太嘀嘀咕咕，然後看向正在吃便利商店便當的阪本問：「阪本，錢找到了嗎？」

「沒有。」阪本仍然滿臉愁容，搖搖頭。

「昨天中午之前，的確還在嗎？」專務問。

「我的確放在皮包裡。」阪本回答，「而且我昨天只有午休的時候打開過皮包，但當時只拿了手機和毛巾出來，並沒有確認信封有沒有在，之後皮包就一直放在置物櫃裡，如果不小心掉了，就只有那個時候。回家的時候發現不見了，就邊走邊找，走了一百公尺左右回到這裡，但都沒有找到。」

「太奇怪了。」

前島京太在說話時，瞥了由惟一眼。他似乎在觀察由惟，由惟發現他在懷疑自己。由惟很想說，自己完全不知道這件事，但前島京太這個人疑心病很重，如果急著澄清，讓他覺得別人沒有問，就主動跳出來說明，根本是此地無銀三百兩，反而會更加懷疑。由惟很尷尬，默默移開視線。不知道前島京太如何理解自己的舉動，由惟只覺得他一直看著自己。

午休時間沒有再提這件事，由惟在午休結束後，仍然很不自在，但還是開始工作。維修工人都紛紛去修車廠上工，由惟和剛才迎合專務的赤城浩子之間的氣氛很微妙，兩個人完全沒有交談。

傍晚不到五點時，專務獨自從修車廠回到辦公室。

今天可能修車廠那裡沒有很忙，可能專務要處理什麼工作。由惟放下自己的工作，為他倒了茶，做好了他會提出要自己去買冰淇淋的心理準備。

但是專務沒有提這件事，目不轉睛地看著由惟放在他面前的茶，然後緩緩抬頭看著由惟問：

「置物櫃的備用鑰匙都是由妳保管吧？」

「備用鑰匙？」由惟不記得自己有保管備用鑰匙，不自覺歪著頭。

「就是那裡的櫃子，妳不是可以打開嗎？」

「喔……」

由惟看向放在牆邊的小櫃子。裡面除了各種合約以外，還放著公司的印章、會計相關的資料，由惟他們使用的筆電都會收去那裡，平時經常會去拿東西或是放東西。由惟想起裡面的確有一串鑰匙，但她對到底是什麼鑰匙完全沒興趣，當然不知道那是置物櫃的鑰匙。

正因為這樣，她根本不認為自己「管理」置物櫃的鑰匙。那個櫃子的鎖是撥號盤式，赤城告訴她，只要右三、右三、左八就可以打開，於是她就這樣使用。

「修車廠的人都不知道打開的方法。」

赤城的確叮嚀她，要求她不要告訴維修工人，但是那又怎麼樣？

「我沒有碰過鑰匙。」由惟清楚知道專務為了阪本的事在懷疑自己，於是這麼回答。

「那妳認為放在置物櫃裡的錢為什麼不見了？」專務帶著好像在逼向獵物的眼神問由惟，「妳昨天有看到誰在翻動阪本的置物櫃嗎？」

雖然二樓更衣室也有放便服和工作服的置物櫃，但通常都不會把貴重物品放在那裡，而是放在辦公室的小型置物櫃，從由惟的座位可以看到這個小型置物櫃。

「之前有維修工人手腳不乾淨，會隨便打開更衣室的置物櫃。他有竊盜前科，明知道會最先懷疑他，但還是忍不住做這種事。最後當然逮到他了，把他開除。那次之後，就在辦公室內多放一個置物櫃，要求大家把貴重物品放在這裡。我年輕的時候，雖然經常打架鬧事，但最討厭別人手腳不乾淨。偷東西的壞習慣改不了，說起來是一種病，說了也不會改，所以很難纏。」

這番話完全是在懷疑自己。由惟越聽越生氣。

「話說回來，也不能排除像阪本說的，不小心從皮包裡掉出來的可能性，但如果是這樣，我相信撿到的人會說出來。目前公司的人在錢的方面都不會吝嗇，就算賭博，也只是小賭怡情而已。我很瞭解每個人的情況，如果一起去吃飯，大家都會出錢，只有妳找各種理由，擺出一副不想亂花錢的態度。我知道妳媽媽打官司要花不少錢，妳很缺錢，但這是兩回事啊。」
「我沒有撿到任何人掉的東西，也沒有從置物櫃裡偷錢。」由惟氣得聲音發抖。
「那妳覺得是誰偷的？」他問，「昨天社長在六點的時候第一個離開工作區，在六點半之前，沒有人回到辦公室。阪本在六點半回來這裡，修車廠的人根本沒有時間翻置物櫃。如果是外人來偷東西，應該會破壞所有置物櫃，還會把大家的皮夾偷走。只有知道內情的人，才會只偷走阪本裝了十萬圓的信封。妳應該有在午休時聽到阪本要製作室內足球隊制服的事吧？」
「就算聽到他說這件事，我也不知道制服的錢在他手上。」
由惟只是回答了理所當然的事，但前島京太仍然用懷疑的眼神看著她。由惟忍無可忍，別過頭去。
「只要我看妳，妳就會馬上把視線移開。」他用低沉的聲音說，「難道妳不知道自己的行為在別人眼裡有多可疑嗎？然後還明目張膽地裝糊塗。之前偷吃了我的冰淇淋，丟在旁邊的垃圾桶，然後一副不是妳幹的樣子。賊仔明知道遭到別人的懷疑，還會若無其事地說謊抵賴，根本就是有病。」
「我並沒有吃冰淇淋！」由惟終於再也無法忍受了。
「什麼？」專務皺起眉頭看著由惟。
「是赤城姊吃的，不是我。」
專務默默注視由惟片刻，然後看向坐在自己座位上的赤城。

赤城大吃一驚，看著由惟說：

「妳、妳在說什麼？小南。」赤城結結巴巴，但仍然佯裝不知。「太驚訝了……為什麼扯到我身上？」

她眼神飄忽，但拚命否認自己的行為。

「小南，妳怎麼了……為什麼會這樣？」

由惟不敢相信。

專務冰冷的視線再度看向由惟。

「是真的……不是我吃的。」

「妳真的太有問題了，」專務皺著臉，不悅地說：「事到如今說這種話，有誰會相信？」

「那時候……那時候……」

那時候赤城很窘迫，而且覺得竟然有人為了冰淇淋大呼小叫很莫名其妙，所以由惟就沒有特別澄清……由惟很想這麼說，但各種情緒在內心翻騰，很想開口，但聲音在發抖，她無法說話。

不，也許是因為說了也不會有人願意相信，這才讓她無法開口。

由惟不知道該怎麼辦，她無法控制情緒，淚水撲簌簌地流了下來。

專務冷冷地咂著嘴。

「啊呀，今天也忙了一天。」

前島社長一如往常地輕鬆走進辦公室，修車廠的年輕人都跟著社長，三五成群地走了進來。

「由惟，妳怎麼了？發生什麼事了？」社長看到由惟在哭，驚訝地問。

「也不是發生什麼事，」專務回答，「阪本裝錢的信封不見了，我問她有沒有看到，多問了她幾句，她就突然哭了。」

「嗯。」社長為難地沉吟了一聲，「是不是你問話的語氣不好？雖然只是問有沒有看到，如果用懷疑的語氣問，任何人都會受傷。遇到這種微妙的問題時，要特別注意說話的語氣。」

「不，她真的很可疑，」專務說，「上次還擅自吃了我放在冰箱裡的冰淇淋……」

「冰淇淋？」社長滿臉不屑，「誰看到都會吃啊。」

「不，她當時道歉說對不起，現在卻說是赤城吃的，不是她吃的。」

「啊？」

「赤城也嚇了一跳，說為什麼突然賴到她身上，而且冰淇淋的杯子就丟在她旁邊的垃圾桶，我就說她怎麼可以這樣。」

「嗯，」社長再度為難地看著由惟說：「由惟，不可以推到別人身上……這樣不太好。」

由惟似乎失去了唯一的支持者。

「話說回來，你也不需要為冰淇淋大呼小叫，」社長責備專務，「阪本的錢那件事另當別論，這種事要小心調查，但真的很傷腦筋。」

社長似乎想要解決目前的問題，但完全沒有任何進展，就回去後方的住家了。在辦公室角落看著這一幕的阪本走過來。

「如果妳撿到信封，明天還給我，我不會生氣。如果沒有那筆錢，我真的會很傷腦筋。」

阪本嘀咕後，走去二樓的更衣室。

「哭不能解決問題，」維修人員都去了二樓後，專務故意大聲嘆著氣說：「妳好好想一個晚上，要搞清楚自己的身分。如果被我們公司開除，妳可沒辦法在其他地方輕易找到工作……」

專務還沒有說完，由惟就起身拿了皮包，沒有打卡，直接逃出辦公室。

到底怎樣才能說清楚？

無論說什麼，無論做什麼，應該都無法改變目前的結果……由惟自暴自棄，心灰意冷地走在回家路上時，一直在想這件事。自己生活在一個無論多麼認真生活，無論再怎麼積極努力，都無法受到肯定的環境中，完全沒有任何解決之道，只是要不要忍耐而已。

但是，她覺得已經超出忍耐的限度。

無論在搭電車時，還是走回家的路上，視野始終被淚水模糊，她只能努力不讓淚水流下來。

回到公寓，一打開家門，她在玄關站著不動。

「妳回來了。」

客廳亮著燈，傳來紗奈的聲音。

「妳回來了。」

伊豆原盤腿坐在客廳門口，轉過頭，伸長脖子向她打招呼。

由惟沒有脫鞋子，站在原地，努力忍著淚水，但還是失敗了。聽到他們的聲音，原本緇緊的情緒起伏，然後好像崩潰般變成淚水。

「怎麼了？」

伊豆原忍不住直起膝蓋，看著由惟。紗奈好奇地探出頭。

「我……不可以逃嗎？」由惟泣不成聲地問伊豆原，「一旦逃走就輸了嗎？就算天塌下來，我都必須繼續做目前的工作嗎？」

「發生什麼事了？」伊豆原問，然後搖搖頭。「沒這回事，沒有任何工作是天塌下來也必須繼續做下去。」

「妳可以辭職啊。」紗奈跑到由惟身邊，用力抱住她。「一定會有辦法的。」

紗奈嬌小的身體緊緊抱著由惟，由惟放聲大哭起來。

「阪本那傢伙，把信封放在另一個沒有帶來公司的皮包裡，那個信封根本就沒帶來公司。他回去一找，才發現在那個皮包裡，於是跟大家道歉，說驚動了大家。專務沒有查清楚，就對妳說了很多失禮的話，我會要求他道歉。妳可不可以原諒他？」

由惟隔天沒有去上班，社長打電話來告訴她這件事。

但是，由惟傷透的心已經回不去了，只對社長說，她要辭職。

「對了，我太太說，她打算把孩子送去托兒所，重回工作崗位，但托兒所遲遲排不到名額，正在為這件事傷腦筋。在找到托兒所之前，可不可以請妳暫時來我家當保姆？」

由惟回家後放聲大哭的那一天，伊豆原聽了由惟在公司遇到的事，確認她打算辭職後如此提議。

當時由惟無暇思考這件事，沒有當真。幾天之後，伊豆原再次上門，問她：「心情平靜了嗎？上次和妳提到保姆的事，我回家問了太太，她很歡迎，很希望妳能夠幫這個忙。雖然我們沒辦法支付高薪，但至少可以保證和妳目前在這家公司相同的薪水。不必擔心，我太太是很優秀的律師，只要她回去工作，賺的錢可以支付妳的薪水。」

「但是，我從來沒有照顧過小嬰兒。」

由惟覺得自己完全沒有育嬰的基本知識，不可能勝任這個工作，有點畏縮。

「別擔心，別擔心，該做的事都會教妳，如果遇到問題，可以隨時打電話問我們。」

既然這樣，那就姑且一試。由惟在伊豆原的鼓勵下點頭答應。她豁出去了，覺得萬一有什麼狀況，他們不能怪罪自己。

這件事就這樣談妥了，伊豆原離開之後，她用積極的心態面對這件事，覺得要好好照顧嬰兒。

她覺得伊豆原是好人。雖然他之前就很親切，很關心她們姊妹，但由惟完全沒有意識到這件事。因為她完全沒有餘裕思考，而是直接認定他所做的一切都是為了官司。

但是，律師通常不會把自己心愛的孩子交給透過辯護工作認識的被告女兒，如果缺乏信賴，根本不可能這麼做，由惟對伊豆原如此信賴自己感到震驚。

隔週星期一，由惟前往伊豆原在月島的公寓。伊豆原的妻子千景看到由惟手上拿著利用週六和週日苦讀的育兒指南，笑著對她說：「我老公說妳做事一絲不苟，看來他說的沒錯。」

「因為我沒有自信。」由惟坦承，「但是我會努力做好。」

千景聽了由惟的話，笑著點點頭說：「太好了。」

當天和隔天的白天，由惟一直跟在千景身旁，學習如何照顧他們的愛女惠麻。

惠麻才六個月大，除了開始吃副食品之外，可以短時間坐起來，在嬰兒床上的活動能力越來越強，每天都有新的變化。

「我起初因為是新手媽媽，什麼都搞不懂，整天手忙腳亂，不久之後就放寬心了，覺得太操心也沒用。」千景說，「於是我告訴自己，無論是處驚不變，或是整天操心，我對她的愛都不會改變。只是一旦開始工作，就會好奇不知道惠麻目前在幹什麼，所以遇到任何狀況，妳都可以隨時打電話給我，不要有任何顧慮。另外，如果她開始學爬的時候，希望妳幫我拍下來。」

「我知道了。」由惟在回答的同時，深刻體會到自己的責任，必須代替親生媽媽給嬰兒滿滿的愛。

「生了孩子之後，深刻體會到母親有多麼愛我，內心充滿感激。」千景深有感慨地說，「我聽說妳對媽媽很不諒解，」她調皮地看著由惟，「但妳從小到大，並沒有被虐待的經驗吧？我可以向妳保證，妳媽媽在妳身上傾注了滿滿的母愛，妳才能成為這麼出色的人。」

由惟不知道該如何回答，她並不覺得媽媽不愛她，但不知道如何釐清糾結的感情，只能告訴自己，現在還需要一點時間。

對由惟來說，開始當保姆的新生活，無疑洗滌了她原本滿是污泥的心靈。

獨自照顧惠麻的生活，從惠麻怕生而哇哇大哭拉開序幕。由惟經常因為她今天吃了很多千景在出門前做的副食品，或是今天吃得很少而一喜一憂。看到她被自己逗得發笑時，高興得心都融化了；看到惠麻在自己的臂彎中熟睡的樣子，就舒服得很想和她一起睡。

在她開始當保姆兩個星期後的星期天，伊豆原來到由惟家。千景在週六和週日會自己照顧惠麻，由惟可以休息。

「適應保姆工作了嗎？」伊豆原一看到由惟，就這麼問。「惠麻目前剛好是認人的時期，有時候我逗她，她也會哭給我看，但越是這個時期，就越要接觸父母以外的人。我太太說，多虧有妳幫忙。」

伊豆原用這番話慰勞她。

「伊豆原律師，我也想去你家玩。」紗奈在一旁說。

「下次來玩啊，整天都是我來妳們家打擾，很不好意思。」

他今天上門似乎並非只是來探望由惟姊妹，而是為了官司的事。

「紗奈，妳的信寫好了嗎？」

就是紗奈要在法庭上朗讀的那封信。由惟之前堅持拒絕寫信，也拒絕在法庭上作證，現在因此有點尷尬。

「我寫好了。」紗奈從書桌抽屜中拿出裝在信封內的信，抱在胸前說：「但是不知道寫得好不好……我沒有自信。」

「妳唸看看。」伊豆原說。

「啊？」紗奈猶豫起來。她覺得很害羞。

「妳到時候要在法庭上唸，必須練習。」伊豆原正襟危坐，準備聽紗奈朗讀。「來吧……我和姊姊聽妳朗讀，會提出修改的意見。」

「好，那我就唸嘍。」

紗奈無可奈何地說，從信封中拿出信紙後打開。

伊豆原為紗奈鼓掌，由惟跟著拍手。

紗奈可能有點緊張，連續深呼吸好幾次，最後用力吸了一口氣，下定決心開始唸。

「媽媽，妳好嗎？」

這是紗奈開口的第一句話。沒有誇張的抑揚，沒有感情的表達，只是充滿了純粹的關心，同時摻雜了一絲只有整整一年無法見到母親的十二歲少女，才能散發出的寂寞感覺。這句話如此質樸，卻打動了由惟的心。

紗奈繼續唸著信，信中充滿她對媽媽深信不疑的真切而又純真的感情。

為什麼紗奈能夠這樣坦誠地相信媽媽？

為什麼自己無法這樣坦誠地相信媽媽？

由惟心裡很清楚。

在當時的氣氛下承認了某件事，即使事後否認，別人也不會相信。別人會用有色眼鏡看待，如果周圍沒有支持的力量，任何人都可能遇到像媽媽一樣的狀況。

就算已經體悟了這個道理，但在此刻之前，自己都假裝沒有發現，不願成為媽媽的後盾。因為自己缺乏奮戰的勇氣。

整天抱著腦袋，縮成一團，只想著保護自己。

明明已經被逼得無路可逃，但仍然只想著逃避。別人看到自己膽怯逃竄的樣子，就囂張地攻擊，但自己仍然只顧著逃避，因逃避而疲累，根本無暇思考媽媽的事。

紗奈和自己不一樣，以小小的身體全力奮戰，因此有越來越多朋友和她站在一起。

「——小南野野花的小女兒，小南紗奈。」

紗奈唸完之後大大呼了一口氣。「剛才有點結巴。」她掩飾著害羞說道。

「很棒啊，真的超級棒。」伊豆原比剛才更用力鼓掌稱讚，「完全沒有需要修改的地方，妳可以直接在法庭上唸。」

「真的嗎？」紗奈高興地問，然後看向由惟，立刻為難地說：「啊喲，姊姊。」

由惟用手指擦拭順著臉頰滑落的淚水，她無法否認，不知道該說什麼。

「當然會哭啊……嗯。」伊豆原瞇起眼睛表示理解。

「伊豆原律師，」由惟確認自己的想法後，下定決心開口。「我也要作證，請讓我出庭。」

伊豆原聽了由惟的決心後瞪大眼睛，緩緩地說：

「謝謝，但是對不起，準備程序已經結束，現在已經來不及了。」

根本還沒有開庭審理啊……

難道已經來不及了嗎？

「我……沒辦法幫上任何忙嗎？」

由惟嘀咕的同時，在內心罵自己，明明早就知道了。伊豆原之前曾經多次提出要求，但自己腦筋不清楚，軟弱又頑固，始終沒有答應。

「別擔心，不會對審理造成影響，」伊豆原說，「我知道妳和媽媽站在一起，妳只要守護媽媽就好了。」

「姊姊，我連同妳的份一起說了。」

伊豆原和紗奈安慰她，她為自己的無力而懊惱，又開始哭了。

「改天一起去見妳們的媽媽。」

伊豆原說，由惟點點頭。紗奈終於也忍不住哭了，於是伊豆原又忙著安撫紗奈。

紗奈終於收起眼淚，可能為即將見到媽媽而開心，一下子變得很有活力。三個人一起去車站前的家庭餐廳吃了晚餐，紗奈獨自說個不停。她似乎毫不懷疑媽媽可以在官司中獲判無罪。

伊豆原注視著紗奈，雖然帶著笑容，但並沒有篤定勝訴的樣子。他的表情似乎在說，官司並沒有這麼簡單。

但是，由惟已經幫不上任何忙了。想到這件事，她的心就隱隱作痛。

「我會安排面會的日期，到時候再通知妳。」走出家庭餐廳，伊豆原在回家之前說。

「紗奈，妳今天辛苦了，謝謝妳。」

伊豆原對紗奈說。姊妹兩人為他請客吃晚餐表達感謝，他輕輕點點頭，揮了揮手說：「那我先走了。」

「啊，伊豆原律師。」由惟叫住了已經轉過身的伊豆原。

「雖然和媽媽的事無關……」

「嗯？」伊豆原看著由惟，微微歪著頭。

「之前在車站月台上找色狼案目擊者的那位律師……目前還在找人嗎？」

伊豆原輕輕皺了皺眉頭說：「不太清楚，那起案子恐怕還沒有開始審理，我想應該還在找……妳為什麼問這件事？」

「我看到了。那位律師在找那天的目擊證人，我那天就在電車上，看到有一個男人被當成色狼，然後在月台被人抓住了。」

「真的嗎？」伊豆原驚訝地問。

「對不起，我之前都不敢說。」

「不，沒關係，」伊豆原說完這句話，確認道：「真的是那一天嗎？」

「是的。」由惟說，「我記得很清楚，對方就是古溝醫院那個姓奧野的護理師。那個男人肩上揹了一個鼓鼓的肩背包，不小心撞到奧野小姐，她很生氣地瞪了男人一眼，但那個男人並沒有察覺……」

「奧野小姐很凶，感覺她不可能忍氣吞聲。」紗奈在一旁附和。

「被背包撞到，但她以為遇到色狼了嗎？」伊豆原問。

「感覺是電車搖晃時不小心碰到，那個男人並沒有摸她。我覺得是因為之前背包撞到她時，那男人沒有道歉，所以她很生氣，於是就說他是色狼。」

「這樣啊……」伊豆原有點茫然，「這是重要的證詞，也許妳的證詞可以救那個男人。」

「我可以作證嗎？」由惟問，「有媽媽的事在……而且事情已經過了好幾個月，如果我出面，別人會相信嗎？」

「妳只要實話實說就好。」伊豆原正視著由惟，堅定有力地說。「包括妳之前不敢出面的理由在內，只要實話實說就好。別擔心，實話最堅強有力。」

由惟覺得伊豆原的這句話，堅定了她的決心。

「好。」由惟點點頭。

她覺得自己也終於向前邁了一步。

週一那一天，由惟在伊豆原家中照顧惠麻，傍晚時分，伊豆原比千景更早回到家中。

不一會兒，色狼案件的辯護律師柴田孝彰帶著被告一起上門。柴田一走進客廳，立刻以嚴厲的眼神注視由惟。由惟緊張起來，猜想他因為由惟之前都沒有說出這件事而不悅。

「這位就是遭控是色狼的生嶋直彌。」

柴田逼近由惟的面前，興奮地向她介紹了被告。由於他堅決否認犯案，一直遭到羈押，直到最近即將開庭審理，才終於順利交保。

「自稱是被害人的，就是妳說的那個人。今天請生嶋先生穿了案發當天的衣服，妳還記得嗎？」

生嶋穿著西裝，肩背包揹在肩上。雖然相隔四個多月，但容貌和記憶中完全一致。

「我記得，但當時的背包更鼓。」

由惟回答後，柴田和生嶋互看一眼，用力抓住了由惟的手。

「妳就是我們要找的人，我們一直在找妳。」

「對不起……我……」

柴田興奮的態度讓由惟有點畏縮，她正準備為之前都沒有說出這件事道歉，柴田猛然搖著頭說：

「我聽伊豆原律師說了，妳這麼做，需要很大的勇氣，真的太感謝妳了，請先讓我表達這份感謝。」

柴田身旁的生嶋深深鞠躬。

「請問……有沒有其他目擊證人？」由惟問。

「沒有。雖然有剛好搭那班電車的人，但妳是第一個說看到現場的人。」

車廂內的監視器影像被其他乘客的身體擋住了，無法斷定是否曾經發生猥褻行為。由惟覺得自己責任重大，簡直快昏過去了。同時不禁想，如果沒有說出這件事，後果不堪設想。她已經下定決心，無論在哪裡，她都會實話實說。

由惟把當時看到的狀況一五一十說出來。由於之前不時想起這件事，印象比較深刻。生嶋在聽她說話時不停地點頭表示同意，中途忍不住用襯衫的袖子擦眼淚。他不像在電車上看起來那麼大剌剌，由惟很同情他。

「不瞞妳說，那天我在工作上出錯，被踢出企劃團隊，回家的路上心情差到極點。」生嶋說起案發當天的事，「當時我心情沮喪地胡思亂想，根本沒有顧及周圍的情況，雖然包包碰到別人，我也覺得算了無所謂。當時我處於那樣的心境，所以被當成色狼時，滿腦子只想著擺脫這件事，沒想到事態發展越來越糟糕……警方也認為我在公司發生了讓我心煩意亂的事，才會有猥褻行為。」

一旦否認，被逮捕這件事就會公開，無法再繼續留在公司，但他認為承認自己根本沒做過的事來保住工作，一定會更後悔。正因為這種想法更加強烈，不管羈押時間再長，他仍然持續否認。從他說話的語氣中，可以感受到他複雜的心情，既有被迫面對這種飛來橫禍的嘆息，也有認為奮戰到底的選擇並沒有錯的感慨。

「話說回來，那名女子看起來不是因為誤會被摸，而是被背包撞到，就指認生嶋先生是色狼，真是太惡劣了。」柴田憤慨地說。

「起初可能被背包撞痛了，我看到她皺著眉頭轉過頭。之後電車搖晃碰到她時，她也瞥了背包一眼。」由惟說。

「監視器有拍到生嶋先生上車時，那名女子回頭看了他一眼，和妳的證詞完全一致。」柴田說，「生嶋先生當然無罪，同時對方必須為誣告而負起刑責。」

自己的證詞會讓原本的被害人反而被捕嗎？想到這裡，由惟不由得全身繃緊。如果真是這樣，生嶋在審判中獲得無罪判決，由惟無法發自內心高興，但是，她已經決定要說實話，便不願多想其他的事。

「我曾經和奧野小姐談過一次話，的確可以感受到她個性很強。」伊豆原苦笑，「但如果是誣告，就不是這種程度的問題了。」

「嗯，到時候對方一定會堅稱以為生嶋先生摸她。」柴田一臉嚴肅，「她和你手上的案子有什麼關係嗎？」

「她是案發現場病房的護理師，但她當天上夜班，並沒有直接關係。」伊豆原說到這裡，眼神突然飄忽起來。「但是……她會出庭作證。」

「她要在法庭上說什麼？」

「八成是對案件的印象，像是小南女士在案發之前的樣子，當時病房內的護理師幾乎都會出庭作證。」

伊豆原的語氣中難掩不安。由惟成為色狼案件的證人，會不會導致奧野在媽媽的官司中，說出不利媽媽的證詞作為報復？伊豆原似乎想到了由惟擔心的事。

「沒問題嗎？」柴田很關心，「雖然這種事可能輪不到我來擔心。」

事到如今，如果由惟不願當證人就傷腦筋了。柴田的語氣中透露出他內心的這種想法。

「沒問題。」由惟不等伊豆原開口，就搶先回答。「媽媽的事，就交給伊豆原律師處理。我相信律師會處理妥當，不會對媽媽的官司造成影響。」

伊豆原看著由惟，點點頭，消除了內心的猶豫。

「她說得對。如果奧野在法庭上亂說話，我會用反詰問駁斥。」

「謝謝。」柴田鬆了一口氣說，「我們都要努力爭取無罪判決。」

柴田說改天會再和由惟聯絡後，和生嶋一起離開了。

伊豆原送他們離開後，回到客廳，看著由惟，嘴角浮現了笑容。

「由惟，妳一旦下了決心，就不再猶豫。」

雖然並不是完全沒有猶豫，但可能自己的一板一眼也表現在這種地方。由惟輕輕聳肩苦笑。

兩三天後，由惟跟著伊豆原和紗奈一起來到東京看守所。

走出小菅車站後，沿著冷清的馬路來到東京看守所，伊豆原辦理了接見手續，三個人一起來到二樓。

走進窗口告知的接見室，坐在椅子上等待片刻，不一會兒，壓克力板另一端的房間門打開，媽媽走了進來。

媽媽黯沉的臉上難掩長期羈押生活造成的疲憊，之前整天在醫院照顧紗奈時，都沒有這麼憔悴。

媽媽看到由惟姊妹，雙眼發亮，開心地向她們揮手。由惟和紗奈也拚命向媽媽揮手。

「妳們終於來了。」

「嗯。」

「妳們好嗎？」

「嗯……媽媽呢？」

真的見到了媽媽，卻說不出一句貼心的話。由惟和紗奈只是告訴媽媽她們的近況，跟媽媽說一切都很平安。看守所的接見室有獨特的感覺，由惟很緊張，但媽媽一如往常，我行我素，同樣的話問了好幾次，愣愣地聽著兩姊妹說話，不知道她到底有沒有聽懂她們的話。相隔一年，終於見到了媽媽，雖然深有感慨，但這麼久沒見到的媽媽還是以前每天都看到的媽媽，並沒有情緒激動得說不出話。看到一如往常的媽媽感到安心，回到往日的感覺過於強烈，結果兩姊妹沒有說任何貼心的話。

但媽媽見到她們還是很高興。

「開庭的日子終於決定了。冬天這裡很冷，真希望可以在冬天之前結束，總之，只要再忍耐一陣子就好。」媽媽好像在告訴自己般說道。

「媽媽，等妳出來，我們一起去看白鯨。」紗奈立刻和媽媽約定。

「白晶是什麼？」媽媽訝異地問。

「就是白色的鯨魚，之前不是給妳看過影片嗎？」

「喔喔，就是長得和妳很像的鯨魚。」

「才不像呢。」紗奈反駁，「妳才像白鯨。」

「那可以請白鯨代替媽媽出庭嗎？」

「所以妳要代替白鯨游泳作秀嗎？」紗奈說完後笑了，「太可怕了。」

和媽媽聊對未來的展望，會變成無厘頭的玩笑話，但這正是她們母女三人家庭的氣氛。

「我下次再帶她們來看妳。」

面會快結束時，伊豆原對媽媽說。

「時間到了嗎？」媽媽發自內心惋惜地說，向伊豆原鞠躬。「謝謝你，真的很慶幸你是我的律師。」

伊豆原有點誠惶誠恐，緊閉著雙唇後張開了嘴，不知道想要說什麼，但又猶豫了一下，最後只簡短地說了聲：「別這麼說。」

由惟隱約能夠體會他的心情。目前還沒有開始審理，伊豆原應該滿腦子想著能不能打贏這場官司的問題，很希望在贏得勝利之後再聽到媽媽向他道謝。

想到即將開庭的事，由惟感到無能為力，只能祈禱一切都往好的方向發展。

22

開庭前的準備程序已經結束，照理說，必須開始研究訴訟策略，同時要重新繃緊神經，但和桝田之間卻有一種好像已經完成了一件大事的虛脫感。

律師團只有在十月中旬開過一次會而已，而且是在伊豆原再三催促之下，才終於召開。會議上無論討論什麼事，桝田都百般挑剔，認為這也不行，那也不行，始終在原地繞圈子，不要說討論詰問證人時具體進攻的手段，甚至連方向性都沒有決定。

「你認為檢方會如何求刑？」

比起辯護策略，桝田似乎更在意檢方如何求刑的問題，這證明他在擔心通常認為是求刑打八折的量刑結果，等於在現階段就已經承認，必須考慮到有罪判決的可能性。

「你關心這件事也於事無補啊。」

伊豆原說，桝田點頭表示他知道，但仍然繼續這個話題。

「我想了很多，漸漸認為檢方不會求處死刑。這起案件雖然造成了四人死傷，其中有兩個人死亡，而且被害人是小孩子，遺族的情緒激憤，的確很棘手，但是要認定她有殺機的難度很高。就算檢方認為一大半的動機是怨恨也一樣，檢察官並不是醫療專家，很難向陪審團證明小南想要殺人。想必檢方會在開庭時三不五時地威脅，但在求刑時，應該會考慮到這些因素，求處無期徒刑，實際量刑應該是十幾年到二十年的有期徒刑。如果能夠有這樣的結果就算不錯了。」

「你在說什麼？」伊豆原皺起眉頭，想要瞭解他這番話真正的意思。「難道你認為只要被判有期徒刑，就是我們辯方的勝利嗎？」

「我並沒有這麼說，」他若無其事，「既然主張無罪，一旦被判有罪，我們當然要上訴。」

「那又怎麼樣？難道你打算現在就預先設好防線嗎？」

「我只是針對現實問題進行討論，我們無法保證能夠贏得無罪判決。」桝田並沒有否認，「我們相信小南女士無罪，和法院判無罪是兩回事。說得極端一點，陪審團受到媒體報導的影響，認為百分之九十九有罪。以此為出發點，要拚到無罪的結果，並不像嘴上說的這麼容易。」

「正因為這樣，我們不是在討論在法庭上該如何攻防嗎？」

兩個人追求的方向完全不同，討論像是雞同鴨講。

桝田失去貴島之後，態度顯然轉入了守勢。他一肩扛起律師團團長的責任，滿腦子只想著無論如何都要避免極刑，否則後果不堪設想。

當初他邀請伊豆原加入律師團時，認為這起案子很有挑戰性，有機會獲得無罪判決。雖然貴島罹患重病，但想到貴島也加入了律師團，就感到信心十足，如今桝田失去精神支柱，就完全沒了信心。

「小南女士認為只要開庭審理結束，就可以恢復自由身。她根本不瞭解自白的關鍵性，太樂觀了，令人擔心。」

桝田這麼說，伊豆原反而覺得是桝田自己被悲觀論束縛了，至少這不是目前這個階段要思考的問題。

只不過伊豆原是後來加入律師團的成員，桝田如今這樣，他只能在一旁繼續協助。

時序進入十一月，柴田負責的生嶋直彌色狼案件在東京地方法院的小法庭內開庭審理。旁聽席只有二十個座位，伊豆原坐在角落旁聽。除了聲援以證人身分出庭的由惟以外，也對本案的被害人奥野美菜產生興趣。

當他看到葛城麻衣子和坂下百合香也坐在旁聽席時，有些驚訝。這三個人在點滴中毒死傷案件的當天都上夜班，伊豆原曾經同時和她們三個人面談，沒想到她們關係這麼好。

奧野美菜應該知道自己指控生嶋直彌是色狼是誣告，既然這樣，她是基於怎樣的想法，在開庭時找朋友一起來？伊豆原認為並不是希望朋友為她壯膽，而是基於一種虐待狂的心理，想和朋友一起欣賞自己陷害對象的下場。

伊豆原向葛城和坂下打招呼，但她們並沒有理會，在開庭之前，不時瞥向伊豆原，小聲咬著耳朵。

上週第一次開庭時，檢辯雙方已經進行開庭陳述。聽柴田說，檢方在開庭陳述中煞有介事地提到，被告當天在公司挨了上司的罵，心情惡劣，於是就在回家的電車上做出猥褻行為，試圖藉此紓壓。檢方還用月台上的監視器影像證明，他在搭電車之前，曾經在月台上徘徊良久，看到車上的奧野美菜後，才在發車前一刻衝上電車。

辯方自始至終主張被告無罪。當天因工作上的失敗心情沮喪，一直在想事情，最後急匆匆跳上電車。在電車上完全沒有餘裕顧及周圍的情況，他的肩背包碰到奧野美菜絕非故意，更沒有做出猥褻行為。

這天是第二次開庭，將進入證人詰問階段，奧野美菜出現在法庭上，和被告生嶋所坐的辯方座位之間設置隔板，彼此不會看到對方。

奧野美菜坐在法庭中央的應訊台前，駝著背，抱著自己的雙臂，看起來很脆弱。她朗讀誓詞時的聲音柔弱無力，微微顫抖。伊豆原看過她以前像三姑六婆般嘛著嘴說話，一副個性很強的樣子，兩者的落差太大，無法當作她是因為緊張，才自然變成目前這樣。

法官請奧野美菜坐下後，檢察官就開始詰問。奧野聲稱在電車上，站在她身後的生嶋摸了她左側臀部，她厭惡地躲開，但生嶋之後又摸她，而且遲遲不停手，她就抓住對方的手臂，試圖制止對方。由於對方裝糊塗，否認犯行，她怒不可遏，在抵達車站時，請求旁人協助，抓住了被告。

辯護人柴田在反詰問中，逐一確認了許多細節問題。加害人是用哪一隻手摸她？奧野抓住了加害人的哪一隻手？是否在加害人摸她臀部的瞬間抓住他的手臂？奧野說，生嶋是左手摸她，她認為在被摸的瞬間抓住生嶋的左手。

檢方向法庭提出了生嶋的左手指尖上，檢驗出奧野身上那件長開襟衫纖維的鑑定報告作為證據。在一般的色狼官司中，一旦有這項證據，或許就會被認為有罪。

之後，在車站抓住生嶋的兩名男子出現在應訊台上。他們搭車時在不同的車廂，並沒有親眼看到是否曾經有猥褻行為，但聽到奧野的叫聲，同時看到生嶋試圖逃走，就和其他人合力抓住了他。

休息之後，在證人休息室內待命的由惟以辯方證人的身分進入法庭。她走進法庭時，由於緊張而臉色蒼白，但坐在應訊台前時挺直身體，可以感受到她的決心。

柴田首先用示意圖確認由惟在車廂內的位置，然後問她案發當時，車廂內的擁擠情況。

「那天電車的煞車比平時急，有時候不抓住吊環，身體就會站不穩。」

由惟用清晰的語氣回答問題。

「妳記得奧野小姐和生嶋先生走進車廂的情況嗎？」

「記得。在新小岩站時，奧野小姐先上車，在電車即將發車時，生嶋先生才上車。」

「妳是否可以描述一下生嶋先生上車時的狀況？」

「他在車門快關上時擠進車廂，然後向車廂內走了兩三步，他的肩背包裝了很多東西，撞到了旁邊的人。肩背包還撞到奧野小姐的手，奧野小姐皺著眉頭，把手縮回去，瞪了生嶋先生一眼。生嶋先生似乎並不關心周圍的情況，所以我認為他沒有察覺。他戴著耳機，而且很快拿出手機開始看。」

「妳認識生嶋先生嗎？」

「不，我並不認識他。」

「那妳認識奧野小姐嗎？」

「奧野小姐是我妹妹住院的那家醫院的護理師，因此我看過她。」

「妳在電車上時，什麼時候認出是奧野小姐？」

「她剛上車時，我只覺得她很面熟，但並沒有想起她是誰。發生色狼騷動，聽到她的叫聲時，我才想起她是妹妹住院時的護理師。」

「可不可以請妳說明一下，妳所看到的色狼案件當時的情況？」柴田繼續問道。

「電車搖晃時，生嶋先生有點重心不穩，稍微撞到了抓著吊環的奧野小姐，奧野小姐不悅地用後背把他頂回去。於是生嶋先生就挪動身體，試圖遠離奧野小姐，可能在挪動身體時，他的肩背包又撞到奧野小姐的臀部。奧野小姐轉過頭，看了看他的背包，但還是瞪著生嶋先生，叫了一聲『喂』之類的。」

生嶋拿下耳機，不知道發生什麼狀況，但奧野美菜抓住生嶋的手臂，一個勁地說他是色狼。

由惟詳細說明之後的情況。

「妳記得奧野小姐和生嶋先生碰觸時，生嶋先生的手放在哪裡？」

「我記得他的左手拿著手機，他的右手臂被身體擋住了，我沒看到，但站在我的位置，感覺他的右手臂是彎著的，好像握著肩背包的背帶。以他當時站著的位置，不可能用右手摸到奧野小姐左側的屁股。」

「奧野小姐大叫色狼後，抓住了生嶋先生的哪一隻手？」

「左手。生嶋先生想要甩開她的手，結果手機掉在地上了。」

車廂內的監視器有拍到生嶋彎腰撿東西的身影。

「生嶋先生在甩開奧野小姐的手時，左手有沒有碰到奧野小姐的衣服？」

「我沒看得那麼仔細。」

「是否可以請妳說明抵達平井車站之後，他們兩個人的情況？」

「生嶋先生先下車，奧野小姐看到之後，就叫著『你想逃嗎？』追上去，抓住生嶋先生的手臂。」

「抓住他的哪一隻手？」

「她是從右側抓住生嶋先生，我想是右手。」

「生嶋先生當時做了什麼？」

「他甩開奧野小姐的手逃走了。」

「生嶋先生甩開奧野小姐時，他的手有沒有碰到奧野小姐的衣服？」

這意味著生嶋左手上沾到奧野開襟衫的纖維，可能是那個時候碰到的。

「他轉頭看了奧野小姐一眼，然後才甩開她的手，可能反過來用左手推開奧野小姐的手，讓另一隻手掙脫。」

「妳雖然沒有親眼看到他推奧野小姐的手，但從他的姿勢研判，很可能是這樣，對嗎？」

「對，生嶋先生的確轉過頭，然後甩開奧野小姐的手。」

當被人從後方抓住右手臂，特地轉身甩開對方，很可能用左手推開對方的手。雖然月台上的監視器並沒有拍到這些手部的微妙動作，但有拍到生嶋轉過身的樣子，可以證實由惟證詞的可信度。

「妳為什麼在奧野小姐大叫色狼之前，就注意到生嶋先生和奧野小姐的行動？」柴田換了另一個問題。

「因為生嶋先生匆忙衝上電車時很引人注意，而且又覺得奧野小姐很眼熟。」

「這段期間，妳有沒有看手機，或是視線移向其他地方？」

「他們就站在我前方，我幾乎一直看著他們。」

「妳注意他們兩個人的行動時，有沒有發現生嶋先生做出任何像是摸臀之類的可疑行為？」

「完全沒有，我看到他都在看手機。」

檢察官記錄著由惟的證詞內容，不安地歪著頭，表情慌亂。

「妳有沒有看到之後生嶋先生在車站被眾人抓住？」

「有。」

「妳當時沒有打算告訴眾人，他並不是色狼嗎？」

「對不起……我覺得和自己無關，而且也沒有勇氣。」

「之後妳有沒有在下班回家的路上，看到我在平井車站的月台上尋找案發當天的目擊者？」

「有。」
「妳當時沒有打算出面嗎？」
「雖然我想過，但最後還是沒有勇氣。」
「為什麼妳當時沒有勇氣？以及最後為什麼決定出面，成為這場官司的證人？是否可以請妳告訴我們，妳的心境變化過程？只要在妳能說的範圍說明就好。」
「奧野小姐任職的那家醫院發生一起病人死亡案件，我的媽媽成為那起案件的被告。我的生活發生很大的改變，周圍人的態度變得很冷漠，所以我覺得像我這種身分的人就算自以為很有正義感主動出面，別人也未必會相信。如果奧野小姐只是誤以為別人摸她，我去向她說明事實並非如此，而是別人的背包不小心碰到她，或許還有意義。但我當時覺得奧野小姐明知道並沒有人摸她，只是因為不爽，就指認生嶋先生是色狼來出氣。更何況就算我出面作證，也不知道有沒有人願意相信，搞不好只會造成自己受傷。但是，我最後仍然決定挺身站出來，在法庭上作證，是因為這個世界上的確有無辜的人被認為犯了罪，我覺得自己不能逃避，必須勇敢奮戰。我媽媽的那起案件，我起初並不知道是不是媽媽做的，但現在我相信媽媽的清白。既然我聲援媽媽，就不能明知道被告是被冤枉的，卻選擇逃避。」
雖然事先就知道會問這個問題，但由惟談到了自己母親的案件，說出真心話。她很了不起。伊豆原深刻體會到，她在這起色狼案件的應訊台上，和母親的案件奮戰。
也許是因為她主動提及母親的案件，因此檢察官在反詰問時隻字未提這件事。即使檢察官帶著惡意提及她母親的事，也無法影響法官對由惟堅定身影留下的深刻印象。

閉庭後，坐在旁聽席上的葛城麻衣子和坂下百合香一臉無趣地瞥了伊豆原一眼，走出法庭。

月底時判決出爐，生嶋直彌獲判無罪。伊豆原接到柴田的電話，得知了這個消息。法院根據目擊者的證詞等進行綜合判斷後，不認為生嶋直彌做出了猥褻行為，另一方面，認為被告的背包碰到被害人的臀部時，被害人很可能誤以為被人摸臀，因此並沒有提及誣告的問題。

「這是我當律師後第一次贏得無罪判決，高興得簡直快升天了。」

柴田表達了內心的喜悅後，說想要感謝伊豆原和由惟。

伊豆原當天就馬上把這個消息告訴來家裡照顧惠麻的由惟，她明顯鬆了一口氣。她並不是感到高興，而是對作證發揮了作用而安心。

伊豆原之前就告訴了野野花，由惟要當色狼案件的證人，隔天前往東京看守所接見時，也把審判的結果告訴了她。

「由惟鼓起勇氣作證值得了。」

不知道是否因為即將開庭審理，她心情有點緊張，聲音聽起來沒什麼精神，但聽了伊豆原告訴她的事之後，稱讚了由惟。

「這都是因為由惟出庭作證，才能夠獲判無罪。」

「原來真的有可能被判無罪。」野野花的語氣好像覺得在做夢。

「當然啊。」伊豆原說，「妳的案子也要爭取無罪判決。」

「但是我的案子並沒有那麼簡單吧？」野野花難掩不安地問，「桝田律師也這麼說。」

「我當然不會說是一件簡單的事……」伊豆原回答這句話後，突然好奇地問：「桝田律師說了什麼？」

「他說……想要獲判無罪沒這麼簡單。」

桝田之前就一臉為難地對伊豆原說，野野花似乎毫不懷疑自己會無罪釋放，問題是對野野花說這些話，到底有什麼意義？

「他說，陪審團並不相信我無罪，我矢口否認這件事本身，就會引起他們的反感，搞不好會判得更重。伊豆原律師，我應該不會被判死刑吧？」

野野花似乎越說越害怕，最後帶著求助的眼神，一臉緊張地問伊豆原。

「現在想這種事也沒用，我們仍然以勝訴為目標。」

「但桝田律師為什麼要說這些嚇唬我的話？」

「這是因為……」伊豆原想代替桝田辯解，但又猶豫起來。

很希望由惟在色狼案件中的勇氣可以延續到野野花的官司上……伊豆原原本帶著這種積極的想法，但聽到野野花說的情況後發現，照理說應該主導辯護活動的桝田仍然在沉重的壓力之下，無法積極向前看。

貴島臨終時拜託伊豆原，請他協助桝田，伊豆原也一直努力這麼做。

但是，如果桝田怯戰，只賦予伊豆原輔佐的角色，能夠做的事就相當有限。

身為律師，被告野野花才是需要支持的首要對象，如何能夠打贏官司才是頭等大事。

「呃……我並不是在責怪桝田律師。」野野花看到伊豆原沉默很久，忍不住說道。

「不，我對他最近的做法也有一些想法，」伊豆原說，「在貴島律師離開之後，他失去了方向。」

回想起桝田在貴島去世之前就急著去找川勝春水，不難發現他眼中只有貴島。

「他可能受到很大的打擊。」野野花同情地說。

「小南女士，」伊豆原注視著她開了口，他已經知道突破現狀的答案。「我有一個提議。」

「喔。」野野花的肩膀向後縮，似乎有點被他嚇到。

「目前我和桝田律師都是以國選辯護人的身分接這個案子，除了國選辯護人以外，還有私選辯護人，就是由妳指名律師。」

「喔。」野野花應了一聲，無法從她的語氣中聽出是否理解了伊豆原的話。

「可以請妳指名我擔任妳的私選辯護人嗎？」伊豆原探出身體說，「不，妳不必擔心錢的事，我可以免費為妳辯護。」

「那和之前有什麼不一樣？」野野花問。

「如此一來，就會自動解除桝田律師繼續擔任妳的律師。」

「啊？」

她似乎終於理解了伊豆原鼓起勇氣說出的提議究竟代表什麼意思。

「我一個人當然會忙不過來，會找人幫忙，而且已經有人選了。」

「但是，如果這麼做。桝田律師不是會生氣嗎？」

「他應該會生氣，」伊豆原擠出笑容，「但妳不必在意這種事。」

「我當然會在意啊，」野野花內疚地說，「桝田律師人很好，而且也都會聽我說話。」

「他是好人，」伊豆原說，「但是我已經做好了他和我絕交的心理準備。請妳把能不能打贏官司放在最優先，然後在這個基礎上，決定要委任我還是桝田當妳的律師，妳必須做出選擇。」

野野花倒吸一口氣，一雙大眼睛注視著伊豆原。

23

伊豆原說，媽媽有事要找自己，那天下午，由惟把惠麻交給他，帶著紗奈一起去東京看守所。

「啊喲，妳把紗奈也帶來了。」

媽媽似乎只是有事找由惟，走進接見室後，看到她們兩姊妹後這麼說。時序即將進入十二月，看守所內冷到骨子裡。媽媽穿上之前送來給她的毛衣，但由惟覺得不必等到聖誕節，最近就要找時間為媽媽買更厚的毛衣了。

「聽說妳出庭作證表現得很出色。」

媽媽可能從伊豆原口中知道了色狼案件開庭的情況，由惟聽到媽媽的稱讚很害羞，故意冷冷地回答說：「還好啦。」

「我問妳啊，」媽媽立刻改變話題，「伊豆原律師說的那件事，妳覺得怎麼做比較好？」

「伊豆原律師說的哪件事？」

「律師沒有告訴妳嗎？」

媽媽驚訝地問，但由惟一頭霧水。

「我跟妳說……」由惟聽了媽媽用這句話作為開場白的內容之後大吃一驚。原來伊豆原似乎和桝田關係失和，要求媽媽決定到底要請誰辯護。媽媽的說明不得要領，不知道傳達的意思正確度是多少，但可以確定的是，伊豆原對媽媽說，希望解除桝田的辯護人身分，由他以私選辯護人的身分負責這起案件。

「媽媽不知道該怎麼辦才好。」媽媽愁眉苦臉地說，「我不希望他們因為我的事吵架，也希望他們可以好好合作。雖然伊豆原律師要我不必擔心錢的事，說可以免費為我辯護，但這怎麼行呢？而且解除桝田律師委任的話，他未免太可憐了。雖然他好像幫不上太多的忙，但應該只是因為貴島律師去世，導致他有點沒信心而已。」

伊豆原可能希望她們家人沒有任何顧忌地討論，才刻意沒有向由惟提起這件事。這也意味著他很重視，而且沒有和桝田繼續合作的選項。

既然這樣，由惟只有一句話可說。

「媽媽，」由惟開口，「妳說很希望他們可以好好合作。這種事根本不重要，重要的是能不能打贏官司。」

「雖然是這樣，」媽媽難掩困惑，「難道他們好好合作，就沒辦法打贏官司嗎……我希望他們可以齊心協力。」

原來媽媽以為他們一旦拆夥，力量就會減少一半。因為關係到媽媽的官司，她當然會有這樣的擔心，但伊豆原顯然並不這麼認為。

「就因為無法再合作下去，伊豆原律師才會提出這個要求。這代表他很重視這件事，妳也要下定決心。」

「嗯……那我該怎麼辦?」媽媽嘀咕著。

「妳有什麼好猶豫的?」由惟加強語氣,「伊豆原律師不是說要爭取無罪判決嗎?枡田律師不是說很難獲判無罪嗎?」

「不是說很難,而是說我想得太簡單會很傷腦筋。」

「意思一樣啦,根本就像是還沒開庭,就已經開始為失敗找理由了。」由惟又繼續問:「媽媽,妳是清白的嗎?還是有罪?」

「我當然是清白的。」

「那有什麼好猶豫的!」由惟說完,看向身旁。「紗奈,妳也說幾句話啊。」

「我想說的妳都已經說了。」紗奈說完後便笑了起來。

「媽媽,」由惟再度看著媽媽說,「並不是因為伊豆原律師找我當他孩子的保姆,我才說這句話,而是為了妳著想。既然伊豆原律師都這麼說了,就代表他很認真,妳當然要押寶在伊豆原律師身上啊。」

「妳說得對。」媽媽又猶豫了片刻,最後看著由惟輕輕笑了笑。「既然妳這麼說,那我就押寶在妳身上。」

「嗯,就這麼辦。」由惟胸有成竹地說。

離開東京看守所後,由惟就帶著紗奈一起前往伊豆原位在月島的公寓。

「嗨，辛苦了，辛苦了，紗奈也辛苦了。」

紗奈在哄惠麻時，伊豆原倒了紅茶給她們。

「媽媽有沒有和妳談那件事？」伊豆原和由惟面對面坐在飯廳的小桌子前時，伊豆原問道。

「有。」由惟收起原本摸著茶杯的手，再次鞠躬說：「律師，媽媽的事就拜託你了。」

「拜託了。」紗奈也跟著由惟鞠躬說道。

「不，別這麼說。」伊豆原也慌忙把手放在腿上說道。

「費用的問題，我會設法籌措。」

「不，這件事不必在意。」

「不，無論花幾年的時間，我一定會還你。」

「謝謝。」

伊豆原雖然接受了，但說話的語氣讓人感覺只是嘴上答應而已，然後輕輕笑了笑。他似乎真的並不在意這件事。

「雖然妳們可能會不安，但我會全力以赴，請放心交給我。」

他說完這句話，用力點著頭，好像也在叮嚀自己。

24

桝田似乎接到了國選辯護人的解任通知，於是要伊豆原去事務所找他。

桝田並不是會高高在上地要求別人去見他的那種人，但因為伊豆原很少去自己加入的「新河法律事務所」，所以桝田也只能約伊豆原去他的事務所見面。

走進貴島法律事務所，桝田一見到伊豆原，就立刻站起來，一言不發地走進了會議室。

走進會議室後，桝田沒有坐下，就轉身面對伊豆原問：

「那不是小南女士的主意吧？」他的聲音因為憤怒而顫抖，低聲問道，瞪著伊豆原。

「對，」伊豆原老實承認，「是我提議的。」

「你到底有什麼目的？」

「你應該很清楚我的目的，照目前的情況，我無法全面負起責任。」

「只是因為你個人的關係嗎？」

「是顧及被告的利益。」

「別說漂亮話。」他惡言相向，「我沒想到你這個人這麼卑鄙無恥，做夢也沒想到你竟然會做出這種鳩佔鵲巢的事。」

「雖然我知道不該這麼做，但我認為這是勝訴唯一的方法。」

「我並沒有說不想勝訴獲得無罪判決。」枡田的聲音難掩憤怒。

「據我的觀察，你太累了。」伊豆原冷靜地回答，「你手上應該還有不少從貴島律師手上接過來的案子。」

「這兩件事沒有關係。」枡田用力搖頭，「這場官司是對貴島律師的憑弔之戰，你認為排除繼承貴島律師遺志的人，自己有能力完成嗎？」

「這種說法有問題，」伊豆原斬釘截鐵地否定道，「這並不是什麼憑弔之戰。貴島律師在重病期間，仍然主動參與這起案件的熱情的確令人尊敬，我也沒有忘記他在生前希望我協助你的叮嚀，但是，這是小南女士的官司，無論你們師徒之間的感情如何，都無法放在小南女士的利益前面。」

不知道枡田是否聽了這番義正辭嚴的話感到羞愧，他沒有繼續責備伊豆原，但瞪著伊豆原，無奈地重重嘆了一口氣。

「你給我滾。」枡田咬牙切齒，「滾！」

他用帶著冰冷感情的聲音低低說道。曾經是朋友的人吐出的這句話，深深刺進伊豆原的心中。伊豆原伸手制止他繼續口出惡言，轉身走出會議室。

「當國選辯護人就已經虧大了，竟然還要免費辯護……」晚餐時，千景冷冷地說。

「我也很無奈，這就是所謂痛苦的選擇。」

「看到我回到工作崗位，不必再擔心家計的問題，你就肆無忌憚了。」

「沒有，沒有。」伊豆原知道這種挖苦並非出自她的真心，所以只能一笑置之。

「然後你要把小栞拉下水，和你一起打這場官司？」

千景似乎是對這件事有意見。

「她之前似乎很感興趣，只是想請妳問她看看。」

「那絕對是客套話啊。」千景說，「這個世界上怎麼可能有那麼多傻瓜？」

「妳就幫我問她看看嘛。」

千景聽了伊豆原的話，很受不了地瞪他一眼，放下筷子，無奈地拿起手機。

「啊，小栞嗎？不好意思，妳現在方便嗎？有一件事想問妳……」

千景帶著歉意開口，聽了對方的回答後，緩緩把通話中的手機交給伊豆原。「還真的有那麼多傻瓜。」

「謝謝你邀我加入，我會努力，不辜負你的期待。」

電話中傳來仁科栞精神抖擻的聲音。

十二月之後，伊豆原連日和在短時間內研讀完所有證據的仁科栞見面，研究辯方該如何提出主張，以及要從哪一個角度推翻檢方的舉證，討論和確認法庭攻防策略。

「總而言之，最重要的就是讓陪審團知道，小南女士從走進護理站到離開的兩分二十五秒期間內，根本不可能犯案。」

「根據檢方的假設，她發點心和在休息室聊天大約花了一分鐘，在剩下的一分二十幾秒犯案。有兩種方法可以推翻這個假設，第一種方法，就是讓這一分二十多秒的犯案時間縮得更短；第二種方法，就是質疑是否能夠在這一分二十幾秒的時間犯案。」

「縮短犯案時間這個問題，在休息室的聊天時間成為爭點，這個問題取決於川勝和竹岡這兩名護理師的證詞，目前還無從得知結果如何。川勝的版本只有四十秒，竹岡的版本是一分鐘，小南女士的版本是一分十秒。如果是這樣，犯案時間只剩不到一分鐘，根本不可能犯案。問題在於我們辯方主張小南版本，否定兩名護理師的版本時，陪審員會怎麼看。」

「只能從犯案難度這個方向補充。犯案時，心理上處於緊張的狀態，而且還不能發出任何聲響，要讓陪審員產生疑問，在這種狀態下，無論是一分鐘還是一分二十秒，是否能夠在這麼短的時間內犯案。」

「檢方已經透過驗證實驗證明只要有一分多鐘，就可以犯案，搞不好會說只要有五十幾秒，就可以犯案。」

「你是說檢方會用護理師的實驗說這種話嗎？那不是動作熟練的護理師才有辦法做到嗎？」

「我們會提出犯案的難度，但他們一定會反過來強調都是簡單的作業，說什麼把藥劑混入點滴，只是用注射器把藥劑從藥瓶中吸出來，然後再注入輸液袋而已，任何人都可以做到，而且會說小南女士之前從事護理助理的工作，很清楚如何調配點滴，還會特地拿出她實際縫製的衣物，證明她很擅長針線活和編織，雙手靈巧。」

「對方只是試圖用各種狀況證據來證明，一定會用盡各種方式達到目的，所以我們必須詳細說明小南女士在醫療實務方面是外行人，同時讓陪審團瞭解護理師和護理助理不一樣。」

「還有緊張和發出聲音的問題。當時有兩名護理師在護理站內寫護理紀錄，要在那兩名護理師背後悄悄進行，一定在很多方面都會格外小心謹慎。」

「關鍵就在這裡，並不是一開始就要求凶手在一分鐘或是一分二十秒的限制時間內完成犯案，凶手最在意的是不要發出聲音之類的動靜，並不是在超過幾秒之後，就會被人發現的條件下犯案。」

「所以檢方硬是要把並非匆忙完成的犯案，塞在小南女士在護理站逗留的時間內。」

經過多次討論，他們更加確定檢方只是先有結論，再設法舉證，到處可以看到硬拼硬湊下的漏洞，但這是因為伊豆原確信野野花的清白，才會有這種感覺，問題在於不知道陪審團會產生什麼感想。

在辯論時，必須努力說服陪審團。

不知不覺中，迎接了新的一年。

惠麻在這段期間學會爬行，由惟傳給他的影片成為他白天工作時的安慰。小孩子每天都在成長。

過年期間，他也忙著開庭的各項準備工作。他和仁科栞再三研究針對不同證人發問的問題，在討論這樣比較好，或是那樣比較理想之後，持續修正辯論時所使用的投影片資料。

無論在這些作業上花費多少時間，都無法增加對官司的信心。隨著開庭的日子越來越近，內心的不安也與日俱增。想必野野花在看守所狹小的房間內，更是度日如年地等待開庭的日子，但說句心裡話，伊豆原很希望可以拖延開庭的日子。

江崎檢察官之前說的話就像是威嚇，一直留在伊豆原的腦海中。江崎檢察官說，只有律師能夠拯救被告，如果無辜的人被判有罪，並不是舉證錯誤的檢方有問題，也不能怪罪做出錯誤判決的法院，而是必須由無法證明被告清白的律師負起所有的責任。

檢方不會手下留情，在日本這個國家，刑事審判的有罪率是百分之九十九點九，在這樣的司法體制中，檢方不可能在這起案件中網開一面，從被告的角度看問題。

既然這樣，就必須有足以徹底推翻檢方舉證的壓倒性證據，才能贏得無罪判決……

但，伊豆原並不覺得自己掌握了這樣的證據。

野野花的案子終於要開庭審理了，中間剛好遇到週六和週日，因此總共九天的開庭日橫跨了三週。

第一次開庭的日子，野野花穿了一件米色高領毛衣和深藍色裙子出現在法庭。雖然沒有化妝，但用橡皮圈綁起頭髮，可以感受到她盡可能維持普通的打扮。

由惟坐在旁聽席。雖然伊豆原事先已經告訴她，野野花走進法庭時會戴手銬、繫腰繩，但她親眼目睹這一幕時，仍感受到一絲痛苦。

在陪審團進入法庭前，野野花身上的手銬和腰繩被解開，她坐在伊豆原等辯護律師旁的座位，兩側分別坐著監所管理員。

法官和陪審團進入法庭，所有人起立後宣布開庭。

野野花走到法庭中央的應訊台前，櫻井審判長進行人別訊問，問了她的姓名和生日，之後由江崎檢察官朗讀了起訴書。

檢察官朗讀完起訴書後，審判長對野野花說：

「妳有權保持沉默，無須違背自己的意思而為陳述，妳說的話都將成為證據，請瞭解這一點。」在告知野野花可行使緘默權後繼續問：「剛才朗讀的起訴書中，是否有和事實不相符的內容？」

「有，呃，」野野花用沙啞的聲音略帶緊張地回答：「我並沒有犯下這起案件，雖然在偵訊時曾經承認，但這並不是事實。」

「辯護人也完全否認所有罪狀。」伊豆原表達了否認罪狀的意見。

接著由檢方進行開庭陳述。開庭陳述就像是一本書的序言，檢方說明在審理過程中，將使用哪些事實進行舉證。和普通的開庭審理不同，由於陪審團成員都是普通民眾，因此檢方今天的開庭陳述也比較通俗易懂。

「這起案件帶走了兩條年幼的生命，兩名病童都勇敢地對抗病魔，夢想可以早日恢復健康，快樂地玩耍，她們都是父母的心頭肉。家人為她們每天的病情時喜時憂，在悉心照護的同時，為了能夠治好她們的病，願意付出任何代價。」

檢察官說明了案件概要後，設置在法庭的螢幕上，依次出現了兩名被害人生前的照片。

「梶光莉因哮喘住院治療，每次發作時，她嬌小的身體就會縮成一團拚命呼吸，努力對抗疾病。她個性文靜怯弱，母親都在醫院陪她，她是一個愛撒嬌的孩子，每次媽媽有事要外出時，她都會不安地問媽媽『妳要去哪裡？』。她在春天時剛上小學，只有一半的日子能夠正常上學，但她在班上交到了朋友，秋天住院時，班上的同學和老師一起寫了卡片給她，也折了紙鶴給她，她對媽媽說，很希望可以趕快回學校上課。」

旁聽席上立刻響起啜泣聲，可能是梶光莉的母親。伊豆原雖然沒有看向旁聽席確認，但敏感地察覺到整個法庭都聚焦在江崎檢察官所說的慘劇犧牲者身上。

江崎檢察官提到恆川結芽時，也描述了她是一個怎樣的孩子、患有什麼疾病，結合和家人之間相處情況，介紹了她短暫的一生，同時提到佐伯桃香雖然撿回一命，但至今仍然深受自律神經失調折磨的現實。

被告野野花聽了江崎檢察官說明的情況後，好幾次吸鼻子，用手摸眼睛。她一定感同身受，無法克制淚水。看在完全不瞭解狀況的陪審團成員眼中，一定覺得很奇怪。

「請不要忘記，住在三〇五病房的第四名病人小南紗奈也是被害人之一。她雖然獲救，但一度因為混入的藥劑影響而失去意識，只要稍有閃失，就可能造成呼吸衰竭等嚴重症狀，並對其治療中的腎炎造成不良影響，她的住院時間因此大幅延長，但她受到的精神創傷更加嚴重。因為親生母親犯案，導致她也受害，這是她幼小的心靈難以接受的事實。

「為什麼被告在選擇犯案對象時，連自己的女兒都不放過？其中有複雜的理由。首先，被告試圖藉由自己的女兒也受害，隱瞞犯案的事實。被告事先給紗奈吃了餅乾，藉此減少混入的胰島素帶來的藥效，同時又動手調慢點滴的速度，避免紗奈陷入嚴重狀態。如果不是被告犯案，怎麼可能剛好做這些事？

「但是，無論再怎麼機關算盡，既然混入藥劑的點滴進入身體，就無法保證不會造成任何危害。既然這樣，照理說不會有人會對自己女兒做出這麼可怕的事，但是被告有特殊的人格。希望各位能夠瞭解解開這起案件的關鍵之一，就是『代理型孟喬森症候群』這種精神疾病。『孟喬森症候群』是取自一名有謊言癖的德國貴族名字的精神疾病，為了吸引周圍人的關心和同情而假病，或是做出故意傷害自己的行為。但『代理型孟喬森症候群』不是傷害自己，而是傷害自己的兒女或是配偶等親近的人，基於這種行為模式，所以經常出現在照顧住院病人的家屬身上，成為這種疾病的特徵之一，進一步而言，那個人物本身是有醫療知識的醫生或是護理師等人的比例很高。

「被告以前曾經在綜合醫院擔任看護助理，日常生活中的言行舉止，也顯示出她極度關心藥物會對人體健康造成的危害。被告之前任職的醫院，曾經在她任職期間，發生過因為點滴疏失導致的死亡意外。

「我方將在審理過程中，追蹤被告人生的軌跡，同時驗證可能對其人格產生影響的事，並結合專家的精神鑑定結果，剖析被告不惜針對包括自己女兒在內的被害人下手的犯案動機。」

檢方果然打算將野野花的職歷、周圍發生的事，都和她的犯罪動機扯上關係。這起案件缺乏直接證據，檢方顯然認定，以讓陪審團認為她很可能會做出這種行為的方式最為有效。

「但是，被告策劃本案的直接動機並不複雜。在女兒住院的病房內，她和其他病童母親之間關係失和，成為這起案件的導火線。尤其和梶光莉的母親梶朱里女士多次發生衝突，經常發生口角。梶朱里女士希望有哮喘的女兒能夠在安靜的環境下接受治療，也希望自己能夠在這種環境下專心照顧女兒，但被告過度干涉她們母女，不僅經常問一些探聽隱私的問題，還推薦一些和治療方針無關的民俗療法，這些不顧及他人感受的言行對梶朱里女士造成很大的精神壓力。梶朱里女士對此不滿，要求被告不要管她們母女，被告卻表現出一副自己才正確、梶朱里女士錯了的態度，還對周圍人這麼說，導致梶朱里女士更大的壓力。梶朱里女士對被告表現出排斥的態度後，被告立刻惱羞成怒，心生憎惡。

「另外兩名病童的母親恆川初江女士和佐伯千佳子女士雖然表面上沒有和被告對立，但內心對被告的愛管閒事很不以為然，在心情上和梶朱里女士深有同感。按照正常的感覺，被告在人際關係上的過度親近都會讓人不適。被告在和梶朱里女士發生口角時，對袒護梶朱里女士言行的另外兩名母親也心生恨意。」

檢方認定野野花有邊緣型人格障礙，正因為是這樣的人，所以無法順利和他人建立人際關係，因此成為她的犯案動機。

但是，伊豆原從由惟口中知道了當時醫院內的情況，很清楚這種分析多麼武斷。野野花這個人的確個性獨特，我行我素，並不在意對方的想法，但聽由惟說，梶朱里的個性很急躁，經常有一些偏執的行為，導致她的女兒光莉也不敢有任何任性的行為。

由於梶朱里是這種個性，因此恆川初江和佐伯千佳子並不是袒護她，正確地說，是假裝理解她的心情來迎合她，安撫她的情緒。但野野花成為被告之後，恆川初江和佐伯千佳子很可能把自己的記憶正當化，認為原本就和梶朱里站在同一陣線，同時會在法庭上說出相同的證詞。

江崎檢察官表示，將在審理過程中用她們的證詞剖析被告犯案的動機，證實了伊豆原的猜測。

江崎檢察官在開庭陳述中也提到了野野花在護理站內使用注射器，將藥劑注入輸液袋的實際犯罪行為。

「當時，保存藥品的冰箱和放置輸液袋的醫療推車，剛好位在護理站內的護理師無法看到的死角位置，同時也已經確認，被告從休息室內走出來後，在護理站內持續逗留了一分二十幾秒。被告在沒有人看到她的這一分二十幾秒時間，到底在護理站內做了什麼？檢方根據那段時間前後和被告接觸的多名護理師的證詞，確定的確存在這段令人匪夷所思的時間，並將結合驗證的結果，證明被告的確可利用那段時間，將藥劑混入點滴內。」

江崎用「令人匪夷所思」的字眼，說得好像野野花在護理站內，真的有充裕的時間，在沒有任何人看到的情況下，對點滴動手腳。辯方當然打算徹底否認這一點，但檢方八成已經找川勝春水和竹岡聰子進行了證人庭前確認，江崎的語氣顯然胸有成竹。

「剛才被告否認了起訴事實，表現出全面爭辯的態度，但在本案中，我方已將被告本人的供詞筆錄作為證據交給法庭。這份筆錄的最大重點，就在於被告承認自己的罪行。在偵訊時，被告向偵訊的刑警坦承：『是我做的，對不起。』而且是在流下懺悔淚水的同時，自己在筆錄上簽名。

「各位只要看看偵訊狀況的錄影影像，就可以清楚知道，這並非刑警違法強迫被告承認，或是誘導的結果。當初負責偵訊的刑警將會出庭作證。這些影像和證詞都可以充分證明筆錄的正當性不可動搖，同時會突顯出被告和律師討論之後，開始否認的態度令人匪夷所思。」

江崎檢察官再度用「匪夷所思」這幾個字批評辯方的態度，始終表現出自己才是正義的一方。

「在決定量刑時，必須考慮到這起案件的殘暴性。」江崎檢察官之後提到了做出有罪判決時酌情處理的問題。「本案中，被告將母親之間的不和轉嫁到無辜的孩子身上，這些正在對抗疾病、惹人憐愛的孩子成為被告攻擊的對象，被無情地奪走了生命。將藥劑混入點滴中，說起來就是毒殺。雖然並不是用刀子殺人或是毆打別人那種血淋淋的案件，但是在案件現場，各種指示複雜地交錯，醫療人員為了急救而奔走，心電圖儀器的聲音冰冷地響起，被害人的母親拚命呼喚著自己女兒的名字，讓原本安靜的小兒科病房淪為了地獄。

「而且本案不可能是被告進入護理站時，在衝動之下做出的行為，顯然是基於一定的計畫性進入護理站，對點滴動手腳，不能忽略這起犯罪的嚴重惡質性，在下手時連自己的女兒都不放過，顯示出被告狡猾的計畫性和冷酷。

「最重要的是，被告原本對案情供認不諱，之後卻矢口否認參與本案。這種態度顯示被告毫無反省和悔改之意，在量刑方面缺乏酌情考量的餘地，我方將針對本案提出必須求處重刑的訴求。以上就是我方的開庭陳述。」

江崎檢察官響亮的聲音在法庭內迴盪，向前方鞠躬，坐下時眼神中仍然難掩激昂的情緒。

「接下來請辯護人進行開庭陳述。」

伊豆原走到法庭中央，在應訊台前面對法官和陪審團。

「不知道各位聽到『媽媽』這兩個字，內心會想到什麼？」

伊豆原看著每一個陪審員的臉訴說道。

「我相信每個人腦海中浮現的媽媽形象都各不相同，有時候可能想到媽媽愛管閒事又頑固，不禁想要抱怨幾句，但無論如何，仍然會覺得她充滿母愛，是自己深愛的媽媽。

「坐在被告席上的小南野野花女士，就是這樣一個隨處可見、兩個女兒深愛的媽媽。她在當時就讀小學六年級的小女兒紗奈住院期間，盡心盡力地陪伴在女兒身旁悉心照顧，女兒所住的病房發生了藥劑混入點滴的案件，她的女兒也身受其害，只因為她在那天剛好去護理站送餅乾給護理師，就被警方懷疑。警察一旦開始追查，就執拗無情，她只是一個普通媽媽，根本不知道該如何應對，結果今天就變成坐在被告席上的被告。她只是一個普通的媽媽，竟然遇到這種事，可以說，只要稍有閃失，同樣的事很可能會發生在任何人身上。」

仁科琹操作電腦，法庭的螢幕上出現了「辯方主張無罪」這句簡潔的話。

「在這場審判中，我們將自始至終堅持無罪主張，敬請各位不要帶有任何成見，清空腦袋內所有的想法，傾聽我們的主張。

「但是，各位聽了檢察官的舉證後或許會認為，可能就是小南女士幹的。如果不是她幹的，為什麼會向警方自白，而且在自白筆錄上簽名？為什麼會在這個法庭調查這項證據？」

螢幕上出現了「爭點①自白的有效性」這行字。

「請問各位，不知道是否曾經在情非得已的情況下，說過違背本意的話？對方很生氣，不停地責罵自己，雖然未必能夠接受對方說的話，但為了平息對方的怒火，就先退一步說『是啊，我錯了』，不知道各位是否有這樣的經驗？

「小南女士當時孤立無援。那一年春天，她的丈夫在外面另結新歡，和她離婚，小南女士不得不面對必須獨力撫養兩個女兒的現實。她的大女兒即將考大學，小女兒準備讀初中，正是身為一個母親，必須操很多心的時期。小女兒在這個時候因急性腎炎住院，小南女士只能辭去工作，每天二十四小時陪伴在女兒身旁照顧。雖然她每天都面帶笑容，但她的生活絕對不輕鬆。小女兒的病情時好時壞，住院長達一個半月的時間。她曾經和同病房的其他媽媽為小事發生爭執，在不知不覺中承受了壓力。從客觀的角度來看，她在身心俱疲的情況下，仍然努力克盡身為母親的義務。

「就在這時，發生了女兒也受害的點滴中毒死傷案件。同病房的其他病童死亡，紗奈也受到影響。不知道誰是凶手，她因不安和恐懼陷入混亂，但不知道為什麼，警方開始懷疑她。她在主動到案說明時告訴警察，她知道胰島素放在冰箱內保存這件事。小南女士的父親在生前罹患糖尿病，使用過胰島素，因此她只是剛好知道這件事而已，但是警方之後的態度明顯發生變化。點滴中混入其他藥物當然會造成危險。她曾經當過護理助理，看過很多病人因為藥物的關係而痛苦，或是病情惡化離開人世。小南女士只是如實說出自己知道的事，但警方把所有這些事都和案件結合在一起，然後就突然逮捕了她，把她視為凶手。

「小南女士被迫和兩個女兒分開，也不知道兩個女兒怎麼生活，獨自在偵訊室內面對刑警的偵訊。在這種環境下，誰能夠冷靜接受這樣的現實？她知道自己是無辜的，以為警方遲早會查明真相。

「警方偵訊人員的任務，就是要從嫌犯口中挖出自白。警方指派經驗豐富的刑警負責偵訊，賭上警方的信譽，無論如何都要做出成果。也因為這樣，導致過當偵訊橫行，迫使嫌犯承認自己根本不曾犯下的罪行的事例時有所聞。正因為這種事例層出不窮，所以制定了偵訊的可視化，以及偵訊時間的限制等相關規定，但是警方仍然有讓嫌犯招供就是獲勝的想法，就算違反規定，也可以找出很多藉口——令人遺憾的是，在本案的偵查過程中，發現了基於這種想法進行的違法偵訊。

「小南女士在被逮捕的第六天，在偵訊時無可奈何地認了罪。因為負責偵訊的刑警完全不相信她，每天都不停地追問，還威脅她說，如果繼續否認，就會被判死刑，一旦母親被判死刑，兩個女兒的未來就會完全絕望。警方只錄下了規定時間內的每天八小時的偵訊內容，聲稱偵訊完全合法。但是，從警察分局的拘留室出入紀錄就可以發現，在小南女士被迫自白之前，每天都持續接受十二、三個小時的偵訊。在這種異常狀況下製作的自白筆錄當然不具備證據能力。」

伊豆原在開庭陳述中，花了很大的篇幅說明，很可能讓陪審員產生先入之見的自白多麼不值得相信。他認為只要陪審團能夠在瞭解這一點的情況下觀察這起案件，就能夠清楚看到檢方的舉證多麼粗糙。

「檢方只有狀況證據，本案的狀況證據都是專挑有利於證明小南女士犯案的事實，然後拼湊在一起，利用沒有任何人看到犯罪現場這件事，讓人以為真實情況就如檢方所說，但是，這種做法必然會出現矛盾。」

螢幕上出現了「爭點②犯案時間」這行字後，伊豆繼續說明第二大爭點。

「檢方認為小南女士去護理站發點心時，趁人不備，在點滴中加入藥物。因為如果小南女士是兇手，那是她唯一可以犯案的機會。從設置在病房走廊上的監視器記錄的影像中發現，小南女士在護理站內逗留了兩分二十五秒，她在這段時間內，發餅乾給正在護理站內工作的護理師，並在休息室內和護理師聊天，真的有時間趁人不備，把藥劑注入四個點滴輸液袋嗎？關鍵就在於休息室內的談話內容。

「要回想起過去某個時間，在某個場合的完整對話，幾乎是不可能的事。但是，光是針對包括小南女士在內，當時在休息室內的三個人努力回想起來的聊天內容，計算這些對話的時間後，不得不說剩下的時間根本不可能犯案。」

伊豆原強調將透過詰問相關當事人，公開在休息室內對話的詳細內容，證明不可能有時間犯案。

除此以外，還提到了野野花根本沒有犯案動機，雖然曾經和梶朱里發生口角，但內心完全沒有恨意，認為野野花有代理型孟喬森症候群的鑑定結果只是檢方單方面的見解，辯方自行鑑定之後，發現專家並沒有同樣的見解。

「檢方利用非法偵訊獲得的自白，結合選擇性挑選出來的狀況證據，試圖藉此證明小南女士犯案，這種態度可說是濫用司法權力。目前，一名女性因此而坐困愁城，走投無路。她只是一名在女兒住院期間努力照顧孩子的媽媽，是否能夠阻止有人濫用這種司法權力，成為本案的審理過程最重要的事。身為辯護人，我們將迎頭奮戰，在審理過程中主張小南女士無罪。」

伊豆原用這番話呼籲陪審團和他們一起對抗濫用權力作為結語，結束了開庭陳述。

伊豆原表達了正面接受江崎檢察官的挑戰，全力投入本案的決心，希望這些話也能夠打動陪審團。

戰火才剛點燃，目前在意孰優孰劣為時尚早。

檢辯雙方完成開庭陳述後，到第二天為止，使用偵查報告，用照片、示意圖或是監視器影像，詳細說明案件的狀況。除了說明病童在病房內的位置關係，還向陪審團介紹護理站的狀況和冰箱等設備的位置，以及混入多少有什麼作用效果的藥劑、多少分量進入被害者的身體，以及被害人身體出現了什麼變化。

這些都屬於透過書面證據驗證案件詳細狀況的書證調查。在完成偵查報告等甲證的調查之後，進入了調查野野花的供詞筆錄等乙證的階段。針對該如何處理野野花的供詞筆錄的問題上，野野花本人和當初負責偵訊的長繩副警部都出現在應訊台前。

野野花可能太緊張了，並沒有明確表達偵訊的不當性，只是一再重複自白內容與事實不符。雖然伊豆原曾經和她進行庭前確認，但她在法庭上回答伊豆原的問題時，仍不時回答「我也搞不懂為什麼會這樣」，似乎已經放棄思考，因此導致這個主張不夠有力。

相反地，長繩副警部等兩名負責偵訊的刑警，在說一些聽起來就很牽強的藉口時仍然落落大方，他們面不改色、泰然自若地回答了伊豆原的詰問，最後法官判斷野野花的自白筆錄具有任意性，裁示列入書證調查。

野野花對這個結果極度失望，但除非有重大的缺失，否則很難推翻自白筆錄的任意性。就算被列入書證調查，並不等於認同供詞內容就是事實——伊豆原只能用這番話激勵她。

隔了週末後的第三天開庭，開始詰問證人。被害人的母親梶朱里、恆川初江和佐伯千佳子三個人都坐在應訊台前，說明在陪病的日子中和野野花之間的摩擦，和具體的口角。

梶朱里等人在檢方詰問時回顧了案發當時的情況，不時語帶哽咽，聲淚俱下。連個性很強悍，經常和愛管閒事的野野花發生摩擦的梶朱里，只要坐在應訊台前，就是令人同情的被害人家屬。她忍著嗚咽，訴說著內心的悔恨，痛切地訴說著野野花的言行造成她極大的痛苦。

辯方由仁科栞進行反詰問。由於她們是被害人家屬，身分敏感，在詰問時稍不留神，很可能會被認為是檢討被害人的攻擊行為，影響陪審團對整起案件的心證。基於這些顧慮，於是就由形象比較溫柔的仁科栞上場，但她也沒有發揮的空間。

「我想請教關於案發前一天，妳和小南女士之間的爭執。小南女士說『說話太莫名其妙了』這句話時，是怎樣的語氣？是在自言自語，還是苦笑著說這句話？是否可以請妳告訴我們，她當時說話的語氣。」

「我只記得她當時並沒有看向我，但我可以聽得很清楚，該怎麼說，反正可以清楚感受到她在生氣。」

「妳是否記得案發當天早上，小南女士曾經向妳打招呼說『早安』？小南女士說，她每天早上都會和妳打招呼。」

「我忘了當天早上她是否曾經和我打招呼。」

「由於妳們前一天曾經發生口角，在這種狀況下，她向妳打招呼時，通常會產生疑問，覺得她難道忘了前一天的事嗎？妳是否記得自己當時曾經有過這樣的想法？」

「只要和她接觸過就知道，她這個人很奇怪，雖然發生過口角，她也會馬上和妳說話，好像根本忘了前一刻發生的事。她向來都是這樣，根本看不透她真正的情緒，讓人心裡發毛，甚至覺得她故意惹毛別人，自己樂在其中，所以如果是在爭執後她還向我打招呼，我不會覺得驚訝，也不會特別有印象。」

「妳剛才說，在案發前一天發生爭執時，可以清楚感受到她在生氣。但也說過，就算發生爭執，仍看不透她真正的情緒。也就是說，案發前一天的口角，和之前的口角不一樣嗎？」

「我認為不一樣。」

「請問具體是哪裡不一樣？」

「我想雙方都很激動。」

「妳說雙方，代表妳也很激動嗎？」

「我說了好幾次，她還是老樣子，所以我就加重語氣。」

「妳認為小南女士的反應很激烈，除了像妳一樣語氣強烈以外，有什麼讓妳認為異常的反應嗎？」

「我不知道是否異常，但看起來的確比平時激動。」

「妳是否曾經為了和小南女士之間的關係，找護理師討論，或是向她們投訴嗎？」

「有過好幾次。」

「護理師是否曾經提議妳換病房？」

「有，但因為其他病房沒有靠窗的病床，最後並沒有更換病房。」

「也就是說，在當時的情況下，妳認為病床是否在窗邊這件事比和小南女士之間的摩擦更重要嗎？」

「並沒有哪一件事更重要的問題。」

「在案發前一天發生口角時，妳有沒有向護理師提出，希望更換病房的要求？」

「為什麼要我們換病房？應該是她們換病房才對，我一直對建議我換病房的護理師這麼說。」

「案發當天，妳是否覺得小南女士還是像前一天發生口角時那麼激動？」

「那天我盡可能避開她，所以並不知道。」

「光莉身體狀況突然發生異常之前，曾經哮喘發作，小南女士為她摸背。這時，妳回到病房，小南女士就從光莉身旁走開了。當時的情況怎麼樣？她有沒有對妳態度惡劣，或是情緒很激動？」

「當時和平時一樣，不知道她在想什麼，讓人心裡發毛。」

「可以說和平時沒什麼不一樣，對嗎？」

「我覺得心裡很毛。前一天鬧得那麼不愉快，她卻若無其事地管閒事……但是，案件發生之後，我事後回想起來，不知道她是否別有居心。」

「好，我瞭解妳的回答了，謝謝妳。」

「她樂在其中，她知道光莉馬上就要出事，才故意裝好人。」

「梶太太，可以了。」

「她樂在其中！」

「我問完了。」

仁科栞措詞謹慎地設法問出了野野花和梶朱里之間的衝突並沒有很嚴重，但最後梶朱里哭著大聲叫喊。

仁科栞在之間反詰問佐伯千佳子和恆川初江時，詢問了案發前一天，野野花和梶朱里之間的衝突情況。聽野野花和紗奈說，那天只有梶朱里情緒很激動，伊豆原他們認為，旁人看了並不會認為野野花會因此懷恨，很希望佐伯千佳子和恆川初江可以如此證實，但她們明顯和梶朱里站在同一陣線。也許是因為同為案件被害者的立場，讓她們說出了這樣的證詞。她們都表示知道梶朱里很討厭野野花多管閒事，同時覺得野野花的言行很奇怪，讓她們感到心裡發毛。

第四天是針對醫護人員進行證人詰問。這一天，古溝院長等小兒科病房的醫生出現在應訊台前。

他們雖然很清楚每位病人的病情，但在案件發生之前，並不瞭解病童母親之間的糾紛等問題。曾經在由惟年幼時為她治療哮喘的古溝院長，和紗奈的主治醫生石黑典子當然都認識野野花，但他們的發言都很客觀，似乎無意識地想和案件保持距離。

然而，檢方努力試圖讓這些醫生說出他們也認為野野花很奇怪的證詞。

「古溝先生，請問你認為在所有被害人中，小南紗奈受到混入藥劑的影響較輕微的理由是？」

「在點滴之前吃的餅乾，可以預防胰島素導致的血糖過低的情況，而且調慢點滴速度，也減少了胰島素進入體內的量。紗奈當時是小學六年級的學生，和其他被害病童相比，她的身體比較高大，所以導致嚴重症狀的藥劑容許量也比較大。」

「假設沒有高血糖症狀的人透過點滴注射胰島素後，除了攝取糖分和調慢點滴的速度以外，還有其他方法可以避免血糖過低嗎？」

「在醫療上，可以注射具有抗胰島素作用的昇糖精，或是透過點滴注射葡萄糖。」

「外行人能夠採取什麼措施呢？」

「通常是透過食物攝取糖分，或是調整點滴，盡可能避免胰島素進入體內。」

「也就是說，被告在案發之前採取的行動，是減少紗奈受到混入的胰島素危害的合理方法嗎？」

「嗯，是啊。」

檢察官在詰問石黑醫生時，努力想要從她口中聽到野野花可能因為長期的陪病生活，導致精神不穩定的證詞。

「當妳向被告說明需要長期住院治療時，被告出現了怎樣的反應？」

「她多次問我，是否真的需要進行這樣的治療，難道不能在家休養嗎？」

「所以說，她並不希望女兒住院。妳認為被告是基於什麼理由，才會說這種話？」

「我認為她可能認為紗奈的病情並沒有很嚴重，再加上因為是單親家庭的關係，她無法去工作可能也是導致她不安的原因之一。但是在紗奈住院治療期間，觀察紗奈媽媽的反應後，發現她會針對治療方針逐一確認是否真的需要，似乎對藥物治療本身並不信任。」

「古溝醫院的小兒科病房，同意家屬二十四小時陪伴嗎？被告對於這件事的態度如何？」

「兒童住院接受治療時，真的很需要父母的協助，目前我們都要求父母盡可能在夜間陪伴。在這件事上，紗奈的媽媽從一開始協助不少。」

「通常長期持續住在醫院陪伴病童時，身心是否會承受一定的壓力？」

「我認為身心壓力很大，家長一直陪伴在病童身旁時，會對他們的病情變化一喜一憂，再加上精神緊繃，所以很容易疲勞。而且陪病家屬用的床睡起來並不舒服，包括這些環境的理由在內，有不少家長因為睡不好，導致身體出了問題，等到孩子出院之後，家長反而累壞了。」

「有家長在長期陪病一兩個月之後，言行出現變化嗎？」

「有些家長會問，為什麼都治不好，或是說要換去其他醫院，或是把宗教相關人士帶到病房，想要向宗教的力量求助。」

「妳是否發現被告在長期照顧女兒過程中有什麼變化？」

「病人在住院期間，除非病情有明顯惡化，否則我只會在晚餐前後去巡房一下，確認目前的狀況，在短時間的巡房中，並沒有發現什麼特別的變化。」

「紗奈的恢復狀況和原本的預期相比，算是順利嗎？」

「並沒有順利地持續恢復，數值上經常停滯，甚至有一段時間反而變差，但因為每個人的治療效果不同，並不能算是不符合預期，算是無可奈何的情況。」

「我們已經掌握，被告經常會調整紗奈點滴的速度，妳認為這件事是否可能會對治療產生影響？」

「雖然這並非值得稱讚的行為，無法斷言完全沒有影響，但每天都會打完當天必要的量，因此我並不認為這件事會直接造成很大的問題。」

「妳在和被告的對話過程中，是否覺得她對治療法和藥劑很在意，或是有極大的興趣？」

「她經常問我紗奈注射的點滴的功效和副作用，我認為她屬於在這方面勤問好學的媽媽。」

「也就是說，她對藥物的功效和副作用有極大的興趣，請問被告具體是怎麼說的？」

「她經常說，藥物和毒藥沒什麼兩樣。我一再向她說明，我們會根據症狀對症下藥，但她說，她之前曾經在醫院工作，當然有人靠吃藥治好了疾病，但也有很多人反而被藥害死了。雖然的確算是對藥物有興趣，但我覺得她的看法很負面。」

「妳認為她比普通人更強烈意識到，藥物可以像毒藥一樣對人體產生作用。」

「嗯，可以這麼說。」

在紗奈住院期間，主治醫生只是在巡房確認治療效果時短暫接觸，對於病人母親野野花的印象，說不出什麼像樣的內容。檢方雖然試圖藉由詰問證人帶風向，但似乎無法如願，所以辯方認為並沒有造成太大的傷害。

只不過在反詰問時，也沒有讓證人說出翻轉形勢的證詞，以結果來說，有一種慢慢被逼入困境的感覺。

第五天是對小兒科病房的護理師進行證人詰問。

首先是案發當天上晚班，在檢方認為野野花在護理站內將藥劑混入點滴內時，還沒有到醫院上班的三名護理師——葛城麻衣子、奧野美菜和坂下百合香，以證人身分出庭。

雖然從她們口中說出和犯案直接相關證詞的可能性不高，但這三個人的個性獨特，不知道她們會如何評論野野花，尤其是奧野美菜，很可能對之前色狼案件敗訴心懷不滿。

護理主任葛城麻衣子明確表示，雖已提醒野野花多次，她仍然整天擅自調整點滴的速度，護理師都認為她是需要特別注意的人物。

「妳提醒被告時，被告會做出什麼反應？」

「有時候會強詞奪理，說什麼反正最後都會進入身體，有時候會說謊，明明動了點滴，卻堅稱自己沒有動。」

野野花只是用開玩笑的方式裝糊塗，但從葛城麻衣子口中說出這件事，聽起來就像是野野花習慣性說謊，顯然是對辯方不利的證詞。伊豆原在反詰問時問葛城麻衣子：「她的回答會不會聽起來不像是說謊，而是明知道別人會發現，但還是用開玩笑的方式裝糊塗？」但葛城麻衣子回答說：「我覺得她的語氣聽起來就是想用謊言逃避。」她可能認定野野花就是凶手，完全不排斥說野野花的壞話。

奧野美菜完全一樣，而且對野野花的攻擊比葛城麻衣子有過之而無不及。她在作證說，曾經多次提醒野野花不要擅動點滴，但野野花都不聽勸阻。

「除此以外，妳和被告之間是否曾經談論過點滴的事？」江崎檢察官問道，他想深入討論這件事。

「她經常問我藥物的事，像是這種藥有什麼作用，還曾經問我舒爾體爽是什麼？有時候還會問我紗奈並沒有使用的藥物，我聽了之後才發現，那是光莉接受哮喘治療所使用的藥，我記得當時很驚訝，沒想到她對這種事也有興趣。」

「被告是否在藥物的問題上，曾經說過像是藥可能變成毒藥之類負面的話？」

「和她接觸過的護理師應該都聽過她這麼說，紗奈在接受治療的過程中，需要集中使用類固醇，原本我以為她是因此不安，但之後她不停地說相同的話，我認為不光是那個原因。當初曾經以為是對醫療的不信任，但是她經常說什麼如果相信醫療，就會深受其害，或是如果不親身體會，不會瞭解副作用有多麼可怕。她說話的語氣讓人心裡發毛，好像是某種警告或是預告。事後回想起來，會覺得可能是因為沒有人把她的想法當一回事，於是她希望藉由引發這起案件，讓不相信她的人清醒。」

「抗議。」

通常並不會對證人的證詞提出抗議，但伊豆原仍然忍不住站起來。

「抗議的事由是什麼？」櫻井審判長問。

「證人表達的只是自己的意見，受到小南女士被捕的影響，明顯缺乏客觀性。」

「如果對證詞有意見，你可以反詰問，請不要妨礙我的詰問。」

江崎檢察官不悅地說。櫻井審判長說：「請繼續。」

「並不是這樣。」奧野美菜說，「是案件發生後，聽說有人在住院病人的點滴中混入藥劑，我想起這件事，告訴了警察。這是她被逮捕之前的事，而且我有告訴其他人。」

原來她們並不是因為野野花被逮捕，才說這種話，相反地，是基於奧野她們這些證詞，導致警方將焦點鎖定在野野花身上。雖然她們可能並無惡意，但確信野野花清白的伊豆原，只覺得她們無事生非。

「妳說有告訴其他人，具體曾經告訴哪些人？」

「葛城主任和坂下。」

「三〇五病房突然發生意外時，妳剛到醫院準備上晚班，然後就加入急救，妳在病房內是否看到被告？」

「當時手忙腳亂，並沒有特別注意她，但我有看到她。」

「妳看到被告時，有沒有發現什麼？」

「我發現一件事，就是在梶光莉之後，佐伯桃香也突然惡化，醫生都不知所措，不知道發生什麼事，我看到小南媽媽在調整紗奈的點滴速度調節器。她動作很匆忙，但我看到了。過了一會兒，發現恆川結芽沒有呼吸，懷疑可能點滴內混入什麼東西，於是去確認紗奈的點滴，發現已經關掉了。我想應該是小南媽媽在那時候關掉的，只是感覺有點奇怪。」

「是否可以請妳具體說明一下，到底哪裡奇怪？」

「我想她應該覺得點滴內混入了什麼有毒的東西，才會停掉點滴，但是在她停掉點滴時，無論是醫生還是其他人，都還沒有想到點滴可能有什麼問題，竟然只有小南媽媽發現點滴有問題。」

奧野美菜的證詞很有說服力，江崎檢察官認為沒必要補充發問，他慢條斯理地點了兩三次頭，似乎在感受這番證詞的分量。

奧野美菜就像之前告訴伊豆原時一樣，嘮嘮叨叨地說明了案件發生的兩天前，在她負責三〇五病房時，野野花在病房的廁所內洗毛巾，梶朱里覺得很吵，兩個人為這件事口角。

「請問妳之前曾經看過被告走進護理站嗎？」

江崎檢察官繼續發問，似乎表示還有很多證據。

「經常看到。」

「被告在護理站內主要做些什麼事？」

「像是發點心給工作人員，然後順便閒聊一下。」

「除此以外，被告有什麼令妳印象深刻的行為嗎？」

「有一次，她站在冰箱前，一直看著冰箱。我問她在幹什麼，她掩飾說，在看牆上的排班表。」

奧野美菜在警方的筆錄中並沒有提到這件事，但是從江崎檢察官鎮定自若的態度來看，顯然對這個證詞並不意外，可能是在庭前確認的過程中出現的新證詞。

「那是什麼時候的事？」

「我不太記得詳細的日子，好像是案發前一個星期左右。」

「冰箱是玻璃門，可以看到冰箱內放的藥品吧？妳說的排班表，就是哪一位護理師上早班，哪一位護理師上夜班的工作表吧？我看了照片，發現排班表的確貼在冰箱旁，但是妳認為被告在看哪裡？」

「我覺得她看起來在看冰箱。更何況為了方便病人瞭解，護理站前的走廊上就有排班表，特地在那裡看排班表太奇怪了。」

野野花坐在被告席上搖著頭，表示她真的只是在看排班表。伊豆原向野野花確認了兩三件事之後，就起身進行反詰問。

「請問小南女士在護理站內說，她在看排班表時，她站在哪裡？是在冰箱前，還是排班表前？」

「我猜想應該剛好在兩者之間的位置。」奧野以好強的眼神看著伊豆原。

「妳是在什麼地方看到她？」

「在她身後一兩公尺的位置。」

「所以妳是從她的後方看到。妳站在她身後，能知道被告的視線看向哪裡嗎？」

「可以根據她脖子的角度知道大致的方向。」

伊豆原走去陪審團前，背對著奧野，把頭轉向審判長，但雙眼看著書記官。

「請問妳知道我現在看哪裡嗎？」

「抗議。」江崎檢察官插嘴，「這是誤導用意明顯的不恰當問題。」

奧野美菜沒有回答，櫻井審判長請伊豆原換其他問題。

「請問妳看到小南女士走進護理站時，曾經提醒她嗎？」

「我看到的時候，通常都會請她不要進來。」

「除了妳以外，還有其他護理師也都提醒她不要進入護理站嗎？」

「有很多人都讓副護理長去提醒她，但本來就不該進來，所以我都會直接對她說。」

「妳都怎樣提醒她？」

「我對她說，不可以進來護理站。」

「妳一看到她，就這麼對她說嗎？有沒有曾經對她說『小南媽媽，妳在幹什麼？』之類的話？」

「當然也會這麼說。」

「妳剛才提到小南女士回答她在看排班表時，妳說妳問她在幹什麼，是因為小南女士在看冰箱，妳覺得很可疑，所以這麼問她嗎？還是只是數落她不該走進護理站，質問她在幹什麼？」

「兩種意思都有。」

「小南女士當時具體回答『我在看排班表』嗎？只要回答妳記得的內容就好。」

「我不記得每一字一句……記得她當時好像說『我只是在看誰上夜班』，我想理解為她在看排班表並沒有問題。」

「妳聽了之後怎麼回答？」

「我忘了具體說了什麼，反正就是請她離開護理站。」

「妳覺得她在看冰箱，有沒有問她在找什麼之類的問題？」

「她說她在看排班表。」

「妳覺得她在看冰箱，認為她有點可疑，才會開口問她，對不對？當小南女士回答說，她在看排班表時，妳覺得她在說謊，不是應該更覺得她可疑嗎？妳接受了她當時的說法嗎？」

「我覺得請她離開護理站更重要。」

奧野美菜的語氣有點煩躁，伊豆原和她四目相對片刻。

「我問完了。」

伊豆原說完後，走回座位。雖然他很想提及色狼案件，問她是否因為由惟在那場官司中以證人身分出庭作證，影響了她今天的證詞內容，但又覺得這種做法很低級，所以並沒有問出口。她不可能承認，而且檢察官會提出抗議，說與本案無關。即使達到了讓陪審團知道原來還有這種關係的目的，但也可能會讓陪審團覺得律師團很卑鄙。

但是，不是應該不擇手段，用盡各種方法反擊嗎？伊豆原覺得自己的反詰問不痛不癢，為此痛苦。他完全不覺得成功讓陪審員產生了對辯方有利的心證。

今天的證人詰問結束閉庭時，野野花滿臉愁容。

她可能敏感地察覺到目前為止的不利形勢，尤其今天的證人中，甚至可以感受到明顯的惡意，難怪她會沮喪。

「今天已經撐著度過了逆風的山頂。」

伊豆原用這種方式激勵野野花。之後還有島津淳美等證人將要出庭，伊豆原在向她們問話時，感受到她們對野野花的同情，很期待她們在庭上說出中立的意見。在詰問川勝春水和竹岡聰子時，辯方就可以針對休息室內聊天時間的主張展開論述。就算目前是守勢，仍然有可能在之後逆轉形勢。

「是啊，接下來就輪到我們反擊了。」仁科栞也鼓勵野野花。

野野花有點不知所措，但還是點點頭，希望事態可以朝這個方向發展。

隔天仍是針對護理師進行證人詰問。雖然護理師沒有說出對檢方有利的證詞，但也沒有問出有助於辯方的證詞，無法擺脫辯方處於劣勢的膠著狀態。

島津淳美穿著深藍色洋裝站在應訊台前。她就像之前如實告訴伊豆原病房內工作人員之間的關係時那樣，堅定地朗讀了誓詞。

但是，當她坐下，檢察官開始發問後，伊豆原不禁有些驚訝——她在回答問題時變得吞吞吐吐。

「島津小姐，妳在案發前一天的早班時間，負責三〇五病房。妳知道那天被告和梶朱里女士之間曾經發生口角嗎？」

「我知道……我記得是下午兩點多的時候。我去病房時，梶太太大聲地說，真是受夠了。小南媽媽反駁說，就是因為她說話那麼大聲，光莉才會發作。她們並沒有面對面說這些話，而是各自站在女兒的病床旁鬥嘴。」

「妳當時做了什麼？」

「我聽了兩方的意見，然後安撫她們不要計較。」

「她們是為什麼爭吵？」

「小南媽媽在吃完麵包後，拍了椅子的座墊，想拍掉上面的麵包屑，梶太太抱怨說，請她去外面拍，然後她們就因此不愉快。」

「妳聽了之後，有什麼感想？覺得梶太太特別神經質，還是認為被告太不顧及他人？」

「雖然兩名病童的病床之間有一段距離，但是用力拍座墊這種事，別人的確會在意，而且灰塵經常會引發過敏，因此我並不認為梶太太特別神經質。梶太太之前曾經多次為了這種事向小南媽媽提意見，我很希望小南媽媽能夠稍微顧及其他人。」

「妳有沒有把這些想法告訴被告？」

「說是說了。」

「說是說了的意思是？」

「雖然我說了，至於她有沒有聽進去……」

「妳不知道她有沒有聽進去嗎？」

「是啊……她不太會改變自己的做法。」

「被告對妳的提醒，是否有反彈之類的言行？」

「她說與其在意灰塵，還不如用乾布摩擦，增加免疫力更有效。」

雖然島津淳美並沒有特別說野野花的壞話，但也沒有袒護她，她的回答自始至終都好像被檢察官的問題牽著鼻子走。

伊豆原起身進行反詰問。

「小南女士在醫院照顧紗奈期間，有其他病人或是病人家屬走進護理站嗎？」

「據我所知並沒有。」

「請問妳在古溝醫院的小兒科病房工作了幾年？」

「差不多快九年了。」

「在妳工作的九年期間，除了小南女士以外，是否曾經看到其他人走進護理站？就算是以前的事也沒關係。」

「以前有時候會看到。」

「有人會走進裡面的休息室嗎？」

「也有人會進去。」

「怎樣的情況下會進去？」

「病人出院的時候，會帶著點心禮盒進來。可能覺得在走廊上被人看到不太好，於是就走去休息室內。」

「就是說，在將近十年前，這種情況並不稀奇。近年是因為醫院的方針，這種情況就減少了嗎？」

「大約七年前，醫院方面就嚴格要求，禁止外人進入護理站。」

「在執行這個方針時，是否有什麼牌子之類的東西，提醒病人和陪同的家屬？」

「在護理站出入口旁放了寫有『禁止外人進入』的牌子。」

「案發當時有放在那裡嗎？」

「可能有人覺得放在那裡礙事，後來就移走了，這兩三年都沒有看到。」

「妳曾經看到小南女士走進護理站嗎？」

「看過好幾次。」

「妳曾經提醒她嗎？」

「沒有。」

「為什麼？」

「我想副護理長和主任會說她，就交給她們處理。」

「是否因為以前這種情況並不稀奇，因此妳受到這種想法的影響？」

之前島津淳美曾經對伊豆原說過這句話，伊豆原想要讓她說出這句證詞，讓陪審團明白，野花的行為未必異常。

但是，島津淳美猶豫片刻，沒有點頭，開口說：

「應該說，我的個性不擅長數落別人，都會交給其他人去處理。而且我知道就算副護理長和主任提醒她，她還是會走進來，就覺得反正說了她也不會聽。照理說，我的確應該提醒她。」

「這樣啊。」伊豆原無奈之下，只好改變問題。「關於案發前一天，小南女士和梶太太之間的口角，妳認為事情的嚴重性如何？」

「已經不是第一次了，因為並不是第一次，所以我覺得要多留意觀察後續的情況。」

「妳說留意觀察後續的情況，是認為還不是需要馬上處理的階段嗎？」

「不，照理說，應該讓其中一個病人換病房，但梶太太認為不是自己的女兒要換病房，而是要小南媽媽帶著女兒換病房；小南媽媽完全不覺得她們母女必須換病房，所以很難處理。」

原本期待她會回答，當時並不認為兩個媽媽之間的口角很嚴重，但再次揮棒落空。

「妳知道小南女士經常調整紗奈的點滴速度嗎？」

「對。」

「妳曾經為這件事說過她嗎？」

「沒有。如果她停掉點滴，我當然會說她，但她並沒有這麼做。」

「妳是否曾經想過，小南女士為什麼要調慢點滴的速度？」

「我猜想她可能認為點滴的速度太快，會對紗奈的身體造成負擔。」

「妳對此有什麼看法？會覺得她很傷腦筋，還是覺得多少可以理解家長的這種心情？」

伊豆原期待她能夠表示一定程度的理解。

沒想到島津淳美對這個問題的回答也模稜兩可。

「不是多少可以理解，而是覺得只要她高興就好。治療有一定的安排，照理說在這件事上也應該提醒她，但我個人覺得家長盡心盡力照顧孩子，我盡可能不會多說。」

「妳認為小南女士盡心盡力照顧紗奈嗎？」

伊豆原問了這個問題，至少希望由她說出對野野花的正面評價。

「陪病的家長都很盡心盡力，每天都睡在病房內，讓我肅然起敬。」

「小南女士也一樣嗎？」

「對。」

伊豆原總算問出這個答案，稍微鬆了一口氣。

只不過完全找不到逆轉形勢的突破口。

審理進入第七天的星期五，桝田出現在法庭的旁聽席上。

兩人過年前曾經為解任國選辯護人一事發生爭執，因此伊豆原看到他的出現，不由得感到驚訝，但桝田一臉神清氣爽，和伊豆原四目相對時，輕輕點頭打招呼，似乎早就忘記了曾經發生過摩擦。

也許因為曾經是他主導的案子，所以桝田很在意這起案子的後續發展。

之前為了加強辯護力，不惜解任他，伊豆原很想讓他看到辯護工作出現起色。然而現狀不如人意，伊豆原感到羞愧萬分。

這天證人詰問的對象是野野花去護理站時，分別在護理站和休息室內的幾名護理師。

庄村數惠住院，無法出庭，檢方提出她的筆錄作為證據。野野花進入護理站時，庄村數惠正在護理站中央的桌子旁寫護理紀錄。她在筆錄中提到，當時野野花給了她餅乾，之後野野花走去休息室，但不知道野野花什麼時候走出休息室，直到野野花走出護理站時才聽到動靜。除此以外，還提到她和川勝春水在雙重確認下調配了三〇五病房的點滴，當時不可能將藥劑混入點滴中。

畑中里咲和庄村數惠一樣，野野花走進護理站時，也在櫃檯旁寫護理紀錄。她今天穿著白色針織長裙出現在應訊台前。

她針對江崎檢察官問題的回答和庄村數惠供詞的內容大同小異。她從走進護理站的野野花手上接過餅乾，野野花只是簡短地對她說「辛苦了，請吃餅乾」這句話。野野花在走去休息室之前，在護理站內逗留的時間大約二十秒左右。

「妳知道被告什麼時候離開休息室嗎？」

「我不知道。」案發當時，才剛入職第一年的畑中里咲語氣很沉穩，但有點詞不達意。「她走進休息室時，我聽到敲門的聲音，所以知道，但出來的時候就沒有了。」

「妳看到被告走出護理站的身影嗎？」

「對，我看到了。」

「是因為她走出去的身影進入妳的視野，於是妳就抬頭看了一下嗎？」

「我聽到有人在出入口附近的動靜或者說是聲音，就抬頭看看，發現小南媽媽剛好走出去。」

「在此之前——就是從被告敲門走進休息室，不知道什麼時候走出休息室，到妳發現她走出護理站期間，妳坐在櫃檯前，有沒有轉頭看向後方，也就是回頭看冰箱和放點滴的推車方向？」

「沒有，我沒有回頭。如果有什麼動靜或是聲音，我會回頭看，但當時護理站內很安靜，只聽到庄村小姐敲打鍵盤的聲音……」

「被告經常去護理站發點心給大家嗎？」

「曾經有好幾次。」

「也會去休息室嗎？」

「她來發點心時，應該會去休息室。」

「和之前相比，被告那天在護理站，包括去休息室在內，逗留的時間會特別長嗎？還是比平時短？」

「感覺比平時長，有時候她發完點心就馬上出去了。」

江崎檢察官聽到她的證詞，滿意地點點頭，似乎又問出對檢方有利的證詞。

「關於三〇五病房發生緊急狀況這件事，妳也是聽到呼叫鈴後，就立刻趕去病房，對嗎？」

江崎檢察官繼續發問。

「對。」畑中里咲在回答後，又重提了剛才的事。「啊，剛才的問題我還沒說完。」

江崎檢察官微微歪著頭看著她。

「我想了一下之後才想起來，」畑中里咲說，「我聽到小南媽媽走出護理站時的動靜，不是腳步聲，而是餅乾袋子發出的沙沙聲。她用力握住袋口，在手甩動的時候，袋子發出了聲音，但是在此之前完全沒有聽到這個聲音。如果小南媽媽把藥劑加入點滴裡，就必須把餅乾的袋子放在某個地方，她放下和拿起的時候會發出聲音，但我一點都沒有聽到。」

檢察官應該曾經針對畑中里咲在庭上作證的內容進行過庭前確認，畑中里咲當時可能並沒有提到這件事，江崎檢察官錯愕地看著她。

「妳確定她之前完全沒有發出聲音嗎？」江崎檢察官反問道，他的表情很僵硬，看起來似乎很生氣。「妳當時不是在寫護理紀錄嗎？不是回顧一天的工作情況，專心在寫護理紀錄，以免有所遺漏嗎？」

「雖然是這樣，但我覺得如果有聲音，我應該會聽到……」

畑中里咲有點被他的氣勢嚇到，吞吞吐吐地說。

「妳的意思是，並沒有很大的動靜，吸引了妳注意力。」

「是……」

「瞭解了，接下來請教妳三〇五病房發生緊急狀況的事……」

江崎檢察官牽強地結束話題，急忙開始問下一個問題。

但是，可以明確感受到證人剛才的證詞，成為訴諸現場所有人五感的有力證據。伊豆原之前都用腦袋思考，始終試圖從有多少時間對點滴動手腳；野野花並非護理師，是否能夠俐落地完成這種事等這些疑問作為辯護的突破口，完全沒有意識到餅乾袋子會發出聲音這個問題，對在場的人來說，那才是證明野野花存在的重要關鍵。

檢方詰問結束後，伊豆原起身進行反詰問。

「妳剛才提到，在小南女士走出護理站之前，都沒有聽到她手上餅乾袋的聲音。」

伊豆原立刻提出這個問題。畑中里咲似乎在剛才檢方詰問時覺得說明得不夠充分，立刻態度積極地回應說：「是的。」

「也就是說，妳清楚聽到她走出護理站時，餅乾袋發出的聲音，對嗎？」

「我聽到了，」她說，「小南媽媽每次給大家的點心都是同一款餅乾，袋子的質感很硬，她拿餅乾出來時會發出很大的聲音。她走出護理站時，不知道是換手拿，還是在走路時，手臂擺動的關係，所以聽到了沙沙的聲音。」

「妳是因為聽到那個餅乾袋的聲音，才發現她走出去嗎？還是先聽到了她的腳步聲，注意力被吸引，才又聽到袋子的聲音？」

伊豆原深入追問，畑中里咲停頓一下，似乎在腦海中確認後回答說：「是餅乾袋的聲音，我沒注意到她的腳步聲。」

「在妳專心寫護理紀錄的狀態下，聽到了餅乾袋發出的聲音。妳認為如果這個聲音在推車前響起，就算妳在專心寫護理紀錄，也很可能會聽到嗎？」

「抗議。」江崎插嘴說，「辯方要求證人回答假設的問題，證人不可能有充分的把握回答這個問題。」

「剛才檢察官在發問時，幾乎強行認為證人由於專心在寫護理紀錄，就不可能聽到些微的動靜，」伊豆原反駁說，「但是辯方認為證人自己未必這麼想，正在確認。」

「請繼續。」櫻井審判長示意畑中里咲繼續說下去。

「我認為聽到的可能性很高，」她說，「當時我剛好有事要問主任或是副護理長，打算等她們從休息室出來後問她們。雖然很專心寫護理紀錄，但同時很注意後方的動靜。當時，護理站內很安靜，呼叫鈴沒有響，只有我自己拿起小南媽媽給我的餅乾時發出的聲音。身後的庄村小姐那裡沒有發出這種聲音，我記得當時還在想，庄村小姐沒有吃，她可能不喜歡這種餅乾。」

伊豆原有一種在斷崖峭壁上獲得救援的感覺，但沒讓興奮之情表露出來。

「如果小南女士在推車附近使用注射器把藥劑注入點滴，妳認為妳會聽到聲音嗎？」

「如果是按照正常的方式進行，我相信會聽到，但是如果小心翼翼地輕輕放下餅乾袋，把藥劑注入輸液袋時避免發出聲音的話，可能就不會聽到了。」

畑中里咲可能想到了江崎檢察官剛才的問題，回答得比較保守。

「我想請教一下，根據妳調配點滴的經驗，如果像這樣小心翼翼，不發出任何聲音的話，作業時間是否會比平時更久？」

「當然會更花時間。」

「謝謝妳。」

伊豆原結束反詰問。他把問題集中在這件事上，讓陪審員留下深刻印象。一旦發出聲音，畑中里咲就會聽到；如果努力不發出聲音，就需要更多時間。野野花並不熟悉護理工作，要在同時克服這兩個相反的難關情況下，對點滴動手腳是多麼困難的事……他相信已經在某種程度上傳達了這件事。

畑中里咲可能因為終於說出想要說的話，感到心情舒暢，揚起和法庭這個場合很不相襯的燦爛笑容鞠躬，離開了應訊台。

「畑中小姐的證詞對我們有利。」

連續多日開庭，整天在法院地下室食堂吃午餐也吃膩了。這一天，他們走到虎之門，走進一家牛舌定食餐廳吃午餐。

吃午餐時，伊豆原和仁科栞當然不可避免地聊到詰問畑中里咲的收穫。

「江崎先生有點慌了。」伊豆原聽了仁科栞的話之後回答，「很希望這不只是一次性的反擊，而是成為逆轉形勢的起點。」

下午要對川勝春水和竹岡聰子進行證人詰問，將成為是否能夠讓形勢轉為對辯方有利，還是再度被檢方扳回局面的關鍵。由於醫院方面的態度硬化，所以伊豆原只和她們談了一次，無法預測她們會說出什麼證詞。

「庄村數惠小姐是受了什麼傷住院？」

伊豆原滿腦子想著下午的證人詰問，仁科栞問了這個問題。

「之前聽說是跌倒還是摔落之類的意外。」

伊豆原想起江崎檢察官之前說的話，當時伊豆原很想仔細問清楚，但桝田很乾脆地同意了庄村數惠的筆錄。

「但這不是三個多月前的事嗎？不知道現在是否已經出院了？」

「可能已經出院了。」伊豆原回答後看著她，似乎想瞭解她這麼問的意圖。

「如果她可以出庭作證，是否可以請她出庭？光是餅乾袋子發出聲音的事，如果她也能證實畑中小姐的證詞，我認為有助於對陪審團產生影響。」

「嗯。」

庄村數惠已經回到位於宇都宮的娘家，再加上之前貴島說，他曾經去見過她，但沒有筆錄內容以外的任何收穫，因此伊豆原並不重視她的存在。

但是，她在筆錄中當然不可能提到當時有沒有聽到餅乾袋的聲音，只說看到野野花走出護理站。

如果認為這件事是這場官司勝負的關鍵，的確可以請庄村數惠出庭作證。

「如此一來，就要聲請重新調整開庭日期嗎？」

當初由於庄村數惠受傷住院這個不得已的理由，無法聲請她以證人身分出庭，但如果她目前已經出院，或許可以重新聲請，只是如果暫停目前的審理，硬是安排新的證人詰問，會導致擔任陪審團的一般民眾時間安排上出問題，法院很可能因此不滿。

「不，這種程度的事，應該只要說明理由，聲請詰問證人就行了。」仁科栞說，「如果審判長認為這件事很重要，就可以憑職權決定採納。」

「也就是說，關鍵在於能不能讓審判長認為這件事很重要，」伊豆原沉思著，「在此之前，必須先確認她是否出院了。」

「嗯，是啊。」

最後，他們並沒有在這個問題上得出結論，就回到了地方法院。伊豆原認為只能利用週六、週日再來思考這個問題，雖然不知道時間上是否來得及，但他目前滿腦子都想著下午的證人詰問。

等待下午重新開庭時，在法庭的旁聽席上看到了古溝院長的身影。他似乎來旁聽川勝春水出庭作證，他可能擔心會提到他們之間的關係。伊豆原擔心如果川勝春水知道他會來旁聽，證詞自然會變得比較節制。

在下午一點半即將開庭，正在等待法官和陪審團進入法庭時，仁科栞突然從辯護人席上站起來。

「我還是去確認一下。」

「什麼？」

「這裡就拜託了。」

「不，但是……」

她似乎滿腦子都想著午餐時聊到的庄村數惠的事。等一下就是最重要的證人詰問，但伊豆原還來不及制止，她就單手拿起皮包走出了法庭。

她剛離開，法官和陪審團就步入法庭，所有人都起立鞠躬後宣布開庭。

「少了一位辯護人。」櫻井審判長看著辯護人席說道。

「不好意思，仁科臨時有事離席，請繼續開庭。」

雖然伊豆原很錯愕，但也只能這麼說。

櫻井審判長輕輕點頭，在仁科栞缺席的情況下開始審理。當時在小兒科病房擔任副護理長的川勝春水在事務官的帶領下走進法庭。

川勝春水一身黑色長褲套裝，好像在配合法官的法袍。她坐在應訊台前，鎮定自若地回答了江崎檢察官的問題。她如實承認，由於擔任副護理長，那時都習慣和主任在休息室內寫護理紀錄。

江崎檢察官問及她和竹岡聰子在休息室內，野野花進入休息室送餅乾時的狀況。

「那麼，被告進入了休息室，她對妳說了什麼？」

「我記得她說『辛苦了』和『請妳們吃餅乾』之類的話。」

「妳當時有沒有要求被告不要進入休息室？」

「有，我責備地喊了一聲『小南媽媽』，她當然知道不能進來，就笑著帶過。」

「然後被告就拿了餅乾給妳們，妳們還有聊其他的話嗎？」

「她告訴我們，她認識在醫院食堂工作的人，說之前就覺得對方很面熟，後來知道是以前在熟食店工作時的同事。對方戴著口罩，她沒有認出來，但對方早就認出她了。她一個人說了這些事，我只是聽她說話。當她說完之後，我就對她說『我們在工作』，請她離開。」

「原來是這樣，妳是副護理長，當然不能默許她長時間逗留。所以妳聽她說了有朋友在食堂工作的事，請問妳記得被告在休息室內逗留的時間大約有多久嗎？」

「我沒有看手錶，不是很清楚，但並沒有很久。」

「妳可以憑感覺說出大致的時間。如果只是說出她想說的話，只要三、四十秒就足夠了。」

「抗議。」伊豆原起身，「憑感覺來證明時間這個物理問題並不恰當，而且用『只要三、四十秒就足夠』引導證人後，要求證人回答這個問題也不恰當。」

「證人並沒有實際測量時間，因此我方認為詰問證人的感覺有一定的意義，但我可以換一種方式問。」雖然江崎檢察官這麼回答，但還是修正了問題。

「根據之前妳說明的情況，妳們的對話如下。被告說：『辛苦了。』妳說：『妳怎麼又進來了？』被告說：『我之前就覺得在食堂裝菜的女人很面熟，後來終於想起來了，她是我之前在熟食店時的同事。她戴著口罩，我一直沒認出來。今天中午才不禁問她，該不會是我的老同事。她之前就認出我了，竟然沒有叫我。』竹岡聰子說：『這個世界真小。』然後妳打斷了談話說：『我們在工作。』把她趕走了。妳當時這麼回答，妳還記得嗎？」

「記得。」

「實際出聲說這些對話的內容，時間最多只有三、四十秒。妳當時回答時間差不多。」

「是啊……差不多就是這樣的時間。」

檢方巧妙地引導川勝春水，讓她說出當時對檢察官陳述的內容，在休息室內聊天時間的問題上，提出了符合檢方劇本的證詞。

野野花在休息室內其他的聊天內容，都封印在川勝春水的內心。那些內容暗示了她和古溝院長之間的關係，同時刺激了她內心的創傷。若是問她是否還記得曾經聊過這些話，她可能不會承認。

但是，即使讓川勝春水不知所措，甚至可能只會造成惹怒她的結果，仍然必須提出辯方的主張，否則就無法拯救野野花。

伊豆原起身進行反詰問。

「我想請教妳，在案發當天下午三點四十五分左右，妳和竹岡小姐在護理站後方的休息室時，小南女士拿餅乾給妳們時的聊天內容。我方分別問了妳們三位當時在場的人，根據當時紀錄的內容，想確認幾個問題。首先是去年七月四日，妳在古溝醫院向我方說明的休息室內的聊天內容。小南女士走進休息室說：『辛苦了，請妳們吃餅乾。』然後把餅乾拿給妳們。妳責備她說：『妳怎麼又進來了？』小南女士笑著帶過，然後突然問妳們：『妳們認識在食堂裝菜的女人嗎？』然後又繼續說：『我之前就覺得她很面熟，原來是之前在熟食店時的同事。我一直沒發現，她戴著口罩，我沒認出來。今天中午才忍不住問她，該不會是我的老同事。她之前就認出我了，竟然沒有叫我。』竹岡小姐附和說：『這個世界真小。』小南女士深有感慨地說：『就是啊。』之後妳對她說：『我們在工作。』就把她趕走了……這和剛才檢方所說的內容幾乎一致，可以認為妳目前記得當時就是聊了以上這些內容嗎？」

「對，我記得差不多就是這樣。」川勝春水回答。

「八月三日，我們也在古溝醫院問了竹岡小姐。她提到在小南女士說：『妳們認識在食堂裝菜的女人嗎？她是我之前在熟食店時的同事。』之後，沒有去過訪客食堂的竹岡小姐說：『不認識她。』小南女士說：『就是裝菜的人。』竹岡小姐又說：『我們在樓上的食堂用餐。』小南女士驚訝地問：『原來樓上也有食堂。』小南女士看起來誤以為訪客也可以去樓上的食堂，也許是因為醫院方面要求妳們不要在訪客面前說『樓上的食堂』和『樓下的食堂』，妳就糾正說：『是員工專用的食堂。』小南女士聽了之後就說：『難怪都不會在食堂看到護理師，我以前工作的地方，病人和醫生都在同一個食堂吃飯。』請問妳記得這些聊天內容嗎？」

「我記得聽到她說『裝菜的人』這句話。」

「還有其他呢？比方說妳自己當時說的話呢？」

「雖然我忘了當時怎麼說，但是說『樓上的食堂』，會讓人覺得比訪客食堂更高級，所以我覺得不太妥當，似乎有說了什麼。」

「所以妳記得當時曾經有聊到過『樓上的食堂』。請問妳是否記得小南女士曾經說，她以前工作的地方，病人和醫生都在同一個食堂吃飯這件事呢？」

「我記不太清楚了，但聽起來好像有，而且既然竹岡小姐這麼說，應該就是這樣。」

「小南女士之前任職的醫院，的確訪客和職員都在同一個食堂用餐。」

「既然這樣，那當時應該聊過這些。」

「我還想請教另一個問題。竹岡小姐說，當她說了『這個世界真小』後，小南女士附和說『就是啊』之後，聊天並沒有結束，之後小南女士又說：『我跟那個朋友說，我在小兒科病房，然後就聊到副護理長，』也就是妳，『她問我是怎樣的人，我回答說，是個美女。』請問妳還記得當時是否曾經聊過這些？」

伊豆原不知道該向她施加多少壓力，努力用自然的語氣問道，然後緊張地屏氣斂息，等待她的回答。

伊豆原做好了有一半的機率會聽到她否認的心理準備，如果她之前是因為那些聊天的內容刺激到了內心的創傷，才刻意不提，照理說就會記得這些對話的內容，但如果她說不記得，伊豆原也無能為力。

「雖然記憶有點模糊，但好像有聽到類似的內容。」

伊豆原聽到川勝春水的回答時，喉嚨發出了奇怪的聲音。雖然原本以為抱著五成的期待，但從自己驚訝的態度來看，發現其實比想像中更悲觀。

難道是由於竹岡聰子這麼說，她才無奈接受嗎？伊豆原小心翼翼地確認：「妳的意思是，在休息室聊天時，曾經聊到這些內容嗎？」

「對。」

伊豆原聽了川勝春水的回答，用力吸氣，然後緩緩吐出來，繼續發問。

「我也問了小南女士當時的聊天內容，結果發現還有後續。小南女士說，她當時還說了『副護理長這麼漂亮還單身，真是太可惜了，我還對千田說，每個人追求的幸福不一樣』這句話，從客觀的角度來看，當時說這句話很合理，之後妳就說『我們在工作』，把小南女士趕了出去。如果在她說『我回答說，是個美女』這句稱讚的話之後，妳對她說『我們在工作』，有一種唐突的感覺，但是『每個人追求的幸福不一樣』這句話有弦外之音，成為妳不想繼續聊下去的原因。希望妳仔細回想一下，妳當時是否曾經聽到小南女士說這些話？」

「是的，我記得。」川勝春水看著伊豆原的胸前，靜靜地回答。

「妳記得？」伊豆原在鴉雀無聲的法庭中，聽到了自己緊張的聲音。「妳是說記得她說過這些話嗎？」

「你剛才說了之後，我想起來了。」川勝春水面不改色，淡淡地說：「當時我交了一個男朋友，對方有家室，我們的感情發展並不順利，再加上有其他的因素，我和那個男朋友剛分手不久。小南媽媽應該聽說了我和對方交往的事，因此我覺得這句話有一半是在調侃。但其實我們剛分手，我有點尷尬，於是就說『我們在工作』，不讓她繼續聊下去。」

川勝春水的神色，顯然不是剛剛才想起當時的狀況。

之前由於律師團懷疑川勝春水可能是凶手，導致雙方的關係鬧僵，伊豆原還以為不可能從川勝春水獲得對辯方有利的證詞。

但是，她似乎不計前嫌，認為一旦坐在應訊台前作證，就必須誠實回答所有的問題。也許是她內心的正義感使然……她堅定的態度讓人產生這樣的想法。

坐在旁聽席上的古溝院長站了起來。他聽完川勝春水的證詞後，可能終於放了心。他的臉上並沒有為難之色，可能早就做好了心理準備。

「謝謝……謝謝。」伊豆原幾乎無意識地一再道謝，讓心情平靜後，從上衣口袋裡拿出馬錶說：「審判長，為了確立證人的供詞，聲請使用馬錶。」

「同意。」

「接下來將重新整理在休息室內的聊天內容，我將按照正常的聊天速度朗讀，如果證人認為速度太慢或是太快，或是曾經有停頓，總之，發現任何問題，都請隨時告知。」

伊豆原說完，按下馬錶，拿著記錄聊天內容的紙開始讀。讀完之後，再次按下馬錶。馬錶顯示是一分零九秒。

「怎麼樣？」伊豆原問川勝春水。

「在我瞪著小南媽媽說：『妳怎麼又進來了？』之後，她笑著掩飾，然後從袋子裡拿出餅乾放在我們面前，這之間還有幾秒的時間。」

「妳記得她拿餅乾給妳們大約花了幾秒的時間嗎？」

「我並沒有記得很清楚，差不多十秒左右。」川勝春水回答後又補充：「我記得在我最後說『我們在工作』，想要結束聊天後，就轉身面對電腦，但發現她遲遲沒有離開，就又轉頭瞪了她一眼。」

「如果以秒數來計算，大約是幾秒？」

「應該四、五秒。」

「小南女士走進休息室或是走出去時，腳步有沒有很匆忙？還是慢條斯理？」

伊豆原觀察野野花出入看守所接見室的樣子，發現她並不是走路很快的人。

「小南媽媽走路向來不是很快，當時應該像平時一樣，很悠閒地走路。」

川勝春水的回答完全符合伊豆原的期待。

「我用馬錶計算了剛才的聊天內容，時間是一分九秒。」伊豆原高高舉起馬錶，「小南女士在護理站拿了餅乾給畑中里咲小姐和庄村數惠小姐，然後走到休息室的時間大約二十秒，按照剛才川勝小姐所說，聊天停頓的時間等等也有十五秒左右。小南女士走進護理站到離開總共是兩分二十五秒，扣除這些時間，她只有大約四十秒的時間犯案。這四十秒很可能還有目前還未想起的對話，或是離開護理站前，從作業台上拿橡膠手套所花費的時間，但為了謹慎起見，我想請教一下——不習慣使用注射器的外行人，是否有可能在四十秒的時間內，把藥劑注入四包輸液袋內，同時不發出任何聲音？」

「老實說，我認為不可能。」川勝春水不加思索地回答。

「謝謝妳。」

伊豆原回座後，一名陪審員問川勝春水：

「剛才檢察官問妳時，妳回答說，被告在休息室內逗留時間大約三、四十秒，在仔細思考之後，認為有一分二十五秒左右，是這樣嗎？」

「三、四十秒只是憑感覺，認為差不多是這樣的時間，我並沒有看手錶。但當時聊天的內容就如律師所說，既然在測量時間後是一分二十五秒，那麼差不多就是這樣的時間。」

伊豆原帶著既興奮又茫然的心情，聽著他們的對話。

形勢明顯漸漸對辯方有利。

短暫的休息時間後，輪到竹岡聰子出庭作證。

她和川勝春水一樣，回答檢方的問題時，基本上都和筆錄的內容相同。江崎檢察官確認她針對在休息室內聊天時間的回答和筆錄一樣，都是三、四十秒後，好像自我滿足般點點頭。

「去年八月三日，我去古溝醫院向妳瞭解情況……」

伊豆原起身反詰問時，也向她確認之前從她口中聽說的聊天內容。

「……妳當時說，妳們的聊天並沒有到此結束。之後小南女士又說，『我跟那個朋友說，我在小兒科病房，然後就聊到副護理長，她問我是怎樣的人，我回答說，是個美女』，請問是否符合妳的記憶？」

「我的記憶並不是很明確，我只是說，當時好像還說了這些話。」竹岡聰子含糊其辭。

伊豆原點點頭，繼續提問。「根據小南女士的回憶，她說自己當時又接著說『對方說，副護理長這麼漂亮還單身，真是太可惜了，我就說，每個人追求的幸福不一樣』。關於這件事，川勝小姐說，她當時認為小南女士在調侃她的私生活，覺得很尷尬，於是就說『我們在工作』，請小南女士離開。聽起來前後的脈絡比較自然，妳告訴我的『然後就聊到副護理長，她問我是怎樣的人，我回答說，是個美女』這句話，也應該在這段話之前……」

「抗議。」江崎檢察官起身，試圖阻止形勢往辯方有利的方向發展。「辯方試圖用其他證人的證詞引導證人。」

「我只是順著聊天的內容說下去，藉此喚醒證人的記憶。」伊豆原反駁。

「請繼續。」櫻井審判長不予追究，示意他繼續說下去。

「請問根據妳的記憶，關於『對方說，副護理長這麼漂亮還單身，真是太可惜了，我就說，每個人追求的幸福不一樣』這段話，妳覺得好像有聽到，還是根本沒聽到？」

「好像有聽到。」

「包括小南女士回想起的內容嗎？」

「對，我記得當時想說好像在暗指川勝副護理長的私生活，所以有點不自在。」

竹岡聰子同樣證實了休息室內有這段之前都不曾出現過的聊天內容。

伊豆原感覺到扭轉了原本已經被逼到牆角的形勢，也許已經順利逆轉了。

在反詰問竹岡聰子的中途，仁科栞回到了辯護人席。她似乎從最後的對話中察覺到辯方得了分，迎接伊豆原回座時，雙眼炯炯有神。

伊豆原坐下後，她立刻和他咬耳朵。

「庄村小姐已經出院，目前正在家中休養。」

她說完這句話，遞給伊豆原一份文件。她似乎已經製作了聲請調查證據的書狀。

「她說可以出庭嗎？」伊豆原向她確認。

「雖然她說沒有任何話可說，但並不是無法行動的狀態。」

關鍵在於是否能夠說服她出庭作證。

下個星期就會請辯方的證人紗奈出庭，之後就要質問被告。野野花將會主張自己的清白，檢方應該會拿出她的自白筆錄展開攻擊。接下來是檢方論告求刑，和辯方的最終辯論，結束審理程序。

按照目前的形勢，是否能夠獲得無罪判決？就算有可能，也無法斷言絕對能夠贏得無罪判決。這個國家的刑事法庭有所謂百分之九十九點九的魔咒，可以說，為無罪投下一票，比做出有罪判決需要更大的勇氣。一旦做出有罪判決，在二審之前，野野花的身心會持續受困，絕對不能讓這樣的情況發生。

伊豆原認為必須再加一把勁。沒有新的證詞也無妨，只要能夠從庄村數惠口中再次確認畑中里咲提到的餅乾袋子聲音，就能夠期待繼續翻轉目前的形勢。

「她企圖自殺。」

「什麼？」

仁科栞咬耳朵說的話太出乎意料，伊豆原以懷疑的眼神看著她一本正經的臉。

「她住院的那家醫院就是她新任職的醫院，我向那裡的職員打聽情況，聽說她是墜樓，雖然沒有明說是自殺，但我認為就是這麼一回事。」

從高樓墜落，而且沒有明說理由，當然會認為是跳樓。

但是，伊豆原不瞭解庄村數惠的情況，無法馬上消化這件事。

「下一次是下週一十點開庭。」

櫻井審判長即將宣布閉庭，伊豆原還來不及整理思緒，但覺得必須採取行動，於是不加思索就舉起了手。

「審判長，我方聲請傳喚證人出庭。」

仁科栞立刻跑過去將調查證據聲請狀交給櫻井審判長和江崎檢察官。

「小南女士去護理站發餅乾時，庄村數惠小姐也在護理站內，在準備程序庭時，她正在住院，認為她無法出庭，辯方在不得已的情況下，同意了她的筆錄。但是經過我方的確認，庄村小姐已經出院，她是能夠說明小南女士在護理站內情況的重要人物，我方希望務必傳喚她出庭作證。」

櫻井審判長和左右兩位陪席法官小聲討論兩三句話後，看著江崎檢察官問：

「檢察官的意見如何？」

江崎檢察官聽了審判長的問題後，不服氣地起身。

「抗議。本案必須根據庭前準備程序庭所決定的內容進行審理，準備程序庭已經結束了，當時並沒有聲請庄村小姐出庭作證。審理已經進行到目前的階段，我方認為沒有理由同意這項聲請。」

伊豆原再次舉起手起身。

「根據刑事訴訟法第三百一十六條之三十二，準備程序庭後無法聲請調查證據，並不包含當初因不得已之事由導致無法聲請的內容。正如我剛才所說，庄村小姐當時正在住院，她無法出庭這個不得已的事由的確存在，因此只能放棄請證人出庭作證，但現在得知該事由已經消除，所以必須同意這項聲請。」

江崎檢察官不甘示弱地站了起來。

「庄村小姐在證據調查的筆錄中也供述，她收下餅乾後，只和被告聊了一兩句話而已，並不瞭解被告當時的行動，在本案的爭點上，並非重要的證詞。辯方的目的只是試圖在審理最後階段聲請新的證人出庭作證這個舉動，讓人留下辯方採取攻勢的印象。這種聲請只是一種法庭戰術，只會擾亂審理，不得不說這並不恰當。」

老實說，伊豆原這個舉動的確有像他所說的那種目的，也能夠瞭解檢方的不悅，但是，伊豆原也反唇相譏。

「畑中里咲小姐在今天出庭作證時，提到了小南女士拿著餅乾袋，如果要對點滴動手腳，應該會聽到她手上餅乾袋發出的聲音。這是全新觀點的證詞，庄村小姐在筆錄中並沒有提到有沒有聽到餅乾袋發出的聲音，她坐的位置比畑中小姐離推車更近，如果能夠針對這個問題向庄村小姐確認，對於瞭解小南女士犯案可能性非常重要。我方也同時聲請將已扣押的病房垃圾箱內的餅乾袋作為證據。」

「證人有辦法在週一出庭作證嗎？」櫻井審判長問伊豆原。

「我方會努力和證人協調。」雖然庄村數惠甚至還沒有答應出庭，但伊豆原這麼回答。

櫻井審判長看向兩位陪席法官後，點點頭說：

「那就預定週一請證人出庭作證。」

仁科栞差一點做出勝利的動作，輕輕發出了微妙的聲音。

「今天到此結束。」

宣布閉庭後，法官和陪審團走出法庭。目送野野花跟著監所管理員離開後，伊豆原感受著開庭一整天的疲勞，緩緩整理著資料。這時，聽到江崎檢察官不悅地說：「那種聲請根本沒有意義。」江崎檢察官似乎仍然怒火難消，準備走出法庭時，仍然看著伊豆原。

「江崎先生，」伊豆原叫住他，「你為什麼沒有告訴我們，庄村小姐自殺未遂？」

江崎檢察官停下腳步，並沒有馬上回答。

「你當然知道這件事吧？」

「你們沒問，我就沒有特別說而已。」他強詞奪理，「有什麼問題嗎？」

「你知道她自殺的原因嗎？」

江崎檢察官聽了他的問題，微微挑眉。

但是，得知案件關係人企圖自殺，當然會心生疑問。

如果野野花是清白的，就意味著另有真凶。包括護理師在內，出入護理站的醫護人員是凶手的可能性相當高。

「你在亂猜疑什麼？」江崎檢察官似乎察覺伊豆原的意圖，然後故作平靜地說：「看來你和桝田律師沒什麼兩樣。」

「我只是在請教你原因。」

「我當然知道原因。」他說，「她前年流產，導致夫妻關係出問題，去年年初離婚後回了娘家。雖然在娘家附近的醫院工作，但仍然無法走出沮喪，就是這種極其私人的原因。」

伊豆原之前就聽說庄村數惠因為工作太勞累，導致她不幸流產。如果這個不幸導致他們夫妻關係破裂，的確能夠理解。

但是，庄村數惠自殺的理由真的是因為流產和之後夫妻關係破裂嗎？他仍然無法消除這個懷疑。

會不會只是檢方一廂情願的想法？

伊豆原從來沒有見過這名護理師，無法產生任何心證。

「千萬不要因為亂猜疑，傷害像川勝小姐那樣有隱情的人。」

江崎檢察官用道德勸說牽制辯方的反擊，然後走出法庭。

「我明天就去宇都宮。」離開法院，走在暮色中的霞關，仁科栞興奮地說。

「嗯，我當然也會一起去。」

伊豆原越想越覺得庄村數惠很棘手。一方面不瞭解她目前的狀況，而且不知道她是否會答應出庭。如果真的只是因為夫妻關係的問題企圖自殺而在家中休養，可能精神狀態仍然不穩定。但是，既然她也有可能是真凶，伊豆原很希望可以謹慎瞭解狀況。

「在此之前，先去古溝醫院一趟。」伊豆原說，「我們對庄村小姐太不瞭解了。」

伊豆原他們直奔古溝醫院，向櫃檯人員說想見事務局長繁田，不一會兒，就看到繁田一臉驚訝地走了出來。

「不好意思，突然不請自來。」伊豆原向他打招呼，然後鞠躬為之前的事向他道歉。「貴院的醫護人員在法庭上的證詞都很公正，容我表達由衷的感謝。」

「在法庭上的證詞都由各人自主發表，」繁田難掩困惑，「請問今天有何貴幹？」

「我們想瞭解目前已經離職的庄村數惠小姐的事。」伊豆原說，「請問你有沒有聽說庄村小姐之後的情況？」

「聽說了傳聞。」繁田回答。

「我們打算請她出庭作證，但想要用謹慎的態度和她接觸。我們對庄村小姐一無所知，是否可以向她以前的同事瞭解一下她是怎樣的人？」

「現在嗎？」

目前是星期五傍晚五點多，是早班的護理師剛好下班，正準備收拾東西回家的時間。

「我們必須在星期六、日去找庄村小姐，只好請你務必幫忙。」

伊豆原說完，再次鞠躬拜託。繁田無可奈何地走回事務局。

不一會兒，他就回來了。

「相信你也知道，川勝、竹岡和畑中今天因為要出庭，所以請假。」

「我知道，」伊豆原回答，「還有其他人在嗎？」

「葛城、奧野和島津今天都上早班，現在剛好是下班時間，應該可以問她們一下。」

如果是葛城麻衣子和奧野美菜，可能未必能問到自己想知道的事。

「可以請你問一下島津小姐是否方便嗎？」

伊豆原拜託繁田後，去咖啡店等待，很快就看到島津淳美穿著便服走了進來。可能因為今天要詢問的是已經離職的庄村數惠的事，所以繁田並沒有一起出現。仁科栞跑去為她買咖啡時，島津淳美有點尷尬地向伊豆原打招呼。

「那個、我在法庭上無法說出對小南媽媽有利的證詞，真的很抱歉。」

她似乎很在意這件事。

「聽說院長為了川勝副護理長的事很生氣……我說了讓人產生不當聯想的話，我覺得很對不起你們律師，還有川勝副護理長。我不知道他們的關係是以什麼方式收場，就不負責任地亂猜測。我男朋友在這裡當醫生，他說了我一頓。雖然很丟臉，但也因為這樣，無法在法庭上說出任何語驚四座的證詞……」

她的意思是，由於擔心出庭作證可能帶來的影響，所以只能說一些不痛不癢的證詞嗎？

「我們應該謹慎處理川勝副護理長的事，結果處理不當，把事情鬧大了，我們反而該為這件事道歉，幸好川勝副護理長出庭時公正作證，我們深刻體會到，這次得到了包括妳在內的各位醫護人員的大力協助。」

仁科栞把咖啡放在島津淳美面前時，伊豆原切入了正題。

「今天是想請教關於已經離職的庄村數惠小姐的事……」

伊豆原告訴島津淳美，想請庄村數惠出庭作證，但希望能夠在去找她之前，向她的前同事打聽一下她的為人和私生活，伊豆原當然沒有提到庄村數惠可能是本案凶手的可能性。

「我聽說了庄村小姐在任職的醫院跳樓的事，」島津淳美語帶保留，「她的個性很溫和，雖然我們沒什麼私交，但以前當同事時經常聊天，流產這件事似乎對她造成很大的打擊，她在流產之後，看起來一直悶悶不樂，聊天的機會也變少了……」

「請問她是什麼時候流產的？」

「我記得是前年八月左右，聽說當時懷孕四個月左右，在上夜班時出血，導致先兆性流產。由於我們醫院沒有產科，於是就送去附近的綜合醫院，但最後還是沒保住……」

「懷孕期間也要上夜班嗎？」

伊豆原驚訝地問。島津淳美有點尷尬地皺起眉頭。

「在排班時想照顧孕婦會影響到其他人，所以除非當事人強烈要求，否則就不會有特殊待遇。」

「妳認為有沒有可能是因此導致流產？」

「如果只是討論可能性，我認為有這個可能，」島津淳美說，「據說上夜班會增加流產的機率，但其實醫院方面也不是完全沒有照顧孕婦，在前三個月，每週只要上一次夜班。進入第四個月後，算是進入了穩定期，就認為每週兩次沒有問題。」

「即使進入了穩定期，每週上兩次夜班還是很辛苦。」仁科栞說。

「我記得她那時候不是每週兩次，而是連續上夜班，」島津淳美說，「感覺像是要把上一個月的夜班補回來。」

「是由誰負責排班？」

「雖然最後由副護理長進行調整，但基本上都是由主任問大家的意願，然後安排大致的排班表。我記得那個月是葛城主任負責。」

「妳是否聽說，當時有什麼人為因素導致她連續上夜班？」

島津淳美聽到伊豆原尖銳的問題，頓時有點遲疑。

「你們該不會在懷疑庄村小姐？」她問。

「不，並不是這個意思。」

雖然伊豆原否認，但是如果庄村數惠對案發當天負責三〇五病房的川勝春水懷恨在心，在點滴中加入其他藥劑引發問題，造成川勝春水困擾的動機就可以成立，的確可以增加庄村犯案說的可能性。

「我不希望自己說的話引起不必要的臆測。」島津淳美說。

「我明白。」之前在川勝春水的問題上造成她的困擾，成為阻礙。

「總之，副護理長只有在夜班的人數不足的時候，才會詢問是否有願意上夜班的人，而且也不會勉強，照理說不會引起怨恨。」

「這樣啊。」伊豆原決定不再提出懷疑庄村數惠可能和案件有關的問題，「庄村小姐在流產之後，看起來很受打擊嗎？」

「她休息了兩週後回來上班，表面上，在工作方面和之前一樣，只是覺得她感覺有點意興闌珊。」

「她在去年三月左右離職，妳那一陣子有沒有機會和她聊天？」

「沒有，我和她都調去其他科了。」島津淳美回答後，又補充說：「但是在醫院看到她時，發現她變得很憔悴。」

「最後她離婚，回到了娘家，這意味著比起流產的打擊，夫妻關係失和的影響更大，請問妳對這件事知道什麼情況嗎？」

「我是有聽說一些傳聞。」

島津淳美回答後，又開始吞吞吐吐。伊豆原意識到這是敏感問題，所以並沒有催促她回答。

「聽說她老公原本就欠債，上夜班有津貼，她就更無法拒絕了。」

「她為了老公努力工作，結果導致流產。照理說，她老公應該好好疼惜她，沒想到完全不是這麼一回事……所以是這樣嗎？」

「如果她老公疼惜她，怎麼可能離婚？」島津淳美嘀咕，「但真相究竟如何，我也不太知道詳細情況。」

「原來庄村小姐三十四歲了，」仁科栞代替島津淳美說，「目前高齡分娩很常見，外人覺得三十四、五歲，還有下一次機會，但當事人可能覺得失去了好不容易懷上的孩子，也許雙方都始終無法擺脫這件事，無法體諒對方……」

「這件事是我聽說的，不知道真實性如何，」島津淳美先聲明了這句話，「她好像四、五年前，也曾經流產過……如果真的是這樣，顯然對再次懷孕更加期待，結果就更加失望。」

「原來是這樣……」

想到庄村數惠的處境，心情不禁有點鬱悶，伊豆原遲遲說不出話。

「我記得她告訴我她懷孕的時候，臉上浮現幸福的笑容。」島津淳美難過地嘀咕。

在討論因為不可抗力帶來的不幸，導致人生走向黑暗的對象，心情跟著變得沮喪。深入瞭解之後，就更加無法不顧慮她的境遇，提出基於臆測她可能是真凶而產生的疑問。

「謝謝妳提供這些寶貴的線索。」

伊豆原還沒有想清楚該如何與庄村數惠接觸，主動結束了令人鬱悶的話題。

「妳剛下班，一定很疲累，謝謝妳提供的協助。」

伊豆原再次道謝後站起來，島津淳美跟著起身，但她的動作很緩慢，似乎有所遲疑。伊豆原曾和她多次接觸，察覺到她還有話想說。

「我這個人心裡藏不住話，有話就會想要說出來……」她面有難色地說。

「怎麼了嗎……」伊豆原問道，示意她繼續說下去。

「說這種話，聽起來好像在懷疑別人，但我並沒有懷疑庄村小姐。」島津淳美辯解地說。

「我也經常有同感，雖然並不是想懷疑別人，但有的事就是會讓人產生一些想法。」

她聽了伊豆原的話，輕輕笑了，然後下定決心般開口。「葛城主任之前就對庄村小姐的態度很惡劣，不是只有葛城主任而已，奧野小姐和坂下小姐她們也一起加入，根本就是霸凌。」

伊豆原第一次聽說小兒科病房有這種人際關係。

「庄村小姐比葛城主任小一歲，但似乎從年輕時做事就不得要領，從那時候就被盯上了。葛城小姐當上主任之後，對她的嫌惡就更不掩飾了，經常會在一些枝微末節的小事上挑剔她，也經常要求她做一些雜務工作，可能真的是我想太多……」

島津淳美說完這句話，猶豫了一下，但並沒有停止。

「葛城主任還是單身，可能更覺得庄村小姐礙眼。我覺得自從得知庄村小姐懷孕之後，葛城主任的態度就更惡劣了……竹岡主任排班時，都會顧慮到庄村小姐有身孕，每週最多安排她上一次夜班，但輪到葛城主任排班時，就會說什麼自己上個月上了很多夜班，造成很大的困擾，然後安排庄村小姐上夜班。庄村小姐流產的那個月，她上夜班的次數也比其他人多。」

原來是這樣。伊豆原終於發現，原來島津淳美剛才所說的事背後，隱藏著這樣的人際關係。

「照理說，我不可能知道庄村小姐的老公欠了債，以及她在四、五年前也曾經流產這種事，但葛城主任把以上司身分從庄村小姐口中得知的事告訴其他人。奧野小姐她們也因為葛城主任的關係狐假虎威，根本不把庄村小姐這個前輩放在眼裡，所以對庄村小姐來說，那裡應該並不是能夠開心工作的職場。」

島津淳美明顯很同情庄村數惠，但是，她所說的情況不僅是造成庄村流產的壓力來源，庄村很可能因此產生的強烈恨意，更可能成為點滴中毒死傷案件犯案動機。

只是從這個角度思考時，有一件事令人費解。那就是庄村數惠痛恨的對象是葛城麻衣子等人，並不是負責三〇五病房的川勝春水。

「川勝副護理長有沒有對此採取什麼行動？」伊豆原問。

「沒有。」島津淳美搖了搖頭，「雖然她應該知道葛城主任對庄村小姐的態度很惡劣，但在工作上並沒有什麼狀況，庄村小姐也沒有向她投訴，川勝副護理長也就沒去干涉這些人際關係的問題。」

「但是——」

伊豆原腦海中對庄村數惠的懷疑持續膨脹。他認為如果和川勝春水沒有任何過節，整件事似乎就無法成立。

「當我想到你們這次可能會懷疑庄村小姐，就發現了一件事。」

島津淳美打斷了伊豆原。伊豆原沒有針對是否懷疑庄村數惠一事回答，只是保持沉默，聽島津繼續說下去。

「那天是葛城主任她們三個人上夜班，那個月是葛城主任負責排班，而且她們三個人關係很好，經常一起上夜班。我認為凶手原本希望點滴引發病童身體狀況出問題的時間更晚一點，也就是在夜班人員接手，早班的人已經下班的時候。如果只有她們三個人應付當時的狀況，絕對會比那天更加混亂。」

伊豆原說不出話，忍不住和仁科栞互看了一眼。原來和川勝春水無關，糾結成一團的線團，一端是庄村數惠，另一端是葛城麻衣子等三個人，只要輕輕一拉，就輕鬆解開了。

就算是護理師，也很難計算出將藥劑混入點滴後，病童經過多少時間會發生異常變化，原本希望在早班和夜班人員換班之後才發生意外。這麼一想，就覺得完全合情合理。

最後又因為在早班的時間內發生異狀，所以完全沒有想到和夜班醫護人員有關的可能性。

不知道葛城麻衣子等人對這件事有什麼感想？

假設她們懷疑庄村數惠，但她們的行為有問題，可能會判斷不要多嘴比較好。她們在接受警方調查時，說了關於野野花的事，因此影響偵查方向。

「這就是我要說的事。」

島津淳美用這句話作為結語。伊豆原茫然地鞠躬對她說：「謝謝妳。」

「我們會謹慎處理妳告訴我們的事。」

仁科栞對島津淳美說，她微微點頭回應，起身走出咖啡店。

「該怎麼辦？」仁科栞問伊豆原。

「無論如何，都必須去宇都宮一趟。」

接下來必須思考和庄村數惠接觸後該怎麼做。

當天晚上，伊豆原泡完澡，滿身疲憊地躺在沙發上發呆。

「明天要臨時出差。」

他告訴在熟睡的惠麻身旁折衣服的千景。

「為了目前的官司嗎？」

「嗯……還要再加把勁。」

由惟在開庭時要去旁聽，因此千景必須另外找保姆照顧惠麻，想必她這一週忙得不可開交，也一定累壞了，伊豆原知道自己至少應該在週六、週日幫忙照顧孩子和做家事，只是目前實在分身乏術。

「陪審團審判真辛苦啊。」

如果是平時，她一定會故意滿臉無奈地說什麼「免費辯護還要出差？」今天也許看到伊豆原憂心忡忡有點不知所措，難得安慰他。

千景把折好的衣服拿去臥室。

不知道庄村數惠目前是怎樣的狀態……伊豆原不由得思考這個問題。

如果只是電話聯絡，她很可能以目前正在休養為由拒絕出庭，因此必須親自去見她，問題在於是否要問及她犯案的可能性。

一旦庄村數惠承認是她犯案，就同時證明野野花無罪。相反地，如果沒有庄村數惠的自白，無論野野花受不白之冤這件事多麼明顯，都無法完全排除有罪判決的可能性。

因此，讓野野花能夠確實被判無罪的最好方法，就是讓庄村數惠認罪，但這是檢警的工作，不是伊豆原他們該做的事。和之前懷疑川勝春水不同，對庄村數惠的懷疑將成為最終的結論。即使如此，這個問題無法用強硬的方式解決，如果她是凶手，自殺的理由很可能就是因為犯下了那起案子。她的精神狀況必然很不穩定，必須慎重考慮要不要逼迫她回答是否犯案。

去找庄村數惠時，只能要求她以證人身分出庭。這件事本身當然沒有問題，只是又面臨新的問題，這樣真的能夠贏得無罪判決嗎？只能等到實際見面之後，再思考該怎麼做……伊豆原這麼想道。

放在眼前茶几上的手機響起來電鈴聲。螢幕上出現了桝田的名字。

今天開庭時，桝田坐在旁聽席上。

伊豆原接起電話，桝田就像以前一樣，用輕鬆的語氣向他打招呼。

「伊豆原嗎？辛苦了。」

「你也辛苦了，今天謝謝你特地前來。」伊豆原感謝他來旁聽。

「我很關心這起案件。」桝田輕鬆說道，「但是今天真是太棒了。」

他似乎已經不再計較之前被解任的事。雖然內心深處可能還有點疙瘩，但他不會表現出來。

「畑中小姐提到餅乾袋的證詞改變形勢，」伊豆原說，「雖然原本完全不知道川勝副護理長會如何回答，沒想到她其實很有正義感。」

「我也很好奇川勝副護理長的證詞，看到她不計前嫌，我鬆了一口氣。」

之前由於桝田操之過急，破壞了律師團和醫院方面的關係，所以他應該真的鬆了一口氣。如果比起被解任，桝田更在意這件事的話，只能說很像是他的作風。

「現在可說是逆轉了形勢，不是嗎？」

「雖然很希望可以這麼想，但不知道陪審團怎麼看，目前還不能鬆懈。」伊豆原小心謹慎地回答。

「接著你們打算聲請新的證人出庭作證嗎？」桝田說，「那一招真是太令人驚訝了，也讓陪審團留下了深刻印象，知道這個案子與眾不同。」

「嗯，這也是我的目的之一，」伊豆原在回答後，反問他說：「對了，之前貴島律師說，他去見了庄村小姐，但沒問到什麼重要的事，你當時有一起去嗎？」

「不，我沒有去。我記得是去年三月底的時候，原本打算去醫院找她，但她剛好在幾天之前就回娘家了，於是我只能作罷，但貴島律師臨時有一天的空檔，就說要去找她，只不過特地跑去宇都宮，卻沒有問到任何筆錄以外的內容，回來時難掩失望。情況就是這樣。」

「你有沒有聽說她是什麼態度？」

「態度……」

桝田對他沒有問庄村數惠是怎樣的人，而是問她的「態度」感到好奇。

「聽說庄村小姐的傷是自殺未遂造成的。」

「原來是這樣。」桝田低吟一聲，附和道：「聽說她離婚之後，身心俱疲地回到老家。也許因為她精神狀態還不穩定，所以沒有問到什麼重要的線索。如果之後發生了那樣的事，似乎也並不意外。」

聽到庄村數惠自殺未遂，桝田似乎沒有聯想到她可能是這起案子的真凶。

「這樣啊……那我在和她接觸時，只能小心行事。」伊豆原嘀咕著內心的想法。

「太遺憾了，幫不上你的忙。」桝田突然嘆著氣說。

伊豆原猜不透這句話的意思，於是沒有吭氣。桝田又主動補充說：「我並不是在抱怨。不瞞你說，在被解任之後，我想了很多。說到底，對我來說，擔任陪審團審判的律師團團長壓力的確太大了，只是一味地乾著急，連我都不知道自己在幹什麼，被解任是理所當然。」

「你不要太自責。」伊豆原說，「我能夠理解你所承受的壓力，也會代替你繼續努力。」

「聽你這麼說，我就安心了，」桝田的語氣跟著放鬆，「很快就見分曉了，再加把勁。」

「好。」

在擔任律師團團長後，的確能夠充分體會桝田之前所承受的壓力。

無論擔任主導還是協助的角色，任何人都無法完成超出自己能力範圍的事。問題就在於能否看清這件事。

只要在力所能及的範圍內盡全力，就可以撥開眼前的迷霧。

只能用這種方式一步一步向前走。

隔天星期六，伊豆原和仁科栞在東京車站會合後，一起前往宇都宮。

他們並沒有事先和庄村數惠聯絡，而是決定到了宇都宮之後再打電話，至於結果如何，只能聽天由命。庄村數惠可能會說，由於後遺症的關係，目前無法走路，但即使果真如此，也要親眼確認才能相信。

「等一下要和別人見面，吃餃子似乎不太禮貌。」

在車站大樓前找餐廳吃飯時，仁科栞輕鬆地閒聊著，但在提早吃完午餐時，伊豆原請她和庄村數惠聯絡，她就開始緊張，四處尋找周圍比較沒有人的地方。

她在安靜的通道角落停下腳步，拿出手機，微微低頭開始打電話。伊豆原只能寄望她的親切能夠打動對方。

接電話的似乎就是庄村數惠本人。仁科栞詳細自我介紹後，具體說明來意，說想跟她確認，有沒有聽到野野花在護理站內所有的動靜。

「這件事很重要。不瞞妳說，我們已經在宇都宮了，很希望可以當面跟妳確認，保證不會佔用妳太多時間……」

如果庄村數惠是真凶，在案子審理期間，遇到辯方律師提出這樣的要求，一定會思考該如何反應。她絕對不想和辯方律師有任何牽扯，但是，如果一味拒絕，很可能引起不必要的懷疑……她內心一定會產生這樣的不安。

庄村數惠似乎猶豫不決，仁科栞發揮耐心，持續和她交涉。

伊豆原站在不遠處等她講完電話，讓她能夠專心溝通。

過了一會兒，仁科栞終於掛上電話，跑向伊豆原。

「我和她約好了，下午去她家。」

她用好像完成一件大事的興奮語氣說，伊豆原也激動地回答：「太好了。」

「她的聲音聽起來如何？」

「說不清楚。她說目前無法自由行動，但要見面之後，才知道實際情況到底如何。」

「感覺她很不願意見我們。」

「她說該說的已經都告訴警察了，只是當時在護理站內，沒什麼可以說的。她的聲音聽起來很沒精神，沒辦法確定她是不是有點緊張……」

果然必須見面之後才知道。

伊豆原他們下午搭上計程車，看著郊外的景色，經過鬼怒川，繼續行駛了一段路，在住宅區下車。

「好像是這裡。」

他們根據事先查到的地址，找到一棟掛著「屋代」門牌的獨棟建物。這裡似乎就是庄村數惠的娘家。她已經離了婚，應該改回娘家的姓氏，現在叫屋代數惠。

按了對講機後，傳來一個年長的女人聲音。說明來意後等了一會兒，玄關的門打開了。一名頭髮花白、六十多歲的瘦女人探出頭。看起來像是庄村數惠的母親。

「我們已經跟檢察官說過，數惠正在休養，現在還無法見客。」

雖然她這麼說，但在告訴她，庄村數惠已經在電話中答應後，她轉身走回屋內，很快又探出頭。

「請進。」

她無奈地招呼伊豆原他們進了屋。仁科栞遞上在東京車站買的糕點伴手禮，但庄村數惠的母親仍然滿臉為難，要求他們不要聊太久。

「我們知道她還在休養。」伊豆原說，「會盡可能避免造成她的負擔。」

庄村數惠坐在一樓深處三坪大和室內的床上，穿著運動裝和開襟衫，眼窩凹陷，皮膚失去光澤，看起來完全不像才三十多歲。

室內開了電暖器，很暖和，但同時有一種令人透不過氣的感覺。室內有多張她父母的照片，顯然這裡原本是她母親的房間，目前因為她受了傷，無法自由行動，所以暫時住在這個房間。床邊放了兩根拐杖，她似乎並非完全無法走路。

「請坐。」

伊豆原他們自我介紹後，庄村數惠指著床前的圓椅說。但只有一張椅子，仁科栞就退後一步，跪坐在伊豆原後方。

「妳恢復的情況如何？」

伊豆原幾乎確定眼前這個女人就是點滴中毒死傷案件的凶手，但努力保持若無其事的態度，避免對方察覺他的懷疑，產生不必要的緊張。

「目前還無法自由行動……不好意思。」

庄村數惠為自己坐在床上迎接他們致歉。

如果劈頭就問她自殺的事，可能會讓她察覺伊豆原他們的懷疑，因此連發問都要格外小心謹慎。

「只有雙腳不方便嗎？」

「其實也不是腳，而是腰，」她說，「雖然醫生說，其他地方都大有進步，但有時候還是想吐，也會疼痛……終究無法再像以前那樣。」

她的臉頰和眼角都留下了淡淡的傷痕。

「聽說妳離婚了，是否該叫妳屋代小姐？還是仍然叫妳庄村小姐？」

「都可以。」

她可能認為和伊豆原他們之間不會再見面了，所以覺得這件事根本不重要。

「也許妳已經知道了，古溝醫院的那起案件目前正在開庭審理。」

伊豆原簡單說明了審理的情況，然後提到畑中里咲在作證時所說的餅乾袋子發出的聲音。

「有沒有聽到餅乾袋發出的聲音，是決定審判方向的關鍵問題。我們也向審判長提出，如果有其他證人能夠回答這個問題，無論如何都希望可以請證人出庭作證。如果妳同意，星期一就可以安排妳出庭作證。」

「我目前的身體無法去東京。就算去了，我也沒什麼好說的。」

「妳只要說，妳在護理站內的時候，有沒有聽到身後有什麼動靜就好。」

「但這些都已經告訴警察了。」

「妳有沒有聽到放推車和點滴作業台的位置傳出餅乾袋的聲音，是針對新觀點的證詞。妳說不知道小南女士什麼時候走出休息室，只是在她走出護理站時，才聽到她離開。妳的證詞在這個問題上很模糊。畑中小姐在法庭上作證，小南女士走出護理站前，她聽到了餅乾袋發出聲音，察覺到小南女士走出護理站。如果妳能夠出庭作證，說明當時包括是聽到聲音還是動靜，才發現小南女士離開，以及當時有多專心工作，有沒有聽到畑中小姐吃餅乾的聲音等詳細情況，但並沒有聽到餅乾袋子的聲音，就可以讓陪審團充分瞭解小南女士的不在場證明。」

「我不記得這麼詳細的情況。」

「妳不記得的事就回答不記得，這當然沒有問題。在法庭上，我會帶著小南女士當時的那個餅乾袋進行證人詰問。妳坐的位置比畑中小姐離小南女士走動的動線更近，妳能夠作證在護理站內並沒有聽到餅乾袋的聲音，這件事對我們太重要了。」

「就算你這麼說……」庄村數惠不知所措地低下頭，「我現在勉強才能去廁所，根本不可能去東京。」

「我們會提供協助。」伊豆原說，「如果需要輪椅，我們會去借。我們今天會住在宇都宮，明天會陪妳一起去東京，然後安排妳入住東京的飯店。星期一當天會開車帶妳去法院。」

伊豆原說到這種程度，庄村數惠似乎找不到推託的理由，她陷入了沉默。

「我們確信小南女士是清白的，根據她在休息室內的聊天時間，根本不可能犯案。但就算這樣，在法庭這個地方，誰都不知道究竟會發生什麼狀況，所以我希望可以再多一層保險。畑中小姐當時在場，她憑直覺認為小南女士是清白的，正因如此，她在法庭上作證時，提到了之前甚至沒有向檢察官提到的餅乾袋聲音這件事。既然妳也瞭解小南女士，不是應該知道她並不是凶手嗎？」

庄村數惠聽了伊豆原的話，嘴角微微扭曲著。

「小南女士被羈押已經超過一年，無法經常見到兩個女兒。我們很希望她能夠早日重獲自由。假設她被判有罪，無辜的她將要承受可怕的重刑，必須在接下來的二審、三審的漫長期間持續奮戰，妳不覺得這樣未免太可憐了嗎？紗奈說，妳是很親切的護理師，現在是關鍵時刻，可以請妳伸出援手嗎？」

庄村數惠痛苦地嘆了一口氣說：「可以讓我考慮一下嗎？這太突然了。」

「沒問題，那我們傍晚再過來。」

伊豆原決定讓她有時間充分思考，於是如此回答。唯一擔心的是，她在這段時間內會再度想不開，但也只能交給她母親處理。伊豆原在離開前，對正在廚房內的庄村數惠母親說，她似乎有點累了，所以傍晚再來打擾。

「雖然不知道結果如何，但今天似乎必須住在這裡了。」

他們決定叫計程車回到車站前，隨便找一家商務旅館入住。

「原來她父親已經去世了，」仁科栞在計程車上閒聊起來，「房間內她父母的合影看起來都只有四十多歲，玄關也沒有男人的鞋子。」

「她目前睡的房間應該是她媽媽的房間，」伊豆原說，「只有一張單人床，她爸爸可能真的已經去世。」

伊豆原的父母六十多歲，依庄村數惠的年紀，她父母應該也都六十多歲，雖然不算高齡，但可能因病去世。

「那戶人家的男主人很久之前就死了。」上了年紀的計程車司機突然插嘴說。

「咦？你認識那戶人家？」

「你們在討論屋代家吧？屋代家的男主人是我初中的學長，」司機說，「不過關係沒有特別密切。他好像是十七、八年前過世的，當時新聞還報導了這件事。」

「新聞嗎？」仁科栞問。

「綱川昭三之前不是涉嫌關說水力發電案嗎？你們年輕人可能不知道這件事？」

綱川昭三目前是已經過氣的政治人物，但在伊豆原求學期間，他是執政黨幹事長的心腹，在政壇的實力不容小覷。

「屋代學長在縣府的相關部門工作，成為綱川關說的窗口，結果後來案子爆出來，檢察官開始行動，在企業那裡搜到企業、縣府以及綱川事務所秘書的會面紀錄，縣府方面聲稱，並不知道有綱川事務所的人在場，於是在野黨的人就在國會要求縣政府交出會面紀錄，屋代學長就上吊自殺了。」

伊豆原並非本地人，聽司機說完整起案件，只覺得好像曾經聽說過這起案件，但又好像沒有。只不過得知庄村數惠的父親自殺身亡，感覺太不幸了。

「最後那起案件就不了了之嗎？」仁科栞用疑惑的語氣問。

「對啊，不起訴處分。」司機說，「但是之後又發生了很多事。屋代學長的太太說，他生前留下會面內容紀錄，還說她丈夫夾在與綱川勾結的縣府高層和檢方特搜部之間，是被他們害死的。當時還說要控告縣府高層，以慰先夫的在天之靈，只是遲遲沒有拿出關鍵的內容紀錄，最後還是不了了之了。」

伊豆原想起剛才出面接待他們的庄村數惠的母親。雖然她看起來只是一個平靜過日子的老婦人，原來以前曾經為了平反丈夫的冤屈而戰。

「說到底，證據還是最重要。」司機繼續說，「我們也一樣，在發生車禍時，行車記錄器或是車內攝影機就可以成為證據，必須留下證據，以備不時之需。屋代學長可能沒想到他太太會挺身一戰。」

檢方既然想要立案，應該搜索過庄村數惠父親的周圍，即便曾經留下紀錄，應該也在他自殺前銷毀了。計程車司機說得沒錯，有了證據，正義才能獲得最後的勝利。

來到車站後，伊豆原帶著難以形容的心情下了計程車。不知道庄村數惠的母親失去丈夫，看到連女兒也企圖自殺，內心是怎樣的感受……他無法不思考這個問題。

事態無法讓人為庄村數惠撿回一命感到高興，她很可能是點滴中毒死傷案件的凶手。想像著案情真相大白時的情況，心情的確會很複雜。

他們在車站前訂了商務旅館。傍晚之前，伊豆原除了在房間內休息，又在旅館的咖啡廳和仁科栞討論了一下。

「如果要請她去東京，最好邀她母親陪同。」

「是啊，她的精神狀態並不穩定。」

雖說是討論，但他們只是有一搭沒一搭地聊這些事。

傍晚五點左右，他們再次叫了計程車來到庄村數惠的家。

庄村數惠的神情顯示她已經下定決心。

「我會竭盡所能協助。」

雖說她下定了決心，但從她說話時仍然謹慎的語氣可以發現，她並非打算承認自己的罪行，而是在自保的情況下，努力證明野野花的清白。

「但是，可以盡可能控制在短時間內完成嗎？基本上，我只要回答有沒有聽到餅乾袋的聲音就好，對不對？」

「沒錯，我們會盡可能減輕妳的負擔。」

如果有機會，伊豆原很希望設法說服她認罪。這是證明野野花清白最簡單的方法。

但是，只要一提到葛城麻衣子或奧野美菜的名字，庄村數惠就會心生警戒，然後什麼話都不願意說了。一旦問任何懷疑她犯案的問題，她非但不願意出庭，甚至可能再次自殺，伊豆原必須格外謹慎。

「我聽女兒說了，她行動不便，我會陪她一起去。」

伊豆原他們還沒有開口拜託，庄村數惠的母親就主動提出這個要求。伊豆原告訴她們，明天到東京後會安排她們入住旅館。說完之後，準備離開庄村家回旅館。

「也許檢察官會打電話來確認妳是否會出庭。妳可以告訴檢察官，妳打算出庭。妳是辯方的證人。如果檢察官要求事先和妳見面，妳可以自由決定是否要和他見面，拒絕也完全沒有問題。」

伊豆原他們臨走時叮嚀，避免在出庭前節外生枝。

隔天，他們準備好輪椅，下午和庄村數惠母女一起回到東京。安頓她在濱松町的旅館稍微休息之後，進行了簡單的庭前確認，以免她在正式出庭時因緊張而無法充分回答。

野野花在護理站期間，她沒有聽到有人在放置點滴的推車附近動作，也沒有聽到餅乾袋的聲音。

雖然不記得是不是因為聽到餅乾袋的聲音，才發現野野花走出護理站，但應該是聽到了什麼聲音。

對辯方來說，她的這些證詞已經足夠了，雖然這是畑中里咲已經在庭上說過的內容，但有第二個人證明，就可以增加證詞的精確度，只有當時在護理站內的另一個人——庄村數惠才能夠完成這項任務。

為了以防萬一，以便在庄村數惠改變心意時可以及時因應，伊豆原安排仁科栞住在隔壁的房間。

接下來只要等待明天……伊豆原帶著這樣的心情，踏上了回家的路。

星期一早上，伊豆原站在東京地方法院門口，一輛計程車在開庭前二十分鐘抵達法院。後車座的滑門打開，庄村數惠出現了。終於順利讓她來到這裡，伊豆原著實鬆了一口氣。他打招呼說：「早安。」但庄村數惠滿臉緊張，只是輕輕點頭回應。

伊豆原從行李廂內拿出輪椅後，和從副駕駛座下車的仁科栞一起讓庄村數惠坐上輪椅。伊豆原和庄村數惠的母親打招呼後，推著輪椅走進法院。

「昨晚睡得好嗎？」

在等待電梯時，伊豆原問庄村數惠，試圖讓她心情放鬆，但她只是輕輕搖頭，伊豆原決定不再勉強和她聊天。

上樓後，安排她們母女在法庭旁的證人休息室等待。

「妳只要平靜地回答問題就好。」

事到如今，庄村數惠可能覺得自己就像俎上肉。伊豆原最後對她說了這句話，和仁科栞一起走去法庭。

「她好像很緊張。」

伊豆原在辯護人席坐下的同時，和仁科栞聊起庄村數惠的情況。

「是啊，」她點點頭說，「昨天晚上，我聽到她和她媽媽爭執的聲音，感覺有點神經質，今天早上看到她，也覺得她好像沒睡好。」

她們昨晚住在平價的商務旅館，當然會聽到隔壁房間傳來的聲音或是動靜，既然連隔壁房間也可以聽到，顯然爭執得很激烈。

「等一下是否可以由我來詰問？」仁科栞提出這個要求。

詰問庄村數惠並不需要太大的技巧，只要她坐在應訊台前作證，就已經完成了一大半的任務。為了獎勵她為這件事積極奔走，「好。」伊豆原點頭答應。

「詰問的內容只要和昨天庭前確認的範圍相同就好。」

很難在今天詰問證人時，查清庄村數惠是凶手的可能性。伊豆原得出了不該勉強插手此事的結論。

「我知道。」她回答。

野野花在毛衣外套了一件開襟衫，在監所管理員的陪同下走進來。她像之前一樣，戴著手銬，繫著腰繩，不知道是否因為星期五之後的形勢開始改變的關係，她的表情看起來很開朗，看到坐在旁聽席上的由惟，瞇眼笑了，眼角擠出紋路。

法官和陪審團都很快進入法庭，行禮後宣布開庭。

「星期五聲請的證人來了嗎？」

「來了。」

庄村數惠在事務官的陪同下進入法庭。她的母親在旁聽席上坐下。

庄村數惠仍然滿臉緊張，和野野花形成明顯的對比，但在法庭上再次看到她的神情，覺得她似乎在為什麼事煩惱，伊豆原甚至以為她打算在應訊台上承認自己是凶手。她昨晚或許就是因此和母親爭執……想到這裡，伊豆原也因緊張而繃緊肩膀。

庄村數惠坐在輪椅上，在應訊台前面對法官席，朗讀放在她面前的誓詞後，仁科栞站了起來，開始詰問證人。

庄村數惠以答題的方式，簡單說明了自己的經歷、案發當天上早班等情況，也證實和負責三○五病房的川勝春水雙重確認調配好點滴，點滴放在作業台附近的推車上。

「之後，川勝副護理長拿著筆電進入休息室。庄村小姐，請問妳當時在做什麼？」

「我把電腦放在護理站中央的桌子上……寫護理紀錄。」

庄村數惠回答的語氣不像前一天晚上在旅館進行庭前確認時流利，甚至可以感受到她好像喘息般的呼吸聲。隨著仁科栞持續發問，她似乎不知道該如何面對隱藏在內心的秘密，簡直就像快藏不住了，隨時都會說出來。伊豆原不禁屏住呼吸看著她。

「妳記得當天下午三點四十五分左右，小南野野花女士走進護理站嗎？」

「是的……我記得。」庄村數惠低頭回答。

「請問妳記得她當時穿什麼衣服嗎？」

「我記得她上半身穿毛衣，下半身穿黑色長褲。」

「手上有沒有拿什麼東西？」

「她拿了裝餅乾的袋子。」

仁科栞戴上手套，在審判長的同意下，拿起事先聲請作為證據的大包裝餅乾袋，發出沙沙的聲音搖晃著，出示在庄村數惠面前。

「和這個一樣嗎？」

「對。」

「小南女士走進護理站後做了什麼？」

「她拿餅乾給我們。」

「是否可以請妳詳細說明一下小南女士當時的行動？只要妳記得的內容就好。」

「她先拿了餅乾給坐在櫃檯前工作的畑中小姐，然後走到我面前，拿了兩包餅乾放在我的電腦旁說：『請妳吃點心。』接著又在桌子中央放了幾包餅乾，然後走去休息室。」

庄村數惠的聲音很輕，但證詞的內容和庭前確認時所說的相同。

「她就是像這樣把餅乾放在桌上嗎？」仁科栞做出把餅乾放在應訊台上的動作，餅乾袋發出了沙沙的聲音。

「對。」

「妳和小南女士還有沒有說什麼話？」

「她對我說『請妳吃點心』，我回答說『謝謝』，就這樣而已。」

「妳有沒有看到小南女士走進休息室？」

「我沒有看到，但聽到敲門聲，和她對著休息室內說『辛苦了』的聲音，所以我想她去了休息室。」

「小南女士從走進護理站，到去休息室之間，大約是幾秒的時間？」

「我記得並沒有很久，差不多十五秒左右。」

她在庭前確認時說大約二十秒左右。雖然這是小問題，但伊豆原感到有點奇怪。

「妳知道小南女士之後什麼時候從休息室走出來嗎？」

「我背對著休息室，而且在忙自己的工作，並不知道。」

「妳有沒有看到小南女士離開護理站的背影？」

「我記得好像瞥到一眼。」

「妳是因為有人進入妳的視野中，還是聽到什麼動靜？」

「應該是聽到了動靜。」

「妳說的動靜，是指像風之類的空氣流動嗎？還是腳步聲之類的聲音？」

「應該是腳步聲或是其他的動靜。」

「妳發現是小南女士發出的動靜，有沒有感到意外？」

「不，並沒有。」

「妳之前就隱約覺得是小南女士嗎？」

「是啊。」

「為什麼？」

「也沒有特別的原因，小南媽媽進去休息室後並沒有很久，就想說是她發完餅乾後走出來。」

仁科栞又輕輕握著餅乾袋，發出聲音。

「如果當時妳聽到背後發出這個聲音，會覺得是誰從妳身後走過去？」

「應該會覺得是小南媽媽。」

「畑中里咲小姐作證，她當時聽到這個聲音轉頭一看，剛好看到小南女士走出去。妳是不是也聽到這個聲音，覺得是小南女士走過去？」

「有可能。」

「從小南女士走進休息室，到妳聽到她離開護理站的動靜期間，妳有沒有轉頭看向後方？」

「沒有。」

「妳是否記得從小南女士走進休息室，到聽見她離開護理站的動靜為止，有沒有聽到背後有什麼動靜？」

「……好像有。」

伊豆原不禁皺起眉頭。這個回答和庭前確認時明顯不同，伊豆原以為她聽錯了問題。

「我再問妳一次，」仁科栞說完這句話，又緩緩地重問了一次。「妳是否記得除了小南女士走出護理站的動靜以外，在此之前，有沒有聽到有人在推車前停下腳步的動靜。」

庄村數惠沉默一下後開口，「我回想了一下，好像有聽到輕微的動靜。」

這次輪到仁科栞沉默了，忍不住看了伊豆原一眼。

「妳說的輕微動靜是什麼聲音？」仁科栞問道，她的語氣稍微有點急促。

「不知道，只是好像聽到一點聲音，好像有人在那裡。」

仁科栞浮躁地搖頭，又看了伊豆原一眼。庄村數惠微微低著頭，一動不動。

「妳當時聽到的是這個餅乾袋發出的聲音嗎？」

仁科栞握著餅乾袋發出聲音。這是事先安排好的問題，按照原本的脈絡，她會回答沒有聽到任何聲音，當然也沒有聽到餅乾袋的聲音。現在問這個問題，有了不同的意義，但仁科栞還是這麼問庄村數惠，希望從她口中說出並沒有聽到餅乾袋聲音的證詞。

「也可能是這個聲音，但聲音很輕，很難判斷。」庄村數惠用這番話拒絕否定。

伊豆原終於發現她是刻意說出和庭前確認時不同的答案。

她非但沒有承認自己的罪行，反而在法庭上說出之前從來沒有提過的事，試圖讓逐漸對野野花有利的形勢再度朝不利的方向發展。

仁科栞似乎察覺了這件事，伊豆原發現她情緒變得激動，臉頰也開始泛紅。

野野花在離開護理站時，從作業台上拿了一副橡膠手套。伊豆原對著仁科栞做出戴手套的動作，示意她問庄村數惠是不是那個聲音。

「小南女士說，她離開護理站前，經過作業台的時候，拿了一副放在作業台上的手套。她停下腳步的時間只有短短四、五秒而已，妳聽到的聲音大約有多長時間？」

「我也不太清楚……斷斷續續的，可能持續了幾十秒。」

「既然聽到聲音，妳為什麼都沒有回頭看？」仁科栞大聲追問。

「並不是很大聲……平時有人在我身後走動，我也不會每次都回頭看。」

仁科栞氣得用力握緊餅乾袋的袋口。

「妳剛才不是說，當時聽到這個聲音，認為是小南女士嗎？妳聽到些微動靜的同時，如果還混雜了這個聲音，不是會很好奇小南女士在妳身後做什麼，然後回頭看一下嗎？」

「如果能夠清楚分辨是餅乾袋的聲音，我應該會回頭看，但當時無法聽得那麼清楚，只覺得身後有人在那裡做什麼，所以沒有回頭確認。」

「檢方提出了妳的筆錄中，妳並沒有說曾經聽到任何動靜或是聲音，之前在接受偵訊時，有沒有說這件事？」

「我沒有說。」

「為什麼當時沒有說，現在說得好像終於想起這件事一樣？」仁科栞用責備的語氣問道，完全不像是在問辯方的證人。

「那是因為我現在才想起來。」庄村數惠並沒有表現出任何情緒的起伏，只是看著下方的某一點回答。「警方沒有詳細問這個部分，而且我沒有很在意，當時沒有特別想起來，覺得是必須告訴警方的事，當然就沒有說。這次你們說想要詳細瞭解在護理站時，聽到背後傳來的聲音，於是我就努力回想，就想到了這件事。」

「妳為什麼要說這種謊……」

仁科琹說這句話時的聲音很小，而且聲音發抖，伊豆原聽不太清楚。法官和陪審團可能並沒有聽到。

「難道讓大家認為小南女士是凶手，對妳有什麼好處嗎？」

庄村數惠驚訝地看著仁科琹。

「妳覺得只要栽贓小南女士成為凶手，自己就可以逍遙法外……」

仁科琹的聲音雖然顫抖得比剛才更厲害，但整個法庭都可以聽到她的聲音。

「妳在說什麼！」

旁聽席上響起一個女人的驚叫聲。應該是庄村數惠母親的聲音。

「抗議！」江崎檢察官猛然站起，指著仁科琹說：「辯護人問的問題不是在發問，而是中傷證人在說謊，是在侮辱證人！」

「辯護人請收回問題。」櫻井審判長在旁聽席一片騷動中嚴肅地說。

仁科琹注視著審判長，肩膀起伏，用力喘息著，然後瞥了一眼低著頭的庄村數惠，小聲地說：「我問完了。」她回到伊豆原身旁時，仍然一臉茫然，什麼話都沒說。

檢方並沒有反詰問。

櫻井審判長宣布了休庭和午休結束後的開庭時間。

聰明反被聰明誤……坐在對面檢察官席上的江崎檢察官露出淡淡的笑容，似乎在這麼說。

難道認為庄村數惠會協助辯方的想法太天真了嗎？伊豆原對庄村數惠親口承認自己犯罪雖然抱著一絲期待，但完全放棄了逼她自白的想法，如履薄冰、小心翼翼地走到這一步。

所有這一切，都是希望她能夠說出確保野野花獲得無罪判決的證詞。

但是，即使準備得如此周到，最後還是功虧一簣。原本讓她感受到栽贓野野花的罪惡感，沒想到最後還是「一旦野野花無罪，我就完了」的想法在她內心佔了上風。

伊豆原內心幾乎確定庄村數惠就是真凶，但是，事到如今，那又怎麼樣呢？就算明確肯定這件事，除非拿出確鑿的證據，否則無法讓野野花和庄村數惠交換處境。

庄村數惠已經離開法庭，伊豆原發現她的母親也從旁聽席離開了。

伊豆原起身走出法庭。他並不是想埋怨庄村數惠，只是想問她一句為什麼，想讓她感受到良心的譴責。

來到一樓大廳時，剛好看到一個女人推著輪椅走出門外。一定就是庄村數惠和她的母親，伊豆原看著她們，加快了腳步。

仔細一看，發現一名身穿大衣的男人陪在她們母女身邊，正在和她們說話。難道是記者嗎？

媒體是不是聽了庄村數惠和仁科栞的對話過程，發現其中有蹊蹺？伊豆原思考著這件事，跟著他們準備走出法院大樓時，門口旁邊的長椅上傳來叫他的聲音：「伊豆原律師。」

紗奈的瀏海梳得很整齊，穿了一件外出時穿的深藍色洋裝，帶著靦腆的笑容站在那裡。今天下午，她將作為辯方的證人出庭。

「紗奈……謝謝妳今天來這裡。」

「我超緊張。」

紗奈立刻對他說道，好像不趕快把內心的不安說出來，就無法保持平靜。

「不，別緊張……」

伊豆原為了安撫紗奈，只能放棄去追庄村數惠。但是，當他看向他們消失在法院前那條路上最後的身影時，瞥到了和她們在一起的男人側臉。伊豆原大吃一驚。這一切發生在轉眼之間，他懷疑自己看錯了。當他想要再看清楚時，三個人的身影已經消失了。

「紗奈！」

由惟在後方看到了紗奈和伊豆原，向他們跑了過來。

「妳還沒吃午餐吧？」由惟問紗奈後，看向伊豆原問：「伊豆原律師，要一起去吃飯嗎？」

「嗯……不……」

伊豆原懷疑自己看錯了，腦筋一片混亂地愣在原地。

「啊，剛才……」

紗奈發現伊豆原看向馬路，似乎發現了他在意的事，輕輕叫了一聲。

原來伊豆原並沒有看錯。

午休後回到法庭，伊豆原把在法院門口看到庄村數惠等人的情況告訴仁科栞。

「這是怎麼回事？」

她原本為自己證人詰問的失敗而沮喪地陷入沉默，聽了伊豆原的話，驚訝地抬起頭。

伊豆原面對她的問題只能搖頭。他並沒有理出頭緒。

法院和陪審團回到法庭，繼續進行審理。

紗奈身為辯方最後的證人，站在應訊台前。經過這幾個月，她稍微長高了些，但仍然很瘦，肩膀和脖子都很細瘦。

但是，她還是挺起胸膛，堅強地站在那裡的身影令人感動。

目前的形勢到底如何？

原本以為已經扭轉了劣勢，沒想到出現意想不到的變化，伊豆原完全不知道目前到底是有利還是不利，也許陪審團成員的意見也會產生分歧。

對母親的清白深信不疑的少女，站在至今仍然沒有撥開迷霧的法庭正中央，她並沒有看坐在被告席上的母親。雖然乍看之下，是由於緊張的關係，但伊豆原認為，那是因為她即便不看母親，也充滿了堅定的信心。

紗奈向前方的法官和陪審團鞠躬。

在她結結巴巴地讀完誓詞後，審判長示意她坐下。

伊豆原走到辯護人席的前方問她：

「請說明一下妳和小南野野花女士之間的關係。」

「我是她的小女兒。」

「案發當時，妳住在古溝醫院三〇五病房接受治療，目前的身體狀況如何？」

「已經康復了。」

「聽說妳用寫信的方式，寫下要在今天法庭上說的話。」

「是的。」

「可以請妳朗讀這封信嗎？」

「好。」

紗奈回答後，打開手上的信紙。想必她事先練習好幾十次，信紙折痕的地方已經有點磨損了。

「媽媽，妳好嗎？」

紗奈開始朗讀，信的開頭好像在呼喚身在遠方的母親。紗奈在寫這封信時，還遲遲無法去看守所和野野花見面，但是，此時此刻，即使她們身在法庭這個相同的空間，仍然沒有縮短她們母女之間的距離。

「我很好，腎臟的問題完全都好了，現在每天都去自由學校上課，還加入舞團，交到新朋友，在家的時候，和姊姊的感情也很好。

媽媽，我之前住院的時候，妳每天都睡在病房陪我，全心全意地照顧我，我發自內心感謝妳，多虧媽媽的照顧，我的病才能夠慢慢好起來。聽說有人認為媽媽為了想得到別人的稱讚，故意延誤我的病情，我實在太驚訝了。我從來不覺得媽媽試圖讓我的病情變差。

媽媽經常向護理師逐一確認，用藥是不是正確，我在注射點滴後，有沒有不舒服，隨時守護我的健康。當我食慾不好時，急忙回家煮我最愛的咖哩，帶來醫院給我吃。我很清楚，媽媽一心只希望我的病趕快好起來。我們一起看了白鯨的動畫影片，還約定等我的病好了，全家要一起去海洋世界。

在我住院期間，剛好遇到媽媽過生日，我對媽媽說『謝謝妳一直照顧我』，媽媽笑著對我說『有妳這句話，我別無所求』，我想這是因為我鼓起勇氣說出了平時說不出口的話。換作是外人稱讚媽媽很盡心盡力照顧我，媽媽會露出那樣的笑容嗎？我無法想像。

雖然媽媽有時候會和光莉媽媽發生摩擦，但是就算是那種時候，媽媽也會對我說『光莉媽媽很熱心』、『如果光莉的病情改善，她媽媽的心情也會好一點』。雖然媽媽有點頑固，即便別人批評媽媽的行為，只要她認為自己做得對，就不會改變，但她不會對批評她的人懷恨在心。媽媽知道，對方也很努力照顧自己的孩子，才會說那種話，媽媽懂得欣賞別人的努力。

媽媽和爸爸離婚時，我很難過，覺得爸爸很自私，但從來沒有聽媽媽說過爸爸的壞話，她總是說『爸爸有爸爸自己的人生』、『只要我們母女三人齊心協力，就不會有問題』，我很認同媽媽的想法。

但是，現在媽媽孤立無援，我很擔心媽媽。當我聽說媽媽承認是她犯案時，我相信媽媽當時很痛苦，我也很心痛。當一個人脆弱時，往往無法說實話。反正說了實話，別人也不會相信，又被很多人指責，就會覺得既然不相信就算了，然後就自暴自棄。我認為每個人都一樣。我剛進初中時，同學都會在我面前說這起案件，雖然我告訴他們，媽媽是清白的，但他們罵我說謊，都排擠我。我當時很痛苦，很難過，我相信媽媽的心情跟我一樣。」

野野花好幾次擦拭順著臉頰滑落的淚水。她們眼神沒有交會，身處不同立場，距離遙遠，但她們的心連在一起。

「伊豆原律師告訴我，人一旦孤單，就會變得很脆弱。我也有同感。當我生病住院時，媽媽和姊姊，還有醫院的醫生和護理師都很支持我；但沒有人相信我時，我很孤單無助。沒有人相信我的時候，我比生病時更加脆弱。沒有人相信我的時候，我覺得自己好像不是真正的自己。

但是，現在不一樣了。我有很多相信我的朋友，我想告訴媽媽，也有很多人相信媽媽。

各位法官、各位陪審員，媽媽只是一心一意地在醫院照顧我，也許媽媽在法庭上會很緊張，沒辦法清楚回答問題，但是，我媽媽和大家的媽媽一樣，對我來說，是很重要的人，請各位不要有任何偏見，傾聽媽媽的訴說。

我永遠相信媽媽。

小南野野花的小女兒　小南紗奈」

伊豆原覺得法庭內吹起一股清冽的風，吹散了所有的迷霧。

也許只是短暫的瞬間，可能只是伊豆原的感覺，但是，無論是短暫的瞬間，還是感覺而已，對他來說，帶走他心頭沉重的這種感覺無比寶貴。

他有了繼續撐下去，邁向結審的動力。

「謝謝。」

伊豆原內心產生了想要為紗奈鼓掌的衝動，發自內心向她道謝。

25

持續九天的開庭結束了。

由惟每天都坐在旁聽席的角落觀察審理的進行。

有各式各樣的證人出庭作證，也有好幾個人毫不懷疑是媽媽犯案，堅稱媽媽的行為很可疑。但是，也確實有人對媽媽犯案產生質疑，努力想要保護媽媽，這為由惟帶來了勇氣。

之前紗奈在家裡練習朗讀那封信時，由惟就聽過好幾次了，但在法庭上聽紗奈朗讀時，還是深受感動，淚流不止。她再次深感後悔，認為自己也應該站在應訊台前為媽媽作證，但是又同時覺得紗奈的信已經充分表達自己想說的話，無論多說什麼，似乎都是畫蛇添足。

在紗奈出庭作證後，媽媽也親自站在應訊台前。媽媽自始至終主張自己並沒有犯下那起案子，身為檢方證人的光莉媽媽，藉由加入被害人訴訟參加制度，毫不留情地針對她和媽媽之間的摩擦問了很多問題，但媽媽回答說，她對光莉媽媽沒有任何不滿。雖然媽媽說話不得要領，同樣的話重複說了好幾次，有時候審判長必須再次發問，但媽媽的回答都很清楚明白。伊豆原問了媽媽自白的事，之前針對筆錄的任意性進行攻防時沒有充分表達的內容，最後終於說清楚了。

最後一天，檢方在論告求刑時，總結本案「是罕見的殘酷而自私的犯罪」，「必須判處被告無期徒刑」。雖然不是某些媒體耳語的死刑，但由惟完全沒有鬆了一口氣的感覺，只有喉嚨好像被掐住般的窒息感，隔了很久，這種不舒服的感覺才終於消失。對家屬來說，檢察系統這個國家的組織判斷必須判處媽媽重刑這個事實，是一件可怕的事。

正因為如此，伊豆原最終結辯時看起來鎮定自若的態度為由惟壯了膽。這起案件當然沒有任何直接證據證明媽媽是凶手，而且伊豆原反證媽媽根本不可能在檢方指出的犯案時間犯案，只是檢方並不承認。

伊豆原在最終結辯最後說的話令人印象深刻。

「檢方該做的事，並不是試圖追究無辜的小南女士的刑責，而是趕快找出真凶，藉由正當的偵查挖掘真相，掌握明確的證據後，用法律制裁凶手。」

由惟之所以對這件事印象深刻，一是因為檢察官聽完後臉色大變，明顯惱怒生氣。可見檢察官覺得這番話尖銳刺耳。

另一個原因，由惟開始覺得在紗奈之前接受證人詰問的護理師庄村數惠，可能才是真正的凶手。仁科栞在詰問最後，似乎差一點直接提出這個疑問，而且庄村數惠的證詞內容本身就讓人覺得可疑。伊豆原應該也這麼認為，才會對檢察官說這番話。

庄村數惠出庭作證的隔天，由惟聽到記者在法庭前的通道上談論自殺未遂的後遺症，他們應該在討論庄村數惠的事，似乎從醫院打聽到相關消息。

果真如此的話，庄村數惠的自殺未遂應該和這起案件有密切的關係，但是畢竟沒有任何根據，因此由惟並沒有和紗奈說這件事。

案子已經審理完畢，將在兩個星期後判決。

由惟旁聽整個審理過程後，認為辯方的說詞更有理，只不過她不敢保證這種見解完全沒有受到自己樂觀預測的影響。檢方卯足全力想要證明是媽媽犯下這個案子，辯方最後找來庄村數惠出庭作證，反而起了反效果。

在判決日之前，她又恢復去伊豆原家照顧惠麻的生活，內心始終有一種難以形容的不安，而且離判決的日子越近，這種不安越來越強烈，但伊豆原已經竭盡全力為媽媽辯護，見到他時，由惟無法對這麼拚命的他說出內心的不安。

伊豆原幾乎不提官司的事。在即將判決的某天傍晚，他回家後詢問由惟，問她在判決的那一天，是否要讓紗奈坐上旁聽席。

由惟不知道這意味著伊豆原對判決充滿自信，還是由於不安，才希望更多人一起集氣。

由惟想了一下後，拒絕這個提議。她對膽小的自己做出這樣的決定並不意外，但無論伊豆原再怎麼有自信，都無法百分之百掛保證。只要有一絲有罪判決的可能性，由惟就不希望紗奈在場。

紗奈當然會很關心判決的結果，當天就算去了自由學校，應該根本無心上課，所以由惟決定讓紗奈坐在法院大廳的長椅上等待結果。

終於等到了判決的那一天。

上午的時候，由惟和紗奈一起去神社祈求無罪判決。向來很健談的紗奈從昨天開始就很少說話。

吃完午餐，她們一起去了東京地方法院。希望旁聽媽媽這起案子判決的人在法院門口排隊參加抽籤。

由惟和紗奈一起坐在入口大廳的長椅上，等待開庭。

「不知道出入這裡的都是些什麼樣的人？」由惟對紗奈這麼說，努力讓自己放鬆心情。

有些人拎著很厚實的公事包，一看就像是律師，但並不是只有律師而已，也有人像由惟姊妹一樣，家人被捲入某起案件，帶著憂鬱的心情來這裡。之前去醫院時就發現原來有這麼多人不得不和疾病打交道，在這裡也有相似的感覺。

「大家都很辛苦。」

「是啊。」

由惟當然知道，因為不安，自己才會注意周圍的人，但其實這些人根本不重要。

就算地方法院做出有罪判決，還有二審和三審。她下定決心，下次不會再逃避，會用自己的生命和媽媽一起奮戰。然而，地方法院的判決，可能會在一時之間無情地壓垮她的決心。她告訴自己絕對不能認輸，但仍然無法消除內心的恐懼。

「我差不多該進去了。」由惟深深嘆了一口氣後說道，然後起身。

「會要多久的時間？」

「不知道，」由惟說，「可能一個小時，也可能更久……反正妳就在這裡等我。」

如果法官宣判媽媽有罪，不知道該帶著怎樣的表情回來這裡……這種不安突然閃過腦海，她對紗奈說話時，聲音也不禁有點顫抖。

「好，我在這裡等妳。」

紗奈好像沒有察覺由惟的不安，用堅定的語氣回答。由惟沒有再說什麼，轉身離開大廳，把紗奈獨自留在那裡。

走進法庭後，由惟坐在旁聽席的最前排。旁聽席上坐滿了記者和一般民眾，今天的宣判梶朱里等被害人的父母也都出席了，由惟刻意不看周圍。

和第一次開庭時一樣，電視台的攝影機架在旁聽席後方。在檢察官、伊豆原等律師，以及三名法官都進入法庭後開始錄影，在攝影師離開之後，媽媽在監所管理員的陪同下走了進來。媽媽的手銬和腰繩解開後，六名陪審團的成員進入法庭。

所有人起立行禮。

隔了兩週的法庭景象雖然很熟悉，但緊張的氣氛和之前完全不同。

所有人都坐下，當法庭安靜後，審判長清清喉嚨，緩緩開口。

「針對古溝醫院的點滴中毒死傷案件已經做出判決，現在進行宣判。被告請到前面來。」

媽媽聽從審判長的指示站了起來，膽戰心驚地走到應訊台前。

「現在宣示判決，請妳仔細聽清楚。」

審判長說完後，低頭看著手上的判決書。

「主文，」審判長微微提高音量，「被告無罪。」

無罪。

這兩個字傳入耳朵，由惟渾身的緊張頓時鬆懈下來，但接下來好像忘了怎麼用力，身體無法動彈。

太好了……她滿腦子只有這個念頭。

「就是無罪的意思。」審判長用溫和的語氣對媽媽解釋後，又繼續說：「接下來朗讀判決理由，小南女士，妳可以坐下來聽。」

「好。」

媽媽也因為放鬆而陷入茫然，說話的聲音完全沒有一絲力氣。

媽媽坐下的同時，旁聽席上的記者一個一個起身。

伊豆原看著由惟，他微微揚揚下巴。由惟知道伊豆原示意她趕快去通知紗奈。

對喔，不需要好像被綁住一樣繼續坐在這裡了。一切都結束了。

這麼快就出去告訴紗奈結果，她一定會大吃一驚……想到這裡，由惟的身體才終於回復力量。

她跟著記者們起身，走出法庭。

傍晚時分，由惟和紗奈一起跟著伊豆原他們前往位在小菅的東京看守所。

媽媽在開庭結束後，回到看守所辦理出所手續和拿行李，大家要一起去接媽媽。

來到看守所後，由惟他們在外面等媽媽。仁科栞走進看守所接她。

「雖然只有一個，」伊豆原給了由惟一個暖暖包，「妳拿去用吧。」

由惟把暖暖包給紗奈，自己搓著雙手取暖。每個人吐出的氣都是白色，在向晚的天空中飄散。

由惟的手機突然響了，是很久沒有聯絡的爸爸打來的。

「恭喜啊，我看到新聞報導了。」他聽起來感同身受地為媽媽獲得無罪判決高興，「在案子審理期間，我一直很惦記這件事，一直為媽媽祈禱。」

假惺惺……由惟內心很不屑，冷冷地說：「我叫紗奈聽電話。」然後把手機交給紗奈。

「嗯，嗯，謝謝……我們來接媽媽。」

紗奈和由惟不同，心情愉悅地和爸爸講電話。

「嗯，謝謝……那就先這樣。」

紗奈掛上電話後，把手機交還給由惟時，把和爸爸通話的內容告訴她。「爸爸說，如果上補習班或是上學的事有什麼困難，可以去找他。」

「假惺惺。」

由惟不禁嘀咕。紗奈笑著說：「沒關係啦。」

能夠相信別人、原諒別人也是一種才能嗎？由惟不由得羨慕紗奈。

「姊姊，妳覺得我可以回平中上學嗎？」紗奈嚴肅地問。

「有舞花在，應該沒問題。」

由惟回答。紗奈嘴角浮現笑容。「對啊。」

「由惟，妳如果想讀大學，可以從現在開始準備。」伊豆原說。

「啊？」

「雖然我不該多事，但會有一筆刑事補償，如果妳原本就打算讀大學，今年可以在照顧惠麻的同時好好用功，明年就可以報考。」

原來還有這種方法……由惟有點難以置信。她真正體會到，終於自由了。

「姊姊，妳很聰明，以後當律師好了。」紗奈慫恿她。

「我不適合。」

自己疑心病很重，又很膽小，根本不適合律師這種需要相信別人、幫助別人的職業。

「沒這回事。」伊豆原說，「妳雖然看起來很柔弱，但內心很堅強，而且有話直說，這一點很適合當律師。」

「咦？這好像不是稱讚？」紗奈笑了。

「而且也很有勇氣。」

伊豆原說的話和由惟的自我分析完全相反。他在說自己為色狼案件出庭作證的事嗎？由惟有點害羞。

「只不過當律師，也未必能夠賺大錢。」伊豆原聳聳肩說。

「等領到補償金，我們會付該付的錢。」由惟說。

「不，我不是這個意思。」伊豆原有點尷尬，「但是很謝謝妳。」

「太太這麼會賺錢，你也有點抬不起頭吧。」

由惟調皮地說，伊豆原苦笑。「妳還真是口如利劍啊。」

「啊，出來了。」

聽到紗奈的聲音，抬頭一看，發現側門打開，仁科栞剛好走出來。

接著，媽媽跟在她的身後出現。媽媽向工作人員鞠躬打招呼後邁開步伐，很快就看到了由惟他們。

媽媽露出笑容，向他們揮手。

這段日子好漫長。

發生了很多令人難過的事，哭過好多好多次。

但是，媽媽比自己痛苦好幾倍。

不知道媽媽到底承受了多少痛苦。

媽媽笑著揮手，好像什麼事都沒發生過。

媽媽只是一直保護紗奈，關心紗奈，一心一意照顧她。

為什麼自己之前無法相信媽媽，支持媽媽？

在看到媽媽笑容的瞬間，由惟感到的不是喜悅，而是痛切地感受到，自己並沒有為媽媽現在能夠展現這樣的笑容盡絲毫的心力。想到這裡，她的雙腳無法邁步。

她的雙腿發軟，她很想哭著向媽媽懺悔。

紗奈在一旁用力握住她的手。

紗奈的手很溫暖，那不只是因為暖暖包帶來的熱量。

由惟被紗奈拉著邁開腳步。

「媽媽！」

她叫著媽媽，和紗奈一起跑向就像早春陽光般的笑容。

26

「這次非常感謝你們的大力協助。」

在野野花獲得無罪判決的隔天下午，伊豆原來到古溝醫院。雖然並沒有事先預約，當他說想要向院長道謝時，繁田竟然立刻為他安排。

古溝院長在院長室內處理事務工作，對伊豆原的來訪，只是淡淡地說：「喔，你好。」他當然已經得知了判決結果。

「對你們來說，無疑是最理想的結果。」他坐在辦公桌前，放下筆，對伊豆原說。

「都是因為有包括院長在內的各位醫護人員公正的證詞，才能夠有這樣的結果。」伊豆原向古溝院長表達謝意。

「我們每天都身負拯救病人的健康和生命的責任，」古溝院長說，「雖然並不能說是反作用，但是在其他問題上，經常會忽略自己身上的責任。我帶著自我警惕這麼認為。這次說出重要證詞的證人在作證時，我才慢慢意識到自己的責任，得到這樣的結果。」

川勝春水在出庭作證之前，應該曾經向他表明，如果被問到和院長之前的關係，她打算如實回答。

「我們之前對川勝副護理長做出了很無禮的行為，容我再次為此道歉。」

「那名律師不是離開律師團了嗎？」古溝院長從容地繼續說道：「我也沒理由再重提舊事，而且就是因為她不計較，才能夠說出那些證詞。每個人表達自尊心的方式各不相同，她用行動證明，誠實也是一種表達的方式。」

「是啊。」

「但是，」古溝院長輕輕嘆了一口氣，「如今偵查工作又回到起點，沒辦法真正鬆一口氣。」

「身為院長，的確會很有壓力。」

「心情輕鬆不了啊，」古溝院長輕輕嘆著氣說，「你在辯護過程中，是不是已經大致猜到凶手是誰了？」

伊豆原面對他帶著疑問的視線，輕輕搖頭。

「這件事還是交給檢警處理。」

「你很謹慎。」古溝院長浮現淡淡的苦笑。

「不過，應該很快就會真相大白。」

「這樣啊。」

古溝院長無奈地回答。伊豆原隨後告辭，離開了院長室。

伊豆原離開古溝醫院後，直奔銀座的角落。

「貴島法律事務所」已經改名為「貴島紀念法律事務所」，應該是為了紀念創辦人貴島義郎的成就。

桝田以前的座位，有其他律師坐在那裡工作。伊豆原問了事務員，得知桝田搬去了貴島以前使用的辦公室。

伊豆原同樣沒有事先和桝田預約。得知桝田參加的午餐會議時間有點拖延，於是跟那名事務員打了聲招呼，沒等對方回答，自己走向桝田的辦公室。

原本掛著「貴島」名牌的辦公室前掛上了「桝田」的牌子。

推門走進辦公室，發現裡面和以前貴島使用時完全一樣，溫泉街的小燈籠仍然放在原位，桝田可能只是用了辦公桌而已。室內有一種不知道是否該稱為靈氣的感覺，感覺貴島好像在其他地方完成工作之後，隨時都會回來這裡。

伊豆原在面對辦公桌的一張小椅子上坐下，回想起以前和桝田一起坐在這裡，和貴島討論案情的日子。

「你在這裡做什麼？」

聽到開門聲轉頭一看，伊豆原看到桝田滿臉訝異地站在門口。他發問的語氣中帶著一絲焦躁，但看到伊豆原只是坐在椅子上，於是沒再說話，努力讓自己的心情平靜。

「我來報告審判的結果。」伊豆原坐在椅子上靜靜地說，「坐在這裡，覺得好像在和貴島律師說話。」

「這樣啊。」桝田點點頭，調整好心情。「恭喜你，貴島律師應該也會很欣慰。」

「是嗎？」

桝田看到伊豆原並沒有坦誠地接受他的稱讚，微微歪著頭納悶。

「你現在有自己的辦公室，代表你已經成為合夥人了。」伊豆原沒有理會他的反應，「而且是貴島律師以前用的辦公室，真是太令人驚訝了。」

「其他辦公室都滿了，」桝田辯解，「我總覺得像是向貴島律師借用了這個辦公室，寄人籬下的感覺比之前更加強烈。」

桝田用自嘲的口吻挖苦著以前受僱律師時的待遇，但伊豆原並沒有笑。

「這是貴島律師的遺言嗎？」

「什麼？」桝田警戒地問。

「你跳槽到這家事務所半年後，就可以升為合夥人，是當初就談好的條件吧？」

「貴島律師當初邀我加入，當然包括了這件事，」桝田說，「這代表貴島律師器重我，並不是壞事。」

「條件是什麼？」伊豆原冷冷地問。「那也可能是你跳槽到這裡，已經沒有退路之後，貴島律師才提出的條件。」

桝田沉默不語。

「十七年前，」伊豆原靜靜地開始說，「執政黨一位很有實力的議員綱川昭三捲入涉及關說水力發電的案子，當時是縣府窗口的職員屋代和德自殺了，他就是之前在古溝醫院任職的護理師庄村數惠的父親。之後，屋代和德的妻子友紀子挺身揭發真相，當時和友紀子並肩作戰、富有正義感的律師正是貴島義郎律師。」

桝田的臉上沒有任何表情，只是默默注視著伊豆原。

「遺憾的是，從屋代的遺物中並沒有找到綱川和縣府的人會面的紀錄，這起涉及關說的案件也就不了了之。不知道這種遺憾的心情發揮了什麼樣的作用，貴島律師和屋代友紀子之間建立了特殊的感情。雖然我不知道他們之間到底是什麼樣的關係，但可以確定他們的感情很深厚。在那起案件之後，貴島律師也不時抽空和她見面。」

伊豆原看著鬼怒川溫泉的老舊小燈籠說。

「他當然也和友紀子的獨生女數惠有交流，看著她長大，應該知道她在古溝醫院工作，得知她流產的事，想必很難過。當古溝醫院發生點滴死傷案件時，當然知道就是數惠工作的地方。」

「這只是你一廂情願的臆測——」桝田開口說道。

「你聽我說完，」伊豆原制止了他，「警方展開偵查後，逮捕了小南女士，但貴島律師從屋代友紀子口中得知，數惠的精神狀況很不穩定。在詳細瞭解情況之後，貴島律師發現數惠可能是凶手，但是，他並沒有勸數惠自首，因為警方已經逮捕了小南女士，只要順利進入審理程序，讓法院做出有罪判決，問題就解決了。貴島律師為了詳細掌握警方的偵辦狀況，讓小南女士接受審判，於是就主動和接下國選辯護人的你接觸，要求加入律師團。」

對桝田來說，有在刑事辯護業內赫赫有名的大人物加持，無疑是如虎添翼，但這位赫赫有名的大人物無法成為戰力。理由是貴島本人完全不希望打贏這場官司，而且之後生病，梛田以為他是基於這個理由，才無法有出色的表現。

「我猜想你是在我加入律師團後不久，才得知貴島律師真正的目的。貴島律師已經在很多方面佈好局，挖角你來事務所也是其中之一。沒想到癌症惡化的速度比想像中更快，他發現自己很可能等不到開庭。這是一起冤案，只有靠逼供得到的自白和狀況證據，貴島律師憑經驗知道，只要律師全心投入，很可能會成功翻案。當他發現自己經常必須住院期間，辯護策略漸漸有了眉目，於是他就在臨終坦承一切，把後續的事託付給你，並和你約定，你會在在不久的將來成為律師事務所的合夥人。

「你聽了之後，一定很錯愕，但已經在不知不覺中，走在貴島律師鋪好的軌道上。只要和貴島律師站在一起，就可以成為合夥人；一旦背叛貴島律師，就必然要揭發他之前掩蓋事實的行為，如此一來，甚至可能會危及貴島法律事務所的存亡。你根本沒有其他選擇。」

原本看著伊豆原的梛田移開了視線，走到窗邊。他的臉色蒼白，看著窗外的風景，似乎努力讓自己平靜。

「貴島律師去世後，庄村數惠得知自己失去靠山，對未來悲觀，於是企圖自殺，不知道幸還是不幸，她撿回了一命。但你很忠實地執行貴島律師交辦的工作，站在團長的立場，祭出爭取減刑的方針，試圖引起律師團內部的混亂，影響辯護策略。你當初說什麼要避免小南女士被判死刑，但真正的目的，是必須讓小南女士頂罪。你很盡力，但這終究是貴島律師在來日不多的狀況下，為了保護庄村數惠所想出來的計畫，當然會有破綻。一路走來，都努力幫助他人的人，就算想要做壞事，也很難做得漂亮。他應該沒有想到我會從你手上搶走律師團團長一職，他的計畫只能以失敗落幕。」

原本看著窗外的桝田轉過頭。

「你有什麼證據說這些話？」

他的聲音沙啞，似乎在掩飾內心的慌亂，雙眼發亮，好像被逼入絕境的動物憑著本能抵抗。

「你既然也是律師，怎麼可以憑想像說這種事？你有辦法負責嗎？」

伊豆原難過地看著他孤注一擲的挑釁眼神。

「庄村小姐的母親——屋代友紀子女士已經說出一切。」

那一天，在證人詰問結束後，在法院外迎接庄村數惠的男人聽到這句話，眼神頓時變得無力。

「庄村小姐的自殺未遂是一時衝動，就因為是一時衝動，所以沒注意下方剛好有一棵樹，她卡在樹枝上撿回一命，只不過下一次就不知道是否會這麼幸運了。即使能夠躲過警方的偵查，她也會害怕這件事。除非誠實面對自己所犯的罪，否則這種衝動隨時可能再次出現。她的母親當然不希望女兒送命，被我說服了。她告訴我，在以證人身分出庭作證的前一天晚上，你去了旅館，說服她不要說出可以幫助小南女士的證詞。」

桝田並沒有看伊豆原，只是雙眼空洞地面對他。

起初應該並非出於他的本意。原本以為貴島是強大的助力，沒想到竟然被貴島巧妙地擺布，但之後在不知不覺中，他萌生了毫無根據的自信，認為這樣能夠成功。

「她的母親打算讓女兒去自首。得知小南女士獲判無罪，她們母女目前應該在討論這件事。」

伊豆原在野野花判決出爐之前，再度前往宇都宮，見到庄村數惠的母親，告訴她自己調查到貴島和她們的關係，以及她們在法院前和桝田互動的事，她似乎知道無法繼續隱瞞下去了。

但她說，希望給她一點時間，讓她和女兒討論之後再決定。伊豆原把和她碰面的情況告訴了江崎檢察官。雖然不知道江崎檢察官是否將這件事告訴了櫻井審判長，但事到如今，檢方顯然不希望看到法院做出有罪判決。

「原來是這樣。」桝田勉強擠出鬆了一口氣的表情，幽幽地說道：「那不是很好嗎？」

「我們一直在為有沒有證人和證據忙得焦頭爛額，一旦出現不利證據，就坐立難安；如果沒有不利證據，就胸有成竹。但是，證據早就在你心裡，你只是缺乏勇氣。」

「做夢都沒有想到，有朝一日，你這個老同學會判我的罪，」桝田嘆著氣說，「但我並不只是因為可以成為合夥人而昏了頭。」

「我想也是。」

伊豆原很瞭解桝田，所以能夠理解他這句話。

「我是在貴島律師的病房見到庄村小姐，她利用休假，和母親一起從宇都宮趕來探視貴島律師。她當時自我介紹說，她姓屋代，所以我並沒有發現她是古溝醫院案件的關係人。事後知道這件事時，我已經被貴島律師拉進來了。

「貴島律師曾經拯救過好幾百個人的人生，他說庄村小姐就像是他的女兒，這件事和工作無關，就算放棄這麼多年來累積的功績，仍想要拯救一個人的人生。我認為這是貴島律師在生命的蠟燭燃盡之前，靈魂發出的吶喊。聽了庄村小姐的情況後，我很同情她的境遇，覺得只要我有能力，我願意幫助她。既然貴島律師這麼德高望重的人這麼引導我，也許這種想法並沒有問題。」

「即使那是貴島律師靈魂的吶喊，你也必須冷靜看待。我覺得你明明知道自己該救的不是庄村小姐，而是小南女士，但只是被貴島律師一流的口才困住了。」

「我知道。我知道自己走錯了路，而且貴島律師離開後，想到我要一個人繼續走下去，就很害怕。但是，當我把內心的想法告訴她之後，她絕望地跳樓了。雖然奇蹟似地獲救，但不知道這究竟是好是壞……我已經無法回頭了。」

桝田吐露了內心的想法，緩緩垂下頭。

晚上回到家時，在客廳看到了由惟。

「我也才剛到家。」

千景剛換好衣服，從臥室走出來時說。她說臨時有緊急的工作，比預定的時間晚回家。

「對不起，妳吃完飯再走吧。」

千景把買回來的熟食拿到桌上時對由惟說。

「不，媽媽已經做好飯菜在家等我。」

由惟婉拒道，她的嘴角浮現了既害羞又高興的笑容。

「這樣啊，那妳趕快回家吧。」千景跟著高興起來。

「喔，妳已經開始用功了啊。」

伊豆原看到放在沙發上的日本史參考書。

「原本以為丟掉了，沒想到找了一下，竟然找到了。」由惟把參考書放進皮包，害羞地說。

「太好了，太好了。」

原本錯亂的時針突然回到了正軌，時間開始緩緩地正常流逝。

伊豆原換好衣服回到客廳時，由惟已經離開了。原本打算送她去車站，但由惟似乎不想給他添麻煩。

「原來她有那麼柔和的神態。」千景把味噌放進鍋裡的同時說道。

「那才是真正的她。」

伊豆原回答說。對終於找回這樣的現實十分滿意，他再次沉浸在完成一件大事的真實感中。

他難得心情放鬆地把惠麻從嬰兒床上抱起來。惠麻可能也感受到他的心情，露出燦爛的笑容，發出咿咿呀呀的聲音。

這時，伊豆原的手機響了。

「我是宇都宮的屋代。」

電話是庄村數惠的母親打來的。

「我和女兒談過了。」

「這樣啊。」

「可以請你擔任我女兒的律師嗎？」

「我會全力以赴，」伊豆原說，「也請妳全力支持她。」

「好……」

伊豆原和庄村數惠的母親約定明天早上去宇都宮後，掛上了電話。

「明天又要出差了。」伊豆原說。

千景瞥了他一眼，原本以為她又要說，有工作當然是好事，但是有辦法拿到和付出的勞力相符的報酬嗎？沒想到千景什麼話都沒說。也許是這次的無罪判決，讓她對伊豆原刮目相看。

這當然是好事，只是伊豆原很不自在，總覺得有點落寞。

「這也沒辦法啊。」雖然千景什麼都沒說，但他還是自言自語。

千景沒有吭氣，惠麻倒是不知道什麼時候不高興，開始哭鬧。

「妳別這樣嘛，這是我的工作啊。」

伊豆原終於找到可以說出辯解話語的對象，忍不住高興起來，笑嘻嘻地哄著惠麻。

春日
ハルヒブンコ
文庫
129

迷霧病棟
霧をはらう

迷霧病棟 / 雫井脩介作 ; 王蘊潔譯. -- 初版. -- 臺北市 : 春天出版國際文化有限公司, 2023.07
面； 公分. -- (春日文庫 ; 129)
譯自 : 霧をはらう
ISBN 978-957-741-702-2(平裝)

861.57　　112007814

ISBN 978-957-741-702-2
Printed in Taiwan

作　　者　雫井脩介
譯　　者　王蘊潔
總 編 輯　莊宜勳
主　　編　鍾靈

出 版 者　春天出版國際文化有限公司
地　　址　台北市大安區忠孝東路4段303號4樓之1
電　　話　02-7733-4070
傳　　真　02-7733-4069
E－mail　bookspring@bookspring.com.tw
網　　址　http://www.bookspring.com.tw
部 落 格　http://blog.pixnet.net/bookspring
郵政帳號　19705538
戶　　名　春天出版國際文化有限公司
法律顧問　蕭顯忠律師事務所
出版日期　二〇二三年七月初版

定　　價　520元

總 經 銷　楨德圖書事業有限公司
地　　址　新北市新店區中興路二段196號8樓
電　　話　02-8919-3186
傳　　真　02-8914-5524
香港總代理　一代匯集
地　　址　九龍旺角塘尾道64號 龍駒企業大廈10 B&D室
電　　話　852-2783-8102
傳　　真　852-2396-0050